U0613461

本书列入

2017年国家社会科学基金重大委托项目

“十三五”国家重点图书出版规划项目

中华传统文化百部经典

陶渊明集

陶渊明 著
袁行霈 解读

国家图书馆出版社

图书在版编目（CIP）数据

陶渊明集 /（晋）陶渊明著；袁行霈解读．— 北京：国家图书馆出版社，2020.12（2024.9 重印）
（中华传统文化百部经典 / 袁行霈主编）
ISBN 978-7-5013-6958-4

Ⅰ．①陶… Ⅱ．①陶… ②袁… Ⅲ．①中国文学－古典文学－作品综合集－东晋时代 Ⅳ．① I213.722

中国版本图书馆 CIP 数据核字（2020）第 017971 号

国家图书馆出版社官方微信

书　　名　陶渊明集
著　　者　（晋）陶渊明 著　袁行霈 解读
责任编辑　廖生训
特约编辑　袁啸波
封面设计　敬人设计工作室

出版发行　国家图书馆出版社（北京市西城区文津街 7 号　100034）
　　　　　010-66114536　63802249　nlcpress@nlc.cn（邮购）
网　　址　http://www.nlcpress.com
印　　装　北京科信印刷有限公司
版次印次　2020 年 12 月第 1 版　2024 年 9 月第 2 次印刷

开　　本　710×1000　1/16
印　　张　21.5
字　　数　241 千字
书　　号　ISBN 978-7-5013-6958-4
定　　价　45.00 元（平装）

本册审订

许逸民　徐正英

中华传统文化百部经典

编纂办公室

张　洁　　梁葆莉　　张毕晓　　马　超　　华鑫文

编纂缘起

文化是民族的血脉，是人民的精神家园。党的十八大以来，围绕传承发展中华优秀传统文化，习近平总书记发表了一系列重要讲话，深刻揭示出中华优秀传统文化的地位和作用，梳理概括了中华优秀传统文化的历史源流、思想精神和鲜明特质，集中阐明了我们党对待传统文化的立场态度，这是中华民族继往开来、实现伟大复兴的重要文化方略。2017 年初，中共中央办公厅、国务院办公厅印发《关于实施中华优秀传统文化传承发展工程的意见》，从国家战略层面对中华优秀传统文化传承发展工作作出部署。

我国古代留下浩如烟海的典籍，其中的精华是培育民族精神和时代精神的文化基础。激活经典，熔古铸今，是增强文化自觉和文化自信的重要途径。多年来，学术界潜心研究，钩沉发覆、辨伪存真、提炼精华，做了许多有益工作。编纂《中华传统文化百部经典》（简称《百部经典》），就是在汲取已有成果基础上，力求编出一套兼具思想性、学术性和大众性的读本，使之成为广泛认同、传之久远的范本。《百部经典》所选图书上起先秦，下至辛亥革命，包括哲学、文学、历史、艺术、科技等领域的重要典籍。萃取其精华，加以解读，旨在搭建传统典籍与大众之间的桥梁，激活中华优秀传统文化，用优秀传统文化滋养当代中国人的精神世界，提振当代中国人的文化自信。

这套书采取导读、原典、注释、点评相结合的编纂体例，寻求优秀传统文化与社会主义核心价值观之间的深度契合点；以当代眼光审视和解读古代典籍，启发读者从中汲取古人的智慧和历史的经验，借以育人、资政，更好地为今人所取、为今人所用；力求深入浅出、明白晓畅地介绍古代经典，让优秀传统文化贴近现实生活，融入课堂教育，走进人们心中，最大限度地发挥以文化人的作用。

《百部经典》的编纂是一项重大文化工程。在中宣部等部门的指导和大力支持下，国家图书馆做了大量组织工作，得到学术界的积极响应和参与。由专家组成的编纂委员会，职责是作出总体规划，选定书目，制订体例，掌握进度；并延请德高望重的大家耆宿担当顾问，聘请对各书有深入研究的学者承担注释和解读，邀请相关领域的知名专家负责审订。先后约有 500 位专家参与工作。在此，向他们表示由衷的谢意。

书中疏漏不当之处，诚请读者批评指正。

2017 年 9 月 21 日

凡 例

一、《中华传统文化百部经典》的选书范围，上起先秦，下迄辛亥革命。选择在哲学、文学、历史、艺术、科技等各个领域具有重大思想价值、社会价值、历史价值和学术价值的一百部经典著作。

二、对于入选典籍，视具体情况确定节选或全录，并慎重选择底本。

三、对每部典籍，均设“导读”“注释”“点评”三个栏目加以诠释。导读居一书之首，主要介绍作者生平、成书过程、主要内容、历史地位、时代价值等，行文力求准确平实。注释部分解释字词、注明难字读音，串讲句子大意，务求简明扼要。点评包括篇末评和旁批两种形式。篇末评撮述原典要旨，标以“点评”，旁批萃取思想精华，印于书页一侧，力求要言不烦，雅俗共赏。

四、原文中的古今字、假借字一般不做改动，唯对异体字根据现行标准做适当转换。

五、每书附入相关善本书影，以期展现典籍的历史形态。

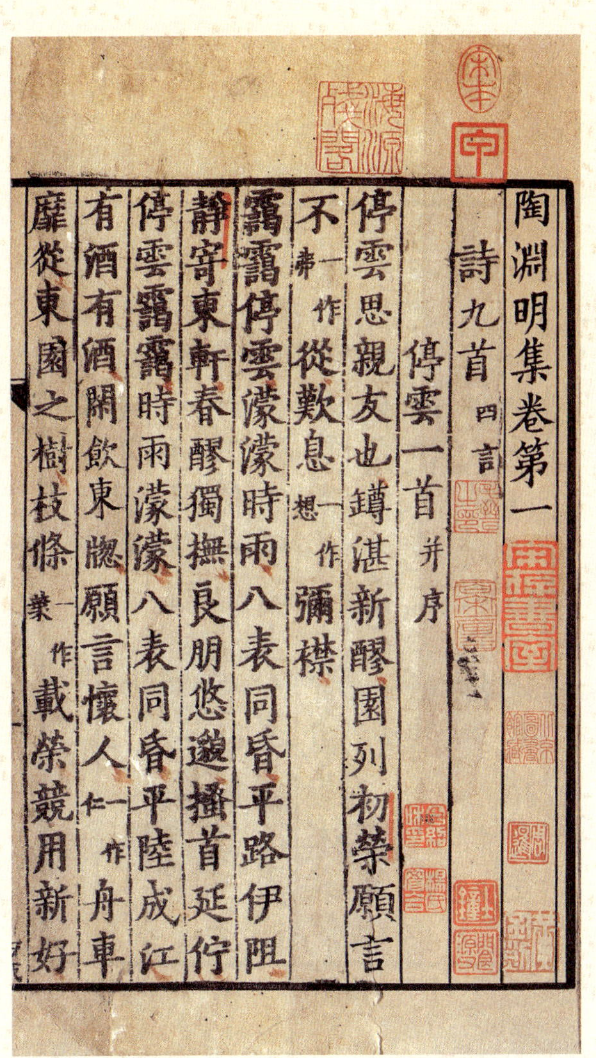

陶淵明集卷第一

詩九首　四言

停雲一首并序

停雲思親友也罇湛新醪園列初榮願言不（一作弗）從歎息（一作想）彌襟

靄靄停雲濛濛時雨八表同昏平路伊阻靜寄東軒春醪獨撫良朋悠邈搔首延佇

停雲靄靄時雨濛濛八表同昏平陸成江有酒有酒閑飲東牕願言懷人（一作仁）舟車靡從

東園之樹枝條（一作葉）載榮競用新好

陶渊明集十卷　（晋）陶渊明撰　宋刻递修本　国家图书馆藏

陶淵明雜文

感士不遇賦

昔董仲舒作士不遇賦司馬子長又爲（一作）悲之余嘗以三餘之日講習之暇讀其文慨然惆悵夫履信思順生人之善行抱朴守靜君子之篤素（一作業）自真風告逝大僞斯興閭閻懈廉退之節（一作廉退之文節）市朝驅易進之心懷正志道之士或潛玉於當年潔己清操之人或沒世以徒勤（一作想又一作懷正志道之士或潛於當年潔己清操之人或沒於往世）故夷皓有安歸

陶渊明诗一卷杂文一卷　（晋）陶渊明撰

南宋绍熙三年（1192）曾集刻本　国家图书馆藏

目　录

导　读

有的作家主要是以他的作品吸引读者，作家的为人和事迹并不为一般读者所重视；而有的作家，除了作品之外，他的为人和事迹也同样为读者津津乐道。陶渊明就属于后一类。他的作品流传至今的不过一百多篇，如果对他一无所知，只看这些作品，我们的兴趣会比现在差了许多。如果我们熟悉他的那些故事，如：取头上葛巾漉酒的故事，抚弄无弦琴以寄意的故事，任彭泽县令时不为五斗米向乡里小人折腰的故事，以及他力耕的生活情形，还有酒醉后说的那句话："我醉欲眠，卿可去！"（《宋书·陶潜传》）将这些故事和他的作品结合在一起，便有一个活生生的人出现在眼前。正是这个人连同他的作品深深地感染着我们。

陶渊明生活在东晋末到南朝刘宋初期。在东晋建立后数十年间，诗坛几乎被玄言诗占据着。玄言成分的过度膨胀，使诗歌偏离了艺术，变成老庄思想的枯燥注疏。陶渊明的出现，才使汉魏以来诗歌艺术正常发展的脉络重新接上，并且增添了许多新的充满生机的因素。陶诗沿袭魏晋诗歌的古朴作风而进入更纯熟的境地，像一座里程碑，标志着古朴的歌诗所能达到的高度。陶渊明又是一位创新的先锋。他成功地将“自然”提升为一种美的至境；将玄言诗注疏老庄所表达的玄理，改为日常生活中的哲理；使诗歌与日常生活相结合，并开创了田园诗这种新的题材。他的清高耿介、洒脱恬淡、质朴真率、淳厚善良，他对人生所作的哲学思考，连同他的作品一起，为后人构筑了一个精神的家园。可以使他们守住道德的底线，拒绝虚伪和丑陋。他们对陶渊明的强烈认同感，使陶渊明成为一个永不令人生厌的话题。

一、陶渊明的生平和思想

陶渊明（352—427，或 365—427）①，又名潜，字元亮②，号五柳先生，浔阳柴桑（今江西九江附近）人。

陶渊明生活在晋宋易代之际十分复杂的政治环境之中。他的曾祖父陶侃曾任晋朝的大司马；祖父做过太守，父亲大概官职更低一些，而且在陶渊明幼年时就去世了。在重视门阀的社会里，陶家的地位无法与王、谢等士族相比，但又不同于寒门。陶侃出身寒微，被讥为“小人”③，又被视为有篡位野心之人。可以想见，他的后人在政治上的处境是相当尴尬的。

陶渊明在柴桑的农村里度过少年时代，“少无适俗愿，性本爱丘山”（《归园田居》其一），“少年罕人事，游好在六经”（《饮酒》其十六），便是那时生活的写照。他常说因家贫而不得不出仕谋生，这固然是实情，但也不能排除一般士人具有的那种想要建功立业的动机。“猛志逸四海，骞翮思远翥”（《杂诗》其五）就透露了这一消息。陶渊明入仕前期曾任江州祭酒，不久即辞职。后来江州召为主簿，他未就任。

晋安帝隆安二年（398），陶渊明到江陵，入荆州刺史兼江州刺史桓玄幕[④]。当时桓玄掌握着长江中上游的军政大权，野心勃勃图谋篡晋。陶渊明便又产生了归隐的想法，在隆安五年（401）所写的《辛丑岁七月赴假还江陵夜行涂中》中说："诗书敦宿好，林园无俗情。如何舍此去，遥遥至西荆！"这年冬因母孟氏卒，便回浔阳守孝了。此后政局发生了急剧的变化，安帝元兴元年（402），桓玄以讨尚书令司马元显为名，举兵东下，攻入京师。元兴二年（403）桓玄篡位，改国号曰楚。元兴三年（404）刘裕起兵讨伐桓玄，入建康，任镇军将军，掌握了国家大权，给晋王朝带来一线希望。于是陶渊明又出任镇军将军刘裕的参军[⑤]，在赴任途中写了《始作镇军参军经曲阿》。他的心情矛盾，一方面觉得时机到来了，希望有所作为："时来苟冥会，宛辔憩通衢。"另一方面又眷恋着田园的生活："聊且凭化迁，终返班生庐。"这时刘裕正集中力量讨伐桓玄及其残馀势力，陶渊明在刘裕幕中恐难有所作为。到了第二年即安帝义熙元年（405），他便改任建威将军江州刺史刘敬宣的参军。这年八月又请求改任彭泽县令，在官八十馀日，十一月就辞官归隐了。这次辞去县令的直接原因，据《宋书》本传记载："郡遣督邮至，县吏白：'应束带见之。'潜叹曰：'我不能为五斗米折腰向乡里小人！'即日解印绶去职。"而他辞官时所作的《归去来兮辞》说出了更深刻的原因："归去来兮！请息交以绝游。世与我而相遗，复驾言兮焉求？"陶渊明彻底觉悟到世俗与自己崇尚自然的本性是相违背的，他不能改变本性以适应世俗，再加上对政局的失望，于是坚决地辞官隐居了[⑥]。

辞彭泽令，是陶渊明一生前后两期的分界线。此前，他不断在官僚与隐士这两种社会角色中做选择，隐居时想出仕，出仕时要归隐，心情很矛盾。此后他坚定了隐居的决心，一直过着隐居躬耕的生活，但心情仍不平静："日月掷人去，有志不获骋。念此怀悲凄，终晓不能静。"（《杂诗》其二）他在诗里一再描写隐居的快乐，表示隐居的决心，如："且共欢此饮，吾驾不可回。”（《饮酒》其九）“托身已得所，千载不相违。”（《饮酒》其四）这固然是他真实的感受，但也可以视为他坚定自己决心的一种方法。在后期他并非没有再度出仕的机会，但是他拒绝了。东晋末年曾征他为著作佐郎，不就。刘裕篡晋建立宋朝，他更厌倦了政治，在《述酒》诗里隐晦地表达了他对此事的想法。到了晚年他贫病交加，“江州刺史檀道济往候之，偃卧瘠馁有日矣。道济谓曰：‘贤者处世，天下无道则隐，有道则至。今子生文明之世，奈何自苦如此？’对曰：‘潜也何敢望贤，志不及也！’道济馈以粱肉，麾而去之”（萧统《陶渊明传》）。宋文帝元嘉四年，陶渊明去世前写了一篇《自祭文》，文章最后说：“人生实难，死如之何？呜呼哀哉！”这成为他的绝笔。死后，朋友们给他以谥号曰“靖节先生”。他的好友颜延之为他写了诔文，这篇诔文是研究陶渊明的重要资料。《宋书》《晋书》《南史》都有他的传记。

陶渊明熟谙儒家学说，诗文中引用儒家经典很多，仅《论语》就有37处[⑦]。他有儒家的入世精神，也像儒家那样重视个人的道德修养，但不拘守儒家经典的章句，显得通脱而不拘泥。他说：“好读书，不求甚解。每有会意，便欣然忘食。”（《五柳先生传》）这与汉儒的态度很不相同。他赞扬孔子，但又有点将孔子道家化的倾向[⑧]。他深受老庄思想的影响，在诗文中有70篇用了《老》《庄》的典故，共77处之多；魏晋玄学对他也有影响[⑨]。但他并不沉溺于老庄和玄谈，他是一个很实际的、脚踏实地的人，做县吏就有劝农之举，做隐士又坚持力耕，与虚谈废务、浮文妨要的玄学家很不同。他住在庐山脚下，距离慧远的东林寺很近，他的朋友刘遗民与慧远关系密切；陶渊明的诗中偶尔也可见到类似佛教的词语，但他绝非佛教徒，并且与慧远保持着距离。佛教是对人生的一种参悟，陶渊明参悟人生而与佛教暗合的情形是有的，但他是从现实的人生中寻找乐趣，不相信来世，这与佛教迥异[⑩]。在不惧怕死亡这一点上，他和一些高僧虽然近似，但思想底蕴仍有很大的差异。他是抱着“纵浪大化中，不喜亦不惧”（《形影神》）的态度对待死亡，与佛教之向往极乐世界大相径庭。他所思考的都是有关宇宙、历史、人生的重大问题，如什么才是真实的？历史上的贤良为什么往往没有好的结果？人生的价值何在？怎样的生活才完美？如何对待死亡？等等。他的思想既融会了儒道两家，又来自个人的生活实践，具有独特的视点、方式和结论；而思考的结论又付诸实践，身体力行。

安贫乐道与崇尚自然，是陶渊明思考人生得出的两个主要结论，也是他人生的两大支柱。

“安贫乐道”是陶渊明的为人准则。他所谓“道”，偏重于个人的品德节操方面。如：“匪道曷依，匪善奚敦？”（《荣木》）“好爵吾不荣，厚馈吾不酬。……朝与仁义生，夕死复何求？”（《咏贫士》其四）他特别推崇颜回、黔娄、袁安、荣启期等安贫乐道的贫士，要像他们那样努力保持品德节操的纯洁，决不为追求高官厚禄而玷污自己。他并不一般地鄙视出仕，而是不肯同流合污。他希望建功立业，又要功成身退，“知足不辱，知止不殆”（《老子》）。他也考虑贫富的问题，安贫和求富在他心中常常发生矛盾，但是他能用“道”来求得平衡：“贫富常交战，道胜无戚颜。”（《咏贫士》其五）而那些安贫乐道的古代贤人，也就成为他的榜样：“何以慰吾怀？赖古多此贤。”（《咏贫士》其二）他的晚年很贫穷，到了挨饿的程度，但是并没有丧失其为人的准则。

崇尚自然是陶渊明对人生的更深刻的哲学思考。“自然”一词不见于《论语》《孟子》，是老庄哲学特有的范畴。老庄所谓“自然”不同于近代所谓与人类社会相对而言的客观的物质性的“自然界”，它是一种状态，非人为的、本来如此的、自然而然的。世间万物皆按其本来的面貌而存在，依其自身固有的规律而变化，人应当顺应自然的状态和变化，抱朴而含真。陶渊明希望返归和保持自己本来的、未经世俗异化的、天真的性情。所谓“质性自然，非矫励所得”（《归去来兮辞序》），说明自己的质性天然如此，受不了绳墨的约束。所谓“久在樊笼里，复得返自然”（《归园田居》其一），表达了返回自然状态的喜悦。在《形影神》里，他让“神”辨自然以释“形”“影”之苦。“形”指代人企求长生的愿望，“影”指代人求善立名的愿望，“神”以自然之义化解它们的苦恼。形影神三者，还分别代表了陶渊明自身矛盾着的三个方面，三者的对话反映了他人生观里的冲突与调和。陶渊明崇尚自然的思想以及由此引导出来的顺化、养真的思想，已形成比较完整而一贯的哲学[11]。

总之，陶渊明的思想可以这样概括：通过泯去后天的经过世俗熏染的“伪我”，以求返归一个“真我”。陶渊明看到了社会的腐朽，但没有力量去改变它，只好追求自身道德的完善。他看到了社会的危机，但找不到正确的途径去挽救它，只好求救于人性的复归。这在他自己也许能部分地达到，特别是在他所创造的诗境里，但作为医治社会的药方却是无效的[12]。

陶渊明是魏晋风流的一位代表。魏晋风流是魏晋士人所追求的一种具有魅力和影响力的人格美，这种人格美突出表现在颖悟、旷达、率真三个方面，而在陶渊明身上，三者兼而有之。陶的旷达，前人多有论及，无须赘言。我想强调的是，他的旷达既是其颖悟的表现，又是其真性情的流露。颖悟是其内在的美，旷达是其外在的美，率真则是其为人的准则。而这三者又统一在“自然”上，崇尚自然是他的人生哲学。可以说，“风流”这种人格美的实质即在人生的艺术化，具体说来，就是用自己的言行、诗文、艺术使自己的人生艺术化。这种艺术必须是自然的，是人的本性的自然流露。魏晋是一个艺术自觉的时代，一切都讲艺术，人生也不例外。这并不是说人人都去做艺术家，而是说讲究活着的艺术。

以世俗的眼光看来，陶渊明的一生是很“枯槁”的（《饮酒》其十一），但以超俗的眼光看来，他的一生却是很艺术的。他的《五柳先生传》《归去来兮辞》《归园田居》《时运》等作品，都是其艺术化人生的写照。他求为彭泽县令和辞去彭泽县令的过程，对江州刺史王弘的态度，抚弄无弦琴的故事，取头上葛巾漉酒的趣闻（见《宋书·陶潜传》、萧统《陶渊明传》），也是其艺术化人生的表现。而酒，则是其人生艺术化的一种媒介。陶渊明艺术化的人生，并不一定要远离人世，《饮酒》其五所谓“心远地自偏”这句话最能代表他的人生哲学。所谓脱俗，并不在于身之所处，而在心之所安。只要自己的心远离尘世，虽然身处人境，也不会沾染人世的庸俗。陶渊明之风流在于他的内心，他的艺术化的生活是内在素质的无意的外现，这才是真正的风流，陶渊明可以说是魏晋风流的杰出代表⑬。

二、陶渊明的诗歌及其艺术特征

文学史上通常将魏晋南朝作为一整个时期来研究。其实，魏晋和南朝属于两个不同的时期，至少可以说是两个不同的阶段。魏晋诗歌上承汉诗，总的看来诗风是古朴的，而南朝诗歌则一变魏晋的古朴，开始追求声色。就陶诗的语言艺术而言，他属于魏晋，是魏晋古朴诗歌的集大成者。不过，就陶诗的题材而言，他在继承前代的基础上，又有很大的开创性。

陶渊明诗歌所涉及的题材主要可以分为五类：田园诗、咏怀诗、咏史诗、行役诗、赠答诗⑭。

田园诗和山水诗往往并称，但这是两类不同的题材。田园诗会写到农村的风景，但其主体是写农村的生活、农夫和农耕。山水诗则主要是写自然风景，写诗人主体对山水客体的审美，往往和行旅联系在一起。陶渊明的诗严格地讲只有《游斜川》一首是山水诗，他写得多的是田园诗。田园诗是他为中国文学增添的一种新的题材，以自己的田园生活为内容，并真切地写出躬耕之甘苦的，陶渊明是中国文学史上的第一人。

他的田园诗有的是通过描写田园景物的恬美、田园生活的简朴，表现自己悠然自得的心境。或春游，或登高，或酌酒，或读书，或与朋友谈心，或与家人团聚，或盥濯于檐下，或采菊于东篱，以及在南风下张开翅膀的新苗、日见茁壮的桑麻，无不化为美妙的诗歌。如“山涤馀霭，宇暧微霄。有风自南，翼彼新苗”（《时运》），写山村的早晨，晨雾渐渐消失，南风使新苗长上了翅膀。“邻曲时时来，抗言谈在昔。奇文共欣赏，疑义相与析”（《移居》其一），写邻居和自己一起谈史论文的情形，那种真率的交往令人羡慕。再如《归园田居》其一：

> 少无适俗愿，性本爱丘山。误落尘网中，一去三十年。羁鸟恋旧林，池鱼思故渊。开荒南野际，守拙归园田。方宅十馀亩，草屋八九间。榆柳荫后檐，桃李罗堂前。暧暧远人村，依依墟里烟。狗吠深巷中，鸡鸣桑树颠。户庭无尘杂，虚室有馀闲。久在樊笼里，复得返自然。

守拙与适俗，园田与尘网，两相对比之下，诗人归田后感到无比愉悦。南野、草屋、榆柳、桃李、远村、近烟、鸡鸣、狗吠，眼之所见、耳之所闻无不惬意，这一切经过陶渊明点化也都诗意盎然了。“暧暧远人村，依依墟里烟”一远一近；“狗吠深巷中，鸡鸣桑树颠”以动写静，简直达到了化境。

他的田园诗有的着重写躬耕的生活体验，这是其田园诗最有特点的部分，也是最为可贵的部分。《诗经》中有农事诗，那是农夫们一边劳动一边唱的歌。至于士大夫亲身参加农耕，并用诗写出农耕体验的，陶渊明是第一位。陶渊明之后的田园诗真正写自己劳动生活的也并不多见。《归园田居》其三是这方面的代表作：

种豆南山下，草盛豆苗稀。晨兴理荒秽，带月荷锄归。道狭草木长，夕露沾我衣。衣沾不足惜，但使愿无违。

这是一个从仕途归隐田园从事躬耕者的切实感受，带月荷锄、夕露沾衣，实景实情生动逼真。而在农耕生活的描写背后，隐然含有农耕与为官两种生活的对比，以及对理想人生的追求。《庚戌岁九月中于西田获早稻》写出他的人生理念：

人生归有道，衣食固其端。孰是都不营，而以求自安！开春理常业，岁功聊可观。晨出肆微勤，日入负禾还。山中饶霜露，风气亦先寒。田家岂不苦？弗获辞此难。四体诚乃疲，庶无异患干。盥濯息檐下，斗酒散襟颜。遥遥沮溺心，千载乃相关。但愿长如此，躬耕非所叹。

陶渊明认为，衣食是人生之道的开端，不劳动什么都谈不到。诗里写到劳动的艰辛，写到一天劳动之后回家休息时的快慰，都很真切。“田家岂不苦？弗获辞此难”，写出农民普遍的感受。“四体诚乃疲，庶无异患干”，写出一个从仕途归隐躬耕的士人的特殊感受。

他有些田园诗是写自己的穷困和农村的凋敝。如《怨诗楚调示庞主簿邓治中》：“炎火屡焚如，螟蜮恣中田。风雨纵横至，收敛不盈廛。夏日长抱饥，寒夜无被眠。造夕思鸡鸣，及晨愿乌迁。”《归园田居》其四：“徘徊丘垅间，依依昔人居。井灶有遗处，桑竹残朽株。借问采薪者，此人皆焉如？薪者向我言，死没无复馀。”通过这些诗可以隐约地看到，在战乱和灾害之中农村的面貌。

咏怀诗和咏史诗内容有相近之处，咏史也是咏怀，不过是借史实为媒介而已。他的咏怀诗有些是以组诗的形式写成的，如《饮酒》《拟古》《杂诗》。他的咏史诗所咏的对象偏重于古代的人物，如“三良”、“二疏”、荆轲，以及《咏贫士》所写的古代贫士。这些咏怀、咏史之作，明显地继承了阮籍、左思诗歌的传统，又有陶渊明自己的特点。这就是围绕着出仕与归隐这个中心，表现自己不肯同流合污的品格。其中有对自己生平的回顾，如《饮酒》其十九；有对社会的抨击，如《饮酒》其二十。不乏惋惜也不乏激愤，如《咏荆轲》。从《杂诗》其二可以看出，陶渊明的忧愤是深而且广的：

白日沦西河，素月出东岭。遥遥万里辉，荡荡空中景。风来入房户，夜中枕席冷。气变悟时易，不眠知夕永。欲言无予和，挥杯劝孤影。日月掷人去，有志不获骋。念此怀悲凄，终晓不能静。

这首诗写一个不眠的秋夜，用环境的清冷衬托出自己心情的孤独，又以时光的流逝引出有志未骋的悲凄，是陶渊明咏怀诗中的代表作。

陶渊明的行役诗都是他宦游期间的作品[15]，它们有一个共同的主题，就是悲叹行役的辛苦，表达对仕宦的厌倦，反复诉说对田园的思念和归隐的决心。悲叹行役的辛苦原是此前行役诗共同的内容，后两者则是陶渊明所特有的，而且越到后来这两种情绪就越强烈[16]。那种身处尘网的无奈之感，成为这类诗的基调。试看以下例句："目倦川途异，心念山泽居。望云惭高鸟，临水愧游鱼。"（《始作镇军参军经曲阿》）"久游恋所生，如何淹在兹！"（《庚子岁五月中从都还阻风于规林二首》其二）"诗书敦宿好，林园无俗情。如何舍此去，遥遥至西荆！"（《辛丑岁七月赴假还江陵夜行涂中》）"伊余何为者，勉励从兹役。"（《乙巳岁三月为建威参军使都经钱溪》）

陶渊明的赠答诗颇能见其对友人的敦厚之情。赠答是古已有之的传统题材，传为苏武李陵赠答的诗歌以叙离情见长，曹植的《赠白马王彪》以抒幽愤著名，刘桢的《赠从弟》表现了高洁的品格，嵇康的《赠秀才入军》展示了洒脱的情趣。陶渊明的赠答诗又有他自己的特点：以其真挚的感情、家常的内容、隽永的意味、既不火热也不冷淡的语调，为自己塑造了一位仁厚长者的形象。如："霭霭停云，濛濛时雨。八表同昏，平路伊阻。静寄东轩，春醪独抚。良朋悠邈，搔首延伫。"（《停云》）"飘飘西来风，悠悠东去云。山川千里外，言笑难为因。良才不隐世，江湖多贱贫。脱有经过便，念来存故人。"（《与殷晋安别》）《答庞参军》是其赠答诗中最深沉的一首：

相知何必旧，倾盖定前言。有客赏我趣，每每顾林园。谈谐无俗调，所说圣人篇。或有数斗酒，闲饮自欢然。我实幽居士，无复东西缘。物新人唯旧，弱毫夕所宣。情通万里外，形迹滞江山。君其爱体素，来会在何年？

诗里有欢聚的回顾，有离别的伤感，也有殷勤的叮咛，语重而情深。

在以上五类题材之外，陶渊明还有一些以发挥哲理为主要内容的作品，如《形影神》《连雨独饮》，《拟挽歌辞》也可以归入这一类。这类诗可以视为玄言诗，但与东晋流行的玄言诗有所不同，并非"柱下之旨归，漆园之义疏"（刘勰《文心雕龙·时序》），而是将生活中的体验提炼到哲学的高度。魏晋人注重门阀，陶诗中有的写到宗族关系或对儿子加以训诫，如《命子》《责子》《赠长沙公》等，可见陶渊明也还是重视家族的荣誉和门第的[17]。

不同的题材，陶诗的艺术表现是有不同的，但论其诗歌的总体艺术特征，只能以"自然"二字概括。如前所说，自然同时也是陶渊明的人生旨趣。

陶渊明作诗不存祈誉之心，生活中有了感触就诉诸笔墨，既无矫情，也不矫饰。他说："常著文章自娱，颇示己志。忘怀得失，以此自终。"

（《五柳先生传》）又说：“既醉之后，辄题数句自娱。纸墨遂多，辞无诠次。”（《饮酒二十首·序》）由此可见他的创作态度。陶诗的声吻和节奏，舒缓而沉稳，给人以蔼如之感。陶诗多用内省式的话语，坦诚地记录了他内心细微的波澜，没有夺人的气势，没有雄辩的力量，也没有轩昂的气象，却如春雨一样慢慢地渗透到读者的心中。他的诗不追求强烈的刺激，没有浓重的色彩，没有曲折的结构，纯是自然流露，一片神行。但因其人格清高超逸，生活体验真切深刻，所以只要原原本本地写出来就有感染力。正如宋人黄彻所说：“渊明所以不可及者，盖无心于非誉、巧拙之间也。”（《䂬溪诗话》卷五）[18]

陶诗的一大特点也是他的一种开创，就是将日常生活诗化，在日常生活中发现重要的意义和久而弥淳的诗味。在他以前，屈原、曹操、曹植、阮籍、陆机等等都着重于关乎国家政治的题材，陶渊明着重写普普通通的生活，用家常话写家常事，写得诗意盎然。

具体地说，陶诗的艺术特征可以概括为：

第一，情、景、事、理的浑融。陶渊明描写景物并不追求物象的形似，叙事也不追求情节的曲折，而是透过人人可见之物、普普通通之事，表达高于世人之情，写出人所未必能够悟出之理。陶诗重在写心，写那种与景物融而为一的、对人生了悟明彻的心境。他无意于模山范水，也不在乎什么似与不似，只是写出他自己胸中的一片天地。陶诗发乎事，源乎景，缘乎情，而以理为统摄。在南风下张开翅膀的新苗，伴随他锄草归来的月亮，依依升起的炊烟，不嫌他门庭荒芜而重返旧巢的春燕，在中夏贮满了清阴的堂前林，床上的清琴，壶中的浊酒，以及在他笔下常常出现的青松、秋菊、孤云、飞鸟，都已不是寻常的事物，它们既是客观的，又是体现了诗人主观感情与个性的。且看《饮酒》其五：

结庐在人境，而无车马喧。问君何能尔？心远地自偏。采菊东篱下，悠然见南山。山气日夕嘉，飞鸟相与还。此还有真意，欲辩已忘言。

前四句讲了“心”与“地”也就是主观精神与客观环境之间的关系，只要“心远”，不管在什么地方都不会受尘俗喧嚣的干扰。“采菊东篱下，悠然见南山”，偶一举首，心与山悠然相会，自身仿佛与南山融为一体了。那日夕的山气、归还的飞鸟，在自己心里构成一片美妙的风景，其中蕴藏着人生的真谛。这种心与境的瞬间感应，以及通向无限的愉悦，是不可落于言筌的。正如《古学千金谱》所说：“篱有菊则采之，采过则已，吾心无菊。忽悠然而见南山，日夕而见山气之佳，以悦鸟性，与之往还。山花人鸟，偶然相对，一片化机，天真自具。既无名象，不落言筌，其谁辨之。”⑲《拟挽歌辞》其三也是情景事理四者浑融的佳作：

荒草何茫茫，白杨亦萧萧。严霜九月中，送我出远郊。四面无人居，高坟正嶕峣。马为仰天鸣，风为自萧条。幽室一已闭，千年不复朝。千年不复朝，贤达无奈何。向来相送人，各自还其家。亲戚或馀悲，他人亦已歌。死去何所道？托体同山阿。

这首诗先写亲友为自己送葬的情事，“荒草”“白杨”烘托出悲凉的气氛。然后说人皆有死，谁也不能避免，而一个人的死去对活着的人来说并无太大的影响，不必过于执着。最后两句以理语作结，统摄了全诗。死亡是人的一大困惑，这个困惑被陶渊明勘破了。

陶诗中的“理”不是抽象的哲学说教，而是在生活中亲自体验到的，其中包涵着生活的情趣。陶诗表现了他对宇宙、历史和人生的认识，是探求其奥秘和意义的结晶，而这一切又是用格言一样既有情趣又有理趣的语言表现的，取得了言有尽而意无穷的效果。如：“人生归有道，衣食固其端。”（《庚戌岁九月中于西田获旱稻》）“落地为兄弟，何必骨肉亲。”（《杂诗》其一）“气变悟时易，不眠知夕永。”（《杂诗》其二）“及时当勉励，岁月不待人。”（《杂诗》其一）“不觉知有我，安知物为贵。”（《饮酒》其十四）“人生似幻化，终当归空无。”（《归园田居》其四）“吁嗟身后名，于我若浮烟。”（《怨诗楚调示庞主簿邓治中》）“连林人不觉，独树众乃奇。”（《饮酒》其八）这些诗句言浅意深，富有启示性。清人潘德舆说陶渊明“任举一境一物，皆能曲肖神理”（《养一斋诗话》卷二），是中肯之论。

第二，平淡中见警策，朴素中见绮丽。前人往往用“平淡朴素”概括陶诗的风格，然而陶诗不仅仅是平淡，陶诗的好处是在平淡中见警策；陶诗不仅仅是朴素，陶诗的好处是在朴素中见绮丽。陶诗所描写的对象，往往是最平常的事物，如村舍、鸡犬、豆苗、桑麻、穷巷、荆扉，一切如实说来，没有什么奇特之处。然而一经诗人笔触，往往出现警策。陶诗很少用华丽的辞藻、夸张的手法，只是白描，朴朴素素。如：“种豆南山下”，“今日天气佳”，“青松在东园”，“秋菊有佳色”，“悲风爱静夜”，“春秋多佳日”，都是明白如话。然而，平淡之中可见绮丽。又如《拟古》其三：

> 仲春遘时雨，始雷发东隅。众蛰各潜骇，草木从横舒。翩翩新来燕，双双入我庐。先巢故尚在，相将还旧居。自从分别来，门庭日荒芜。我心固匪石，君情定何如？

春天来了，燕子双双回到自己的草庐。一年来自己的门庭日见荒芜，但仍然坚持着贫穷的隐居生活。有些朋友并不理解自己的态度，一再劝说出仕。可是燕子却翩翩而来，丝毫也不嫌弃它们的旧巢以及自己这个贫士。似乎燕子在问诗人：我的心是坚定的，你的心也像我一样坚定吗？这首诗好像一个美丽的童话，浅显平淡却有奇趣。类似的例子还有不少，例如："众鸟欣有托，吾亦爱吾庐。"（《读山海经》其一）"平畴交远风，良苗亦怀新。"（《癸卯岁始春怀古田舍》其二）两个"亦"字，物我情融，耐人寻味。又如："山涧清且浅，遇以濯吾足。漉我新熟酒，只鸡招近局。日入室中闇，荆薪代明烛。"（《归园田居》其五）一条山涧、一只鸡、一根荆薪，这些平平常常的事物一经诗人点化便有了生活情趣，显示出他对邻人的亲切，以及农村淳朴的风俗。"倾耳无希声，在目皓已结"（《癸卯岁十二月中作与从弟敬远》），平淡的十个字便写出了雪的轻柔，以及出乎意外见到大雪时的惊喜之情。关于陶诗的这个特点，苏轼概括为"质而实绮，癯而实腴"（《与苏辙书》），十分精辟[20]。

陶诗的语言不是未经锤炼的，只是不露痕迹，显得平淡自然。正如元好问所说："一语天然万古新，豪华落尽见真淳。"（《论诗绝句三十首》其四）例如："及时当勉励，岁月不待人。"（《杂诗》其一）"日月掷人去，有志不获骋。"（《杂诗》其二）"蔼蔼堂前林，中夏贮清阴。"（《和郭主簿》其一）"待"字、"掷"字、"贮"字，这三个动词都是常见的，看似平淡，却很精彩，不可更易。

关于陶诗的艺术渊源，钟嵘《诗品》曰："其源出于应璩，又协左思风力。"其后多有反对此说的，今人则多表示赞同。从今存应璩诗以及关于应璩的传记资料看来，他与陶渊明很不一样，与其说陶诗源于应璩，不如说源于汉、魏、晋诸贤，应璩一人不足以笼罩他。如果一定要说得具体些，可以说陶诗源于《古诗十九首》，又绍阮籍之遗音而协左思之风力。魏晋诗歌在他那里达到了一个新的高峰[21]。

三、陶渊明的散文与辞赋

陶渊明在文学史上的地位和影响，还有赖于他的散文和辞赋创作。

特别是《五柳先生传》《桃花源记》《归去来兮辞》，这三篇最见其性情和思想，也最著名。

《五柳先生传》只有一百二十多字的本文和四十多字的赞语，却为自己留下一篇神情毕现的传记。《晋书·陶潜传》说："潜少有高趣，尝著《五柳先生传》以自况。……时人谓之实录。"在陶渊明之前，司马迁写过《自序》，王充写过《自纪》，但那分别是《史记》和《论衡》的自序，带有自传性质而已。阮籍写过《大人先生传》，虽然借着大人先生表现了自己的志趣，但并不是自传。陶渊明的《五柳先生传》取正史纪传体的形式，但不重在叙述生平事迹，而重在表现生活情趣，带有自叙情怀的特点，这种写法是陶渊明的首创。此后，王绩的《五斗先生传》、白居易的《醉吟先生传》都是深受其影响的。《五柳先生传》在一百多字的篇幅中，以极其简洁的笔墨表达了不同流俗的性格，清楚地划出一条与世俗的界限，从而塑造了一个清高洒脱、怡然自得、安贫乐道的隐士形象。五柳先生遂成为寄托中国古代士大夫理想的人物形象。

《归去来兮辞》是一篇脱离仕途回归田园的宣言。文中所写归途的情景，抵家后与家人团聚的情景，来年春天耕种的情景，都是想象之辞，于逼真的想象中更可看出诗人的志趣和向往。文中不乏华彩的段落、跌荡的节奏、舒畅的声吻，将诗人欣喜欲狂的情状呈现于读者面前。对于后人来说，一切的回归，一切的解放，都可以借着这篇文章来抒发，因此它也就有了永恒的生命力。欧阳修说："晋无文章，惟陶渊明《归去来兮辞》一篇而已。"（元李公焕《笺注陶渊明集》卷五引）虽未必是严谨的评论，但此文之高妙实在是难以伦比的。

《桃花源记》的故事和其他仙境故事有相似之处，描写了一个美好的世外仙界[22]。不过应当强调的是，陶渊明所提供的理想模式有其特殊之处：在那里生活着的其实是普普通通的人，一群避难的人，而不是神仙，只是比世人多保留了天性的真淳而已；他们的和平、宁静、幸福，都是通过自己的劳动取得的。古代的许多仙话，描绘的是长生和财宝，桃花源里既没有长生，也没有财宝，只有一片农耕的景象。陶渊明归隐之初想到的还只是个人的进退清浊，写《桃花源记》时已经不限于个人，而想到整个社会的出路和广大人民的幸福。陶渊明迈出这一步与多年来贫困的躬耕生活体验有关。虽然桃花源只是空想，但能提出这个空想已经十分可贵了[23]。

四、陶渊明的影响与意义

陶渊明在生前以及逝世后相当长一段时间内，主要以隐士著称，他的文学创作没有得到应有的评价，这是因为他平淡自然的风格与当时崇尚的华丽文风不合[24]。梁代的萧统是第一位发现陶渊明文学价值的人，他为陶渊明编集、作序、作传，并在主持编撰的《文选》中选录了陶渊明的作品，既推崇其人格，也推崇其文学[25]。可以说，在陶渊明此后的接受、传播，及其文学的经典化过程中，萧统起到了很重要的作用。到了宋朝，特别是经过苏轼、朱熹的弘扬，以及汤汉对其作品的诠释，陶渊明才真正确立了他在中国文学史上的崇高地位[26]。自此他不仅诗名远在魏晋诸家之上，而且其个性、品格、生平，甚至是遗闻轶事，都深为人们所熟悉，并广泛、深刻地影响了士人群体的精神追求和价值观念[27]。

陶渊明是中国古代士大夫精神上的一个归宿，许多士大夫在仕途上失意以后，或厌倦了官场的时候，往往回归到陶渊明，从他身上寻找新的人生价值，并借以安慰自己。白居易、苏轼、陆游、辛弃疾等莫不如此。于是，不为五斗米折腰也就成了中国古代士大夫精神世界的一座堡垒，用以保护自己出处选择的自由。而平淡自然也就成了他们心目中高尚的艺术境地[28]。

由于陶渊明的吟咏，酒和菊已成为他的象征。古代文人爱酒的不少，但能识酒中之深味的，从饮酒中体悟人生真谛的，陶渊明是为数不多的几个人之一[29]，酒和陶渊明的生活及其文学紧密地联系在一起。阮籍饮酒有以醉逃祸和借酒浇愁的意味，陶渊明则是追求酒所助成的物我两忘的境界。陶渊明写菊其实并不多，一共六处，但因“采菊东篱下，悠然见南山”这两句诗太著名了，菊便成了他的化身，成了中国文学里象征着高情远致的意象。在酒和菊之外，象征陶渊明的还有“孤云”：“万族各有托，孤云独无依。暧暧空中灭，何时见馀辉。”（《咏贫士》其一）陶渊明生前是孤独的，他的诗歌是一个孤独者的自白。他生命的光辉在他死后才逐渐放射出来，“千秋万岁名，寂寞身后事”（《梦李白》其二），杜甫的这两句诗用在陶渊明身上是再恰当不过了。

陶渊明在海外也产生了很大影响。成书于八世纪（奈良时期）的汉诗集《怀风藻》中很多诗都能看出所受陶诗影响的痕迹。九世纪时（平安时代）日本人藤原佐世的《日本国见在书目录》中就有《陶潜集》十卷，列为别集第一，学者考证认为是北齐阳休之本[30]。可见，陶集传入日本的时间是比较早的。约在隋末唐初，随着《文选》的流传，陶渊明的作品也传至朝鲜半岛。新罗时期的崔致远，是古代韩国文学史中较早接受并解读陶渊明的一位重要诗人。近代以来，日韩翻译和研究陶渊明的学者仍旧不少，出现了一些很好的译本和研究著作[31]。单就陶集注译本来说，日本有本田成之《陶渊明集讲义》（1922）、铃木虎雄《陶渊明诗解》（1948）、斯波六郎《陶渊明诗译注》（1951），以及松枝茂夫、和田武司合译的《陶渊明集》（1990 年）等；在韩国，则有车柱环上世纪八九十年代在《回归》杂志上陆续推出的《韩译陶渊明》系列，后结集为《韩译陶渊明全集》（2001）。

陶渊明的作品受到西方学者的关注要晚很多，大约在十九世纪末至二十世纪初期。1898 年，德国汉学家阿尔弗雷德·佛尔克（Alfred

Forke）出版了《陶渊明 · 桃花源》。大概在1905年前，京师同文馆俄文馆的学生张叔严在莫斯科拜访了列夫 · 托尔斯泰，他翻译了陶渊明的田居诗给对方，认为托尔斯泰的诗和行事“绝类靖节先生”，因为托尔斯泰当时正居乡村“躬自操作”[32]。二十世纪二十年代，中国诗人梁宗岱在巴黎用法文翻译了陶渊明的十几首诗和几篇散文，寄给了罗曼 · 罗兰。在法国后期象征派大师保尔 · 瓦雷里（Paul Valery）的鼓励下，梁于1930年秋正式出版了法文本《陶潜诗选》[33]。在英语世界中，最早翻译和介绍陶渊明及其作品的是翟理斯（Herbert Allen Giles）。他于1898年出版的《古今诗选》（*Chinese Poetry in English Verse*）中，选录了三首陶诗。1901年他出版的《中国文学史》（*A History of Chinese Literature*）中，又简单介绍了陶的生平，并翻译了陶的《归去来兮辞》全文和《桃花源记》部分等。其后，著名汉诗翻译家阿瑟 · 韦利（Arthur Waley）在1918年出版了《汉诗一百七十首》（*A Hundred and Seventy Chinese Poems*），其中选译了陶诗十四首。1950年代以来，英语世界对陶渊明的译介不再限于面对普通读者的一般性介绍，也开始向学术性翻译过渡，其中较著者有哈佛大学海陶玮（James Robert Hightower）所译的《陶潜诗集》（*The Poetry of Tao Ch"ien*，1970年），以及悉尼大学戴维斯（A. R. Davis）的译本《陶渊明（公元365—427）：他的著作及其意义》（*Tao Yuan-ming*[AD365—427]：*His Works and Their Meaning*，1983年）。与学术翻译开展的同时，相关陶渊明的批评和阐释研究也不断出现。二十世纪九十年代以来，陶渊明成为北美汉学界研究最多的诗人之一。相关专著如邝龑子（Charles Yim-tze Kwong）的《陶潜与中国诗歌传统》（*Tao Qian and the Chinese Poetic Tradition*，1994年），田晓菲的《尘几录：陶渊明与手抄本文化研究》（*Tao Yuanming and Manut Culture*：*The Records of a Dusty Table*，2005年），田菱（Wendy Swartz）的《阅读陶渊明：历史接受的变化体式（427—1900）》（*Reading Tao Yuanming*：

Shifting digms of Historical Reception[427—1900]，2008 年），以及罗秉恕（Robert Ashmore）的《阅读之转输：陶潜世界（365—427）中的文本与理解》（*The Transport of Reading*：*Text and Understanding in the World of Tao Qian*[365—427]，2010 年）[34]。西方世界的视角和观点有时与中国传统的研究相异甚大，但不同文化的碰撞，从积极面来看，是有助于相互文化的交流和反思的。因此，从更大的范围来看，陶渊明已经走出国门，成为一位国际的诗人。

陶渊明的作品流传了近一千六百年，至今仍然能够赢得广大读者的喜爱，并且超越国界成为具有世界性的文化财富，足以看出其中必有一种常读常新、经得起不断开掘的元素，有一种象征着中国传统文化永恒魅力的东西，有一种能够给全人类以启迪的智慧。

陶渊明的事迹及作品中所展现的人格精神可概括为“简约玄淡、不滞于物”八个字。唯简约方无累，唯玄淡方超远，唯不滞于物，心灵方能得到最大的自由。相比之下，当代人所追求的生活太借重于物了，艺术好像是外来的刺激，而不是内心的存在。陶渊明的艺术化生活是内在素质的无意的外现，这才是真正的风流。像陶渊明写诗，似乎无意为之，只是从实际生活中观察人生，观察宇宙，然后领悟到一点道理，产生了一种感情，蕴涵在心灵深处，一旦受到外力的诱发（如一片风景，一节古书，一件时事），便采取了诗的形式，像泉水一样流溢出来。

陶渊明在他的作品中努力探索社会黑暗的根源，寻求一个光明纯洁的社会。他看重的是人的道德方面，认为“养真”“任真”，使人保持自然，不被异化，就可以使社会得以纯化。早在十九世纪，美国著名作家梭罗（Henry David Thoreau）曾在马萨诸塞州康科德城（Concord）瓦尔登（Walden）湖畔自筑的木屋里生活了两年，自给自足，以表示对过分追求物质享受的现代社会的不屑。他将自己的经历写成一部书《瓦尔登》，其中流露出的对于自然的向往，与陶渊明暗合。在今天，当物欲几乎要统治人的精神使人成为它的奴隶时，曾经支持过陶渊明的那种智慧和力量也许能给当代人一点帮助，使人站立起来。当代德国著名的哲学家海德格尔（Heidegger，Martin）为之困惑的问题，早在一千五百多年前陶渊明已经思考过了。海德格尔不知道陶渊明，但他得出的结论颇有与陶渊明近似的地方[35]。

在中国士大夫对陶渊明的反复言说和描绘中，他不再仅仅是一个单纯的诗人，而逐渐成为士大夫抒发人生理想、寄托生命情怀的一个载体。后代的士大夫参与了对陶渊明的塑造，把自己从他作品中读出的人生体悟置入其中。不妨说，陶渊明是一座被后人不断耕耘的美丽园林，后人可以按照自己的理想、理解和期望来栽种各式各样的花木。这座园林没有脱离陶渊明原来的形态，保留了他的要素，但是变得更加丰富，更适合人们自身的需要，这样它就具有了文化符号的意义。作为文化符号的陶渊明，他的特质可以归结为清高、真淳、气节高尚，代表着回归自然的人生追求，以及对自然美的追求，是一个完全摆脱了世俗羁绊的高士形象。而我们知道，真实的陶渊明并非如此单一，他曾经在出处之间反复抉择，在他心里“贫富常交战”，贫穷的境地毕竟是难熬的。这些矛盾和苦闷，在他的作品中有所体现。但作为文化符号的陶渊明，则是被理想化了的。可以说，在我们的视野中，存在着“两个陶渊明”，一个是真实存在于晋宋之际的陶渊明，另一个，则是由历代读者不断塑造而成的、作为文化符号的陶渊明。我们研究陶渊明，不仅要研究那个真实的陶渊明，同样也要研究作为文化符号的陶渊明，甚至从某种程度上说，后者的研究对于我们深入理解中国文化具有更为重要的意义。

但陶渊明的认识仅仅局限于人性和道德的范畴。似乎“智巧萌”“大伪兴”便是社会腐败的根源，只要用“自然”之义去净化人类的道德，就可以达到净化社会的目的。他像一切看不到未来的人一样，只能从往古的传说中寻求理想，他所找到的理想不过是一个不可企及的“神界”，幽闭在桃源之中，永远得不到实现的机会。囿于时代等各方面的因素，陶渊明所反映出来的局限和不足，恰恰是值得现代社会借鉴，并不断完善的地方。

五、陶集的版本

陶渊明的作品，在他生前流传不广。梁代的萧统首先加以搜集整理，编了《陶渊明集》，并为之写序、作传。萧统所编陶集虽然已经佚失，但此后的陶集，如已佚的北齐阳休之本、北宋宋庠本、北宋僧思悦本，以及今存的一些宋代刻本如：毛氏汲古阁藏宋刻十卷本、宋人曾集刻本，都是在此基础上重编而成的。陶渊明的作品今存诗一百二十一首，赋、文、赞、述等十二篇，另有一些作品的真伪还不能确定。

中华书局2003年曾出版过我的《陶渊明集笺注》一书，《笺注》所用底本为毛氏汲古阁藏宋刻《陶渊明集》十卷本。此本是今存陶集最早刻本，所标异文约七百四十处之多，远超出所有其他宋元刻本，为诸善本中之最上者。本次陶集整理，就是在《陶渊明集笺注》的基础上，按照《中华传统文化百部经典》的统一体例加以调整而成的。本书的底本仍用汲古阁所藏宋刻本，所用参校本皆取宋元刻本，计有：

南宋庆元间黄州刊《东坡先生和陶渊明诗》四卷。原刻本。现藏台北“国家图书馆”。

南宋绍兴刻《陶渊明文集》十卷，苏体大字本。清康熙三十三年（1694）汲古阁毛扆覆宋本，现藏河南省图书馆。

南宋绍熙三年（1192）曾集重编刊本《陶渊明集》二册，诗一册，杂文一册。不分卷。原刻本。现藏中国国家图书馆。

南宋汤汉《陶靖节先生诗注》四卷，《补注》一卷。原刻本。现藏中国国家图书馆。

元李公焕《笺注陶渊明集》十卷。原刻本。现藏台北“国家图书馆”。

又兼采《文选》《乐府诗集》《艺文类聚》《太平御览》《册府元龟》《宋书》《晋书》《南史》等总集、类书、史书，以为参校。元代书法家俞和书陶潜诗二册，共九十九首，现藏台北“故宫博物院”，本书也偶有参考。

本书底本有校记，随正文以小字夹注，共约七百四十处，本书一律保留，使读者得见底本原貌。正文可改可不改者一律不改，尤忌无版本依据之臆改。凡据底本校记修改正文时，随文标注。凡据参校本修改底本原文者，也在正文夹注中标出，有时在注释中说明理由。其与各校本相同之处，一般不出校，以节省篇幅。本书偶有理校，必通盘考虑、详加考证，未敢臆断。亦必注明底本原作某，以供读者重新考订。

本书“注释”部分力求详明，举凡人物、地名、史实、本事、名物等，均加以考释，字义、词义、句义、典故、读音等亦有注释。所引书籍一律注出篇名。“点评”部分，旨在分析作品之涵义，偏重评点欣赏。另外，本书新增“旁批”，记录我本人涵泳陶渊明诗文的片断体会，也采集了前人的一些较有价值的说法，供读者参考。

本书是徐晓峰博士根据我所撰《陶渊明集笺注》（中华书局 2003 年版），按照《中国传统文化百部经典》的统一体例改写而成的。“导读”则是在我主编的《中国文学史》（高等教育出版社 1999 年版）中《陶渊明》这一章（由我执笔）的基础上，吸取我所撰一系列关于陶渊明的论文（北京大学出版社 1997 年结集为《陶渊明研究》），以及我所撰《陶渊明影像：文学史与绘画史之交叉研究》（中华书局 2009 年版）一书，加以整合而成的。他同时也一再核对引文，改正了我原来的一些错误。在此过程中，我们不断交换意见，反复切磋，其乐无穷。我年已八十有四，如果没有他的帮助，此书不知何时才能完成。在此对他表示由衷的感谢！

当然，本书中的疏漏不妥之处，一概由我本人负责。

2020 年 5 月 20 日

① 陶渊明的卒年，在陶渊明好友颜延之《陶征士诔》中有明确记载，为宋文帝元嘉四年丁卯（427），向无异义。关于其享年，《陶征士诔》只说“春秋若干”，而无明确记载。与此相关，其生年也就成了问题。萧统《陶渊明传》附于陶集者有曰：“潜元嘉四年卒，时年六十三。”但南宋曾集本《陶渊明集》所附萧统《陶渊明传》校曰“一无六十三字”。沈约《宋书・陶潜传》说“享年六十有三”，历来多采此说，至今仍占主流地位，王瑶、逯钦立及各种教科书均采此说（逯原采古直五十二岁说，后改从六十三岁说）。但早在宋朝，张缜就提出质疑，认为如果按陶渊明本人的《游斜川》推算，应是 76 岁，见其就吴仁杰《陶靖节先生年谱》所作的《辨证》。民国年间，梁启超、古直根据其作品考证，分别主张享年五十六和五十二。梁说见其《陶渊明》一书所附《陶渊明年谱》，商务印书馆1923年出版。古说见其《陶靖节年谱》，中华书局 1935 年《层冰堂五种》本。目前赞成梁说的，还有一些人。朱自清认为陶渊明的享年“只可姑存然疑而已”，见其《陶渊明年谱中之问题》，收入《朱自清古典文学论集》，上海古籍出版社 1981 年出版。此外还有几种不同的说法。我在《陶渊明享年考辨》一文中重申七十六岁说，并对各家之说有所辨析，见《文学遗产》1996 年第 1 期，后收入拙著《陶渊明研究》，北京大学出版社 1997 年版。陶的生年涉及多篇陶诗的解释，而本书是陶集的注本，为了对陶诗做出合理的解释，所以采用生于 352 年的说法。

② 关于陶渊明的名字，记载不同。颜延之《陶征士诔》称：“有晋征士浔阳陶渊明。”沈约《宋书・隐逸传》称：“陶潜字渊明，或云渊明字元亮。”萧统《陶渊明传》称：“陶渊明字元亮，或云潜字渊明。”佚名氏《莲社高贤传》称：“陶潜字渊明。”《南史・隐逸传》称：“陶潜字渊明，或云字深明，名元亮。”《晋书・隐逸传》称：“陶潜字元亮。”

③《晋书・陶侃传》，中华书局 1974 年排印本，第 1769 页。

④ 见关于陶渊明入桓玄幕的动机及其与桓玄的关系，张芝《陶渊明传论》一

书有详细考证，上海棠棣出版社 1953 年版。另参拙文《陶渊明与晋宋之际的政治风云》第一节所考，载《中国社会科学》1990 年第 2 期，又收入拙著《陶渊明研究》。

⑤ 关于陶渊明任镇军参军一事，一说不是任刘裕的参军，而是任刘牢之的参军，时间也略早，详见吴仁杰《陶靖节先生年谱》、陶澍《陶靖节年谱考异》，今人亦有从之者。但刘牢之并未做过镇军将军，此说不可信。朱自清《陶渊明年谱中之问题》有详细考辨。见《朱自清古典文学论集》，上海古籍出版社 1981 年版，第 473 页。另参拙文《陶渊明与晋宋之际的政治风云》第二节所考。

⑥ 关于陶渊明的隐逸，论述甚多，如王瑶《论希企隐逸之风》（原刊于《文艺复兴》中国文学专号，后收入《中古文人生活》一书，上海棠棣出版社 1951 年出版。又收入《中古文学史论》，北京大学出版社 1986 年出版），张芝《论陶渊明的政治态度》（见其《陶渊明传论》，上海棠棣出版社 1953 年版），逯钦立《读陶管见・归隐与躬耕自资》（原载《吉林师大学报》1964 年第 1 期，收入其《汉魏六朝文学论集》，吴云整理，陕西人民出版社 1984 年版），［日］石川忠久《陶渊明とその时代》第二章《陶渊明の归田》、第三章《隐士陶渊明》（日本东京研文 1994 年版）。

⑦ 朱自清《陶诗的深度》根据古直《陶靖节诗笺定本》统计，“陶诗用事，《庄子》最多，共四十九次，《论语》第二，共三十七次，《列子》第三，共二十一次”。见《朱自清古典文学论集》，上海古籍出版社 1981 年版，第 568 页。梁启超《陶渊明之文艺及其品格》说陶渊明是“儒家出身”，“一生得力处用力处都在儒学”。对陶渊明的品格，他在肯定陶渊明冲远高洁之外，又强调陶渊明是“极热烈极有豪气的人”，“缠绵悱恻最多情的人”，“极严正——道德责任心极重的人”。见其《陶渊明》，商务印书馆 1923 年版，第 7 页。

⑧ 朱自清《陶诗的深度》曰：“‘真’和‘淳’都是道家的观念，而渊明却将‘复真’‘还淳’的使命加在孔子身上；此所谓孔子学说的道家化，正是当时的趋势。”原注：参考冯友兰《中国哲学史》下册六〇二至六〇四面。

⑨ 关于引用《老》《庄》的次数，据［日］大矢根文次郎《陶渊明研究》第一篇第四章《陶渊明の思想》，日本东京早稻田大学出版部 1967 年出版，第 134 页。关于玄学思想对陶渊明的影响，可参看拙文《陶渊明崇尚自然的思想与陶诗的自然美》，见《古典文学论丛》第 2 辑，陕西人民出版社 1982 年版，又收入拙著《陶渊明研究》。

⑩ 关于陶渊明对佛教的态度，陈寅恪说：“盖其生平保持陶氏世传之天师道信

仰，虽服膺儒术，而不归命释迦矣。”见其《陶渊明之思想与清谈之关系》，燕京大学哈佛燕京学社 1945 年刊印，收入《金明馆丛稿初编》，上海古籍出版社 1980 年版，第 108~205 页。逯钦立《〈形影神〉诗与东晋之佛道思想》一文就《形影神》诗论曰：此诗乃反对慧远的报应说和形尽神不灭说。见其《汉魏六朝文学论集》。朱光潜说：“渊明是一位绝顶聪明底人，却不是一个拘守系统底思想家或宗教信徒。……在这整个心灵中我们可以发见儒家的成分，也可以发见道家的成分，不见得有所谓内外之分，……此外渊明的诗里不但提到‘冥报’而且谈到‘空无’（‘人生似幻化，终当归空无’）。我并不敢因此就断定渊明有意地援引佛说，我只是说明他的意识或下意识中可能有一点佛家学说的种子。”见其《诗论》第十三章，正中书局 1948 年初版，《朱光潜全集》第 3 卷，安徽教育出版社 1987 年版，第 254 页。

⑪ 关于陶渊明崇尚自然的思想，胡适《白话文学史》上（新月书店 1928 年出版）、容肇祖《魏晋的自然主义》（1996 年东方出版社据商务印书馆 1935 年刊本编校再版）、陈寅恪《陶渊明之思想与清谈之关系》均有论述。此处大意据拙文《陶渊明的哲学思考》，《国学研究》第 1 卷，北京大学出版社 1993 年出版，又收入拙著《陶渊明研究》。

⑫ 陶渊明的思想与性格具有复杂性，对此前人多有论述，已如上引。此外，朱光潜在《陶渊明》一文中说：“他和我们一般人一样，有许多矛盾和冲突；和一切伟大诗人一样，他终于达到了调和静穆。”（《诗论》，见《朱光潜全集》第 3 卷，安徽教育出版社 1987 年版，第 256 页）鲁迅说：“就是诗，除论客所佩服的‘悠然见南山’之外，也还有‘精卫衔微木，将以填沧海，形天舞干戚，猛志固常在’之类的‘金刚怒目’式。”（《题未定草》六，见其《且介亭杂文二集》，《鲁迅全集》第 6 卷，人民文学出版社 1958 年版，第 336 页）“自己放出眼光看过较多的作品，就知道历来的伟大的作者，是没有一个‘浑身是“静穆”的’。陶潜正因为并非‘浑身是“静穆”’，所以他伟大。”（《题未定草》七，同上，第 344 页）［日］冈村繁《陶渊明——世俗与超俗》则强调了他在超然背后隐藏着的利害得失之心（日本放送出版协会 1974 年出版）。

⑬ 参见冯友兰《论风流》（《三松堂学术论文集》，北京大学出版社 1984 年版，第 609 页）；拙文《陶渊明与魏晋风流》（《魏晋南北朝文学与思想学术研讨会论文集》，台北文史哲出版社 1991 年版，第 571~597 页；《中国典籍与文化论丛》第 1 辑转载，中华书局 1993 年版；又收入拙著《陶渊明研究》）。

⑭ 关于陶诗题材内容的分类，廖仲安大致分为咏怀诗和田园诗两类，见其《陶渊明》，中华书局 1963 年出版，第 67 页。

⑮ “行役”一词取自陶渊明《庚子岁五月中从都还阻风于规林二首》其二：“自古叹行役，我今始知之。”

⑯ 可参看齐益寿《陶渊明的宦游诗》，收入《毛子水先生九五寿庆论文集》，台湾幼狮文化事业公司 1987 年出版；王国璎《陶诗中的宦游之叹》，《文学遗产》1995 年第 6 期。

⑰ 《命子》诗，《册府元龟》作《训子》，历数自陶唐以来陶家祖先的业绩，于陶侃尤详。

⑱ 王叔岷承袭钟嵘之说又加以扩充，将陶诗分成四类：质直、风力、华靡、温厚，前三者就其五言诗而言，第四就其四言诗而言（见其《陶渊明诗笺证稿》，附录二《陶渊明及其诗》，台北艺文印书馆 1975 年刊行，第 546 页）。孙静用真、淳、朴概括陶诗艺术风格，见其《真、淳、朴——陶渊明的美学观及其艺术风格》一文，《光明日报》1983 年 3 月 22 日。

⑲ 王士禛秘本、朱夔增释《古学千金谱》卷一八，清乾隆五十五年（1790）治怒斋刊本。

⑳ 朱光潜对苏轼的话有详细的发挥：“陶诗的特点在平、淡、枯、质，又在奇、美、腴、绮。这两组恰恰相反的性质如何能调和在一起呢？把它们调和在一起，正是陶诗的奇迹；……陶诗的特色正在不平不奇，不枯不腴，不质不绮，因为它恰到好处，适得其中；也正因为这个缘故，它一眼看去，却是亦平亦奇，亦枯亦腴，亦质亦绮。”见《诗论》，《朱光潜全集》第 3 卷，安徽教育出版社 1987 年版，第 265 页。

㉑ 参见拙文《钟嵘〈诗品〉陶诗源出应璩说辨析》，《国学研究》第 2 卷，北京大学出版社 1994 年出版，后收入拙著《陶渊明研究》。

㉒ 参见葛兆光《从出世间到入世间》，《文学史》第 3 辑，北京大学出版社 1996 年出版，第 15 页。

㉓ 陈寅恪《桃花源记旁证》认为：它不仅是寓意之文，也是纪实之文：真实之桃花源在北方，其居人所避之秦乃苻秦，其纪实部分乃依据义熙十三年刘裕率师入关时戴延之等所闻见之材料而作成，其寓意部分乃牵连混合刘驎之入衡山采药故事加以点缀而成，《拟古》其二可以互相参证。原载《清华学报》第 11 卷第 1 期，1936 年出版，收入《金明馆丛稿初编》。

㉔ 颜延之《陶征士诔》盛赞其人品，而对其文学只有一句评论曰：“文取指达。”钟嵘《诗品》将他列入中品。

㉕ 萧统《陶渊明集序》曰：“其文章不群，词采精拔；跌荡昭章，独起众类；

抑扬爽朗，莫之与京。横素波而傍流，干青云而直上。语时事则指而可想，论怀抱则旷而且真。”见《梁昭明太子文集》卷四，《四部丛刊》影印宋刊本。

㉖ 在第二节“陶渊明的诗歌及其艺术特征”中，已引及苏轼对陶诗的评价：“质而实绮，癯而实腴”。在《评韩柳诗序》中，苏轼又说：“所贵乎枯澹者，谓其外枯而中膏，似澹而实美，渊明、子厚之流是也。”揭示了陶诗的平淡特色，并将其推为平淡美的典范。不仅如此，苏轼一生更是创作了一百多首和陶诗，引起了当时以及后世的大量继和之作，使陶渊明作为文化符号的意义更加鲜明。朱熹对陶渊明也是赞颂备至，如：“晋宋人物，虽曰尚清高，然个个要官职，这边一面清谈，那边一面招权纳货。陶渊明真个能不要，此所以高于晋宋人物。”（见清代陶澍《靖节先生集》附录“诸家评陶汇集”）“陶渊明诗，人皆说是平淡，据某看他自豪放，但豪放得来不觉耳。”（黎靖德编《朱子语类》卷一四〇，明刊本）南宋汤汉《陶靖节先生诗注》四卷，是现存最早的注本。他据韩驹对《述酒》诗的评论，详加考释，认为此诗是为刘裕篡晋而作。此说影响很大。

㉗ 1958 年 12 月至 1960 年 3 月，《光明日报》的《文学遗产》副刊展开了对陶渊明的大讨论，有一种意见认为陶渊明基本上是反现实主义的，无论在当代还是对后代都起着引人走向消极道路的促退作用；有人则对他抱肯定态度。经过讨论，对陶渊明抱肯定态度的占了上风。《文学遗产》编辑部将这次讨论中的重要论文编成《陶渊明讨论集》，中华书局 1961 年出版。

㉘ 韦凤娟《论陶渊明的境界及其所代表的文化模式》一文认为，屈原代表了载道文化，陶渊明代表了闲情文化。陶渊明所代表的这种文化模式深刻地契合了具有高度文化修养的封建士大夫独特的文化心理。宋元以来成为他们的认同对象，备受推崇。见《文学遗产》1994 年第 2 期。

㉙ 关于魏晋文人与酒之关系，鲁迅《魏晋风度及文章与药及酒之关系》一文有精辟的论述，见《而已集》。王瑶《文人与酒》曰：“所谓酒中趣即是自然，一种在冥想中超脱现实世界的幻觉。”见其《中古文学史论》。

㉚ 孙猛《日本国见在书目录详考》，上海古籍出版社 2015 年版，第 1829 页。

㉛ 本书参考文献列有部分研究著作，可参看。

㉜ 详参阿英《关于列夫・托尔斯泰》，《世界文学》1961 年第 12 期。

㉝ 陶渊明在德国、法国的译介情况，可参看张中《陶渊明在国外》，《南京师大学报》1982 年第 3 期；《大中华文库・陶渊明集》（汪榕培英译，熊治祁今译）“前言”部分，湖南人民出版社 2003 年版。

㉞ 英语世界的译介和研究情况，可具体参看吴伏生《英语世界的陶渊明研

究》，学苑出版社 2013 年版；胡玲《海外陶渊明诗文英译研究》，武汉大学 2015 年博士论文；卞东波《“走出去”的陶渊明》，《光明日报》2017 年 10 月 30 日。

㉟ 参看张世英《海德格尔的形而上学——兼析陶渊明的诗》，《文史哲》1991 年第 2 期。

陶渊明集

卷一　诗九首四言

停云一首并序

停云[1]，思亲友也。罇湛新醪[2]，园列初荣[3]。愿言不（一作弗）从[4]，叹息（一作想）弥襟[5]。

霭霭停云[6]，濛濛时雨[7]。八表同昏[8]，平路伊阻[9]。静寄东轩[10]，春醪独抚[11]。良朋悠邈[12]，搔首延伫[13]。

停云霭霭，时雨濛濛。八表同昏，平陆成江。有酒有酒，闲饮东窗。愿言怀人（一作仁），舟车靡从[14]。

东园之树[15]，枝条（一作叶）载荣[16]。竞用新好（一作朋新，一作竞朋亲好），以怡（原作招，注一作怡）

自《诗经》以后，四言诗少有佳作，渊明四言典雅舒缓，情致高迈，非常人可及。仿《诗》体例，诗前有小序，又取首句中二字为题。

“停云”二字，一经渊明写出，遂成为一种意象，隐喻思念亲友，仅今存辛弃疾词中就出现九次之多。以“停云”作室名别号者，亦不乏其人，如文徵明。

前二章仿《诗经》复沓。

树枝春天发出新芽，本是自然现象，但在陶渊明看来，这些新芽好像具有人的感情，是在有意使他高兴，诗人和大自然相融合。境界不凡。杜甫《后游》：“江山如有待，花柳更无私。”境界相似。

魏晋人常以“人亦有言”四字入诗，如王粲《赠士孙文始》：“人亦有言，靡日不思。”渊明诗中凡三见，除《停云》外，另见《时运》《命子》。

以飞鸟的鸣叫相和，联想到自己与好友的相知相契，妙甚。

余情[17]。人亦有言，日月于征[18]。安得促席[19]，说彼平生？

翩翩飞（一作轻）鸟[20]，息我庭柯[21]。敛翮闲止（一作正）[22]，好声相和。岂无他人，念子寔多[23]。愿言不获，抱恨如何[24]！

[注释]

[1]停云：停滞不散之云。 [2]罇（zūn）湛（chén）新醪（láo）：意谓酒罇之中斟满新酿之醪。罇，同“樽”。湛，没，见《说文》。湛，又有盈满之义。罇湛，意谓酒罇为酒所盈没。“醪”是带糟之酒，未漉者。 [3]园列初荣：与上句句式相同，意谓园中遍布鲜花。列，陈列，又有众多之义。初荣，初开之花。 [4]愿言不从：意谓思念友人而不得见。愿，思念。言，语助词。《诗·卫风·伯兮》：“愿言思伯。”不从，不顺遂。 [5]弥襟：满怀。 [6]霭霭：云集貌。 [7]濛濛：雨密貌。时雨：丁福保《陶渊明诗笺注》：“应时之雨。” [8]八表：八方以外极远之处。昏：指阴雨昏暗。 [9]平路伊阻：意谓连平路亦阻难不通矣。 [10]静寄东轩：静居于东轩之下。寄，寄身。东轩，东窗。 [11]春醪独抚：意谓独自饮酒。春醪，春酒。抚，持，此犹言把酒。 [12]悠邈：遥远。 [13]搔首：心情烦急之状。《诗·邶风·静女》：“爱而不见，搔首踟蹰。”延伫：久立等待。 [14]舟车靡从：欲往而无舟车相随也。 [15]东园：渊明《饮酒》其八：“青松在东园。” [16]载荣：犹始荣也。 [17]竞用新好，以怡余情：意谓东园之树竞相以其始荣之枝叶快慰我情。 [18]日月于征：《诗·唐风·蟋蟀》：“日月其迈。”征，犹“迈”，行也。 [19]促席：促近坐席。 [20]翩翩：疾飞貌，亦有轻快自得之意。《文选》张华《鹪鹩赋》：“翩翩然有以自

乐也。”李善注：“翩翩，自得之貌。” [21] 庭柯：庭园之树枝。渊明《归去来兮辞》：“眄庭柯以怡颜。” [22] 敛翮（hé）：敛翅。止：语助词。 [23] 寔：同“实”。 [24] 恨：憾也。

［点评］

元刘履《选诗补注》卷五：“此盖元熙禅革之后，而靖节之亲友，或有历仕于宋者，故特思而赋诗，且以寓规讽之意焉。”此说或由汤汉注所谓“相招以事新朝”引申而来。倘若就一二句断章取义，或可谓有感易代而发；若统观全诗，不过如诗序所谓思亲友也。但其孤独之感显而易见，或与其所处时代不无关系。从“岂无他人，念子寔多”看来，或有一思念之具体对象，但究系何人已不可考。渊明虽然性情高远，但对友人有一片热肠。以舒缓平和之四言写来，又有一种深情厚意见诸言内，溢于言表。王夫之以“深远广大”四字评之（《古诗评选》卷二），实为有见。

一、二章，雨中路阻，不得与友人往来。三章就“东轩”“东窗”引出“东园”之树，由枝条始荣联想岁月流逝，而思与亲友共话平生。四章，复由树及鸟，飞鸟尚能“好声相和”，而我却寂寞孤独，益发“抱恨”矣。

时运一首并序

时运，游暮春也。春服既成[1]，景物斯和[2]。偶景（一作影）独游[3]，欣慨（一作然）交心[4]。

“时运”指春夏秋冬四季之运行。

清邱嘉穗《东山草堂陶诗笺》卷一：“前二章游目骋怀，述所欣也；后二章伤今思古，寄所慨也，故曰‘欣慨交心’。”

“袭我春服，薄言东郊”二句写出一个过程，笔墨细致。

清沈德潜《古诗源》卷八：“‘翼’字写出性情。”“有风自南，翼彼新苗”二句大可玩味，禾苗没有翅膀，但在南风的吹拂下似乎张开了翅膀，渊明以童心观察大自然，乃有此佳句。

“静”乃儒家所谓仁者之性格。《论语·雍也》：“子曰：‘知者乐水，仁者乐山。知者动，仁者静。知者乐，仁者寿。’”宋汤汉《陶靖节先生诗注》卷一：“静之为言，谓其无外慕也，亦庶乎知浴沂者之心矣。”

迈迈（一作霭，又作蔼）时运[5]，穆穆良朝[6]。袭我春服[7]，薄言东郊[8]。山涤馀霭（一作蔼），宇暧微霄（一作馀霭微消）[9]。有风自南，翼彼（一作我）新苗[10]。

洋洋平泽（一作津），乃漱乃濯（一作濯濯）[11]。邈邈遐景，载欣载瞩[12]。称心而言，人亦易足（一曰人亦有言，称心易足）[13]。挥兹一觞[14]，陶（一作遥）然自乐。

延目中流，悠悠（一作悠想）清沂[15]。童冠齐业[16]，闲咏以归。我爱其静，寤寐交挥[17]。但怅（一作恨）殊世[18]，邈不可追[19]。

斯晨斯夕，言息其庐。花（一作华）药分列，林竹翳如[20]。清琴横床（一作膝），浊酒半壶。黄唐莫逮，慨独在余[21]。

[注释]

[1] 春服既成：春服已经穿定，气候确已转暖也。《论语·先进》：“（曾皙曰）暮春者，春服既成。冠者五六人，童子六七人，浴乎沂，风乎舞雩，咏而归。”成，定。 [2] 斯：句中连词。和：和穆。 [3] 景：同“影”。偶景：以自己之身影为伴，表示孤独。 [4] 欣慨交心：欣喜与慨叹两种感情交会于心。 [5] 迈迈：行而复行，此言四时不断运行。 [6] 穆穆：和美貌。嵇康

《赠秀才入军》:“穆穆惠风。” [7] 袭:衣加于外。 [8] 薄:迫,近。言:语助词。 [9] 山涤馀霭,宇暧微霄:意谓青山从朝雾中显现,天空罩上一层薄云。霭,云翳。宇,《淮南子·齐俗训》:“四方上下谓之宇。” 暧,遮蔽。霄,云气。 [10] 翼:名词用为动词,使张开翅膀。 [11] 洋洋:水盛大貌。平泽:涨满水之湖泊。漱、濯:洗涤。 [12] 邈邈遐景,载欣载瞩:意谓眺望远景心感欣喜。邈邈,远貌。遐景,远景。载,语助词。 [13] 称(chèn)心而言,人亦易足:意谓就本心而论,人之需求亦易满足。 [14] 挥兹一觞:意谓举觞饮酒。《还旧居》:“一觞聊可挥”,义同。 [15] 延目中流,悠悠清沂:意谓当此延目中流之际,平泽忽如鲁地之沂水。言外之意,向往曾皙所言之生活。延目,放眼远望。中流,此指平泽之中央。沂,河名,源出山东东南部。关于沂水,参看本诗注 [1] 所引《论语》。悠悠,形容水流之悠长。 [16] 童冠:童子与冠者,未成年者与年满二十者。齐业:课业完成。齐,通济。《尔雅·释言》:“济,成也。” [17] 我爱其静,寤寐交挥:意谓我爱曾皙之静,不论日夜皆向往不已,奋而求之也。寤,醒时。寐,睡时。交,《小尔雅·广言》:“俱也。” 挥,《说文》:“奋也。” [18] 殊世:不同时代。 [19] 追:追随。 [20] 翳(yì)如:犹翳然,隐蔽貌。 [21] 黄:黄帝。唐:尧。莫逮:未及,赶不上。

[点评]

一章出游,二章所见,三章所思,四章归庐。一二章欣,三四章慨。独游时心与景融,陶然自乐;乐中又有不得与古人相交之慨叹。暮春之景,隐居之乐,怀古之情,浑然交融,渊明之性情与人格毕现。

荣木，繁荣的树木。渊明《饮酒》其四：“劲风无荣木，此荫独不衰。”

荣木一首并序

荣木，念将老也。日月推迁[1]，已复九（原作有，注一作九）夏[2]。总（一作鬈）角闻道[3]，白首无成[4]。

采采荣木[5]，结根于兹[6]。晨耀（一作辉）其华，夕已丧之。人生若寄[7]，顦顇有时[8]。静言孔念，中心怅（一作恨）而[9]。

陶诗屡用“贞”字，如《和郭主簿》咏青松曰：“怀此贞秀姿，卓为霜下杰。”《戊申岁六月中遇火》自咏曰：“贞刚自有质，玉石乃非坚。”

采采荣木，于兹托根[10]。繁华朝起，慨暮不存。贞脆（一作慎）由人[11]，祸福无门[12]。匪道曷依，匪善奚敦[13]？

嗟余（一作予）小子，禀兹固陋[14]。徂年既流（一作遂往），业不增旧[15]。志彼不（一作弗）舍，安此日富[16]。我之怀矣，怛焉内疚[17]。

“我之怀矣，怛焉内疚”句，汤汉《陶靖节先生诗注》卷一：“盖自咎其废学而乐饮尔。”

先师遗训[18]，余岂之（一作云）坠[19]？四十无闻，斯不足（一作可）畏[20]。脂我行（原作名，注一作行）车，策我名骥（一作镳）[21]。千里虽遥，孰敢不至[22]？

清李光地《榕村诗选》卷三：“人但知靖节之清高旷达，岂知其隐居求志如此哉！”

[注释]

[1] 推迁：推移变迁。 [2] 九夏：夏季之九十天。九，原作

“有”，底本校曰“一作九”，今从之。“有夏”指夏代，或指中国。此诗中“夏”乃夏季，作“九夏”为是。 [3] 总角：收发结之。闻道：《论语·里仁》：“朝闻道，夕死可矣。” [4] 白首无成：与上句“总角”对举，皆以头发表示年龄。 [5] 采采：《诗·秦风·蒹葭》：“蒹葭采采。”毛传：“采采，犹萋萋也。” [6] 结根：固根。《古诗十九首》：“冉冉孤生竹，结根泰山阿。” [7] 人生若寄：《古诗十九首》：“人生忽如寄。”李善注引《尸子》：“老莱子曰：‘人生于天地之间，寄也。’”寄，客也。 [8] 顦顇（qiáo cuì）有时：意谓到一定时间就会憔悴、衰老以至死亡。时，时限。 [9] 静言孔念，中心怅而：安然深思，由衷地怅然。言，语助词。孔，甚。而，语助词。 [10] 托根：寄根。 [11] 贞脆由人：意谓贞脆取决于人自己。贞，坚贞。脆，脆弱。此“贞脆”指人年寿之长短，亦暗指人之节操。 [12] 祸福无门：《左传》襄公二十三年：“祸福无门，惟人所召。”《淮南子·人间训》：“夫祸之来也，人自生之；福之来也，人自成之。” [13] 匪：非。曷依：何所归依。奚敦：何以敦勉。 [14] 嗟余小子，禀兹固陋：意谓自己禀赋不佳。小子，自己之谦称，兼指自己年幼之时。固陋，固执鄙陋，见识短浅而不通达。 [15] 徂（cú）年既流，业不增旧：意谓时光流逝，而学业未曾有所增益。徂年，逝年。 [16] 志彼不舍，安此日富：意谓志虽在学，而竟安此酒醉。 [17] 怛（dá）：忧伤悲苦。 [18] 先师：指孔子。遗训：死者生前之教导。 [19] 之坠：犹“坠之”，宾语前置。之，代指先师遗训。坠，失落，此谓遗忘。 [20] 四十无闻，斯不足畏：《论语·子罕》：“四十、五十而无闻焉，斯亦不足畏也已。” [21] 脂：油，此谓将油涂在车轴上。策：鞭策。行，原作“名”，底本校曰“一作行”，今从之。“名车”殆随下文“名骥”而误。曰“名骥”可也，曰“名车”牵强。 [22] 孰：何。

[点评]

吴仁杰《陶靖节先生年谱》系此诗于四十岁，丁晏《晋陶靖节年谱》同。诗云："四十无闻，斯不足畏。"据以订为四十岁作，是也。又据"已复九夏"，当是此年夏季所作。逯钦立《陶渊明年谱稿》谓"《停云》《时运》《荣木》三诗，皆冠小序，而序文结构、句法悉同，疑为同时之作，故若是之画一也"，订此诗为四十岁作，其《陶渊明诗文事迹系年》亦曰四十岁之作。王瑶注同逯说。虽《荣木》确为四十岁所作，但不可因《时运》等诗与之体制相同，即确定为同时所作也。

此诗念念不忘进业与功名，是渊明出仕前所作。观"先师遗训"云云，可见儒家思想影响明显。

赠长沙公族孙（原作族祖）一首并序[1]

余于长沙公为族（原作长沙公于余为族，注一作余于长沙公为族，一无公字）祖，同出大司马。昭穆既远[2]，以（一作已）为路人[3]。经过浔阳[4]，临别赠此。

同源分流，人易世疏[5]。慨然（一作矣）寤叹，念兹厥初[6]。礼服遂悠，岁月眇徂（一作岁往月徂）[7]。感彼行路，眷然踌躇（一作蹰）[8]。

於穆令族，允构斯（一作新）堂[9]。谐气冬暄（原作辉，注宋本作暄），映怀圭璋[10]。爰采春花（一作华，一作爰来春苑），载警（一作散，又作惊）秋霜（一作爰采春苑，载散秋霜）[11]。我曰钦哉，寔宗之光[12]。

伊余云遘，在长忘同（忘一作志，忘同又作同行）[13]。言笑（原作笑言，注一作言笑）未久，逝焉西东。遥遥三湘（原作遥想湘渚，注一作遥遥三湘），滔滔九江[14]。山川阻远，行李时通[15]。

何以写心[16]？贻兹（一作怡此）话言[17]：进蒉虽微（一作少），终焉（原作在，注一作焉）为山[18]。敬哉离人[19]，临路凄然。款襟或辽，音问其先[20]。

清陶澍《靖节先生集注》卷一："此盖长沙公经过浔阳建桓公祠堂，以展亲收族，故诗美其气如冬日之温，怀有圭璋之洁，而堂成举祀，不胜秋霜怵惕之思。若此人者，岂非宗之光乎？""允构斯堂"乃用《尚书》典故，陶澍坐实其意，以为建桓公祠堂。此说并无旁证，难以成立。

[注释]

[1] 长沙公：晋大司马陶侃封长沙郡公。陶姓封长沙公而又任大司马者，在东晋仅陶侃一人。陶侃之爵位先传其子陶夏，后传其孙陶弘、曾孙绰之、玄孙延寿，此指延寿之子。渊明为陶侃曾孙，故于延寿之子为族祖。其下序文原作"长沙公于余为族祖"，底本校曰"一作余于长沙公为族祖"，兹据改。诗题原作"赠长沙公族祖"，不确，今参照序文改为"族孙"。诗曰："何以写心，贻兹话言：进蒉虽微，终焉为山。"此乃长辈对晚辈鼓励之言。又诗云："伊余云遘，在长忘同。"上句言"余"，下句言"在长"，显然是以长者自居。陶延寿，晋义熙五年（409）曾在刘裕军幕任谘议参军（《宋书·高祖本纪》），入宋后卒，

论年龄其子当可与渊明见面。延寿入宋已降封吴昌侯，此以长沙公称其子者，从晋爵也。延寿之父绰之与渊明为同曾祖之昆弟，故渊明可称延寿之子为族孙。 [2] 昭穆既远：意谓虽是同宗，然世系已远。昭穆，古代宗法制度，宗庙之次序，始祖居中，以下父子互为昭穆，左侧为昭，右侧为穆。祭祀时亦按此次序排列。 [3] 路人：陌生人。 [4] 浔阳：今江西九江，渊明家乡。史传多作“寻阳”。 [5] 同源分流，人易世疏：意谓此长沙公与余祖先相同而分支不同，一代一代逐渐变更而疏远矣。 [6] 慨然寤叹，念兹厥初：意谓慨叹于彼此之关系，而顾念其初之同源也。寤，觉也。厥初，其初。此指陶侃之始封也。 [7] 礼服遂悠，岁月眇徂：意谓亲属关系既已疏远，岁月之流逝又已久远。礼服，古代之丧礼，亲疏不同，丧服亦不同，谓之“服制”。眇徂，远逝，远去。 [8] 感彼行路，眷然踌躇：意谓顾恋徘徊，未便马上相认也。行路，路人。 [9] 於（wū）穆令族，允构斯堂：赞美其能继承祖先之事业。古直《陶渊明诗笺》：“《周颂（清庙）》：‘於穆清庙。’毛传：‘於，叹辞也。穆，美。’”令族，望族名门。允，信，诚然。 [10] 谐气冬暄，映怀圭璋：赞美长沙公谐和温厚，品德高贵。《礼记·礼器》“圭璋特”，孔疏：“圭璋，玉中之贵也。”用以比喻人品之高贵。 [11] 爰采春花，载警秋霜：赞美长沙公有春花之光彩、秋霜之警肃。 [12] 寔：确实。宗：宗族。 [13] 伊余云遘，在长忘同：意谓余与长沙公相遇，虽辈分为长，而竟忘为同宗也。 [14] 遥遥三湘，滔滔九江：湘水发源，与漓水合流后称漓湘，中游与潇水合流后称潇湘，下游与蒸水合流后称蒸湘，总称“三湘”。此指长沙公封地，亦其将去之地。九江，渊明居地。 [15] 行李时通：意谓希望时有书信往还。行李，使者。 [16] 写心：输心。《诗·小雅·蓼萧》：“既见君子，我心写兮。” [17] 贻兹话言：赠此善言，即以下二句。《诗·大雅·抑》："其维哲人，告之话言。"毛传："话言，古之善言也。" [18] 进篑虽微，终焉为山：《论语·子罕》："譬如为山，未成一篑。止，吾止也。譬如平地，虽覆一篑。进，吾往也。"《书·旅獒》："为山九仞，功亏一篑。"篑，同"篑"，土笼。 [19] 敬哉离人：此亦勉励长沙公之言。敬，谨慎。 [20] 款襟或辽，音问其先：意谓再次会面畅叙衷曲或遥遥无期，唯以通音信为要也。款，款曲，衷情。襟，襟怀。其，表示加强语气。

[点评]

此长沙公论爵位是嫡长，论辈分则是渊明族孙，原未曾见面，现以为路人。偶一相逢，遽又离别。诗之口吻不卑不亢，处处与彼此身份相合。一章，初见之感叹；二章，对长沙公之称赞；三章，惜别；四章，临别勖勉。观此诗，知渊明宗族观念颇深。重门阀乃当时士大夫之习俗，渊明亦未能免也。

酬丁柴桑一首[1]

有客有客，爰来爰（一作官）止[2]。秉直司聪，于惠百里[3]。飡胜如归[4]，矜（一作聆）善（一作音）若始[5]。

匪惟（一作作）谐也（一作也谐），屡有良由（一作游）[6]。载言载眺（一作载驰，一作载驰载驱），以写我

清温汝能《陶诗汇评》卷一："渊明诗，体质句逸，情真意婉，即偶然酬答，而神味渊永，可规可诵。"

"飡胜"二句，颇如沈德潜所云："可作箴规。"（《古诗源》卷八）

渊明《与殷晋安别》："一遇尽殷勤。"《五柳先生传》："既醉而退，曾不吝情去留。"

忧[7]。放欢一遇，既醉还休[8]。寔欣心期，方从我游[9]。

[注释]

[1] 丁柴桑：柴桑县令，名字未详。柴桑，渊明故里。 [2] 有客有客，爰来爰止：意谓丁柴桑自外地来居于此。《诗·邶风·斯干》："爰居爰处。"郑笺："爰，于也。" [3] 秉直司聪，于惠百里：意谓秉持正义，处事聪明，为惠全县。于，为。百里，古直《笺》引《文选》陆士衡《赠冯文罴迁斥丘令》："肆于百里。"李善注："《汉书》曰：'县，大率百里。'" [4] 飡胜如归：意谓吸取别人之胜理，则如归依之耳。飡，同"餐"。渊明《读史述》"共飡至言"（七十二弟子），又"望义如归"（程杵）。归，归依，归附。 [5] 矜善若始：意谓珍惜自己之善德，久而不怠，一如开始。矜，敬重，崇矜。 [6] 匪惟谐也，屡有良由：意谓彼此不仅感情投合，而且屡有良缘得以相处也。匪惟，非惟，不仅。 [7] 写：除也。 [8] 放欢一遇，既醉还（xuán）休：意谓一见情洽，痛饮尽欢，既醉便休。放欢，尽欢。还，便，随即。 [9] 寔欣心期，方从我游：意谓彼此方始交游，即以心相许，实乃快事也。心期，心中相许。

[点评]

此诗首章六句，次章八句，显然首章佚去二句。又，渊明四言诗多为四章，亦有多于四章者。此诗仅两章，意思亦不够完整，或所佚不仅二句，且又佚失两章欤？徐仁甫《古诗别解》卷六："察此章首句曰'匪惟谐也'，此承递前章之词。可见首章末缺二句，其末句必有'谐'字，而今本佚矣。"

答庞参军一首并序[1]

庞为卫军参军，从江陵使上都[2]，过浔阳见赠。

衡门之下[3]，有琴有书。载弹载咏，爰得我娱。岂无他好？乐是幽居。朝为灌园[4]，夕偃蓬庐[5]。

人之所宝，尚或未珍[6]。不有同爱（一作好），云（原作去，注一作云）胡以亲[7]？我求良友，实觏怀人[8]。欢心孔洽，栋宇唯邻[9]。

《礼记·儒行》："儒有不宝金玉，而忠信以为宝。"

伊余怀人，欣德孜孜[10]。我有旨酒，与汝乐之[11]。乃陈好言[12]，乃著新诗。一日不见，如何不思[13]！

嘉游未斁[14]，誓将离分[15]。送尔于（一作於）路，衔觞无欣[16]。依依旧楚，邈邈西云[17]。之子之远，良话曷闻[18]？

昔我云（一作之）别，仓庚载鸣[19]。今也遇之，霰雪飘零[20]。大藩有命[21]，作使上京。岂忘（一作妄）宴安[22]？王事靡宁[23]。

《诗·小雅·采薇》："昔我往矣，杨柳依依。今我来思，雨雪霏霏。"以上四句由此化出。

惨惨寒日，肃肃其风[24]。翩彼方舟，容与江中（一作容与冲冲，一作容裔江中）[25]。勖哉征人[26]，在始思终。敬兹良辰（一作晨）[27]，以保尔躬[28]。

"在始思终"，可作格言看待。

[注释]

[1] 庞参军：佚名，曾为卫军参军。凡诸王及将军开府者皆置参军。晋代诸州刺史多以将军开府，故亦置参军。 [2] 江陵：荆州治所。在今湖北省，长江北岸。上都：京都。晋宋时建都于建康，今南京市。自江陵出使上都，途经浔阳（寻阳）。 [3] 衡门：衡木为门，指简陋之居处。《诗·陈风·衡门》："衡门之下，可以栖迟。" [4] 灌园：刘向《古列女传·楚於陵妻》：楚王闻於陵子终贤，欲以为相。妻曰："夫子织屦以为食，……左琴右书，乐亦在其中矣。"遂相与逃而为人灌园。 [5] 偃：卧。蓬庐：草屋。 [6] 人之所宝，尚或未珍：意谓己所珍重者，不同于世人。 [7] 不有同爱，云胡以亲：意谓倘无同好，何以亲近耶？ [8] 实觏（gòu）怀人：意谓果然遇到所怀念之人。实，果然。觏，遇见。 [9] 欢心孔洽，栋宇唯邻：意谓欢心甚相合也，彼此居处相邻。洽，合也。宇，屋檐。唯，语助词。 [10] 伊余怀人，欣德孜孜：意谓我所怀之人，好德乐道，孜孜不倦。伊，发语词。 [11] 我有旨酒，与汝乐之：《诗·小雅·鹿鸣》："我有旨酒，以燕乐嘉宾之心。"旨酒，美酒。 [12] 陈：述说。 [13] 一日不见，如何不思：《诗·王风·采葛》："一日不见，如三月兮。"又，《君子于役》："君子于役，如之何勿思。" [14] 斁（yì）：厌倦。 [15] 誓将：同"逝将"。古直《笺》："《魏风·硕鼠》：'逝将去汝。'《公羊传》疏引作'誓将去汝'。"逝，往也。 [16] 衔觞：指饮酒。 [17] 依依旧楚，邈邈西云：意谓遥望庞参军将去之地，无限怀恋。旧楚，楚国旧都于郢，即江陵。邈邈，远也。 [18] 之子之远，良话曷闻：意谓庞参军远逝，何时再共言谈耶。之子，此人。良话，与上"好言"呼应。曷，何时。 [19] 昔我云别，仓庚载鸣：指同年春送别庞参军之事。云别，言别。仓庚，黄鹂。载鸣，始鸣。 [20] 今也遇之，霰雪飘零：指此次冬天之相遇。霰，空中

降落的白色不透明的小冰粒，有的地区称为“雪子”。 [21] 大藩：指宜都王刘义隆。藩，藩王。 [22] 宴安：闲逸安乐。 [23] 王事靡宁：《诗·小雅·四牡》：“王事靡盬，不遑启处。”靡，无。宁，安宁。 [24] 肃肃：《庄子·田子方》：“至阴肃肃。”成玄英疏：“肃肃，阴气寒也。” [25] 翩：摇曳飘忽貌。方舟：两船相并。容与：徐动貌。《楚辞·九章·涉江》：“船容与而不进兮”。 [26] 勖（xù）：勉。征人：行人。 [27] 敬：慎。 [28] 躬：身。

[点评]

渊明另有《答庞参军》五言一首，两诗之庞参军当系同一人。五言作于宋少帝景平元年癸亥（423）春，此四言《答庞参军》则作于同年冬。王弘自晋安帝义熙十四年（418）为江州刺史，宋武帝永初三年（422），进号卫军将军。景平元年（423）春，王弘命参军庞某使江陵，见宜都王义隆，庞有诗赠渊明，渊明作五言诗以答之。是年冬，庞又奉义隆之命以卫军参军自江陵使都，经浔阳，为诗赠渊明，渊明作四言以答之。时义隆仍为宜都王，故诗称“大藩有命，作使上京”。景平二年五月，徐羡之等谋废立，召王弘入朝；七月，废少帝，立义隆为文帝。庞参军之出使于江陵、上都之间，或有重任亦未可知。

一章，己之怀抱。二、三章，以往之交情。四章，春天之离别。五、六章，今冬之重逢与再别。所谓“在始思终”“以保尔躬”，似在勖勉中含有警诫之意。“王事靡宁”岂若己之“乐是幽居”耶？

朴、真属于老庄思想范畴。《老子》十九章："见素抱朴，少私寡欲。"《庄子·渔父》："真者，所以受于天也，自然不可易也。故圣人法天贵真，不拘于俗。"渊明认为上古生民保有人之朴素与真淳，最为可贵。

《老子》十八章："大道废，有仁义。慧智出，有大伪。"十九章："绝圣弃智，民利百倍。""绝巧弃利，盗贼无有。"

渊明《庚戌岁九月中于西田获旱稻》："人生归有道，衣食固其端。"

清蒋薰评《陶渊明诗集》卷一："'曳裾拱手'，说惰农趣甚。"

劝农一首

悠悠上古[1]，厥初生民（一作人）[2]。傲然自足[3]，抱朴含真[4]。智巧既萌，资待靡（一作无）因[5]。谁其（一作能）赡之[6]？实赖哲人。

哲人伊何[7]？时惟后稷[8]。赡之伊何？实曰播植。舜既躬耕，禹亦稼穑[9]。远若周典，八政始食[10]。

熙熙令德（一作音）[11]，猗猗原陆[12]。卉木繁荣，和风清穆。纷纷士女，趋时竞逐[13]。桑妇宵兴（一作征），农夫野宿[14]。

气节易过[15]，和泽难久[16]。冀缺携俪[17]，沮溺结耦（一作缺携尚植，沮溺犹耦）[18]。相彼贤达[19]，犹（一作尤）勤垄亩。矧伊众庶[20]，曳裾拱手[21]。

民生在勤，勤则不匮[22]。宴（一作燕）安自逸[23]，岁暮奚冀[24]？檐石不（一作弗）储[25]，饥（一作饑）寒交至[26]。顾余（一又作尔）俦列[27]，能不怀愧？

孔耽道德，樊须是鄙[28]。董乐琴书，田园（一作园井）弗（一作不）履[29]。若能超然，投迹高轨。敢不敛衽，敬赞（一作难赞）德美[30]。

[注释]

[1] 悠悠：久远。 [2] 厥初生民：《诗·大雅·生民》："厥初生民，实维姜嫄。"厥初，其初。 [3] 傲然自足：意谓自足而无他求，遂能傲然也。 [4] 抱朴含真：意谓保持朴素真淳，即保持未曾沾染名教与智巧之人性。 [5] 智巧既萌，资待靡因：意谓上古生民抱朴含真之时，可以傲然自足，智巧既已萌生，欲广用奢，反而无从供给矣。巧，技巧，技能。资，供给。待，供给，备用。 [6] 谁其赡之：意谓谁将使之富足。赡，充足。 [7] 伊何：惟何。 [8] 时惟后稷：时惟，是为。后稷，周人之始祖，相传姜嫄踏上帝足迹怀孕而生。善农作，曾任尧、舜的农官，教民耕种。《诗·大雅·生民》："载生载育，时维后稷。"毛传："播百谷以利民。" [9] 舜既躬耕，禹亦稼穑（sè）：《史记·五帝本纪》："舜耕历山。"《论语·宪问》："禹、稷躬稼而有天下。"躬耕，亲身耕种。稼，播种。穑，收获。 [10] 远若周典，八政始食：意谓远古之经书如周典者，以食为八政之始也。周典，指《尚书》，其《周书·洪范》载"八政"：一曰食，二曰货，三曰祀，……。始食，以食为始。 [11] 熙熙：和乐貌。令德：美德。此言古之哲人。 [12] 猗猗（yī）：美盛貌。原陆：高而平之土地。 [13] 纷纷士女，趋时竞逐：意谓在哲人之感召下，众士女纷纷趁时竞相耕作。纷纷，众多貌，络绎貌。趋时，此指赶农时。 [14] 桑妇宵兴，农夫野宿：意谓在哲人之感召下，农夫桑妇亦勤于劳作。宵兴，天尚未亮即已起身。野宿，夜晚住宿于田野之间。 [15] 气节：犹节气，一年二十四节气皆与农业有关。 [16] 和泽：温和润泽之气候。渊明《和郭主簿》其二："和泽周三春。" [17] 冀缺携俪：《左传》僖公三十三年："初，臼季使过冀，见冀缺耨，其妻馌之。敬，相待如宾，与之归。"俪，夫妇。 [18] 沮溺结耦：《论语·微子》："长沮、桀溺耦而耕。"结耦，合耦。耦，并

渊明《癸卯岁始春怀古田舍》："先师有遗训，忧道不忧贫。瞻望邈难逮，转欲志长勤。"与"孔耽道德，樊须是鄙"句意近。

耕。 [19] 相：看。贤达：有才德、声望之人，此指冀缺、长沮、桀溺等。 [20] 矧（shěn）：况且。伊：代词，此。庶：众民。 [21] 曳（yè）裾拱手：形容无所事事。曳裾，拖着大襟。 [22] 民生在勤，勤则不匮：用《左传》宣公十二年成句。匮，缺乏。 [23] 宴：安逸。 [24] 岁暮奚冀：意谓年终何所希望耶？无所收获也。 [25] 儋（dàn）石不储：意谓连很少粮食都无储存。儋：同"擔"，量词。《吕氏春秋·异宝》："禄万儋。"高诱注："万儋，万石也。"儋石，一担粮食，言粮少。 [26] 交至：俱至。 [27] 顾：看。俦列：犹同伴之辈。 [28] 孔耽道德，樊须是鄙：意谓孔子乐于道德而鄙视农耕。《论语·子路》："樊迟请学稼，子曰：'吾不如老农。'请学为圃，曰：'吾不如老圃。'樊迟出。子曰：'小人哉，樊须也！'"樊须，字子迟。耽，乐。 [29] 董乐琴书，田园弗履：意谓董仲舒乐于琴书而足不至田园。《史记·董仲舒传》："以治《春秋》，孝景时为博士。下帷讲诵，弟子传以久次相受业；或莫见其面，盖三年，董仲舒不观于舍园，其精如此。" [30] 若能超然，投迹高轨。敢不敛衽，敬赞德美：意谓如能超然于衣食需求之上，投足于孔子、董仲舒之高尚道路，虽不务稼穑，敢不尊敬赞美乎？否则，不可不从事农耕也。敛衽，整理衣袖，表示恭敬。

[点评]

"劝农"者，劝勉农耕也。渊明义熙元年（405）曾为彭泽令，时当仲秋至冬。《劝农》所写为春景，显然不是任彭泽令时所作。一章、二章、三章、四章，言农业之兴及农耕之乐。五章，劝农，从正面说来。六章，劝农，从反面说来。

命子一首

“命子”，犹教子，其大要在追述祖德以教训之。《册府元龟》作“训子”，意同。

悠悠我祖，爰自陶唐[1]。邈为虞宾，世历（一作历世）重光[2]。御龙勤夏，豕韦翼商[3]。穆穆司徒，厥族以昌[4]。

纷纭（一作纷纷）战国，漠漠衰周[5]。凤隐于林，幽人在丘[6]。逸虬绕云，奔鲸骇流[7]。天集有汉，眷余愍侯[8]。

於赫愍侯，运当攀龙[9]。抚剑风（一作夙）迈，显兹武功[10]。书（一作参）誓河山（一作山河），启土开封[11]。亹亹丞相，允迪前踪[12]。

浑浑长源，郁郁洪柯。群川载导，众条载罗[13]。时有语默，运因隆窊（一作窳）[14]。在我中晋，业融长沙[15]。

《易·系辞》：“君子之道，或出或处，或语或默。”

桓桓长沙，伊勋伊德[16]。天子畴我，专征南国[17]。功遂辞归，临宠不忒[18]。孰谓斯心（一作远），而近可得[19]。

陶侃谥曰“桓”。《晋书·陶侃传》载：咸和九年（334）六月陶侃疾笃，曾上表逊位。

肃矣我祖，慎终如始。直方三（原作二，注一作三）台，惠和千里[20]。於穆（一作皇）仁考，淡焉虚止[21]。寄迹风云，寘（一作冥）兹愠喜[22]。

嗟余寡陋，瞻望弗及[23]。顾惭华鬓，负影只立（一作贫贱介立）[24]。三千之罪，无后为急（原作无复其急，注一作无后为急，一作后无其急）[25]。我诚念哉，呱闻尔泣[26]。

王叔岷《陶渊明诗笺证稿》："陶公为叶韵，易大为急。"

卜云嘉日，占亦（一作云）良时[27]。名汝曰俨，字汝求思[28]。温恭朝夕，念兹在兹[29]。尚想孔伋，庶其企而[30]。

厉夜生子，遽而求火[31]。凡百有心，奚特于（一作於）我[32]？既见其生，实欲其可[33]。人亦有言，斯情无假。

温汝能《陶诗汇评》卷一："七章以下方说生子命子之意。然观其自嗟寡陋，自惭影只，谆谆诫勉，其切望于诸子深矣。"

日居月诸，渐免于孩[34]。福不虚至，祸亦易来[35]。夙兴夜寐，愿尔斯才[36]。尔之不才，亦已焉哉[37]。

[注释]

[1] 悠悠我祖，爰自陶唐：意谓远祖始自尧。悠悠，久远貌。爰，助词，起补充音节之作用。陶唐，尧始居于陶丘，后为唐侯，故曰陶唐氏。 [2] 邈为虞宾，世历重光：意谓尧之子丹朱为虞宾，旷世历代其德重明也。邈，远。虞宾，尧子丹朱，舜待以宾礼，故称虞宾。重光，《尚书·顾命》："昔君文王、武王，宣重光。" [3] 御龙勤夏，豕韦翼商：意谓先祖御龙氏尽力于夏，而豕韦氏又辅佐商。《左传》襄公二十四年："（范）宣子曰：昔匄之祖，

自虞以上为陶唐氏，在夏为御龙氏，在商为豕韦氏。”翼，辅助。 [4] 穆穆司徒，厥族以昌：意谓陶叔又使陶族得以昌盛。穆穆，《诗 · 大雅 · 文王》：“穆穆文王。”毛传：“穆穆，美也。”司徒，古代官名，西周始置，掌管土地与人民。陶叔曾为周之司徒。《左传》定公四年：“聃季授土，陶叔授民，命以《康诰》，而封于殷虚。”杜预注：“陶叔，司徒。”杨伯峻《春秋左传注》谓：陶叔疑即曹叔振铎，其封近定陶，故又谓之陶叔。 [5] 纷纭战国，漠漠衰周：意谓战国纷争杂乱，而王室遂衰微寂寞矣。纷纭，乱貌。漠漠，寂静无声。衰周，东周王室。各诸侯国纷争，而王室衰微寂寞。 [6] 凤隐于林，幽人在丘：意谓在战国乱世中贤者隐居不仕，陶氏亦不显。幽人，隐士。 [7] 逸虬绕云，奔鲸骇流：意谓纵逸之虬龙蟠绕于云间，奔逸之鲸鱼惊起于水中。形容秦末群雄竞起。虬，无角龙。 [8] 天集有汉，眷余愍侯：意谓皇天使汉成功，并眷顾愍侯陶舍。集，成就。有，语助词，常用于朝代名称前。愍侯，指陶舍。《史记 · 高祖功臣侯者年表》作“闵侯”，曰：“(陶舍)以右司马汉王五年初从，以中尉击燕，定代，侯。比共侯二千户。”其国在开封。 [9] 於（wū）赫愍侯，运当攀龙：意谓愍侯得到追随帝王建功立业之机缘。於，叹美声。赫，光明貌。攀龙，《法言 · 渊骞》：“攀龙鳞，附凤翼。”此以龙凤比喻圣哲，谓弟子因圣哲以成德。后多以龙凤指帝王，谓臣下从之以建功立业。《后汉书 · 光武帝纪》：“从大王于矢石之间者，其计固望其攀龙鳞，附凤翼，以成其所志耳。” [10] 抚剑风迈，显兹武功：称颂愍侯之武功。抚剑，持剑。风迈，如风之超越也。 [11] 书誓河山，启土开封：意谓高祖书写誓言分封诸侯，陶舍得以分土于开封。《史记 · 高祖功臣侯者年表》：“封爵之誓曰：‘使河如带，泰山若厉。国以永宁，爰及苗裔。’”意谓除非黄河如衣带，泰山如磨石，国不得亡也。国既永宁，爵位当世代相传。 [12] 亹亹

（wěi）丞相，允迪前踪：意谓陶青果能蹈袭父踪，而为丞相。亹亹，勤勉貌。丞相，指陶青，《汉书·百官公卿表》：孝文后二年八月庚午，“开封侯陶青为御史大夫，七年迁”。孝景二年八月丁未，“御史大夫陶青为丞相”。允，信。迪，蹈。［13］浑浑长源，郁郁洪柯。群川载导，众条载罗：意谓陶氏源远流长，根深叶茂，后代枝派分散。浑浑，水流盛大貌。郁郁，繁盛貌。洪柯，大树枝。条，枝条。［14］时有语默，运因隆窊（wā）：意谓时运有盛有衰，有高有低。窊，低下。［15］在我中晋，业融长沙：意谓在我中晋之时，长沙公陶侃功业昭著。中晋，犹言晋之中世，指晋室东迁以降也。融，明。长沙，陶侃以平定苏峻之功，封长沙郡公。［16］桓桓长沙，伊勋伊德：意谓长沙公威武，不仅有功勋，而且有德行。桓桓，威武貌。伊，语气词。［17］天子畴我，专征南国：意谓天子酬我，授命都督南国。畴，通“酬”。专征，古侯伯有大功者，得专自征伐，不待奉天子之命。南国，陶侃都督荆、江等八州诸军事，荆、江二州刺史，地当南国。［18］功遂辞归，临宠不忒（tè）：意谓陶侃功成辞归，临宠而无失。忒，疑惑。［19］孰谓斯心，而近可得：意谓陶侃此心难得也。［20］肃矣我祖，慎终如始。直方三台，惠和千里：称颂祖父之谨慎，其直方之德闻于朝中，而惠和之风广被千里。肃，庄重。《老子》六十四章：“慎终如始，则无败事。”直方，古直《笺》引《易》：“文言曰：直其正也，方其义也。君子敬以直内，义以方外。”三台，汉代对尚书、御史、谒者之总称。尚书为中台，御史为宪台，谒者为外台，合称“三台”。千里，指太守管辖之区域。渊明祖父既“惠和千里”，必曾任太守无疑。《晋书·陶潜传》：“祖茂，武昌太守。”与《命子》诗正相合。惟陶茂名不见《晋书·陶侃传》，《传》曰：“侃有子十七人，唯洪、瞻、夏、琦、旗、斌、称、范、岱见旧史，馀者并不显。”清全祖望《鲒埼亭集外编》谓陶茂任武昌太守，不得曰不显。因疑陶茂非侃子，渊明应为侃七世孙。此说非是，察《陶侃传》所举九子，或称侯，或称伯，或为将军，或为尚书，陶茂仅为太守，与此九人相比，曰不显可也。宋邓名世《古今姓氏书辨证》曰："晋太尉侃之祖父同，……生侃，……侃生员外散骑岱。岱生晋安城太守逸。逸生彭泽令、赠光禄大夫潜。"曰渊明祖父名岱，但陶岱仕为员外散骑，与《命子》诗不合。今从《晋书》。 [21] 於穆仁考，淡焉虚止：称颂先父性情淡泊。於穆，《诗·周颂·清庙》："於穆清庙。"毛传："於，叹辞。穆，美也。"考，《礼·曲礼下》："生曰父，曰母，……死曰考，曰妣。"止，语末助词。《晋书·陶潜传》不载其父名。据诗意，其父生性淡泊，于仕宦并不热衷，故未言其官职。渊明父名各家说不同，均无确证，仅可备考而已。 [22] 寄迹风云，寘兹愠喜：意谓先父托身于风云之上，不因仕宦与否而有所愠喜。寄迹，托身。寘，废止，弃置。丁福保《笺注》引《论语·公冶长》："令尹子文，三仕为令尹，无喜色；三已之，无愠色。" [23] 嗟余寡陋，瞻望弗及：意谓自己孤陋寡闻，望祖先之项背而不可及。 [24] 顾惭华鬓，负影只（zhī）立：意谓看到自己两鬓已经花白，而仍无子嗣，只有影子为伴，心感惭愧。 [25] 三千之罪，无后为急：意谓在各种罪过中以无后为最大。《孝经》："五刑之属三千，而罪莫大于不孝。"《孟子·离娄》："不孝有三，无后为大。" [26] 我诚念哉，呱（gū）闻尔泣：意谓我正念及无后之事，而汝诞生矣。呱，小儿之哭声。 [27] 卜云嘉日，占亦良时：意谓为汝占卜生辰，日期时辰均吉利。 [28] 名汝曰俨，字汝求思：《礼记·曲礼上》："毋不敬，俨若思。"郑注："俨，矜庄貌。人之坐思，貌必俨然。" [29] 温恭朝夕，念兹在兹：此乃就所命之名（俨），申发其义，以勉励儿子。希望他由自己之名，牢记为人须时时温和恭敬。 [30] 尚想孔伋（jí），庶其企而：此乃就所命之字（求思），申发其义，有追慕孔伋之意也。孔伋，字子思，孔子孙，作《中庸》。尚，上。庶，希冀。企，企及。而，用于句末之语助词，相当于“耳”。　[31] 厉（lài）夜生子，遽（jù）而求火：意谓希望儿子勿如自己之无成也。《庄子·天地》：“厉之人，夜半生其子，遽取火而视之，汲汲然唯恐其似己也。”厉，通“癞”。遽，匆忙。　[32] 凡百有心，奚特于我：意谓是人皆有此心，何独自己如此。　[33] 可：宜，赞许之辞。古直《笺》：“《世说·赏誉篇》：‘王大将军称其儿云：其神候似欲可。’又曰：‘王仲祖、刘真长造殷中军谈，谈竟俱载去。刘谓王曰：渊源真可。’据此，则题目人以‘可’字，乃晋人之常也。”　[34] 日居（jī）月诸，渐免于孩：意谓日月流逝，陶俨已渐长大。居，语气词，相当于“乎”。诸，助词，相当于“乎”，表示感叹。《诗·邶风·日月》：“日居月诸，照临下土。”　[35] 福不虚至，祸亦易来：王叔岷《笺证稿》：“‘亦’犹‘则’也。《淮南子·人间篇》：‘祸之来也，人自生之；福之来也，人自成之。’”　[36] 夙兴夜寐，愿尔斯才：勉励陶俨早起晚睡，勤奋努力，以成才也。斯，是，为。　[37] 尔之不才，亦已焉哉：意谓尔若不才，亦无可奈何也。

[点评]

诗曰：“三千之罪，无后为急。我诚念哉，呱闻尔泣。”显然是对长子而言。又曰“名汝曰俨”，据《与子俨等疏》，陶俨乃长子无疑。

全诗共十章。一章，言陶姓氏族之所自来。二章、三章，追述汉代时陶舍、陶青之德业。四章，谓陶青之后未有显者，迨至中晋始有长沙公。五章，述曾祖长沙公之功德。六章，述祖父及父亲之德操。七章，感叹自身之寡陋，抒写盼望得子之心情。八章，为子命名以及名字之意义。九章，望子成才。十章，诫子以福祸之由。

魏晋士大夫重门阀，多有言及祖德并自励者，如：王粲《为潘文则作思亲诗》、潘岳《家风诗》、陆机《与弟清河云诗》之类。渊明《命子》追述先祖功德，颇以家族为荣，亦属此类。然渊明于其曾祖陶侃特拈出“功遂辞归，临宠不忒”；于其祖特拈出“直方”“惠和”；于其父特拈出“淡焉虚止”；于其子特以“俨”命之，又以福祸由己诫之，虽望其成才而亦不强求。淡泊功名，乐天知命，又非一般炫耀家族者可比也。

归鸟一首

翼翼归鸟[1]，晨去于林。远之八表[2]，近（一作延）憩云岑[3]。和风弗（一作不）洽，翻翮求心[4]。顾俦相鸣，景庇清阴[5]。

翼翼归鸟，载翔载飞。虽不怀游，见林情依（一作飘零）[6]。遇云颉颃，相鸣（一作鸣景）而归[7]。遐路诚悠，性爱无遗[8]。

翼翼归鸟，驯（一作相）林徘徊[9]。岂思天路，欣反（一作及）旧栖[10]。虽无昔侣，众声每谐。日夕气清，悠然其怀[11]。

陶诗中屡次出现归鸟意象，如《饮酒》：“因值孤生松，敛翮遥来归。”“山气日夕佳，飞鸟相与还。”“日入群动息，归鸟趋林鸣。”《咏贫士》：“迟迟出林翮，未夕复来归。”《读山海经》：“众鸟欣有托，吾亦爱吾庐。”《归去来兮辞》：“云无心以出岫，鸟倦飞而知还。”此皆渊明自身归隐之象征。

从“顾俦相鸣”可知，此诗所写之归鸟非孤鸟。众鸟相和，翼翼而飞。

汤汉《陶靖节先生诗注》卷一：“托言归而求志，下文‘岂思天路’意同。”

陶澍《靖节先生集注》卷一："末二句言业已倦飞知还，不劳虞人之视，超举傲睨之辞也。"黄文焕《陶诗析义》卷一引沃仪仲曰："总见当世无可错足，不如倦飞知还之为得。'已卷安劳'，是全篇心事。"

翼翼归鸟，戢羽寒（一作搴）条[12]。游不旷林[13]，宿则（一作不）森标[14]。晨风清兴，好音时交[15]。矰缴奚功（一作施），已卷（原作卷已，注一作已卷）安劳（一作旦暮逍遥）[16]。

[注释]

[1] 翼翼：《离骚》："凤皇翼其承旂兮，高翱翔之翼翼。"王逸注："翼翼，和貌。" [2] 之：往。八表：八方以外极远之处，详《停云》注。 [3] 憩：休息。云岑：高入云霄之山。 [4] 和风弗洽，翻翮求心：意谓未遇和风，即转翅返回，以求遂己之初心。洽，和谐。 [5] 顾俦相鸣，景庇清阴：意谓众鸟相约，庇于清阴之中。顾俦，俦侣互相顾盼。 [6] 虽不怀游，见林情依：意谓惟其本不想出游，故一见林即依依不舍。虽，通"惟"，发语助词。 [7] 颉颃：鸟飞上下貌。 [8] 遐路诚悠，性爱无遗：意谓诚然路途遐悠，远飞多碍；然性本喜爱旧林，亦未能舍弃也。性爱，本性之所爱。遗，舍弃，遗弃。 [9] 驯林徘徊：意谓顺林而徘徊，不忍离去。驯林，犹顺林。驯，从。 [10] 岂思天路，欣反旧栖：意谓不想远走高飞，登上天路，只因返回旧栖而欣喜。天路，天上之路，此有喻指仕途显达之意。旧栖，原先之栖宿处。 [11] 悠然其怀：心怀悠远貌。 [12] 戢羽寒条：意谓敛翅于寒枝之上。渊明《饮酒》其四："因值孤生松，敛翮遥来归。" [13] 旷：远离，疏远。 [14] 森：树木丛生繁密貌。标：树梢。 [15] 晨风清兴，好音时交：意谓在晨风中兴致高爽，时时以好音交相鸣和。 [16] 矰缴（zēng zhuó）奚功，已卷安劳：意谓弓箭已起不到作用，众鸟已然藏林，何劳乎弋者？矰，一种短箭。缴，系在矰上之丝绳。奚，何。

[点评]

《归鸟》作于晋安帝义熙二年丙午（406）秋冬。王瑶注曰：“诗中歌颂归鸟，如‘岂思天路，欣及旧栖’等语，都与‘羁鸟恋旧林’同义；当与《归园田居五首》同是彭泽归田后所作。”王说为是。

一章，远飞思归。二章，归路所感。三章，喜归旧林。四章，归后所感。全用比体，多有寓意。如：“矰缴奚功”比喻政局险恶；“戢羽寒条”比喻安贫守贱；“宿则森标”比喻立身清高。处处写鸟，处处自喻。钟惺曰：“其语言之妙，往往累言说不出处，数字回翔略尽。有一种清和婉约之气在笔墨外，使人心平累消。”（钟惺、谭元春评选《古诗归》卷九）。

卷二　诗二十九首

底本原作“诗三十首”，此卷实收诗三十一首。其中《归园田居其六》《问来使》二首，前人多以为非渊明作，今不收入，则此卷收诗二十九首。今据改。

形影神并序

贵贱贤愚，莫不营营以惜生，斯甚惑焉[1]。故极陈形影之苦言，神辨自然以释之[2]。好事君子，共取其心焉[3]。

形赠影一首

天地长不没[4]，山川无改（一作如故）时。草木得常理，霜露荣（一作憔）悴之[5]。谓人最灵智，独复不如（原作知，注一作如）兹[6]。适见在世中，奄去靡归期[7]。奚觉无一人，亲识（一作戚）岂相思（一作相追思）[8]？但馀平生物，举目情凄洏[9]。我无腾化（一作云）术，必尔不复疑[10]。愿君取（一作忆）吾言[11]，得酒莫苟辞[12]。

魏晋南北朝时人惯用“不归”“无还”之类词语代指死而不可复生。如颜延之《秋胡行》：“没为长不归。”鲍照《拟行路难》其十：“一去无还期。”

此犹《拟挽歌辞》“亲戚或馀悲”之意。

[注释]

[1] 贵贱贤愚，莫不营营以惜生，斯甚惑焉：意谓凡人皆营营以惜生，此甚为困惑也。营营，《诗·小雅·青蝇》："营营青蝇。"毛传："营营，往来貌。"惜生，吝惜生命，以求长生或留名。 [2] 故极陈形影之苦言，神辨自然以释之：意谓此三诗之大概，乃在于先代形、神陈言，然后神以自然之理为之解脱。或以"苦"字断句，"言"字属下，虽亦可通，然欠佳，未若"陈……言"，于文理顺畅。辨，明察。自然，指道家顺应自然之思想。 [3] 好事君子，共取其心焉：意谓希望好事君子采纳同意《神释》关于自然之义也。 [4] 没（mò）：灭。 [5] 草木得常理，霜露荣悴之：意谓草木虽有生命，不能如天地、山川之不灭无改，然荣而复悴，悴而复荣，亦可谓得到恒久之道矣。常，恒也。理，道也。悴，枯萎。荣悴，一作"憔悴"，非。露于草木乃荣之，霜于草木乃悴之。 [6] 谓人最灵智，独复不如兹：意谓人为万物之灵，偏不如草木之得常理也。复，副词，表示加强语气。如，原作"知"，亦通。"独复不知兹"，承上文，意谓不知此天地不没、山川无改，而草木有荣有悴之理。作"如"，则谓人犹不如草木之得常理也，于义为胜，今从之。 [7] 适见在世中，奄去靡归期：意谓适才尚见在世间，忽已逝世而永不得复还矣。奄，遽也。 [8] 奚觉无一人，亲识岂相思：意谓世上失去一人不会引起注意，亲人、朋友是否相思耶？奚，何。岂，副词，表示推测，相当于"是否"。 [9] 但馀平生物，举目情凄洏（ér）：意谓亲识见生前之物而凄然也。平生，平素，往常。洏，语助词，同"而"。 [10] 我无腾化术，必尔不复疑：意谓我无腾化成仙之术，必如此（指逝世）而不复可疑也。腾化术，升腾变化之术。 [11] 君：丁福保《笺注》："形谓影也。" [12] 苟：苟且，随便。

"形""影""神"，分别指人之形体、身影、精神。形神关系早已提出，王叔岷《笺证稿》追溯到司马迁，曰："太史公《自序》：'凡人所生者，神也。所托者，形也。……神者，生之本也。形者，生之具也。'"此后，汉代王充《论衡》之《订鬼》《论死》等篇多有论述。与渊明同时的慧远又作《形尽神不灭论》。渊明在《形影神》中不仅言及形神关系，且又增加"影"，遂将形、神两方关系之命题变为形、影、神三方关系之命题，使其哲学涵义更为丰富。

《论语·卫灵公》："君子疾没世而名不称焉。"

庄子认为"生"虽不能脱离"形"，但"生"与物质之"形"有别，仅仅养形尚不足以存生，"形不离而生亡者有之矣。生之来不能却，其去不能止。"(《达生》）所以此诗首言存生不可言也。然则，"卫生"可乎？可也。即《庚桑楚》载老子答南荣趎卫生之经，大意谓精神与形体合一，"身若槁木之枝而心若死灰，若是者，祸亦不至，福亦不来。祸福无有，恶有人灾也？"然在"影"看来，此亦是难事，故曰"卫生每苦拙"。

影答形一首

存生不可言，卫生每苦拙[1]。诚愿游昆华，邈然兹道绝[2]。与子相遇来，未尝异悲悦。憩荫（一作阴）若暂乖，止日终不别（一作不拟别）[3]。此同既难常，黯（一作默）尔俱时灭[4]。身没名亦尽，念之（一作此）五情热[5]。立善（一作命）有遗爱，胡可不自竭[6]？酒云能消忧，方此讵（一作谁，又作诚）不劣[7]！

［注释］

[1] 存生不可言，卫生每苦拙：承上"形赠影"之意，答曰：存生之道既无可言，而又每苦于卫生也。存生，犹保存生命，长生不死。卫生，卫护其生，以全此一生。丁福保《笺注》引《庄子·达生》："世之人以为养形足以存生，而养形果不足以存生，则世奚足为哉！" [2] 诚愿游昆华，邈然兹道绝：意谓非不愿学仙以求长生，但此道邈远不通。昆华，昆仑山与华山，仙人所居。 [3] 憩荫若暂乖，止日终不别：意谓休息于树荫之下形影若暂时乖离，而停于太阳之下则形影终不分别也。终，常，久，与上句之"暂"相对而言。 [4] 此同既难常，黯尔俱时灭：形影不离，此所谓同。然形既不能长存，则影必随形之灭而黯然俱灭也。黯尔，黯然，失色将败之貌。黯，黑。尔，助词。 [5] 身没名亦尽，念之五情热：影所关心者在名，盖名之随身犹影之随形。形灭影亦灭，此无可奈何也。然身没名亦尽，当可避免，故下言立善以求不朽。五情，指喜怒哀乐怨。 [6] 立

善有遗爱，胡可不自竭：意谓立善则可见爱于后世，胡可不自竭力为之。立善，一作“立命”，非。王叔岷《笺证稿》曰：“立善为此首主旨。《神释》：‘立善常所欣，谁当为汝誉？’即本此辨之。”丁福保《笺注》：“《左传》（襄公二十四年）：‘太上有立德，其次有立功，其次有立言，虽久不废。此之谓三不朽。’案：三不朽谓之立善。”丁说可通，惟渊明所谓“善”似偏重于德，且对立善颇有怀疑也，如：“积善云有报，夷叔在西山。善恶苟不应，何事空立言？”（《饮酒》其二）［7］酒云能消忧，方此讵不劣：意谓饮酒虽能消忧，而与立善相比，岂不劣乎？方此，相比于此。方，比拟。

神释一首

大钧无私力，万物（原作理，注一作物）自森著[1]。人为三才中，岂不以我故[2]？与君虽异物，生而相依附。结托善恶（一作既喜）同，安得不相语（一作与）[3]。三皇大圣（一作德）人，今复在何处[4]？彭祖寿（一作爱）永年[5]，欲留不得住。老少同一死，贤愚无复数[6]。日醉或能忘，将非促龄具[7]？立（一作主）善常所欣，谁当为汝誉[8]？甚念伤吾生，正宜（一作目）委运去[9]。纵浪大化中，不喜亦不惧[10]。应尽便须（一作复）尽[11]，无复独多虑（一作无使独忧虑）。

《列子·杨朱》：“生则有贤愚贵贱，是所异也；死则有臭腐消灭，是所同也。”

尝闻季羡林先生以白话译此二句曰：“该完就得完，不再瞎嘀咕”，极确，又极有趣。

［注释］

[1] 大钧无私力，万物自森著：意谓造化普惠于众物，无私力于扶持某物，或不扶持某物。万物自然生长，繁盛而富有生机。大钧，丁福保《笺注》："造化也。贾子《鹏鸟赋》：'大钧播物。'如淳注：'陶者作器于钧上。此以造化为大钧。'"钧，制作陶器所用之转轮。物，原作"理"，底本校曰"一作物"。上句言"大钧"造器，下句又言人为三才之中，皆就物而言，故作"物"于义较胜，今从之。 [2] 人为三才中，岂不以我故：意谓人之所以得属三才之中，乃以我（神）之故也。三才，亦作"三材"，《易·系辞下》："《易》之为书也，广大悉备。有天道焉，有人道焉，有地道焉，兼三材而两之。" [3] 结托善恶同，安得不相语：意谓神之结体、托身不仅与形影互相依附，而且善亦同善，恶亦同恶（意思近于休戚相关），故不得不为之释惑也。善恶同，一作"既喜同"，亦通，形影神三者一体，此所谓"同"也。不过，此与上句"生而相依附"意思重复，"结托善恶同"则进一步言，不仅相依附，善恶亦相同也，于义较胜。 [4] 三皇大圣人，今复在何处：意谓三皇者，古之大圣人也，亦不免一死。大圣人，即指三皇而言。 [5] 彭祖：《神仙传》："彭祖，讳铿，帝颛顼玄孙。至殷之末世，年已七百馀岁而不衰。"《庄子·齐物论》："莫寿于殇子，而彭祖为夭。" [6] 数（shǔ）：审，辨。 [7] 将：助词，岂也。渊明《移居》其二："此理将不胜，无为忽去兹。"促龄：促使年寿缩短。 [8] 立善常所欣，谁当为汝誉：王叔岷《笺证稿》曰："'古之遗爱'，乃孔子赞子产之辞。如今立善，安得有如孔子者之赞誉邪？然立善固不必有人誉，陶公盖有所慨而言耳。"当，将。 [9] 正宜委运去：意谓只可听任天运。正，副词，相当于恰、只。委运，顺从天运，亦即顺从自然变化之理。去，

语末助词，表示趋向。 [10] 纵浪大化中，不喜亦不惧：意谓放浪于大化之中，生死无所喜惧。纵，放也。 [11] 尽：指大化之尽，亦即死亡。

[点评]

“形”羡慕天地山川之不化，痛感人生之无常，欲藉饮酒以愉悦，在魏晋士人中此想法颇为普遍。“影”主张立善求名以期不朽，代表名教之要求。“神”以自然化迁之理破除“形”“影”之惑，不以早终为苦，亦不以长寿为乐，不以名尽为苦，亦不以留有遗爱为乐，此所谓“纵浪大化中，不喜亦不惧”。此三诗设为形、影、神三者之对话，分别代表三种人生观，亦可视为渊明自己思想中互相矛盾之三方面。《形影神》可谓渊明解剖自己思想并求得解决之记录。

此诗设为形影神三者之对答，别具一格。嗣后，白居易有《自戏三绝句》:《心问身》《身报心》《心重答身》。《心问身》曰：“心问身云何泰然，严冬暖被日高眠。放君快活知恩否？不早朝来十一年。”《身报心》曰：“心是身王身是宫，君今居在我宫中。是君家舍君须爱，何事论恩自说功？”《心重答身》曰：“因我疏慵休罢早，遣君安乐岁时多。世间老苦人何限，不放君闲奈我何。”造语诙谐，但立意不深。苏轼和渊明《形影神》三诗，颇有机锋，可供比较。其《和神释》曰：“仙山与佛国，终恐无是处，甚欲随陶公，移家酒中住。”则与渊明诗意有别矣。

《礼记》有《孔子闲居》篇，郑注："退燕避人曰闲居。"《文选》潘岳《闲居赋》李善注："此盖取于《礼》篇，不知世事闲静居坐之意也。"又，《西京杂记》："九月九日，佩茱萸，食蓬饵，饮菊花酒，令人长寿。菊花舒时，并采茎叶，杂黍米酿之。至来年九月九日始熟，就饮焉。故谓之菊花酒。"

《艺文类聚》卷四引魏文帝《九月九日与钟繇书》："九为阳数，而日月并应，俗嘉其名，以为宜于长久。"此二句意同。陶澍《靖节先生集注》卷二："诗意盖言俗以重九取意长久，而爱其名。其实日月自依辰至，言其有常期也。语可破惑。"

九日闲居一首并序

余闲居，爱重九之名。秋菊盈园，而持醪靡由（一作时醪靡至）[1]。空服其华（原作九华，绍兴本作其华）[2]，寄怀于言。

世短意恒多，斯人乐久生[3]。日月依辰至，举俗爱其名[4]。露凄暄风息[5]，气澈（一作清，又作洁）天象明[6]。往（一作去）燕无遗影，来雁有馀声。酒能（一作常）祛（一作消）百虑[7]，菊为（宋本作解）制颓龄[8]。如何蓬庐士，空视时运倾[9]！尘爵耻虚罍，寒华徒自荣[10]。敛襟独闲谣，缅焉起深情[11]。栖迟固多娱（一作虞），淹留岂无成[12]？

[注释]

[1] 持醪靡由：意谓无酒可饮。持醪，犹言把酒。醪，汁滓混合之酒。靡，无。由，机缘。 [2] 空服其华：意谓空持菊花而无菊酒可饮也。服，持，执。 [3] 世短意恒多，斯人乐久生：意谓人生短促，而愿望常多，则人皆乐于长生也。意，志，意向，愿望。斯，则，就。表示承接上文得出结论。 [4] 日月依辰至，举俗爱其名：意谓重阳乃按时而至，自然而然，但世人皆喜爱其重阳之名，而以为节日也。辰，时。 [5] 凄：

寒凉。暄（xuān）风：暖风。 [6] 气澈天象明：描写秋季大气澄澈、天空透明之景象。澈，澄清。天象，此指天空之景象。 [7] 祛（qū）：除去。 [8] 菊为（wéi）制颓龄：意谓菊花能制止衰老，使人长寿。为，则。 [9] 如何蓬庐士，空视时运倾：意谓奈何隐居草庐之士，空视佳节之尽，而无酒可饮耶？如何，奈何。时运，四时之运行，此指四时运行而至重阳。 [10] 尘爵耻虚罍，寒华徒自荣：古直《笺》引《诗·小雅·蓼莪》："缾之罄矣，维罍之耻。"原意谓缾之罄乃罍之耻也，比喻父母不得其所，乃子之过。渊明活用此典，意谓有愧于爵罍，长期不用而生尘，秋菊亦徒荣而无酒也。爵，古代酒器，三足。罍，古代酒器，形似壶。 [11] 敛襟独闲谣，缅焉起深情：意谓整敛衣襟，悠然独吟，超然遐想，引发深情。缅，沉思貌。起，引动，兴起。 [12] 栖迟固多娱，淹留岂无成：意谓归隐田园固然多娱，淹留而不出仕岂无成就耶？栖迟，《诗·陈风·衡门》："衡门之下，可以栖迟。"毛传："栖迟，游息也。"淹留，久留。

汤汉《陶靖节先生诗注》卷二："淹留无成，骚人语也。今反之，谓不得于彼，则得于此矣。后'栖迟讵为拙'亦同。"

清延君寿《老生常谈》："《九日闲居》一首，上面平平叙下，至末幅'敛襟独闲谣，缅焉起深情'，忽作一折笔以顿挫之。以下二句'栖迟固多娱，淹留岂无成'，以一意作两层收束，开后人无数法门。"

[点评]

渊明作于九月九日之诗有两首，此首之外尚有《己酉岁九月九日》，时在晋义熙五年（409）。此首未言何年，王瑶注引《宋书·陶潜传》"尝九月九日无酒，出宅边菊丛中坐久，值弘送酒至，即便就酌，醉而后归"曰："王弘为江州刺史始于义熙十四年戊午，凡八年。今暂系本诗于王弘任职的第二年，晋恭帝元熙元年己未（419）。"王说可供参考，惟此诗是否作于王弘任江州刺史期间，不能肯定。资料缺乏，不如存疑。

序曰“寄怀于言”，则有深慨者也。由“世短意多”说起，归结为隐居不仕不得谓无成，其意盖在摒弃诸多世俗之欲，而肯定隐居之意义也。重阳无酒，可见其穷困，然穷而多娱，困而反觉有成。此不过一己之娱、一己之成耳。细细体味，似有解嘲之意。

黄文焕《陶诗析义》卷二：“诸首纯以质语、真语胜。”

渊明每以鸟、鱼对举，如《感士不遇赋》：“密网裁而鱼骇，宏罗制而鸟惊。”《始作镇军参军经曲阿》：“望云惭高鸟，临水愧游鱼。”

渊明常以“拙”自居，如《与子俨等疏》：“性刚才拙，与物多忤。”《杂诗》其八：“人事尽获宜，拙生失其方。”《咏贫士》其六：“人事固以拙，聊得长相从。”

归园田居五首

少无适俗愿（原作韵，注一作愿），性本爱丘山[1]。误落尘网中，一去三十年[2]。羁鸟恋（一作眷）旧林，池鱼思故渊[3]。开荒南野（一作亩）际，守拙归园田[4]。方宅十馀亩，草屋（一作舍）八九间[5]。榆柳荫后园（一作檐），桃李罗堂前。暖暖远人村，依依墟里烟[6]。狗吠深巷中，鸡鸣桑树巅。户庭无尘杂，虚室有馀闲[7]。久在樊笼里，复（一作安）得返自然[8]。

[注释]

[1] 少无适俗愿，性本爱丘山：意谓幼小时即无适应世俗之意愿，性情本爱此丘山也。世俗之人皆求入仕，而我则异于是也。愿，原作“韵”，亦通。底本校曰“一作愿”，曾集本同，今从之。“韵”本指和谐之声音，引申为情趣、风度、风雅、气韵、神情，乃六朝习用语。如《世说新语·言语》：“支道林常养数匹马。或

言：‘道人畜马不韵。’支曰：‘贫道重其神骏。’”《宋书·谢弘微传》：“康乐诞通度，实有名家韵。”可见“韵”字乃褒义。或与有褒义之形容词相联。《世说新语·言语》“嵇中散既被诛”条下刘孝标注引《向秀别传》：“又与谯国嵇康、东平吕安友善，并有拔俗之韵。”“拔俗”可称“韵”，而在渊明之时，“适俗”不称“韵”也。又，“韵”固可后天养成，要乃天然生成，故有“天韵”之说。而“愿”则偏于个人之希望，“适”亦是主观所取态度。下句“性本爱丘山”之“性”，方为天然之本性也。上下两句分别从态度与本性两方面落笔，错落有致。《归园田居》其三：“衣沾不足惜，但使愿无违。”此“愿”字与“少无适俗愿”之“愿”字相呼应。　[2] 误落尘网中，一去三十年：意谓误落于世间俗事俗欲之中，离开园田居已久矣。尘网：尘世之俗事俗欲如网之缚人，不必固定释为仕途也。渊明又曾用“尘世”“尘羁”。如《辛丑岁七月赴假还江陵夜行涂中》：“闲居三十载，遂与尘世冥。”《饮酒》其八：“吾生梦幻间，何事绁尘羁。”可互相参照。凡俗事俗欲皆与市廛有关，隐居丘山可以摆脱羁绁，故“误落尘网中”又有离开丘山步入市廛之意。“尘网”与“丘山”对举，正是此意。　[3] 羁鸟恋旧林，池鱼思故渊：既有思恋故园之意，又有向往自由之意。　[4] 守拙：此“拙”乃相对于世俗之“机巧”而言，“守拙”意谓保持自身纯朴之本性（自世俗看来为愚拙），而不同流合污。　[5] 方宅十馀亩，草屋八九间：上句言宅屋周围之园，下句言宅屋。方，方圆，周围。　[6] 暧暧远人村，依依墟里烟：上句远景，远村模糊；下句近景，近烟依稀。暧暧，昏昧貌。依依，依稀隐约，若有若无。墟里，村落。　[7] 户庭无尘杂，虚室有馀闲：上句既言门庭洁净，亦指家中无尘俗杂事；下句意谓心中宽阔而无忧虑。虚室，《庄子·人间世》：“虚室生白，吉祥止止。”陆德明《经典释文》引司马彪云：“室，比喻心，心能空虚，则纯

元吴师道《吴礼部诗话》：“《古鸡鸣行》：‘鸡鸣高树巅，狗吠深巷中。’陶公全用其语。”清杨雍建评选《诗镜》十《晋第三》：“‘暧暧’四语极村朴，是田家野老景色。”

渊明所谓“自然”不是大自然，乃是来自老庄之哲学范畴。此处与“樊笼”对举，又有“自由”之意。在樊笼里，须适应虚伪机巧，既不自然亦不自由；脱离樊笼，归田隐居，则既得自然复得自由矣。

白独生也。”渊明《自祭文》：“勤靡馀劳，心有常闲。”《戊申岁六月中遇火》：“形迹凭化往，灵府长独闲。”可以参照。 [8] 久在樊笼里，复得返自然：意谓复得脱离樊笼，而回归自己本来之天性，亦复得以自由也。樊笼，关鸟兽之笼子，比喻世俗社会、市廛生活。自然，自然而然，非人为之自在状态。

[点评]

《归园田居》，各本作六首，第六首“种苗在东皋”末尾有注曰：“或云此篇江淹《杂拟》，非渊明所作。”“园田居”乃渊明之一处居舍（另有“下潠田舍”等），其少时所居，地近南山，即庐山。晋安帝义熙元年（405）冬十一月，渊明辞彭泽令，归隐田园。此诗写春景，当是归隐次年所作。

此诗娓娓道来，率真之情贯穿全篇，其浑厚朴茂，少有及者。自“方宅十馀亩”以下八句，画出一幅田园景色，仿佛带领读者参观，一一指点，一一说明，言谈指顾之间自有一种乍释重负之愉悦。结尾二句画龙点睛，饱含多少人生经验！

野外罕人事[1]，穷巷寡（一作解）轮鞅[2]。白日掩荆扉，虚室（一作对酒）绝尘想[3]。时复墟曲中（一作墟里人）[4]，披草（一作衣）共来往。相见无杂言，但道桑麻长。桑麻日已长，我土（一作志）日已广。常恐霜霰至，零落同草莽。

作“披衣”亦佳。渊明《移居》其二：“相思则披衣，言笑无厌时。”“披衣”二字可见乡村生活情趣。

清陈祚明《采菽堂古诗选》卷一三：“淡永，有《十九首》风度。”

[注释]

[1] 罕：少。人事：指世俗间之应酬交往。渊明《咏贫士》其六："人事固已拙。" [2] 穷巷寡轮鞅：意谓居于僻巷而少有显贵之人前来。穷巷，僻巷。轮鞅，代指车。鞅，以马驾车时安在马颈上的皮套。 [3] 虚室绝尘想：意谓心中断绝世俗之念。另参第一首"虚室有馀闲"注所引《庄子》。 [4] 墟曲：村落。"曲"有隐蔽之意。

[点评]

主旨在断绝尘杂，一心务农。"常恐霜霰至，零落同草莽"，非躬耕不能有此心情。清方东树《昭昧詹言》卷四曰："只就桑麻言，恐其零落，方见真意实在田园，非喻己也。"方东树得渊明原意。"相见无杂言"，乃以农耕外之言为杂言，颇见情趣。

种豆南山下，草盛豆苗稀。晨兴（一作侵晨）理荒秽[1]，带（一作戴）月荷锄归[2]。道狭草木长，夕露沾我衣。衣沾（一作我衣）不足惜，但使愿无（一作莫）违。

温汝能《陶诗汇评》卷二："'带月'句，真而警，可谓诗中有画。"

明钟惺曰："幽厚之气，有似乐府。储、王田园诗妙处出此。"（《古诗归》卷九）

[注释]

[1] 晨兴：晨起。理：治理。秽：田中杂草。 [2] 带月荷锄归：意谓荷锄晚归，将月带归矣。

[点评]

此诗《艺文类聚》卷六五引作《杂诗》。苏轼曰："览

渊明此诗，相与太息。噫嘻！以夕露沾衣之故而犯所愧者多矣。”（《东坡题跋》卷二《书渊明诗》）

此诗妙处全自生活中来，从心底处来，既无矫情，亦不矫饰。渊明似乎无意作诗，亦不须安排，从胸中自然流出即是好诗。“带月荷锄归”一句尤妙，区区五字即可见渊明心境之宁静、平和、充实。李白《下终南山过斛斯山人宿置酒》：“暮从碧山下，山月随人归。”意趣相似。

久去山泽游[1]，浪莽林野娱[2]。试携子侄辈，披榛步荒墟[3]。徘徊丘垄（一作陇，又作垄）间，依依昔人居[4]。井灶有遗处（一作所），桑竹（一作麻）残朽株（一作树木残根株）[5]。借问采薪者，此人皆焉如[6]？薪者向我言，死没无复馀。一世异朝市，此语（一作言）真不虚[7]。人生似幻化，终当归空（一作虚）无[8]。

丁福保《笺注》：“三十年为一世。古者爵人于朝，刑人于市。言为公众之地，人所指目也。‘一世异朝市’盖古语，言三十年间，公众指目之朝市，已迁改也。”

[注释]

[1]久去山泽游：意谓久已废弃山泽之游矣。去，放弃。 [2]浪莽林野娱：王叔岷《笺证稿》：“莽犹荒也，王弼本《老子》二十章：‘荒兮其未央哉！’敦煌唐景龙钞本荒作莽，即莽、荒通用之证。‘浪荒’犹旷废也。……起二句谓久已废去山泽之游，旷废林野之娱也。” [3]试携子侄辈，披榛步荒墟：意谓姑且携带子侄辈同游于荒墟。试，姑且。披，分开。榛，草木丛生。荒墟，废墟。 [4]徘徊丘垄间，依依昔人居：意谓今日之墓地即昔人

之居处也。丘垄，墓地。渊明《杂诗》其四："百年归丘垄。"依依，依稀可辨貌。 [5] 井灶有遗处，桑竹残朽株：意谓昔人居处之井灶尚有遗迹，而桑竹只留下残株矣。残，残留。 [6] 焉如：何往。 [7] 一世异朝市，此语真不虚：意谓"一世异朝市"之语真不假也。王充《论衡·宣汉》："孔子所谓一世，三十年也。" [8] 人生似幻化，终当归空无：意谓人生如同一场幻化，本来即空无实性，最后当复归于空无也。

[点评]

"徘徊丘垄间，依依昔人居"，乃渊明所见。"人生似幻化，终当归空无"，乃渊明所感。三十年后旧地重游，感慨良深。可见经过战乱、疾疫、灾荒之后，浔阳一带农村之凋敝。人世之变迁，人生之无常，益发坚定渊明隐居之决心。

怅恨独策还[1]，崎岖历榛曲[2]。山涧（一作涧水）清且浅，遇（一作可）以濯吾足[3]。漉（一作拨，又作掇，又作挤）我新熟酒[4]，只鸡招近局（一作属）[5]。日入室中闇[6]，荆薪代（一作继）明烛。欢来苦夕短[7]，已复至天旭。

《宋书·陶潜传》："郡将候潜，值其酒熟，取头上葛巾漉酒，毕，还复着之。"

以只鸡召饮近邻，燃荆条以代明烛，物虽贫乏而情意真切。

陈祚明《采菽堂古诗选》卷一三："荆薪代烛，真致旷然。"

[注释]

[1] 策：策杖，扶杖。 [2] 榛曲：草木丛生而又曲折隐僻之道路。 [3] 山涧清且浅，遇以濯我足：《古诗十九首》（其十）："河汉清且浅。"《孟子·离娄上》："沧浪之水清兮，可以濯我缨；沧

浪之水浊兮，可以濯我足。” [4] 漉（lù）：过滤。 [5] 近局：指近邻。“局”亦近也。 [6] 闇：暗。 [7] 来：语助词。

[点评]

此首承上首，写步荒墟之后，归家途中及归家后之情事。“漉我新熟酒”以下四句，农村生活之简朴、邻人间关系之亲切，以及乡间风俗之淳厚，历历在目，耐人寻味。

渊明与二三邻曲作斜川之游，据诗序及诗之情趣，系模仿王羲之等人兰亭之游。如《兰亭集序》首先交代年月：“永和九年，岁在癸丑，暮春之初，会于会稽山阴之兰亭，修禊事也。”点明事在癸丑岁三月三日。

游斜川一首并序

辛丑（一作酉）正月五日[1]，天气澄和（一作穆）[2]，风物闲美[3]。与二三邻曲[4]，同游斜川。临长流，望曾（一作层，下同）城[5]，鲂鲤跃鳞于将夕（一作鲂鱮跃鳞，日将于夕）[6]，水鸥乘和以翻飞[7]。彼南阜者，名实旧矣，不复乃为嗟叹[8]。若夫曾城，傍无依接，独秀中皋[9]，遥想灵山，有爱嘉名[10]。欣对不足，共尔（原作率尔。注：宋本作共，一作共尔）赋诗[11]。悲日月之遂往[12]，悼吾年之不留。各疏年纪乡里[13]，以记其时日。

孔融《与曹操论盛孝章书》：“岁月不居，时节如流，五十之年，忽焉已至。”

开岁倏五十（一作日），吾生行归休[14]。念之动中怀[15]，及辰（一作晨）为兹游[16]。气和天惟

（一作唯，一作候）澄[17]，班坐依远流[18]。弱湍驰文鲂[19]，闲谷矫鸣鸥[20]。迥泽散游目[21]，缅然睇曾丘[22]。虽微九重秀，顾瞻无匹俦[23]。提壶接宾侣，引满更献酬[24]。未知从今去，当复（一作得）如此不[25]。中觞纵遥情[26]，忘彼千载忧。且极今朝乐[27]，明日非所求。

黄文焕《陶诗析义》卷二："酒趣深远，初觞之情矜持，未能纵也。席至半而为中觞之候，酒渐以多，情渐以纵矣。一切近俗之怀，杳然丧矣。"

陈祚明《采菽堂古诗选》卷一三："选字命语，自是晋人。后段清旨旷远。"

[注释]

[1] 辛丑：一作"辛酉"。宋刻《东坡先生和陶渊明诗》，及宋绍兴刻本《陶渊明集》，皆作"辛丑"而无一作"辛酉"，且在"辛丑"下多一"岁"字，明言"辛丑"是纪年，极应重视。"辛酉"者，疑后人臆改，乃因按辛丑年五十岁推算，渊明之享年与《宋书》本传所记六十三岁不合。然改为"辛酉"，则又生出种种问题，牵动许多作品，遂又一一改动。今依据底本仍作"辛丑"，时在晋安帝隆安五年辛丑（401）。 [2] 天气澄和：意谓天空清澈，气候温和。诗曰"气和天惟澄"，可与此句互证。 [3] 风物闲美：意谓风光景物闲静美好。 [4] 邻曲：邻里。 [5] 曾（céng）城：山名，即诗中所谓"曾丘"。清《江西通志·南康府》："层城山在府治西五里，今谓之乌石山。晋陶潜《游斜川诗序》：'临长流，望曾城'，即此。" [6] 鲂（fáng）：赤尾鱼。 [7] 和：指和风。 [8] 彼南阜者，名实旧矣，不复乃为嗟叹：意谓不再为庐山嗟叹赞惊矣。南阜，南山，指庐山。颜延之《陶征士诔》又谓之南岳。 [9] 傍无依接，独秀中皋：意谓曾城山周围无其他山与之相依接，独自突出于中皋。秀，特异。皋，水边地。 [10] 遥想灵山，有爱嘉名：意谓遥想昆仑中之曾城山，而爱曾城与之同

有嘉名也。昆仑乃神仙所居之山，故称之为“灵山”。有，语首助词。 [11] 共尔赋诗：共尔，原作“率尔”，底本校曰：“宋本作共，一作共尔。”今从之。所谓“宋本”者，乃宋庠本也。此诗感慨良深，又各疏年纪、乡里，显系相约各作一诗，非率尔成章者。 [12] 遂：竟。 [13] 疏（shū）：分条记录。 [14] 开岁倏五十，吾生行归休：感叹时光流逝，岁月不待。意谓开年忽已五十岁，吾之生命行将结束矣。诗序曰：“悲日月之遂往，悼吾年之不留。”所谓“吾年”，指己之年龄，与“倏五十”相呼应。行，将。归休，指死亡。五十，一作“五日”。不过宋刻《东坡先生和陶渊明诗》，及宋绍兴本《陶渊明集》，均作“五十”，无异文。据东坡所和陶诗：“虽过靖节年，未失斜川游”，点明渊明之年纪，可见苏轼所见版本为“五十”。然“辛丑”年“五十”岁，与《宋书》本传所记渊明享年不合，后之作“五日”者，或为迁就《宋书》本传而改。诗序明言“各疏年纪乡里”，首句曰“开岁倏五十”，正与序文相应。又，细审“开岁倏五日，吾生行归休”，文义殊不联贯。开岁倏已五日，不过五日而已，何致有吾生行将休矣之叹？必上言年岁，下接“吾生”，上言倏已五十岁，下言吾生行将休矣，文义方可联贯。古人习惯于岁首增年岁，故一开岁即五十矣。“倏”者言时光之速，前五十年倏然而逝，今忽已半百，故曰“吾生行归休”也。作“五日”者盖据序文“正月五日”修改，以避免与《宋书》本传渊明享年六十三岁相牴牾。作“辛丑”“五十”为是。 [15] 中怀：心怀。 [16] 及辰：及时。 [17] 惟：句中助词，起调整音节之作用。 [18] 班坐：依次而坐。班，次也。序曰“各疏年纪乡里”，则此“班坐”应是据年纪之长幼依次而坐。 [19] 弱湍（tuān）：丁福保《笺注》：“悠扬之水也。”湍，急流之水。 [20] 闲：静。矫：飞。 [21] 迥泽散游目：意谓散游目于迥泽之间。迥泽，远泽。散游目，放眼四顾。 [22] 缅然睇（dì）曾丘：意谓望曾丘而有所思也。缅然，沉思貌，又远貌。诗序曰：“遥想灵山，……悼吾年之不留。”此皆由“睇曾丘”引起之感慨。此处之“缅然”作沉思解为佳。睇，望，视。 [23] 虽微九重秀，顾瞻无匹俦：意谓此曾丘虽无昆仑增城九重之秀，但环顾四周亦无可比矣，犹诗序所谓“独秀中皋”。微，无。九重，《天问》：“增城九重。” [24] 提壶接宾侣，引满更献酬：意谓为宾客斟酒，并互相敬劝。更，复。 [25] 当：尚。 [26] 中觞：陶澍注：“酒半也。”觞，原作“肠”。和陶本、绍兴本作“觞”是，据改。 [27] 极：尽。

[点评]

“斜川”，明人骆庭芝认为在栗里附近，陶澍《靖节先生集注》引其《斜川辨》曰：“后世失其所在，世人念斜川，若昆仑、桃源比也。庭芝生长庐阜，询之故老，访之荐绅先生，未有能辨之者。……夫渊明，柴桑人也，所居在栗里。今归家、灵汤二寺之间，有渊明醉石，其旁有邮亭，曰栗里铺，则渊明故居必在于是。顾斜川之境岂远哉？”然渊明居处几经迁徙，不止栗里一地，难以据此确定斜川位置。

渊明多有田园诗，而山水诗仅此一首。首尾感岁月之易逝，中间描写山水景物。“弱湍驰文鲂”以下四句，描写工细，上承玄言诗之山水描写，下开谢灵运山水诗之先河。渊明斜川之游盖仿王羲之兰亭之游也，《游斜川序》与《兰亭集序》，《游斜川诗》与《兰亭诗》相对照，悲悼岁月之既往，感叹人生之无常，寓意颇有相近之处。惟《游斜川序》朴实简练，仅略陈始末而已，不似《兰亭集序》之铺陈且多抒情意味也。

周生等在城北，若论路程不算远，此所谓道路邈远无由到达，主要乃在旨趣不同。邱嘉穗《东山草堂陶诗笺》卷二："一诘便已含讽刺之意，隐然见我自抱病固穷，而若辈何以违离于咫尺之地，得非贪荣慕利，守道不终而然耶？"

渊明《饮酒》其三："道丧向千载。"

萧统《陶渊明传》曰："时周续之……与学士祖企、谢景夷三人，……所住公廨，近于马队。是故渊明示其诗云：'周生述孔业，祖谢响然臻。马队非讲肆，校书亦已勤。'"

示周续之祖企谢景夷三郎一首

（原作示周掾祖谢一首，注一作示周续之、祖企、谢景夷三郎。时三人同在城北讲《礼》校书。夷，又作仁。）[1]

负痾颓檐下，终日无一欣（一作终无一处欣）[2]。药石有时闲，念我意中人[3]。相去不寻常，道路邈何（一作无，又作所）因[4]？周生述孔业，祖谢响然臻[5]。道丧向千载，今朝复斯闻[6]。马队非讲肆[7]，校书亦已勤。老夫有所爱[8]，思与尔为邻。愿言诲诸子（一作客，一作勉诸生，一作但愿还渚中），从我颍水滨[9]。

[注释]

[1] 示周续之祖企谢景夷三郎一首：诗题原作"示周掾祖谢一首"，底本校曰"一作示周续之、祖企、谢景夷三郎。时三人同在城北讲《礼》校书"，今据改。唯"时三人同在城北讲《礼》校书"殆题下原注。渊明诗题单称姓氏，如"祖谢"，无例可援。疑《示周掾祖谢》经过简略。谢景夷，一作"谢景仁"。萧统《陶渊明传》："后刺史檀韶苦请续之出州，与学士祖企、谢景夷三人，共在城北讲《礼》，加以雠校。"据此，作"谢景夷"为是。又，《宋书·隐逸传》："周续之，字道祖，雁门广武人也。其先过江，居豫章建昌县。……既而闲居读《老》《易》，入庐山事沙门释慧远。时彭城刘遗民遁迹庐山，陶渊明亦不应征命，谓之'寻阳三隐'。……

高祖之北讨，世子居守，迎续之馆于安乐寺，延入讲《礼》，月馀复还山。江州刺史刘柳荐之高祖曰，……俄而辟为太尉掾，不就。……景平元年卒，时年四十七。”知周生于晋孝武帝太元二年（377），卒于宋少帝景平元年（423）。周续之在江州讲《礼》乃应刺史檀韶苦请。查《晋书·安帝纪》《宋书·檀韶传》《南史·刘湛传》，檀韶任江州刺史在义熙十二年（416）六月以后。《宋书·王弘传》载，王于义熙十四年迁江州刺史。然则，檀韶免江州刺史当不晚于此年。由此可知，周续之在江州城北讲《礼》肯定在义熙十二年至十四年之间，时当四十岁至四十二岁之间。《宋书》本传曰：“俄而辟为太尉掾，不就。”故称“周掾”。祖企、谢景夷，不详。“郎”，对男子之尊称。汉魏以后对年轻人通称“郎”。“礼”，《周礼》《仪礼》《礼记》，通称“三礼”。 [2] 负痾颓檐下，终日无一欣：意谓自己贫病之中，终日无一欣悦之事。负痾（ē），为病所累。渊明《赠羊长史》：“闻君当先迈，负痾不获俱。”痾，病。 [3] 药石有时闲，念我意中人：意谓有时病情稍愈，遂想念我意中之人。闲，通“间”。《论语·子罕》：“病间。”何晏《集解》引孔安国注：“病少差曰间也。”意中人，指周、祖、谢。 [4] 相去不寻常，道路邈何因：意谓路远难以相见。不寻常，不近。八尺曰寻，倍寻曰常。何因，何由到达。因，由。 [5] 周生述孔业，祖谢响然臻：意谓周续之传述孔子之学说，而祖、谢亦应声而至。述，阐述前人之成说。响然臻，《文选》孔融《荐祢衡表》：“群士响臻。”李善注：“响臻，如应声而至也。” [6] 道丧向千载，今朝复斯闻：意谓孔子之道丧失已近千载，今日又得闻矣。向，将近。 [7] 丁福保《笺注》：“马队，马肆也。讲肆，讲舍也。” [8] 老夫：老人之自称。《礼记·曲礼》：“大夫七十而致事，自称老夫。” [9] 愿言诲诸子，从我颍水滨：意谓希望周生等人从我隐居。言，语助词。诲，晓教也。颍水滨，《史记·伯

温汝能《陶诗汇评》卷二：“末用冷讽，语虽诙谐，意本纯切，古人交谊不苟，于斯可见。”

夷列传》:“尧让天下于许由，许由不受，耻之逃隐。”《正义》引皇甫谧《高士传》:“许由字武仲。尧闻致天下而让焉，乃退而遁于中岳颍水之阳箕山之下隐。尧又召为九州长，由不欲闻之，洗耳于颍水滨。”

[点评]

本诗既称周续之为“周掾”，必作于刘裕辟周续之为太尉掾之后。据《宋书·周续之传》，江州刺史刘柳荐续之于刘裕，刘裕辟为太尉掾，不就，事在晋安帝义熙十一年（415）或十二年六月刘柳逝世前。刘柳卒，檀韶继任江州刺史。周续之应檀韶苦请出州讲《礼》当在义熙十二年六月之后。此诗口吻，乃周续之等初出州讲《礼》时所作，兹定于晋安帝义熙十二年丙辰（416）。

李公焕《笺注陶渊明集》卷二引赵泉山曰：“按靖节不事觐谒，惟至田舍及庐山游观，舍是无他适。续之自社主远公顺寂之后，虽隐居庐山，而州将每相招引，颇从之游，世号‘通隐’。是以诗中引箕、颍之事微讥之。”此诗固有微讥，然语气真挚，长者口吻显而易见。

乞食一首

饥来驱我去（一作出）[1]，不知竟何之。行行至斯里，叩门拙言辞[2]。主人谐（一作解）余意，遗赠岂虚来（一作副虚期，又作岂虚期）[3]。谈谐（一作

《国语·晋语四》:“乞食于野人。”《史记·晋世家》:“(重耳)饥而从野人乞食。”沈德潜《古诗源》卷九:“不必看作设言愈妙。”温汝能《陶诗汇评》卷二亦曰:“此诗非设言也。因饥求食，是贫士所有之事，特渊明胸怀，视之旷如，固不必讳言之耳。”然此所谓乞食应作广义理解，不必曰沿街要饭，如乞丐之所为。

谐语）终日夕，觞至（一作举）辄倾杯（一作卮）。情欣新知劝（一作欢），言咏（一作兴言）遂赋诗。感子漂母惠，愧我非韩才（一作韩才非）[4]。衔戢（一作戴）知何谢？冥报以相贻[5]。

清方宗诚《陶诗真诠》：“‘叩门’句，极善形容。”

说得沉痛，非惯于乞食者。

[注释]

[1] 饥：本书所用宋元本皆作“飢”，无一作“饑”者。飢、饑义别，谷不熟为饑，饿为飢。 [2] 拙言辞：拙于表明乞食之意。 [3] 遗（wèi）赠岂虚来：意谓主人有所馈赠，而不虚此行也。岂虚来，一作“副虚期”，意谓得称心之所期也（古直说）。不如原作“岂虚来”为佳。“来”亦属“之”部，押韵。 [4] 感子漂母惠，愧我非韩才：意谓惭愧无力报答。《史记·淮阴侯列传》：“信钓于城下，诸母漂，有一母见信饥，饭信，竟漂数十日。信喜，谓漂母曰：‘吾必有以重报母。’……汉五年正月，徙齐王信为楚王，都下邳。信至国，召所从食漂母，赐千金。” [5] 衔戢知何谢？冥报以相贻：意谓内心戢藏感谢之意，待死后相报也。衔，有怀于心中。戢，藏也。

[点评]

渊明《有会而作序》曰：“旧谷既没，新谷未登。颇为老农，而值年灾。日月尚悠，为患未已。”此诗与《有会而作》当为同年所作，即宋文帝元嘉三年丙寅（426）。《南史·宋本纪》元嘉三年秋，“旱且蝗”。

此诗真而切，非有亲身体验写不出。乞食之事，他人或未有，即使有亦未必入诗。渊明晚年穷困饥馁，又真率旷达，故有《乞食》之作。清人陶必铨《萸江诗话》曰：“此诗寄慨遥深，着眼在‘愧非韩才’一语。借漂母以起兴，故题曰《乞食》，不必真有扣门事也。”清人张荫嘉《古诗赏析》卷一三曰：“此向人借贷、感人遗赠留饮而作。题云《乞食》，盖乞借于人以为食计，非真丐人食也，观诗中解意遗赠可见。”二说勉强。“乞食”语出《国语》，不得强解为“乞借以为食计”。何况用漂母、韩信事，显然是乞食也。

此诗描摹“饥来”情状，维妙维肖。首句“饥来驱我去”，一“来”一“去”，妙合无垠。“驱”字写其迫不得已，亦妙。次句“不知竟何之”，恍惚之状凸现纸上。而“扣门拙言辞”一句，可见渊明非惯于乞讨者也，或此行原非有意于乞讨也。末尾曰“冥报以相贻”，显然已知生前无力相报，惟待死后，沉痛之至，绝望之至。而一乞食竟至以“冥报”相许，足见非一饭之可感，要在主人之仁心厚意感人肺腑。“感子漂母惠，愧我非韩才。衔戢知何谢，冥报以相贻。”字字出自心田，惭愧之情溢于言表，绝非丐者顺口谢语。关于诗中“主人”，亦有可论者。此人无须渊明出言而已知其来意，非但“遗赠”，且又“谈谐终日”，“倾杯”“赋诗”，何等体贴！何等高雅！渊明乞食乃有所选择也，檀道济馈以粱肉，渊明虽“偃卧饥馁有日”，仍“麾而去之”（见萧统《陶渊明传》）。此主人一饭之赠，竟欲“冥报”，足见饥馁固难，受惠于人尤难也。

诸人共游周家墓柏下一首[1]

今日天气佳，清吹与鸣弹（一作蝉）[2]。感彼柏下人，安得不为欢。清歌散（一作发）新声[3]，绿（一作时）酒开芳颜。未知明日事，余襟（一作懔）良已殚[4]。

[注释]

[1] 周家墓柏：陶澍《靖节先生集注》卷二引《晋书·周访传》，曰：“周、陶世姻，此所游，或即访家墓也。”按，周访亦家庐江寻阳，小陶侃一岁，曾荐侃为主簿，又以女妻侃子瞻。访曾为寻阳太守，赐爵寻阳县侯。渊明此诗所云周家墓，虽未必即周访家墓，然陶澍之说不为无据。 [2] 清吹（chuì）：鲍照《拟行路难》：“不见柏梁铜雀上，宁闻古时清吹音。” [3] 清歌：《李陵录别诗》（其十）：“悲意何慷慨，清歌正激扬。” [4] 未知明日事，余襟良已殚：意谓未知明日如何，今日诚已尽情矣。襟，襟怀，情怀。良，诚然。殚，尽。

[点评]

诸人共游人家墓柏下，且清吹、鸣弹、清歌、饮酒，乃有感于人生无常，以发抒心中之郁闷也。“今日天气佳”，直用口语，而未失诗味。

陈祚明《采菽堂古诗选》卷一三：“达旨简言，千秋可感。”温汝能《陶诗汇评》卷二：“陶集中此种最高脱，后人未易学步。此首东坡缺和。”

蒋薰评《陶渊明诗集》卷二：“通首言游乐，只第三句一点周墓，何等活动简便，若俗手，则下许多感慨语，自谓洒脱，翻成沾滞。”

王粲《七哀诗》（其一）：“悟彼下泉人，喟然伤心肝。”此反用其意。

邱嘉穗《东山草堂陶诗笺》卷二：“此诗翻尽丘墓生悲旧案，末二句益见素位之乐，虽曾点胸襟，不过尔尔。”

宋郭茂倩《乐府诗集·相和歌辞》载"楚调曲"《怨诗行》。古辞今存一篇，首二句曰："天德悠且长，人命亦何促。"曹植等人有拟作。渊明此诗首二句亦有明显模拟痕迹，此乃渊明今存作品中唯一乐府诗。陈祚明《采菽堂古诗选》卷一三："贫士诗，清切。"

"天道幽且远"句意本《左传》昭公十八年："子产曰：'天道远，人事迩。'"句法则拟古乐府《怨歌行》："天德悠且长。"

渊明《影答形》曰："立善有馀爱，胡可不自竭。"《神释》曰："立善常所欣，谁当为汝誉？"可见渊明确曾有立善之志。

怨诗楚调示庞主簿邓治中一首[1]

天道幽且远，鬼神茫昧然[2]。结发念善事，僶俛六九（一作五十）年[3]。弱冠逢世阻，始室丧其偏[4]。炎火屡焚如（一作和），螟蜮恣中田[5]。风雨纵横至，收敛不盈廛[6]。夏日长抱饥（一作抱长饥），寒夜无被眠。造夕思鸡鸣[7]，及晨愿乌（一作景，又作乌）迁[8]。在己何怨天，离忧凄目前（一作在己何所怨，天爱凄目前）[9]。吁嗟身后名，于我若浮烟[10]。慷慨（一作慨然）独（一作激）悲歌，钟期信为贤[11]。

[注释]

[1]庞主簿：名遵。主簿，官名。汉代中央及郡县官署均置此官，以典领文书，办理事务。魏晋以后渐渐成为统兵开府之大臣幕府中重要僚属，参与机要，统领府事。按，据《宋书·裴松之传》"太祖元嘉三年（426），诛司徒徐羡之等，分遣大使巡行天下。……司徒主簿庞遵使南兖州"，然则庞遵为司徒徐羡之主簿在元嘉三年以前。《宋书·徐羡之传》载："刘穆之卒（据《宋书·刘穆之传》，穆之卒于义熙十三年十一月），高祖命以羡之为吏部尚书、建威将军、丹阳尹。"永初元年，"高祖践祚，进号镇军将军，加散骑常侍。……封南昌县公。"庞遵或于义熙十三年（417）已任徐羡之主簿，故渊明得称之庞主簿耶？庞遵，字通

之。《宋书·陶潜传》："江州刺史王弘欲识之，不能致也。潜尝往庐山，弘令潜故人庞通之赍酒具于半道栗里要之。"《晋书·陶潜传》："其乡亲张野及周旋人羊松龄、庞遵等，或有酒要之。"可见，庞遵是渊明故交。此诗中吐露衷曲，非泛泛之交所可与言也。邓治中：其名无考。治中，官名。《通典》："治中从事史一人，居中治事，主众曹文书，汉制也。" [2] 天道幽且远，鬼神茫昧然：意谓天理幽隐难明而且邈远难求，鬼神之事亦茫然幽暗而不可知。天道，天理。 [3] 结发念善事，僶俛六九年：意谓从结发时即念善事，已经努力五十四年矣。结发，犹束发成童，十五岁以上。念善事，思欲立善成名也。僶俛，勤勉努力。六九，五十四。按，六九年，一作"五十年"，非是。《东坡先生和陶渊明诗》于"六九"下无"五十"。一作"五十"者，盖是拘于渊明享年六十三岁而改易之。然即使作"五十"，从结发时算起，再过五十年，此诗亦当作于六十五岁，渊明享年六十三岁或其以下诸说，皆不合。 [4] 弱冠逢世阻，始室丧其偏：意谓二十岁时遇到世难，三十岁时丧妻。弱冠，《礼记·曲礼》："二十曰弱冠。"世阻，世事阻难。始室，三十岁。《礼记·内则》："三十而有室。"丧其偏，指丧妻。 [5] 炎火屡焚如，螟蜮（míng yù）恣中田：意谓屡次遭到旱灾，害虫恣虐田中。炎火，《诗·小雅·大田》："田祖有神，秉畀炎火。"毛传："炎火，盛阳也。"盛阳焚如，正是旱象。螟蜮，两种害虫，食心曰螟，食叶曰蜮。 [6] 风雨纵横至，收敛不盈廛（chán）：意谓屡有风灾水灾，收成不足维持一家生活。廛，《诗·魏风·伐檀》："胡取禾三百廛兮"，毛传："一夫之居曰廛。"据说古代一户可分到一廛土地（二亩半），以建造住宅。 [7] 造：至。 [8] 愿乌迁：希望太阳快些移动，即日子难挨之意。乌，指太阳，相传日中有三足乌。 [9] 在己何怨天，离忧凄目前：意谓生活之坎坷贫困原因在于自己，何必怨天？但又不能不为目前

邱嘉穗《东山草堂陶诗笺》卷二："起言'天道幽且远'，结归'在己何怨天'，虽曰《怨诗楚调》，亦可谓怨而不怒矣。"

黄文焕《陶诗析义》卷二："'钟期信为贤'，念知音之不可得也。既已辞名，又欲知音，何哉？浮名在身后，知音在当年，当年乏知音之人，徒令后世凭吊，逝魂何由知乎？"

所遭遇之忧患而感到凄然。离，遭。 [10] 吁嗟身后名，于我若浮烟：感叹死后之声名若浮烟一般，对自己毫无意义。吁嗟，叹词。 [11] 慷慨独悲歌，钟期信为贤：意谓身后之名无所谓也，所幸生前有庞、邓二君如钟子期之贤，则己之慷慨悲歌亦得知音矣。《吕氏春秋·本味》："伯牙鼓琴，钟子期听之。方鼓琴而志在太山，钟子期曰：'善哉乎鼓琴，巍巍乎若太山！'少选之间，而志在流水，钟子期又曰：'善哉乎鼓琴，汤汤乎若流水！'钟子期死，伯牙破琴绝弦，终身不复鼓琴，以为世无足为鼓琴者。"

[点评]

从结发时说起，结发如何，弱冠如何，始室如何，目前如何，颇有总结平生之意。种种贫困饥寒之状，如"造夕思鸡鸣，及晨愿乌迁"，非亲历者不能道也。虽曰一生之坎坷全在自己，而题取《怨诗》，一种不平之情藏在字里行间。"吁嗟身后名，于我若浮烟。"此二句与前后似不衔接，本来叙述自己之饥寒，何以忽然说起身后名耶？盖古之贫士，多有以安贫留名者，渊明欲表自己之安贫，非以此邀名也。

卷一有四言《答庞参军》诗，两诗中之庞参军系同一人。陈祚明《采菽堂古诗选》卷一三："殊有款款之情。物新人旧，涉笔便不能忘。"

答庞参军一首并序

三复来贶，欲罢不能[1]。自尔邻曲，冬春再交[2]。款然良对，忽成旧游[3]。俗谚（一作谈）云：数面成亲旧（或无旧字）。况（一本又有其字）情过此者乎[4]？人事好乖[5]，

渊明以杨朱自况，言己所悲者非仅离别之类常悲，而是悲人事常乖，世路多歧。其《饮酒》十九曰："世路廓悠悠，杨朱所以止。"可参证。

便当语离。杨公（一作翁）所叹，岂惟常悲[6]？吾抱疾多年，不复为（一作属）文。本既不丰[7]，复（一本复作兼兹）老病继之。辄依周礼（原作孔，注一作礼）往复之义，且为别后相思之资[8]。

相知何必旧（一作早），倾盖定前言[9]。有客赏我趣[10]，每每顾林园[11]。谈谐无俗调[12]，所说圣人篇[13]。或有数斗（一作斠）酒[14]，闲饮自欢然。我实幽居士，无复东西缘[15]。物新人唯旧（一作唯人旧），弱毫夕所宣[16]。情通（宋本作怀）万里外，形迹滞江山（一作江山前）[17]。君其（一作期）爱体素，来会在何年[18]？

温汝能《陶诗汇评》卷二："陶公小序，多雅令可诵。序中起数语，何等缠绵，令人神往。至其与人款接，往往于赠答之什，自有一种深挚不可忘处，此古人所以不可企也。"

渊明常用"无复"二字，如《归园田居》其四："死没无复数。"《杂诗》其五："值欢无复娱。"《杂诗》其六："一毫无复意。"

邱嘉穗《东山草堂陶诗笺》卷二："此篇足见陶公善与人交处，'谈谐'数语既敬且和，'情通万里外'数语，又期以从要不忘之谊。序中所谓依《周礼》往复之义者，岂虚语哉！"

[注释]

[1] 三复来贶（kuàng），欲罢不能：意谓屡读赐诗，欲罢而不能。贶，赐也。 [2] 自尔邻曲，冬春再交：意谓自从结邻，已经年馀。尔，助词，用于句中。 [3] 款然良对，忽成旧游：意谓彼此诚恳相待，虽然时间不久，而已成老友矣。款，诚。 [4] 况情过此者乎：意谓何况感情投合，又超过数面即成亲旧者。 [5] 人事好（hào）乖：意谓人世间之事，常常容易违背乖戾，犹言不如意事常八九也。好，常常容易发生。乖，违背。 [6] 杨公所叹，岂惟常悲：意谓杨朱所感叹者，非常人之悲也。《淮南子·说林训》："杨子见逵路而哭之，为其可以南，可以北。" [7] 本既不丰：

李公焕《笺注陶渊明集》卷二："谓癯瘁也。" [8] 辄依周礼往复之义，且为别后相思之资：意谓即依照古礼，作诗答赠，且为别后之纪念也。《礼记·曲礼》："礼尚往来。往而不来，非礼也；来而不往，亦非礼也。" 辄，就。周礼，原作"周孔"，底本校曰"一作礼"，今从之。 [9] 相知何必旧，倾盖定前言：意谓相识何必旧久，有一见如故者也。《太平御览》卷三六三引《战国策》："白头如新，倾盖如旧。" 倾盖，两车相遇，乘车之人停车对语，车盖略倾斜相交。 [10] 有客赏我趣：意谓庞参军与己志趣相投。渊明《饮酒》其十四："故人赏我趣。" 赏，尚也，尊重。 [11] 顾：探望，访问。林园：指自己之住处。 [12] 谈谐：言谈和谐。渊明《乞食》："谈谐终日夕。" 俗调：世俗之论调。 [13] 说（yuè）：悦。圣人篇：圣贤之书。 [14] 斟：同"斗"。 [15] 我实幽居士，无复东西缘：意谓我乃隐居之人，不再有东西奔波之机会矣。幽居，隐居。东西缘，古直《笺》："《（礼记）檀弓》：'今丘也，东西南北之人也。'郑注：'东西南北，言居无常处也。'东西二字本此。" 渊明《与子俨等疏》："东西游走。" 其中"东西"二字与此意近，可以参看。 [16] 物新人唯旧，弱毫夕所宣：意谓旧友难得，此情曾用笔以宣之也。夕，通"昔"。 [17] 情通万里外，形迹滞江山：意谓分别之后，虽然感情相通，而形迹为江山阻隔，不能亲近矣。滞江山，为山川所阻隔。滞，滞留。 [18] 君其爱体素，来会在何年：希望庞参军多加保重，不知何年再会矣。其，副词，表示祈使。体素，身体之根本也。素，本也。

[点评]

诗序曰："自尔邻曲，冬春再交，款然良对，忽成旧游。……人事好乖，便当语离。" 四言《答庞参军序》曰："庞为卫军参军，从江陵使上都，过浔阳见赠。" 两相比较，此诗乃庞离开柴桑之际所作，两人相识不久。

诗前小序乃一绝妙小品，晋人声吻跃然纸上，其诚挚朴茂处尤不可及。赠答诗，彼此身份至关重要，旧交新知着笔有异，为宦为隐亦不相同。此诗在“忽成旧游”上着笔渲染，结尾隐约点出彼此出处之异，颇可咀嚼。“情通万里外，形迹滞江山”二句，道出常人常有之感慨，颇有深味。

五月旦作和戴主簿一首[1]

虚舟纵逸棹，回复遂无穷[2]。发岁始（一作若）俛仰，星纪奄将中[3]。南窗（一作明两）罕悴（一作萃时）物，北林荣且丰[4]。神渊（一作萍光）写时雨，晨色奏景风[5]。既来孰不去，人理固有终[6]。居常待其尽，曲肱岂伤冲[7]。迁化或夷险，肆志无窊隆[8]。即事如以（一作已）高，何必升华嵩[9]！

陈祚明《采菽堂古诗选》卷一三：“‘既来’二句达识，语合自然。初以‘冲’字韵不亮，置之细咏，固无嫌也。”

[注释]

[1] 五月旦：五月初一。戴主簿：不详。　[2] 虚舟纵逸棹，回复遂无穷：意谓时光不停，迅速流逝；四季循环，无穷无尽。《庄子·大宗师》：“夫藏舟于壑，藏山于泽，谓之固矣。然而夜半有力者负之而走，昧者不知也。”《列子·天瑞》：“粥熊曰：运转亡已，天地密移，畴觉之哉？”张湛注：“此则庄子舟壑之义。”渊明此诗所谓“虚舟”，盖本《大宗师》。渊明《杂诗》其五：“壑舟

无须臾，引我不得住。”所谓“壑舟”，亦比喻时光或时光之不驻。纵，放纵。逸棹，快桨。逸，奔，引申有急速之意。回复，指虚舟之往来，亦季节之循环往复。 [3] 发岁始俛仰，星纪奄将中：意谓开岁以来刚刚在俯仰之间，一年忽已将半矣。诗作于五月，故有此感慨也。发岁，一年开始。俛仰，一俯一仰之间，表示时间短暂。星纪，十二星次之一，此泛指岁时。 [4] 南窗罕悴物，北林荣且丰：意谓植物大都已繁荣茂盛。罕，少。悴，憔悴。南窗，一作“明两”，亦通。《易・离卦》：“明两作离。”李鼎祚曰：“夏火之候也。”罕悴物，一作“萃时物”，意谓应时之物皆已丛生，亦通。 [5] 神渊写时雨，晨色奏（còu）景风：意谓从神渊泻下时雨，清晨吹起南风，晨色恰与南风相约俱来也。神渊，王叔岷《笺证稿》：“《淮南子・齐俗篇》许慎注：‘神蛇潜于神渊，能兴云雨。’”写，犹“泻”。时雨，及时之雨。奏，通“凑”，聚合。景风，南风。《说文・风部》：“南方曰景风。” [6] 既来孰不去，人理固有终：意谓人皆有死也。来去，指生死。古直《笺》：“《庄子・达生篇》：‘生之来不能却，其去不能止。’《列子・天瑞篇》：‘生者，理之必终者也。’” [7] 居常待其尽，曲肱（gōng）岂伤冲：意谓安贫以待终，生活虽然贫穷而无伤于冲虚之道也。居常，古直《笺》：“《太平御览》五百九引嵇康《高士传》荣启期曰：‘贫者士之常，死者民之终。居常以待终，何不乐也？’”曲肱，弯臂。《论语・述而》：“饭蔬食饮水，曲肱而枕之，乐亦在其中矣。”冲，虚。《老子》：“道冲，而用之或不盈。” [8] 迁化或夷险，肆志无窊（wā）隆：意谓生命在迁移变化之中有平有险，惟保持心志之自由，便无所谓高下矣。肆志，放志，任意。窊，下。隆，高。 [9] 即事如以高，何必升华嵩：意谓抱此人生态度便已达到高超地步，何必升上华嵩以成仙！即事，此事。华嵩，华山与嵩山，皆仙人居住之地。

[点评]

从此诗可见渊明之人生哲学。季节时令循环往复，无穷无尽，而人之生命却有极限。长生不可信，神仙不可求，穷通贵贱更不必考虑。惟坚守本性，肆志遂心，即可达到神仙般境界矣。

连雨天气，少与友朋交往，故有孤独之感。独饮中体悟人生，多有哲学思考。

连雨独饮一首（一作连雨人绝独饮）

此所谓“得仙”，就渊明而言，乃指有成仙之感觉：昏昏然，飘飘然，忘乎己，忘乎天。渊明并不信神仙。

运生会归尽，终古谓之然[1]。世间有松乔，于今定何间（一作闻）[2]？故老赠余酒，乃言饮得仙[3]。试酌百情远，重觞忽忘天[4]。天岂去此哉（一云天际去此几），任真无所先[5]。云鹤（一作鸿）有奇翼，八表须臾还[6]。自（一作顾）我抱兹独，僶俛四十年[7]。形骸久已化（一云形体凭化迁，又云形神久已死），心在（一作在心）复何言[8]！

百情是感物而生之各种感情，“百情远”即不为物累。但仅仅“百情远”尚未为高，“忘天”才臻于至境矣。

清马墣《陶诗本义》卷二：“此篇以‘任真无所先’一句为结穴”。

[注释]

[1] 运生会归尽，终古谓之然：意谓人之生命运行不已，必当归于终结，自古以来即是如此。运生，生命之运行，渊明以为生命乃不断行进之过程，故曰“运生”。 [2] 世间有松乔，于今定何间：意谓人称神仙之松乔，于今究竟在何处？松，赤松子。乔，王乔，字子晋。均见刘向《列仙传》。定，究竟。 [3] 故老赠余酒，乃言饮得仙：意谓故老以酒相赠，且言饮酒即可得仙矣。乃，连

词，表示递进关系，相当于“且”。　[4] 试酌百情远，重觞忽忘天：意谓初酌即已远离世情，再饮则忽忘天矣。百情远，远离种种世情，如一般喜怒哀乐、名利之心。忘天，《庄子·天地》：“忘乎物，忘乎天，其名为忘己。忘己之人，是之谓入于天。”此所谓“天”意谓超于物之上而接近自然。《老子》：“人法地，地法天，天法道，道法自然。”能忘天则几于道，而近乎自然矣。　[5] 天岂去此哉，任真无所先：意谓忘天者盖与天为一也；与天为一，必以任真为先，一切出于真，服从于真。任真，不束缚人之自然本性，任其自由发展。真，《庄子·渔父》：“礼者世俗之所为也。真者所以受于天也，自然不可易也。故圣人法天贵真，不拘于俗。”可见“真”与世俗礼法相对立，指人之自然本性。　[6] 云鹤有奇翼，八表须臾还：古直《笺》、丁福保《笺注》，皆以“云鹤”指仙人，意谓仙人得以遨游八极。王叔岷《笺证稿》曰：“上言‘世间有松乔，于今定何间？’陶公已不信仙人矣，此何必就仙人言之耶？二句盖喻心境之舒卷自如也。”王说为是。　[7] 自我抱兹独，僶俛四十年：意谓自从我抱独守一，不为外物所惑，至今已努力四十年矣。“独”，乃庄子之哲学概念。《庄子·大宗师》：“吾犹守而告之，参日而后能外天下；已外天下矣，吾又守之，七日而后能外物；已外物矣，吾又守之，九日而后能外生；已外生矣，而后能朝彻；朝彻，而后能见独；见独，而后能无古今；无古今，而后能入于不死不生。”所谓“独”，犹言“一”或“本”，即与具体之万物相对待之“本根”。“抱独”犹言得于一，亦即守一、守本，不为外物所惑也。　[8] 形骸久已化，心在复何言：意谓四十年来形骸久已变化，不是原先之形骸矣。但本心尚在，初衷未改，斯可无悔矣。

“云鹤有奇翼，八表须臾还”二句或另有寓意，其重点乃在一“还”字，“云鹤”亦知还也。陶诗屡咏归鸟，见《归鸟》《饮酒》等诗。从鸟之倦飞归还，悟出人生真谛。云鹤虽有奇翼，可以远之八表，尚且须臾而还，而我岂能不任真守拙乎？

“自我抱兹独”句，渊明《戊申岁六月中遇火》：“总发抱孤念，奄出四十年。”句法与此同。

《庄子·齐物论》：“其形化，其心与之然，可不谓大哀乎？”渊明反其意，曰我之心未随形骸之化而化也。

[点评]

此诗集中表现其生死观。人有生必有死，神仙不存在。惟忘乎物，进而忘乎天，任真自得，顺乎自然，才真正得以超脱。后六句有回顾平生之意，回顾之后益加肯定自己之人生道路。形化心在，乃一篇结穴。古直《笺》引《庄子·知北游》“古之人外化而内不化”，此之谓也。立意玄远，用笔深峻。

移居二首

昔欲居南村[1]，非为卜其宅[2]。闻多素心人[3]，乐与数晨夕[4]。怀此（一作兹）颇有年，今日从兹役[5]。弊庐何必广，取足蔽床席。邻曲时时来[6]，抗（一作话）言谈在昔[7]。奇文共（一作互）欣赏[8]，疑义相与析（一作斥）。

温汝能《陶诗汇评》卷二：“素心人固不易多得，‘闻’字却妙，或作‘间’字，便索然了。”

明张自烈《笺注陶渊明集》卷二：“山居析疑，与悠游笑傲一辈人不同，此渊明身心最得力处。”蒋薰评《陶渊明诗集》卷二：“读‘疑义相析’，知渊明非不求解，不求甚解以穿凿耳。”

[注释]

[1] 南村：古直《陶靖节年谱》义熙六年（410）下：“南村（亦曰南里）果在何处？李公焕曰即栗里。何孟春曰柴桑之南村。……愚通考先生诗文以及诔、传，而知南村实在寻阳负郭。”古直所考有据，然《移居》诗果为何年所作，并无充分根据以论定之，则南村是否在寻阳负郭，亦未能论定矣。　[2] 非为卜其宅：意谓不是因为南村之住宅好。卜宅，《左传》昭公三年：“谚云：‘非宅是卜，惟邻是卜。’”　[3] 素心人：心地朴素之人。　[4] 乐与数（shuò）晨夕：意谓喜欢与素心人朝夕相处。数，屡。　[5] 从兹役：为此事，指移居南村。从，为。役，事。　[6] 邻曲：邻居。　[7] 抗

言：高言。 [8] 奇文：或指自己与朋友所作文章，或指前人文章。

"春秋"二句没有任何雕琢，却胜过一切雕琢。不像诗句，却是最佳诗句。极平淡，却极富诗情。能欣赏这类句子，方能得渊明三昧。

蒋薰评《陶渊明诗集》卷二："直是口头语，乃为绝妙词。极平淡，极色泽。"

春秋多佳日，登高赋新诗。过门更相呼[1]，有酒斟酌之[2]。农务各自归，闲暇辄相思。相思则披（一作拂）衣[3]，言笑无厌时。此理将不胜，无为忽去兹[4]。衣食当须纪（一作几），力耕不吾（一作吾不）欺[5]。

[注释]

[1] 更：更替轮流。 [2] 斟酌：斟酒饮酒。 [3] 披衣：披衣出访。 [4] 此理将不胜，无为忽去兹：意谓此理难道不妙乎？勿轻易舍此而去也。"此理"，指下二句所谓力耕之理。将不，岂不，有揣测或商量之语气，六朝习用语，相当于今言"难道不"。胜，优，妙。无为，犹言不要。古直《笺》："'理胜'盖晋人常语。《晋书·庾亮传》：'舅所执理胜'，《袁乔传》：'以理胜为任'，《王述传》：'且当择人事之胜理'是也。" [5] 衣食当须纪，力耕不吾欺：意谓人生必须经营衣食，尽力耕作必有收获。纪，理，经营。力耕，尽力从事农耕。不吾欺，不欺吾。

[点评]

此二诗语言清新朴素，直如口语，然邻曲之情、力耕之乐溢于言表。"奇文"二句向为人称道，其妙处在以最精炼之语言道出读书人普遍之体验。有素心人可与共赏奇文、共析疑义，真乃一大乐事也。此外，如"邻曲时时来，抗言谈在昔”，所谈为“在昔”，态度为“抗言”，有此等邻曲实乃幸事。又如“过门更相呼”“相思则披衣”，亦极富乡里间情趣。

和刘柴桑一首[1]

山泽久见招，胡事乃踌躇[2]？直为亲旧故，未忍言索居[3]。良辰入奇怀，挈（一作策）杖还西庐[4]。荒涂无归人，时时见（一人有）废墟[5]。茅茨已就治，新畴复旧（原作应，和陶本作旧）畬[6]。谷风转凄薄，春（一作嘉）醪解饥劬[7]。弱女虽非男，慰情良（一作殊）胜无[8]。栖栖世中事，岁月共相疏[9]。耕织称其用，过此奚所须[10]？去去百年外，身名同翳如[11]。

襟怀本无所谓奇与不奇，逢良辰而精神倍爽，不同往常，渊明用“奇怀”二字言之。

黄文焕《陶诗析义》卷二：“世事之难在密，高士之癖在疏。”陶澍《靖节先生集注》引何焯曰：“我弃世，世亦弃我也。”

邱嘉穗《东山草堂陶诗笺》卷二：“耕织称用四句，实情至理，彼敝敝一生之力以为子孙忧者，一何不知足之甚也！”

［注释］

[1] 刘柴桑：即刘程之，字仲思，曾为柴桑令，隐居庐山，自号遗民。萧统《陶渊明传》：“时周续之入庐山，事释慧远；彭城刘遗民，亦遁迹匡山；渊明又不应征命，谓之‘寻阳三隐’。” [2] 山泽久见招，胡事乃踌躇：意谓久已被招隐入山泽，因何事而踌躇不往乎？曰“久见招”者，此前（义熙二年）已招渊明入山，渊明未肯，作《酬刘柴桑》。刘复招之，故此诗曰“久见招”也。 [3] 直为亲旧故，未忍言索居：意谓只为亲旧之故，

而未忍言离群索居也。直，但，仅只。［4］良辰入奇怀，挈杖还西庐：良辰入怀，言物境与人心之合一。挈杖，提杖而行。挈，提起。按，挈杖，一作“策杖”，意谓扶杖，未佳。此时遇良辰而高兴，不觉提杖而行，无须拄杖也。西庐，西田中之庐舍。据《庚戌岁九月中于西田获早稻》：“盥濯息檐下，斗酒散襟颜。”知渊明于西田中有庐舍。渊明有几处田庄，此其一也。［5］荒涂无归人，时时见废墟：写归西庐途中所见。废墟，已荒芜破败之村庄。渊明《归园田居》其四：“试携子侄辈，披榛步荒墟。徘徊丘垄间，依依昔人居。”盖当时废墟颇多见也。［6］茅茨已就治，新畴复旧畬（yú）：意谓茅屋、新田与旧田均已整治就绪。茅茨，茅草盖顶之房屋。新畴，新田。畬，开垦过三年之旧田。按，旧，原作“应”，今据和陶本改。“新畴复应畬”，费解。［7］谷风转凄薄，春醪解饥劬（qú）：意谓当东风转冷时，聊以酒解饥劳也。谷风，《尔雅·释天》：“东风谓之谷风。”凄，寒凉。劬，劳也。［8］弱女虽非男，慰情良胜无：吴瞻泰《陶诗汇注》卷二引王棠曰：“柴桑有女无男，潜心白业，酒亦不欲，想必以无男为憾，故公以达者之言解之。”此诗前后皆表白自己生活与心情，中间忽插入安慰刘遗民之语，亦嫌突兀。另一说，谓春醪虽薄，聊胜于无，不仅可解饥劬，亦可慰情也。李公焕《笺注陶渊明集》引赵泉山曰：“‘谷风’四句，虽出于一时之谐谑，亦可谓巧于处穷矣。以‘弱女’喻酒之醨薄，饥则濡枯肠，寒则若挟纩，曲尽贫士嗜酒之常态。”陶澍《靖节先生集注》曰两说皆通，霈则曰两说皆未圆满，姑存疑，以俟高明。［9］栖栖世中事，岁月共相疏：意谓世间之事栖栖不定，随岁月之流逝，世事与我互相疏远益甚矣。栖栖，忙碌不安貌。疏，远。［10］耕织称（chèn）其用，过此奚所须：意谓只求衣食满足所用，过多非所须求也。称，相当，符合。须，要求，须求。［11］去去百年外，身名同翳（yì）如：

意谓人死之后，身名没灭消失，不复为人所知，衣食之需更勿多求也。百年，指一生。人寿罕过百岁，故以百年为死之婉称。翳如，犹言“翳然”，没灭消失貌。翳，灭也。

［点评］

刘遗民于晋安帝元兴元年（402）隐于庐山西林。诗曰“山泽久见招”，则必作于此年之后。诗又曰“新畴复旧畬”，田三岁曰“畬”。渊明于义熙元年（405）冬作《归去来兮辞》，设想次年春之农事曰：“农人告余以春及，将有事于西畴。”有事西畴时在义熙二年，至义熙五年恰为三年。又曰“挈杖还西庐”，渊明有《庚戌岁九月中于西田获早稻》，庚戌岁当义熙六年，此年秋渊明在西田力耕，并住西庐。此秋前后一段时间内或亦住西庐，揣测诗意，或渊明曾往庐山访刘柴桑，刘复招入山泽，而渊明未允。此诗作于归西庐之后。兹系此诗于晋安帝义熙五年己酉（409）。

渊明本已隐居家中，遗民复招以何事耶？盖刘遗民于元兴元年入庐山，并与慧远等一百二十三人共立誓愿，则是已皈依佛门矣。遗民当是招渊明入庐山，离家人而“索居”，渊明不肯，故《酬刘柴桑》及此诗颇言隐居及与亲旧家人团聚之乐。渊明之隐居乃离开仕途与世俗，退隐田园从事躬耕，而未脱离人间，仍与亲友、邻居相往还，此所谓“结庐在人境”也。此诗所谓：“去去百年外，身名同翳如。”《酬刘柴桑》所谓：“今我不为乐，知有来岁不？”均表明其不虑来生之意，非如刘遗民之离群索居，期往生极乐世界也。

酬刘柴桑一首

蒋薰评《陶渊明诗集》卷二："此诗只说自己穷愁行乐，绝无酬答语。"

穷居寡人用，时忘四运周[1]。门（原作榈，注一作门，又作空，或作檐）庭多落叶，慨然知已秋[2]。新葵郁北牖（原作墉，注一作牖），嘉穟养（一作卷，又作眷）南畴[3]。今我不为乐，知有来岁不？命室携童弱，良日（一作曰）登远游[4]。

[注释]

[1] 穷居寡人用，时忘四运周：意谓居处偏僻少有人来，四季之更替时或忘矣。穷居，偏僻之居室。寡人用，少人行，少有人往来。用，行也，见《方言》。四运周，《庄子·知北游》："阴阳四时运行，各得其序。" [2] 门庭多落叶，慨然知已秋：意谓见落叶而慨然知已秋矣。门，原作"榈"，费解。底本校曰"一作门"，今从之。慨然，有感叹流光易逝岁月不待之意。 [3] 新葵郁北牖，嘉穟（suì）养南畴：意谓北窗外新葵茂盛，南畴间禾实饱满。葵，蔬菜名，乃古代重要蔬菜之一。《诗·豳风·七月》："七月亨葵及菽。" 郁，盛貌。牖，窗。牖，原作"墉"，城墙也，高墙也，于义稍逊。底本校曰"一作牖"，今从之。和陶本亦作"牖"。嘉穟，禾实饱满者也。穟，禾秀之貌。养，育。南畴，位于居处南边之一片田地。渊明《归园田居》其一："开荒南野际"，此南畴或系新开垦之田。 [4] 命室携童弱，良日登远游：意谓携带子侄，佳日远游为乐。室，妻室。童弱，指子侄等。登远游，实现远游。登，成。

[点评]

刘柴桑约渊明入山，渊明不肯，以诗答之。诗写躬耕之事、天伦之乐，曰“穷居寡人用”“嘉穟养南畴”“命室携童弱，良日登远游”，与《归园田居》：“野外罕人事，穷巷寡轮鞅”“开荒南野际，守拙归园田”“试携子侄辈，披榛步荒墟”等句大意相同，盖同时所作。约作于晋安帝义熙二年丙午（406）秋。又，诗曰“命室携童弱”，此年其幼子十六岁，正相吻合。

此诗写隐居之乐，与《和郭主簿》其一旨趣略同。题曰《酬刘柴桑》，而不及酬答之意，全是自抒情怀。

方东树《昭昧詹言》卷四：“此二首与《酬刘柴桑》皆闲居诗正格，一味本色真味，直书胸臆。前首夏景，次首秋景。”

和郭主簿二首[1]

蔼蔼堂前（一作北）林[2]，中夏贮（一作复，又作驻，又作伫）清阴[3]。凯风因时来[4]，回飙开我襟（一作心）[5]。息交（一作友）游闲业，卧起弄书琴（一云息交逝闲卧，坐起弄书琴。逝一作誓，坐起一作起坐）[6]。园蔬有馀滋[7]，旧谷犹储今。营己良有极，过足非所钦[8]。春秫作美酒[9]，酒熟吾自斟。弱子戏我侧（一作前）[10]，学语未成音。此事真复乐，聊用忘华簪[11]。遥遥望白云，怀古一何深[12]！

清阴可贮，以备取用。“贮”字妙绝。

邱嘉穗《东山草堂陶诗笺》卷二：“公《与子俨等疏》云：‘……见树木交荫，时鸟变声，欢然有喜。尝言五六月中北窗下卧，遇凉风暂至，自谓是羲皇上人。’此诗起数语意同。”

黄文焕《陶诗析义》卷二：“贫人夸富，有致。”

渊明《和刘柴桑》曰："耕织称其用，过此奚所求。"《杂诗》其八："岂期过满腹，但愿饱粳粮。"与此诗意近。

[注释]

[1] 郭主簿：名不详。主簿，官名，详《怨诗楚调示庞主簿邓治中》题解。 [2] 蔼蔼：茂盛貌。 [3] 中夏：仲夏。贮：贮存。 [4] 凯风因时来：意谓南风按时而来。凯风，南风，见《尔雅·释天》。 [5] 回飙：回风。 [6] 息交游闲业，卧起弄书琴：意谓停止交游，浏览正典以外之闲书；随时以书琴为戏，并不刻意钻研。闲业，对正业而言。《礼记·学记》："教必有正业。"孔疏："正业，谓先王正典，非诸子百家。" [7] 园蔬有馀滋：意谓自己园中之蔬菜格外有味，或谓其繁滋有馀。馀滋，馀味。又，"滋"，王叔岷《笺证稿》释为"繁滋"。逯钦立注引《国语·齐语》注："滋，长也。" [8] 营己良有极，过足非所钦：意谓营求自身之衣食诚然有限，并无过分之希求也。 [9] 秫（shú）：黏稻。萧统《陶渊明传》："公田悉令吏种秫，曰：'吾常得醉于酒足矣！'妻子固请种粳，乃使二顷五十亩种秫，五十亩种粳。" [10] 弱子：幼子，少子。 [11] 此事真复乐，聊用忘华簪：意谓上述之生活情事真是快乐，可赖以忘掉富贵荣华。复，助词，起补充或调节音节之作用。聊，依赖，凭借。用，以。华簪，华贵之发簪，代指富贵。 [12] 遥遥望白云，怀古一何深：意谓遥望白云，而缅怀古代安贫乐道之高士。一，助词，用以加强语气。

和泽（一作风）周（一作同）三春，清凉素秋节（原作华华凉秋节，注一作清凉华秋节，又作清凉素秋节）[1]。露凝无游氛，天高风（一作肃）景澈（一作冽）[2]。陵（一作凌，又作峻）岑耸逸峰，遥瞻皆奇绝[3]。芳菊开林耀[4]，青松冠岩列。怀此贞秀姿，卓为霜下

黄文焕《陶诗析义》卷二："游氛少则半空无所障蔽，天加一倍矣，山亦加一倍矣。'高'字、'耸'字承顶秋意，最为逗观。"

杰[5]。衔觞念幽人，千载抚尔诀[6]。检（一作俭）素不获展，厌厌竟良（一作终）月[7]。

[注释]

[1] 和泽周三春，清凉素秋节：此诗写秋，先以春陪衬。意谓春天和泽，而秋来何其清凉也。和泽，温和湿润。周，遍。周，一作“同”，恐非。诗中所写“露凝”“风景澈”“霜下杰”，皆不同于春景也。三春，春季之三个月。　[2] 露凝无游氛，天高风景澈：形容秋高气爽。露凝，露水凝结为霜。游氛，指云气。氛，气。风景澈，言秋天之空气与光线给人以透明澄清之感。　[3] 陵岑耸逸峰，遥瞻皆奇绝：因为风景澄澈，山峰清晰，似觉更高更奇。岑，《说文》：“山小而高。”逸，特出。奇绝，言山峰之奇异达到极点。　[4] 芳菊开林耀：言菊花之灿烂，使树林顿觉开朗明亮。王叔岷《笺证稿》曰：“‘开林耀’，疑本作‘耀林开’。‘芳菊耀林开’，与‘青松冠岩列’相俪。两句第三字以耀、冠对言。谢灵运《日出东南隅行》：‘柏梁冠南山，桂宫耀北泉。’江淹《杂体诗·拟谢仆射游览》：‘时菊耀岩阿，云霞冠秋岭。’并同此例。”逯钦立注亦曰：“开林耀，当作耀林开，与冠岩列对文。”　[5] 贞：正。霜：绍兴本作“山”，注一作“霜”。作“山”难通，此松“冠岩列”，不可谓“山下杰”。　[6] 衔觞念幽人，千载抚尔诀：意谓念及自古以来之隐者，亦皆遵循松菊之法，以保持高洁也。衔觞，饮酒。觞，酒杯。幽人，隐者。抚，循，仿效。诀，法。　[7] 检素不获展，厌厌竟良月：意谓自检平素之情志而不得展，惟安然静居，终此良好之季节。检，寻求。不获展，不得伸展。厌厌，精神不振貌。

[点评]

诗曰:"弱子戏我侧，学语未成音。"姑以"弱子"为幼子佟，是年二岁，则此诗约作于晋孝武帝太元二十一年丙申（396)。此题共二首，当为同年所作，一作于夏，一作于秋。

两诗写法不同:其一，"堂前林""凯风""回飙"等客观之物皆与渊明建立亲切体贴之关系，或为之贮阴，或为之开襟，宛若朋友一般。其二，多有象征意象，如秋菊、青松，皆象征高洁坚贞之人格。但两诗皆以怀念古之幽人作结，"衔觞念幽人"犹"怀古一何深"也。而"检素不获展"则又进一层，己之情素竟不得展，感慨益深矣。

温汝能《陶诗汇评》卷二:"'游云倏无依'五字，殊得送别情况。"

陈祚明《采菽堂古诗选》卷一三:"逝止殊路，厥志分明，于情固已欲忘矣。"

渊明每言"化"，如"纵浪大化中"(《神释》)，"迁化或夷险"(《五月旦作和戴主簿》)，"形骸久已化"(《连雨独饮》)，"聊且凭化迁"(《始作镇军参军经曲阿》)，"形迹凭化往"(《戊申岁六月中遇火》)。盖自渊明视之，万物莫不处于变化之中，人之形骸亦复如是，故不必为离别而悲伤也。

于王抚军座送客[1]（一作座上）

冬日凄且厉，百卉具已腓[2]。爰以履霜节，登高饯将归[3]。寒气冒山泽[4]，游云倏（一作永）无依[5]。洲渚思绵（一作四缅）邈，风水互乖违[6]。瞻夕欲（一作欣）良宴，离言聿云悲[7]。晨鸟暮来还（一作晨鸡总来归），悬车（一作崖）敛馀晖[8]。逝（原作游，注一作逝）止判殊路，旋驾怅迟迟[9]。目送回舟远（一作往），情随万化遗[10]。

[注释]

[1] 王抚军：指王弘。《宋书·王弘传》：王弘字休元，义熙十四年（418）“迁监江州、豫州之西阳、新蔡二郡诸军事，抚军将军，江州刺史”。客：指豫章太守谢瞻，西阳太守、太子庶子庾登之。《文选》卷二〇有谢宣远（瞻）《王抚军庾西阳集别时为豫章太守庾被征还东》一首。李善注：“沈约《宋书》曰：‘王弘为豫州之西阳、新蔡诸军事、抚军将军、江州刺史。庾登之为西阳太守，入为太子庶子。’集序曰：‘谢还豫章，庾被征还都，王抚军送至湓口南楼作。’” [2] 冬日凄且厉，百卉具已腓（féi）：意谓冬季风寒且急，百草均已枯黄。腓，病。 [3] 爰以履霜节，登高饯将归：意谓以此践霜之季节，登高饯别将归之人。爰，助词，起补充音节作用。 [4] 冒：覆盖。 [5] 游云倏无依：形容游云忽聚忽散，飘忽不定。 [6] 洲渚思绵邈，风水互乖违：意谓离思广远，弥漫洲渚；风水阻隔，友人分离。绵邈，广远貌。乖违，分离。 [7] 瞻夕欲良宴，离言聿云悲：意谓目瞻日夕欲成良宴，而离别之言令人悲伤。“聿”“云”，皆语助词。 [8] 晨鸟暮来还，悬车敛馀晖：承上瞻夕，写日夕景色。悬车，指黄昏之前。《淮南子·天文训》：“日出于暘谷，……至于悲泉，爰止其女，爰息其马，是谓悬车。至于虞渊，是谓黄昏。”敛馀晖，夕日收起馀光。 [9] 逝止判殊路，旋驾怅迟迟：意谓行者送者路各不同，回驾迟迟怅然而归。逝止，谓行者与留者。逝，原作“游”，底本校曰“一作逝”，今从之。判，分。 [10] 目送回舟远，情随万化遗：意谓既已目送回舟远去，则离情亦随万化而遗落，不复滞于心中矣。

[点评]

前八句景语，后八句情语，淡而有味。方东树《昭味詹言》卷四云:“景与情俱带画意。”黄文焕《陶诗析义》卷二曰:“钟情语以遣情结,最工于钟情。”

谭元春曰:读此知渊明接物非一概疏简。钟惺曰:陶公于物,有简处,无傲处,只是一厚字,古今傲人终浅。(《古诗归》卷九)

清何焯《义门读书记·陶靖节诗》:“‘语默自殊势’,不曰出处,而曰语默,公之逊词也。”

殷晋安东下,故以“西来风”“东去云”写别情。

李光地《榕村诗选》卷二:“‘才华不隐世’,谓殷也;‘江湖多贱贫’,自谓也。”

与殷晋安别一首[1]并序

殷先作晋安南府长史掾,因居浔阳[2]。后作太尉参军,移家东下,作此以赠。

游好非久(一作少)长,一遇尽(一作定)殷勤[3]。信宿酬清话,益复知为亲[4]。去岁家南里,薄作少时邻[5]。负杖肆游从,淹留忘宵晨[6]。语默自殊势,亦知当乖分[7]。未谓事已及,兴言在兹春[8]。飘飘西来风,悠悠东去(一作归东)云。山川千里外,言笑难为因[9]。良才(一作才华)不隐世,江湖多贱贫。脱有经过便,念来存故人[10]。

[注释]

[1] 殷晋安:旧注以为指殷景仁。如宋吴仁杰《陶靖节先生年谱》于晋安帝义熙七年(411)下曰:“有《与殷晋安别》诗。其序云……按《宋武帝纪》,此年改授太尉。又按《殷景仁传》,为宋武帝太尉行参军。则所谓殷晋安,即景仁也。先生方避世,而景仁乃就辟,故其诗云:‘语默自殊势,亦知当乖分。’又云:‘兴言在兹春。’则此诗在春月作。”李公焕《笺注陶渊明集》于诗题下注曰:“景仁名铁。”今存几种宋刊本,如《东坡先生和陶渊明

诗》、汲古阁藏宋刊十卷本、绍兴本、曾集本、汤注本，于诗题下均无“景仁名铁”之注，此注为李公焕所加，非渊明自注。考之史传，殷景仁未曾居寻阳（说见拙文《陶渊明年谱汇考》“义熙七年”条下），渊明诗中所谓“殷晋安”定非殷景仁。殷晋安果系何人，因无史料足资考证，暂付阙如为宜。 [2] 殷先作晋安南府长史掾，因居浔阳：此二句颇费解，疑有误。晋安，郡名，属江州，地当今福建泉州一带。南府，镇南将军府之简称，治所在江州浔阳，位于首都建康之南，故称。长史，南朝凡刺史之带将军开府者，其幕府亦设长史，因此“南府长史”四字应连读。掾，古代属官之通称。长史不置属员，下不设掾，此“掾”当系南府之掾。据“殷先作晋安南府长史掾”，似乎殷既任晋安郡太守，复兼任南府长史，又兼任南府掾。但晋安郡与南府所在之江州浔阳相去甚远，任晋安太守而居浔阳，颇费解；郡太守与长史或掾，官阶高下悬殊；同在一南府，既任长史又兼掾，三职如此兼法，殊不合情理也。疑文字有颠倒，应作：“殷晋安先作南府长史掾，因居浔阳。”“晋安”者，或系殷之名（或字）也，非殷之官职。诗题《与殷晋安别》，直称其姓名，而不称官职，有《示周续之祖企谢景夷三郎》之例。或殷某原曾任晋安太守，此以其原先官阶较高之职位称之。 [3] 游好非久长，一遇尽殷勤：意谓彼此交游相善时日非长，仅一遇而倾心也。殷勤，情意恳切。 [4] 信宿酬清话，益复知为亲：意谓一再对答交谈，更知是密友也。一宿曰宿，再宿曰信。酬，答。清话，谈话不染世俗，清高雅洁。 [5] 去岁家南里，薄作少时邻：意谓去岁家于南里时，曾短期为邻。薄，助词，用于句首，相当于“夫”“且”。 [6] 负杖肆游从，淹留忘宵晨：写彼此过从之密，交往之欢。负杖，古直《笺》：“《礼记·檀弓》郑注：‘加其杖颈上。’”不拄杖而担之，兴高而步健也，与《和刘柴桑》所谓“挈杖”相近。肆，纵情。游从，结伴同游。淹留，久留。 [7] 语默自殊势，亦知当乖分：意谓彼此一显达，一隐沦，势态本自不同，故亦知终当分离也。语默，显与不显。 [8] 未谓事已及，兴言在兹春：承上句意谓虽知终当分离，但未谓如此之遽，事已速至，起于今春，离别在即矣。兴，起也。言，语助词。 [9] 山川千里外，言笑难为因：意谓山川远隔，难以言笑为亲矣。因，《广雅·释诂三》："因，亲也。" [10] 脱有经过便，念来存故人：意谓倘有便经过浔阳，勿忘来问候故人也。脱，倘若，或许。存，问候，省视。

[点评]

此诗有无讥讽，前人说法不一。吴崧《论陶》曰："深情厚道，绝无讥讽意。'良才不隐世'，并不以殷之出为卑；'江湖多贱贫'，亦不以己之处为高。各行其志，正应'语默自殊势'句，真所谓'肆志无污隆'也。"方东树《昭昧詹言》卷四亦曰："一语不假借，亦无讽讥轻慢。"温汝能纂集《陶诗汇评》卷二则曰："殷事刘裕，与靖节殊趣，故篇中'语默殊势'，已显言之。至'事已及'，即指其移家东下。'才华'数语，抑扬吞吐，词似出之忠厚，意实暗寓讥刺。殷景仁当日得此诗，未必无愧。予谓读陶诗者，当知其蔼然可亲处，即有凛然不可犯处。"

今细玩诗意，吴、方所论为是。诗曰"一遇尽殷勤""益复知为亲""奄留忘宵晨"，可知情谊匪浅耳。渊明虽隐世，未必欲朋友人人隐世。或隐或仕，遂其自然。语默殊势，不妨言笑无厌。王弘、颜延之，皆其例。然如檀道济劝其出仕，则又当别论矣。故诗末犹眷眷然，曰"脱有经过便，念来存故人"。情真意挚，非泛泛之言也。统观全诗，惋惜之意有之，而讥刺之意未必有也。

赠羊长史一首

左军羊长史[1]，衔使秦川[2]，作此与之。（羊名松龄。）

愚生三季后，慨然念黄虞[3]。得知千载外（一作上），政（原作上，注一作政）赖古人书[4]。贤圣留馀迹，事事在（一作有）中都[5]。岂忘游心目[6]？关河不可逾。九域甫已一（一作尔去，又作一邕），逝将理舟舆[7]。闻君当先迈，负痾不（一作弗）获俱[8]。路若经商山，为我少踌躇[9]。多谢绮与甪（一作园），精爽今何如[10]？紫芝谁复采？深谷久（一作又）应芜[11]。驷马无贳患，贫贱有交娱[12]。清谣结心曲，人乖（原作乘，《文章正宗》、《文选补遗》、《古诗纪》作乖）运见疏[13]。拥（一作唯，又作欢）怀累代下，言尽意不舒[14]。

陈祚明《采菽堂古诗选》卷一三："此宋武平关中时作。不铺张武功，不寄思三杰，而独寄怀商山，公隐遁之志早决矣。"

渊明《时运》："黄唐莫逮，慨独在馀。"

清吴菘《论陶》："'结心曲'，谓此歌实获我心也。"

[注释]

[1] 羊长史：据序下小注，即羊松龄。《晋书·陶潜传》："既绝州郡观谒，其乡亲张野及周旋人羊松龄、庞遵等，或有酒要之，

或要之共至酒坐，虽不识主人，亦欣然无忤。” [2] 衔使秦川：奉命出使秦川。衔，奉，接受。秦川，泛指今陕西、甘肃秦岭以北平原地带，因春秋战国时地处秦国而得名。川，指平川。 [3] 愚生三季后，慨然念黄虞：意谓自己怀念黄帝、虞舜之时代也。三季，指夏、商、周三代之末年。黄虞，黄帝、虞舜。 [4] 得知千载外，政赖古人书：意谓得知千载以上之事，仅赖古人之书也。政，原作“上”，底本校曰“一作政”，今从之。政，正，仅也。 [5] 中都：古代对都城之通称。此指洛阳、长安。 [6] 游心目：游心纵目。 [7] 九域甫已一，逝将理舟舆：意谓九州始已统一，将整治舟车前往游览古圣贤之地也。逝，发语辞。理舟舆，整治舟车，表示准备出发。 [8] 闻君当先迈，负痾不获俱：李公焕注：“原诗意，靖节初欲从松龄访关洛，会病，不果行。”迈，往。 [9] 路若经商山，为我少踌躇：表示向往古之隐者。商山，在陕西商洛东南，秦末汉初东园公、绮里季、夏黄公、甪里先生等四老人隐于此，号“商山四皓”。踌躇，驻足不行貌。 [10] 多谢绮与甪（lù），精爽今何如：意谓为我多多问候“四皓”，不知其魂魄至今如何也。谢，问候。精爽，《左传》昭公二十五年：“心之精爽，是谓魂魄。” [11] 紫芝谁复采，深谷久应芜：意谓“四皓”之后商山恐再无隐者，紫芝无人采，深谷亦久荒芜矣。隋释智匠《古今乐录》载四皓隐于商山，作歌曰：“莫莫高山，深谷逶迤。晔晔紫芝，可以疗饥。唐虞世远，吾将何归？驷马高盖，其忧甚大。富贵之畏人兮，不若贫贱之肆志。” [12] 驷马无贳（shì）患，贫贱有交娱：意谓富贵之人无以免其祸患，而贫贱之士有以得娱乐也。贳，宽纵，释免。交，两相接触，引申为逢得，犹今言“交上好运”之“交”。 [13] 清谣结心曲，人乖运见疏：意谓四皓之歌虽萦系心曲念念不忘，但四皓之人既不可见，世运亦远隔矣。清谣，指《紫芝歌》。心曲，内心深处。乖，乖离。 [14] 拥怀累代下，言尽意不舒：意谓四皓既不得见，只能积遗憾于累代之下，此中深意非可尽言于诗也。言外之深意，冀羊长史领会。拥怀，壅积于胸中。拥，犹“壅”。舒，伸。

[点评]

诗曰“九域甫已一”，可见此诗作于晋安帝义熙十三年（417），是年九月刘裕破长安，十二月刘裕东还。羊长史衔使秦川，必在此逗留三四月间。验之《宋书》卷四五《檀韶传》：义熙九年“进号左将军”，十二年“迁督江州、豫州之西阳、新蔡二州诸军事、江州刺史，将军如故”。逯钦立《系年》说羊系檀韶长史，为是。檀韶及其弟祗、道济，均从刘裕起兵讨桓玄，乃刘裕亲信。刘裕北伐，檀道济为前锋。刘裕破长安，檀韶遣使北上，事可信也。兹系于晋安帝义熙十三年丁巳。

赠别诗而无惜别之意，全从自己方面下笔，抒发怀念古隐者之情，别具一格。诗曰：“九域甫已一，逝将理舟舆。”可见当时人视刘裕破长安为统一国家之举，又可见南人对中原之向往。然三年后刘裕即篡晋，此时篡位之心迹已明，渊明特寄意于四皓，以表白心曲也。

岁暮和张常侍一首[1]

市朝凄旧人，骤骥感悲泉[2]。明旦非今日，岁暮余何言[3]！素颜敛光润，白发一已繁。阔哉秦穆谈，旅力岂未愆[4]。向夕长风起[5]，寒云

《东山草堂陶诗笺》卷二：“篇中‘向夕长风起’四句，似只赋题‘岁暮’二字，而实则比晋亡宋兴、旧人畏罪相附，尤觉有味。”

没西山。厉厉（一作冽冽）气遂严[6]，纷纷飞鸟还。民生鲜常在，矧伊愁苦缠[7]。屡阙清酤至，无以乐当年[8]。穷通靡攸（一作欣）虑，憔悴由化迁[9]。抚己有深怀，履运增慨然[10]。

[注释]

[1] 岁暮：一年将尽之时。张常侍：陶澍《靖节先生集注》曰："张常侍，当即本传所称乡亲张野。"《莲社高贤传・张野传》："张野，字莱民，居浔阳柴桑，与渊明有婚姻契。野学兼华梵，尤善属文。性孝友，田宅悉推与弟，一味之甘与九族共。州举秀才、南中郎府功曹、州治中，征拜散骑常待，俱不就，入庐山依远公，与刘、雷同尚净土。及远公卒，谢灵运为铭，野为序，首称门人，世服其义。义熙十四年与家人别，入室端坐而逝，春秋六十九。"（宛委山堂本《说郛》卷五七）有《奉和慧远游庐山诗》。据《宋书・陶潜传》，张野乃渊明乡亲，相与饮酒者。又，陶澍《靖节先生年谱考异》曰："张常侍当即本传所称乡亲张野，……但野以义熙十四年卒，题不应云和。……又野族子张诠亦征常侍，或诠有挽野之作，而公和之邪？"常侍，散骑常侍之简称，三国魏置，即汉代散骑和中常侍之合称。在皇帝左右规谏过失，以备顾问。晋以后增加员额，称员外散骑常侍或通直散骑常侍，往往预闻机要。　[2] 市朝（cháo）凄旧人，骤骥感悲泉：意谓世事变迁，不禁为市朝之旧人而悲凄；光阴流逝，不觉已日入悲泉。市朝，指人众会集之所。市，集市。朝，古代官府之厅堂。骤骥，快马。古直《笺》："《庄子・盗跖篇》：'天与地无穷，人死者有时。……忽然无异骐骥之过隙也。''骤骥'二字本此。"悲泉，日入处。《淮

南子·天文训》："[日]至于悲泉，爰止其女，爰息其马，是谓悬车。"比喻岁暮，且喻自己已年暮。 [3]明旦非今日，岁暮余何言：意谓明旦将入新年，非复今日矣。百感交集，复何言哉！言外感叹安帝被弑，晋朝将亡；并有感叹年暮力衰之意。 [4]阔哉秦穆谈，旅力岂未愆：意谓自己膂力已失，衰老无用矣，秦穆公之言迂阔不近情理也。《书·秦誓》："番番良士，旅力既愆，我尚有之。"旅力，犹膂力。"膂"，脊骨。愆，失去。 [5]向夕：近夕，傍晚。 [6]厉厉：犹冽冽，寒貌。 [7]民生鲜常在，矧（shěn）伊愁苦缠：意谓人生本不长久，何况愁苦缠绕，更难免衰老也。民生，人生。鲜，少。矧伊，况此。 [8]屡阙清酤至，无以乐当年：意谓屡缺清酒，无以及时行乐也。阙，缺。清酤，清酒。 [9]穷通靡攸虑，憔悴由化迁：意谓穷通既无所思虑，憔悴亦听其自然。穷通，困厄与显达。靡攸虑，无所虑。憔悴，指人衰老。化迁，指人生、社会与宇宙之演化迁徙。 [10]抚己有深怀，履运增慨然：意谓逢此易代之际，内省则深有感怀，并增慨然也。抚己，省察自己，自问。履运，遭逢时运，暗指刘裕将篡晋之事。

[点评]

刘履《选诗补注》卷五："按晋史，义熙十四年十二月，宋公刘裕弑安帝于东堂而立恭帝。靖节和此岁暮诗，盖亦适当其时，而寄此意焉。首言市朝耆旧之人，莫不相为悲凄，而其乘马亦有悲泉悬车之感。且谓明旦已非今日，予复何言，其意深矣。中谓长风夕起，寒云没山，猛气严而飞鸟还者，以喻宋公阴谋弑逆之暴，而能使人骇散也。篇末又言穷通死生皆不足虑，但抚我深怀而践此末运，能不慨然而增愤激焉。"按，安帝之亡在义熙十四年十二月戊寅（十七日）。消息传到浔阳，渊明得知最早在十二月二十日。张野卒于是年不知何月，然以常情推断，卒于十二月下旬渊明和其诗之后可能性甚小。所以如据诗意认定是义熙十四年刘裕弑安帝之后所作，则此张常侍是张野之可能性亦甚小。陶澍《靖节先生年谱考异》疑是和张诠之作，不无道理。兹姑系于晋安帝义熙十四年戊午（418），所和者为张诠。题中“岁暮”二字疑是张诠原诗之题。岁暮本义为岁将尽也，又喻老年，渊明此诗兼有两方面之意，同时暗喻时事。

此诗全从“暮”字入笔：一怨岁时之暮，二怨己年之暮，三怨晋室之暮。虚实反正，纷总交错。首四句即已铺开此三层，接下专就年暮而言，末四句又排除己身而归之于易代之慨。含蓄婉转，沉郁顿挫，乃渊明诗作之上乘。

和胡西曹示顾贼曹一首[1]

温汝能《陶诗汇评》卷二：“此篇在集中为平淡之作，诸选本亦罕及此。”

此用商山四皓《紫芝歌》“晔晔紫芝”句意。

清孙人龙纂辑《陶公诗评注初学读本》卷一：“忽发悲慨。”

蕤宾五月中[2]，清朝起南飔[3]。不驶亦不迟[4]，飘飘吹我衣。重云（一作寒）蔽白日，闲雨纷微微[5]。流目视西园[6]，晔晔荣紫葵[7]。于今甚可爱，奈何当（一作后）复衰（一作当奈行复衰）。感物愿及时，每恨靡所挥[8]。悠悠待秋稼，寥落将赊（一作奢）迟[9]。逸想（一作相）不可淹，猖狂独长悲[10]。

[注释]

[1] 西曹、贼曹：古直《笺》引《通典》卷三二："州之佐吏：功曹书佐一人，主选用，汉制也。晋以来，改功曹为西曹书佐。宋有别驾西曹，主吏及选举，即汉之功曹书佐也。"又《通典》卷三三："郡之佐吏：司法参军，两汉有决曹、贼曹掾，主刑法，历代皆有。或谓之贼曹，或为法曹，或为墨曹。隋以后与功曹同。" [2] 蕤（ruí）宾：本是十二律之一，代指五月。古代律制，用三分损益法将一个八度分为十二个不完全相等之半音，各律由低到高依次为黄钟、大吕、太簇、夹钟、姑洗、仲吕、蕤宾、林钟、夷则、南吕、无射、应钟。古人遂以十二律配十二月。《礼记·月令》："仲夏之月，……律中蕤宾。" [3] 飂：凉风。 [4] 驶：疾速。 [5] 闲雨：细雨不疾也。 [6] 流目：放眼随意观看。 [7] 晔晔（yè）：美茂貌。紫葵：蔬菜名。 [8] 感物愿及时，每恨靡所挥：意谓有感于景物变迁、光阴荏苒，愿及时行乐，而每恨无酒可饮也，故下言"待秋稼"以酿酒。挥，举觞饮酒。 [9] 悠悠待秋稼，寥落将赊迟：意谓秋收为时尚遥，无酒之寂寥尚须久耐，而愈觉缓慢难熬也。悠悠，遥远。寥落，稀疏冷落。赊迟，缓慢。 [10] 逸想不可淹，猖狂独长悲：意谓各种念头纷飞转移，不停留于一处，感情亦纵放而不可收，独长悲于人生之无常也。淹，滞留。

[点评]

丁福保《笺注》曰："感物以下，言其志也。虽愿及时有为，而身无事权，靡所发挥。仅躬耕以待秋稼耳。寥落如此，日远日迟，不犹园卉之就衰乎？所以逸想不可淹制，而猖狂独悲也。二曹其皆笃志之士乎？不然，胡诗独以及时逸想一出示之，而于他人绝未闻也。"古直《笺》曰："《系辞》：'君子进德修业，欲及时也。'《说文》：'挥，奋也。'直案：'每恨靡所挥'，即'有志不获骋'之意也。"丁、古二人因释"挥"为奋发，乃有上述引申。查渊明诗中多用"挥"字，如《时运》："挥兹一觞。"《还旧居》："一觞聊可挥。"《杂诗》："挥杯劝孤影。"《咏二疏》："挥觞道平素。"皆可证"挥"即挥觞饮酒，"靡所挥"即无酒可饮，故须"待秋稼"以酿酒也。

悲从弟仲德一首[1]

衔哀过旧宅，悲泪应心零[2]。借问为谁悲？怀人在九冥[3]。礼服名群从，恩爱若同生[4]。门前执手时，何意尔先倾[5]。在数（原作毁，注一作数）竟不（一作未）免[6]，为山不及成。慈母沉哀疚[7]，二胤才数龄[8]。双位（原作泣，注一作位）委空馆，朝夕无哭声[9]。流尘集虚坐[10]，宿草旅（一作依）前庭[11]。阶除旷游迹，园林独馀情[12]。翳然乘化去，终天不复形[13]。迟迟将回步，恻恻悲襟盈（一作衿涕盈）[14]。

《论语·子罕》："譬如为山，未成一篑。"此谓功业未就。

渊明《岁暮和张常侍》："憔悴由化迁。"《戊申岁六月中遇火》："形迹凭化迁。"所谓"乘化"，亦即由化、凭化。

黄文焕《陶诗析义》卷二："'恻恻'从将回步言之，转身挥涕，不堪久立。将回步又从'迟迟'言之，凝眸筋软，不能遽行。情状交现，至情哀结。"

[注释]

[1] 从弟：堂弟。仲德：事迹不详。仲德，绍兴本作"敬德"。逯钦立注："陶又一从弟名敬远，当以作敬德为是。"恐未

必，录以备考。渊明从弟非止一房，此或系另一房从弟。又，“仲德”或是字，未必是名，故不必皆用“敬”字。 [2] 衔哀过旧宅，悲泪应心零：意谓过仲德之旧宅而悲哀落泪也。应心零，随心情之悲哀而落泪。零，落。 [3] 九冥：九泉幽冥之处，指地下。 [4] 礼服名群从，恩爱若同生：意谓以礼服之亲疏而论，从弟名为群从之一，若以恩爱而论，则情如同胞也。礼服，旧时丧服制度，以亲疏为差等，有斩衰、齐衰、大功、小功、缌麻五种名称，统称五服。 [5] 倾：倾覆，引申为身亡。 [6] 数：气数，气运，即命运。数，原作“毁”，底本校曰“一作数”，今从之。“毁”乃“数”之讹。 [7] 沉哀疚：沉浸于哀伤忧病之中。 [8] 二胤：指其二子。胤，嗣。 [9] 双位委空馆，朝夕无哭声：意谓仲德与其妻之灵位寄托于旧宅，其中已无人居住。位，灵位。委，寄托。空馆，空舍，空室，指仲德旧宅已无人居住，故曰“朝夕无哭声”。 [10] 虚坐：此指为死者所设之座位。 [11] 宿草：隔年之草。旅：野生。 [12] 阶除旷游迹，园林独馀情：意谓阶除上已不见其足迹，而园林间尚有其馀情也。除，亦阶也。旷，空也，废也。独，仅仅。 [13] 翳然乘化去，终天不复形：意谓一旦隐然逝去，则永不得复形为人矣。翳然，隐蔽貌。翳然而去，指逝世。乘化，顺应不可违抗之自然规律，亦即逝世之意。 [14] 迟迟将回步，恻恻悲襟盈：意谓迟迟将归，愈加凄恻，而悲痛满怀。

[点评]

渊明与仲德虽非同胞，但恩爱非同一般，痛惜之情尤为沉重。“慈母”以下八句，从细处落笔，睹物思人，平淡之语感人至深。

卷三　诗三十九首

“被褐”二句，方宗诚《陶诗真诠》：“胸次近于颜子。”

清吴淇《六朝选诗定论》卷一一：“离家曰‘暂’，便伏后‘终返’意。……从暂字生，言己之思归，不待至曲阿始有，当出门之始，便思归矣。所以孤舟行得一程，便是归思长却一程。”

“望云”二句，《文选》李善注：“言鱼鸟咸得其所，而己独违其性也。”

始作镇军参军经曲阿一首[1]

弱龄寄事外，委怀在琴书[2]。被褐欣自得，屡空常（一作恒）晏如[3]。时来苟冥（一作宜，又作且）会，宛辔（原作婉娈，注一作踠辔）憩通衢[4]。投策命晨装，暂与园田（一作田园）疏。眇眇孤舟逝，绵绵归思纡[5]。我行岂不遥，登降（原作陟，注一作降）千里馀[6]。目倦川涂异（一作修涂永），心念山泽居[7]。望云惭高鸟，临水愧游鱼。真想初在襟（一作在襟怀），谁谓形迹（原作蹟，注一作迹）拘[8]。聊且凭化迁，终返班生庐[9]。

[注释]

[1] 镇军参军：镇军将军的参军。宋武帝刘裕在东晋曾兼镇军将军，见《晋书》卷一〇《安帝纪》：元兴三年（404）三月壬

戌，“桓玄司徒王谧推刘裕行镇军将军，徐州刺史”。渊明就任镇军参军，必在元兴三年三月之后。而义熙元年乙巳（405）三月，渊明已改任建威将军刘敬宣参军，有《乙巳岁三月为建威参军使都经钱溪》诗。然则渊明在刘裕幕中不足一年也。曲阿：古县名。本战国楚云阳邑，秦置曲阿县，治所在今江苏丹阳。三国吴改名云阳，晋又改曲阿。 [2] 弱龄寄事外，委怀在琴书：意谓年少时即寄身于世事之外，置心琴书之中。弱龄，年少。《释名·释长幼》：“二十曰弱，言柔弱也。”委，安置。 [3] 被（pī）褐（hè）欣自得，屡空常晏如：意谓安于贫贱，欣喜自得也。被，穿。褐，粗毛布衣服。《老子》：“是以圣人被褐而怀玉。”屡空，常常贫穷。《论语·先进》：“子曰：‘回也其庶乎！屡空。’”渊明《饮酒》其十一：“屡空不获年。”空，贫穷。晏如，犹安然。渊明《五柳先生传》：“箪瓢屡空，晏如也。” [4] 时来苟冥会，宛辔憩通衢：意谓如果时来与己默会，则回驾息于仕途之中。《文选》李善注：“宛，屈也。言屈长往之驾，息于通衢之中。通衢，喻仕路也。”时，指时机，运数。苟，若。冥会，犹默会，言时来与己相会，盖时机运数默然而来，不可明求而得之。宛辔，犹屈辔，曲辔，纡辔，均回驾之意。渊明《饮酒》其九：“纡辔诚可学，违己讵非迷。且共欢此饮，吾驾不可回。”原非仕途中人而入仕，原欲遁世长往而暂憩于仕途通衢，故曰“宛辔”。宛辔，原作“婉娈”，底本校曰“一作踠辔”，今从《文选》作“宛辔”。 [5] 眇眇孤舟逝，绵绵归思纡：意谓孤舟愈远，归思愈萦于心而难断绝也。眇眇，远也。纡，萦绕。 [6] 登降：原作“登陟”，底本校曰“一作降”，今据改。《文选》亦作“降”。作“降”于义较胜，“登降”，意谓上下也，言路途之艰难。 [7] 目倦川涂异，心念山泽居：意谓厌倦行旅，而想念隐居生活。山泽居，隐居的田园。 [8] 真想初在襟，谁谓行迹拘：意谓只要“真”想始终存于胸襟，则虽入仕途，亦不可谓形迹受到束缚。真，与世俗礼法相对立，指人之自然本性。《庄子·渔父》："真者，所以受于天也，自然不可易也。"初，全，始终。形迹，形与迹，身体与行迹。 [9] 聊且凭化迁，终返班生庐：意谓既然时来与己冥会，则姑且顺遂时运之变化，然终将返回园田也。班生庐，指仁者隐居之处。班固《幽通赋》："终保己而贻则兮，里上仁之所庐。"

[点评]

吴仁杰《陶靖节先生年谱》曰："先生亦岂从裕辟者？"陶澍《靖节先生年谱考异》订渊明以隆安三年己亥（399）参刘牢之军。朱自清《陶渊明年谱中之问题》力驳陶澍之误，认为此诗中之"镇军"是刘裕无疑。朱说为是。霈曾详考，东晋一朝进号镇军将军者共六人，其身份地位均不寻常，见拙作《陶渊明与晋宋之际的政治风云》。刘裕出身虽不高贵，但他是在讨伐桓玄攻入京师掌握军政大权之后才进号镇军将军，可见在东晋镇军将军之号并不轻易授人。刘牢之不过是一员猛将而已，其出身较低，王恭仅以部曲将待之，不可能进号镇军将军。陶澍力辩渊明未曾任刘裕参军，乃执着于渊明忠于晋室耻事二姓之先见。岂不知刘裕当时并未露篡晋之意，其篡晋在此十六年之后。渊明岂能在其篡晋十六年前即察见其野心，而因忠于晋室不为其参军耶？且此年刘裕起兵讨桓玄正为扶持晋室，当其控制寻阳、都督江州，任命刘敬宣为江州刺史时，渊明出任刘裕参军于情理正合。

不过，渊明仕裕，心情颇为矛盾。在晋宋之际政治混乱之中，渊明出为刘裕参军，实欲有所作为。然而此次出仕，前途既未卜，又深怕有违本性。进退之间，甚为犹豫。此诗即是此种心情之写照。

庚子岁五月中从都还阻风于规林二首[1]

行行循归路，计日望旧居。一欣侍温颜（一作清）[2]，再喜见友于[3]。鼓棹路崎曲[4]，指景限西（一作四）隅[5]。江山岂不险，归子念前涂[6]。凯风负我心，戢枻（一作世）守穷湖[7]。高莽眇无界，夏木独森疏[8]。谁言客舟远，近瞻百里馀。延目识（一作城）南岭，空叹将焉如[9]！

吴菘《论陶》："'计日望旧居'，写尽客子情态。"

黄文焕《陶诗析义》卷三："崎曲怨地，限隅怨日，凯负怨风，森疏怨木，层层添苦。路直则归速，日长则行倍，地不可缩，日不可系，此无可如何者也。风若顺而何忧路曲，何忧日短，木不森则无所蔽。……写怨幻奥。"

［注释］

[1] 庚子：晋安帝隆安四年（400）。都：指京都建康。规林：地名。诗曰："谁言客舟远，近瞻百里馀。"可知距寻阳（浔阳）不远。据江西九江陶渊明纪念馆人员实地考察，认为在今安徽省宿松县长江边，晋时属桑落洲，今属新垦农场。据此诗其二"自古叹行役"，可知渊明此次行旅乃因公事。又据《辛丑岁七月赴假还江陵夜行涂中》，可知辛丑岁（401）渊明正在桓玄幕中，七月赴假回寻阳，旋即还江陵继续任职。那么庚子岁应已任桓玄僚佐，此次赴都盖因桓玄差遣。事毕，途经寻阳省亲，随即抵江陵述职。王瑶注："《晋书·桓玄传》记'玄自为荆江二州刺史后，屡上表求讨孙恩，诏辄不许。恩逼京师，复上疏讨之，会恩已走'

等情。孙恩逼进京师在辛丑春，则桓玄屡次上表必在庚子。渊明当于庚子春奉桓玄命使都，五月中乃从都还。"可备一说。 [2] 一欣侍温颜：意谓回家得以侍奉母亲，故欣喜也。温颜，温和之面容。渊明八岁丧父，此指母亲。温颜，一作"温凊"。王叔岷《笺证稿》曰："'凊'当作'凊'，《说文》：'凊，寒也。'《礼记·曲礼》：'凡为人子之礼，冬温而夏凊。'谓冬保其温暖，夏致其清凉也。就一日言，亦可谓温凊。《颜氏家训·序致篇》：'晓夕温凊'，是也。""凊"（qìng）者，致其凉也。温凊定省是古礼。 [3] 友于：《书·君陈》："孝乎惟孝，友于兄弟。""于"本介词，后常"友于"连用，代指兄弟。 [4] 鼓棹：划动船桨以行舟也。 [5] 指景限西隅：意谓手指太阳，只见已迫于西隅矣。景，日也。限，局迫。 [6] 江山岂不险，归子念前涂：意谓不顾江山之艰险，一心向前。 [7] 凯风负我心，戢（jí）枻（yì）守穷湖：意谓南风辜负我急归省亲之心，不得不停船困守于荒僻隐蔽之湖滨。戢，敛。枻，桨。 [8] 高莽眇无界，夏木独森疏：意谓在一片无边之深草中，夏木特高耸也。莽，草。眇，远。森疏，形容树木茂盛而耸出之状。 [9] 延目识南岭，空叹将焉如：意谓离家已近但不得归，空自叹息将何以前往。延目，放眼远望。南岭，指庐山。焉如，何如，何往。

[点评]

旧居计日可归矣，南岭延目可见矣。惟路曲、日短、风逆，遂守穷湖而不前。此情此景写得真切。

自古叹行役[1]，我今始知之。山川一何旷[2]，巽坎难与期[3]。崩浪聒天响[4]，长风无息时。久游恋所生[5]，如何淹在兹[6]！静念园林好，人间良可辞[7]。当年讵有几？纵心复何疑[8]！

乐府古辞《长歌行》："游子恋所生。"

明何孟春《陶靖节集注》卷三："朱子尝书此诗与一士子云：能参得此一诗透，则今日所谓举业，与夫他日所谓功名富贵者，皆不必经心可也。"

[注释]

[1] 行役：指因公出行。《诗·魏风·陟岵》："予子行役，夙夜无已。" [2] 一：助词，加强语气。旷：阻隔。 [3] 巽（xùn）坎难与期：《易·说卦》："巽为木、为风……坎为水。"难与期，意犹不可测。丁福保《笺注》："犹言风波不定耳。"期，预期，预料。 [4] 聒（guō）：声多乱耳。 [5] 所生：生身父母。渊明早年丧父，此指母。 [6] 淹：久留。 [7] 人间：此指世俗社会。良：诚，确实。 [8] 当年讵有几？纵心复何疑：意谓壮年无几，应放任心之所好归隐田园，而不复犹豫矣。当年，壮年。讵，副词，表示反问，犹岂也。讵有几，犹言无几也。几，数词，表示数量甚少。纵心，放纵情怀，不受世俗约束。

[点评]

行役之苦，思亲之切，溢于言表。以归隐之愿作结，是渊明一贯写法。

辛丑岁七月赴假还江陵夜行涂中一首[1]

张荫嘉《古诗赏析》卷一三："此告假还家，假满赴荆之作，亦有思隐意。"

闲居三十载[2]，遂（一作远）与尘事冥。诗书敦宿好，林园无俗（一作世）情[3]。如何舍此去[4]，遥遥至西（原作南，《文选》作西）荆[5]。叩杨雍建《诗镜》十《晋第三》："'叩枻新秋月，临流别友生'，景色如次，清湛无滓。"

蒋薰评《陶渊明诗集》卷三："篇中澹然恬退，不露怼激，较之《楚骚》，有静躁之分。"

枻新秋月，临流别（一作引）友生[6]。凉风起将夕，夜景湛虚明[7]。昭昭天宇阔[8]，皛皛川上平[9]。怀役不遑寐，中宵尚孤（一作向南）征[10]。商歌非吾事，依依在耦耕[11]。投冠旋旧墟（一作庐），不为好爵萦[12]。养真衡茅下，庶以善自名[13]。

[注释]

[1] 辛丑：晋安帝隆安五年（401）。赴假：趋假，此言回家休假。还江陵：回家休假后复返回江陵任职。江陵，荆州治所，桓玄于隆安三年（399）十二月袭杀荆州刺史殷仲堪，隆安四年三月任荆州刺史，至元兴三年（404）桓玄败死，荆州刺史未尝易人。渊明既然于隆安五年七月赴假还江陵任职，则必在桓玄幕中无疑。涂中：《文选》作"涂口"，李善注："《江图》曰：'自沙阳县下流一百一十里至赤圻，赤圻二十里至涂口也。'"沙阳县在汉水滨，江陵东北不远处，自沙阳再下流浮汉水一百二十里至涂口，则已距武昌不远。 [2] 三十载：疑是"二十载"之讹。渊明自"向立年"（二十九岁）起为江州祭酒，少日自解归。四十七岁复至荆州入桓玄幕。自二十九岁至四十七岁，闲居十九年，举其成数为二十年。此诗开首四句追述二十年赋闲生活，第五、六句"如何舍此去，遥遥至西荆"，意谓如何舍弃此二十年闲居之快乐，而远至西荆以仕玄呢？此二句意谓出仕荆州之前曾闲居二十年，遂与尘俗之事远隔。 [3] 诗书敦宿好，林园无俗情：意谓闲居可敦诗书之素好，林园之中无世俗之情干扰。敦，注重，崇尚。宿好，旧所好也。 [4] 如何：奈何。此：

指林园。　[5] 西荆：原作“南荆”，《文选》作“西荆”，据改。李善注：“西荆州也。时京都在东，故谓荆州为西也。”　[6] 叩枻（yì）新秋月，临流别友生：渊明或有朋友在途中一度相聚，分别后继续行舟往西荆而去，故言。新秋月，六臣注《文选》作“亲月船”。王叔岷《笺证稿》曰：作“新秋月”较胜，“惟新当借为亲，亲与别对言，甚佳。”此二句对仗，释“新”为“亲”于义为胜。　[7] 夜景湛虚明：意谓月光皎洁，夜色澄清。夜景，夜色，实即月色、月光。湛，澄清。虚明，空明。　[8] 昭昭天宇阔：月光之中天宇明亮，故觉宽阔。昭昭，明亮。　[9] 皛皛（xiǎo，又读 jiǎo）：明亮。　[10] 怀役不遑寐，中宵尚孤征：意谓惦记职事而无暇寐，中夜尚独自赶路。役，事，此指职事。　[11] 商歌非吾事，依依在耦耕：意谓不愿效法宁戚之求宦，而留恋于长沮、桀溺之耦耕也。李善注：“《淮南子·主术训》曰：‘宁戚商歌车下，而桓公慨然而悟。’许慎曰：‘宁戚，卫人，闻齐桓公兴霸，无因自达，将车自往。’商，秋声也。……《论语·微子》曰：‘长沮、桀溺耦而耕。’”耦耕，两人并耕。　[12] 投冠旋旧墟，不为好爵萦：意谓终将弃官还家，不为好爵所牵扰约束也。投冠，指弃官。旋，返。旧墟，故所居之地。萦，系缚，牵挂。　[13] 养真衡茅下，庶以善自名：意谓养真于蔽庐之下，庶几得以保持自己之善名矣。养真，修养真性。衡茅，衡门茅茨也。庶以，将近，差不多。

[点评]

此渊明倦游之作也。夜行江中，怀役不寐，遂反省何为舍林园而入仕途。篇末表示终当养真于衡茅之下，以保全令名也。

癸卯岁始春怀古田舍二首[1]

南亩似较远，故须乘车。渊明不止一次写乘车到田中，《归去来兮辞》："或命巾车，或棹孤舟。"

张自烈《笺注陶渊明集》卷三："'欢'字、'送'字，巧丽天然。"

"愧"字乃反语，其实是不屑于此。渊明《归园田居》其一曰"守拙归园田"，所谓"拙"恰与"通"对立。

渊明所保者非仅一身性命，而是淳真朴素之本性。其所谓"抱朴含真"（《劝农》），"抱朴守静"（《感士不遇赋》），"养真衡茅下"（《辛丑岁七月赴假还江陵夜行涂中》），可证。

在昔闻南亩，当年竟未践[2]。屡空既有人，春兴岂自免[3]？夙晨装吾驾[4]，启涂情已缅[5]。鸟哢欢新节[6]，泠风送馀善（一作鸟弄新节令，风送馀寒善。令一作泠）[7]。寒竹（一作草）被荒蹊，地为罕（一作幽）人远[8]。是以植杖翁，悠然不复返[9]。即理愧通识，所保讵乃浅（一作成浅）[10]。

[注释]

[1] 癸卯岁：晋安帝元兴二年（403）。怀古田舍：陶澍《靖节先生年谱考异》曰："怀古田舍，古人文简语倒，当是于田舍中怀古也。"时渊明正丁母忧居丧在家。第一首怀荷蓧丈人，第二首怀长沮、桀溺，所怀皆古之躬耕隐士。田舍，田间之庐舍。从首二句"在昔闻南亩，当年竟未践"看来，或即南亩中之田舍。渊明之田产不止一处，除南亩外，尚有西田、下潠田，各处田产中或均有庐舍。 [2] 在昔闻南亩，当年竟未践：意谓以前虽闻有南亩，但未曾亲自到南亩躬耕。 [3] 屡空既有人，春兴岂自免：意谓自己之贫穷既如颜回，则必趁春兴之际躬耕也。屡空，常常贫穷。《论语·先进》："回也其庶乎！屡空。"春兴，春天农事开始。 [4] 夙晨装吾驾：意谓一早即装束车驾准备去到田中。夙，早。驾，车乘。 [5] 启涂情已缅：意谓刚一启程而心已远飞至田中矣。缅，远。 [6] 哢（lòng）：鸟叫。新节：指春。 [7] 泠（líng）风：小风，和风。《庄子·齐物论》："泠风则小和。" [8] 地为罕

人远：意谓南亩因人迹罕至而觉其遥远。 [9] 是以植杖翁，悠然不复返：承上意谓南亩蹊荒地远，正是遁世隐逸之好处所。由此得以体会荷蓧丈人悠然自得之心情，决心躬耕隐逸。植杖翁，《论语·微子》："子路从而后，遇丈人，以杖荷蓧。……植其杖而芸。子路拱而立，止子路宿。……明日，子路行，以告。子曰：'隐者也。'使子路反见之。至，则行矣。" [10] 即理愧通识，所保讵乃浅：意谓隐居躬耕之理虽有愧于通识，但其所保非浅也。丁福保《笺注》："通识，谓与时依违，而取富贵者。靖节不能，故愧之也。"

先师有遗训（一作成诰），忧道不忧贫 [1]。瞻望（一作仰瞻）邈难逮，转欲志（原作患，注一作思，又作志）长勤 [2]。秉耒欢（一作力）时务 [3]，解颜劝农人 [4]。平畴交远风 [5]，良苗亦怀新。虽未量岁功，即事多所欣 [6]。耕种（一作者）有时息，行者无问津 [7]。日入（一作田人）相与归 [8]，壶浆劳近邻 [9]。长吟掩柴门，聊为陇亩民（一作人）[10]。

良苗人格化。"亦"字，可见己心与物妙合无垠，与其《时运》"有风自南，翼彼新苗"有异曲同工之妙。苏轼曰："非古之耦耕植杖者，不能道此语；非世之老农，不能识此语之妙。"（《东坡题跋》卷二《题陶渊明诗》）谭元春亦评曰："语天时物理，灵通异常，宜昔人以为佳。"（《古诗归》卷九）

沈德潜《古诗源》卷九："昔人问《诗经》何句最佳，或答曰'杨柳依依'。此一时兴到之言，然亦实是名句。倘有人问陶公何句最佳，愚答云：'平畴交远风，良苗亦怀新。'亦一时兴到也。"

[注释]

[1] 先师有遗训，忧道不忧贫：《论语·卫灵公》："子曰：'君子谋道不谋食。耕也，馁在其中矣；学也，禄在其中矣。君子忧道不忧贫。'" [2] 瞻望邈难逮，转欲志长勤：意谓孔子之遗训可望而不可及，故转而立志于长期从事农耕。邈，远。难逮，难以达到。志，原作"患"，底本校曰"一作思，又作志"。今以"志"

"即事多所欣"，得道语也。做事原不必斤斤计较其结果，愉快即在创造之过程中。亦即"只管耕耘，不问收获"之意也。

为是，据改。 [3] 秉：持。耒：犁柄。时务：当及时而为之事，指农事。 [4] 解颜：开颜。劝农人：劝勉农人。 [5] 畴：耕治之田。交：交遇。 [6] 虽未量岁功，即事多所欣：意谓虽未计算一年之收入，而即此目前之农事已多所欣喜矣。岁功，指一年之收成。 [7] 耕种有时息，行者无问津：意谓可以充分享受安静，而不受打搅。《论语·微子》："长沮、桀溺耦而耕，孔子过之，使子路问津焉。长沮曰：'夫执舆者为谁？'子路曰：'为孔丘。'曰：'是鲁孔丘与？'曰：'是也。'曰：'是知津矣。'问于桀溺。桀溺曰：'子为谁？'曰：'为仲由。'曰：'是鲁孔丘之徒与？'对曰：'然。'曰：'滔滔者天下皆是也，而谁以易之？且而与其从辟人之士也，岂若从辟世之士哉？'耰而不辍。"津，渡口。 [8] 日入：《击壤歌》："日出而作，日入而息。" [9] 壶浆：指酒。渊明《饮酒》其九："壶浆远见候。" [10] 聊：姑且。陇亩民：田野之人，即农人。

[点评]

此二诗结构相似，先说孔子、颜回之忧道不忧贫自己难逮，转而躬耕以谋食。继而写躬耕之乐、田野景物之可爱，并以长沮、桀溺等人自况。末尾表示躬耕隐居之决心。由此可见渊明虽接受儒家思想，但比孔子更为实际。

癸卯岁十二月中作与从弟敬远一首

张荫嘉《古诗赏析》卷一三："此诗皆述固穷，与弟意只末一点。"

寝迹衡门下[1]，邈与世相绝。顾眄莫谁知，荆扉昼常閟（一作荆门终日閟，閟音必结反）[2]。凄凄（一作惨惨）岁暮风[3]，翳翳经日（一作夕）雪[4]。倾耳无希声，在目皓（一作浩）已结[5]。劲气侵襟袖，箪瓢谢屡设。萧索空宇中[6]，了无一可悦[7]。历览千载书，时时见遗烈[8]。高操非所攀，谬（原作深，注：宋本作谬）得固穷节[9]。平津苟不由（一作苟不申），栖迟讵为拙[10]？寄意一言外，兹契谁能别[11]？

渊明屡提及闭门，如《归园田居》其二："白日掩荆扉。"《归去来兮辞》："门虽设而常关。"

"倾耳无希声，在目皓已结"二句浑厚已极。宋罗大经《鹤林玉露》卷五："只十字，而雪之轻虚洁白尽在是矣。后来者莫能加也。"陈祚明《采菽堂古诗选》卷一三："'倾耳'二句写风雪得神，而高旷之怀超脱如睹。"

"历览"二句，蒋薰评《陶渊明诗集》卷三："于无可悦时，读书遣闷，故是巧于用拙。"

[注释]

[1] 寝迹：隐没踪迹，意犹隐居。寝，止息。衡门：衡木为门，指浅陋之住处。《诗·陈风·衡门》："衡门之下，可以栖迟。" [2] 顾眄莫谁知，荆扉昼常閇（bì）：意谓四顾无一相识之人，荆门虽白日亦常关闭也。眄，斜视。閇，同"闭"。 [3] 凄凄：寒凉。 [4] 翳翳：暗貌。渊明《归去来兮辞》："景翳翳以将入。" [5] 倾耳无希声，在目皓已结：意谓听之无所闻，视之已白成一片矣。结，聚积。绍兴本作"絜"，李注本作"洁"，意谓洁净，亦有佳处。 [6] 萧索：萧条空荡。宇：屋宇。 [7] 了：完全，全然。 [8] 历览：遍览。遗烈：古之志士。 [9] 高操非所攀，谬得固穷节：意谓遗烈之崇高德操非己所攀求者，仅谬得其固穷之节操耳。《论语·卫灵公》："君子固穷，小人穷斯滥矣。"谬，谦辞。原作"深"，宋本作"谬"，今从宋本。 [10] 平津苟不由，栖迟讵为拙：意谓苟不行平津，则隐居于衡门之下岂为拙乎？平津，坦途，此喻仕途。由，蹈行，践履。栖迟，见上引《诗·陈风·衡门》。 [11] 寄意一言外，兹契谁能别：意谓一言（指上句"栖迟讵为拙"）之外寄有深意，唯敬远能与吾心相契合也。契，契合。

[点评]

渊明《祭从弟敬远文》曰："余尝学仕，缠绵人事。流浪无成，惧负素志。敛策归来，尔知我意。常愿携手，寘彼众意。每忆有秋，我将其刈。与汝偕行，舫舟同济。三宿水滨，乐饮川界。静月澄高，温风始逝。"可知两人志同道合。

此诗为抒志之作也。欲有为而不可得，遂退而隐居，与世隔绝，其中颇有难言之隐，唯敬远能得其心。

乙巳岁三月为建威参军使都经钱溪一首[1]

黄文焕《陶诗析义》卷三引沃仪仲曰："林无求于雨，翮无求于飙，偶然相遭，任其自得，是为义风。"

渊明《始作镇军参军经曲阿》："真想初在襟，谁谓行迹拘"意同。方宗诚《陶诗真诠》："'一形似有制，素襟不可易'二句，与'真想初在襟'二句，'形骸久已化'二句，皆通道之言。"

我不践斯境，岁月好已积[2]。晨夕看山川，事事悉如昔。微雨洗高林，清飙矫云翮[3]。眷彼品物存，义风（一作在义）都未隔[4]。伊余（一作余亦）何为者，勉励从兹役。一形似有制，素襟不可易[5]。园田日梦想（一作想梦），安得久离析（一作拆）！终怀在归（一作壑）舟，谅哉宜（一作负）霜柏[6]。

[注释]

[1] 乙巳岁：晋安帝义熙元年（405）。建威参军：建威将军参军。建威军驻地在江州一带，时建威将军为刘敬宣。据《资治通鉴》，元兴三年（404）四月，刘敬宣随建威将军诸葛长民破桓歆之后即继其任建威将军。使都：出使京都。钱溪：《宋书》卷八四《邓琬传》："陈庆至钱溪，不敢攻。越钱溪，于梅根立砦。"查《新唐书·地理志》，宣州宣城郡南陵下，有注曰："有梅根、宛陵二

监钱官。”据此，钱溪与梅根相近，但不是一地。 [2] 我不践斯境，岁月好（hào）已积：意谓久已未至此地矣。好，副词，表示程度，犹言孔、甚。 [3] 清飙矫云翮：意谓清风高举云中之鸟。矫，高举。 [4] 眷彼品物存，义风都未隔：意谓顾彼众物生机勃勃，一如往昔；都能得好风之助，全无阻隔也。古直《笺》：“《易·乾》：‘云行雨施，品物流形。’《文言》曰：‘利物足以和义。’又曰：‘知终终之，可以存义。’直案：‘眷彼品物’二句当本此。义风未隔，即孔疏所谓：‘品类之物流布成形，各得亨通，无所壅蔽也。’” [5] 一形似有制，素襟不可易：意谓自己既已从宦，则形体似有所制约，但平素之襟怀却不可易也。 [6] 终怀在归舟，谅哉宜霜柏：意谓己之所怀终在乘舟以返园田，而己之节操诚然足以当霜柏之坚贞也。谅，信。宜，当。

[点评]

义熙元年（405）三月安帝反正，刘敬宣自表解职。渊明于是年三月前已解除镇军参军职回江州，三月改任建威参军出使。陶澍《靖节先生为镇军、建威参军辨》曰：渊明赴都当是奉贺复位，或并为刘敬宣上表解职。此说虽系猜测，然不无可能，录以备考。至于李公焕《笺注陶渊明集》卷三引赵泉山曰：“此诗大旨庆遇安帝光复大业，不失旧物也。”稍嫌太实。

钱溪者，渊明旧经之地，风物佳胜，记忆犹新。今复经此地，风物未改，而己身为行役所制，竟不得自由，一似义风壅蔽。故怀念故园，终将归去。“义风都未隔”，乃一篇之关键。渊明以己身与品物对照，或隔或不隔，大相异趣。

还旧居一首

邱嘉穗《东山草堂陶诗笺》卷三："陶公诸感遇诗，都说到极穷迫处，方以一句拨转，此所以为安命守义之君子也，而章法特妙。"

蒋薰评《陶渊明诗集》卷三："六载之中，邑屋非而邻老亡，不惟悲人，能无念我！一觞可挥，万事尽慵矣。"

畴昔家（一作居）上京[1]，六（一作十）载去还归[2]。今日始复来，恻怆多所悲。阡陌不移旧，邑屋或时非[3]。履历周故居[4]，邻老罕复遗。步步寻往迹，有处特（一作时）依依[5]。流幻百年中，寒暑日相推（一作追）[6]。常恐大化尽，气力不及衰[7]。拨（一作废）置且莫（一作旦莫）念，一觞聊可（一作一）挥[8]。

［注释］

[1] 上京：李公焕《笺注陶渊明集》："《南康志》：'近城五里，地名上京，亦有渊明故居。'"陶澍《靖节先生集注》："《名胜志》：'南康城西七里，有玉京山，亦名上京，有渊明故居。其诗曰"畴昔家上京"，即此。'" [2] 六载去还归：意谓六年前离去，今复归还也。陶澍注以为数年内去而又还，还而又去，去而又还，但细审诗意，是久已未还，故甚觉变化巨大而感慨万千。且诗中明言"今日始复来，恻怆多所悲"，则决非如陶澍所说多次去来也。 [3] 阡陌不移旧，邑屋或时非：意谓田间道路依旧，而村舍时见变异。阡陌，田间小路。 [4] 履历：步经。周：绕。 [5] 依依：留恋貌。 [6] 流幻百年中，寒暑日相推：意谓人生百年无时不在流迁幻化之中，寒暑互相推迁，无一日停歇也。 [7] 常恐大化尽，气力不及衰：意谓常恐己身之幻化终止，气力尚不及于衰而死去。大化，指由生至死之变化。《列子・天瑞》："人自生至终，大化有

四：婴孩也，少壮也，老耄也，死亡也。” [8] 拨置且莫念，一觞聊可挥：意谓幻化之事且摆脱弃置而勿念，聊饮酒以开怀也。拨，废弃，除去。挥，挥觞。

[点评]

渊明颇以世事变迁生命短促为念，本欲有所为者。六年或十年间，邑屋邻老皆已变化，此或社会动乱不安故也。

戊申岁六月中遇火一首 [1]

草庐寄穷巷，甘以辞华轩 [2]。正夏长风急（一作至）[3]，林室顿烧燔。一宅无遗宇，舫舟荫门前 [4]。迢迢新秋夕 [5]，亭亭月将圆 [6]。果菜（一作药）始复生，惊鸟尚未还。中宵伫遥念，一盼周九天 [7]。总发抱孤念（一作诸孤，念又作介），奄出四（一作门）十年 [8]。形迹凭化往，灵府长独闲 [9]。贞刚自有（一作在）质，玉石乃非坚 [10]。仰想东户时，馀粮宿中田 [11]。鼓腹无所思（一作且无虑），朝起暮归眠 [12]。既已不遇兹，且遂灌我园 [13]。

[注释]

[1] 戊申：晋安帝义熙四年（408）。李公焕《笺注陶渊明集》：“靖节旧宅居于柴桑县之柴桑里，至是属回禄之变，越后年徙居

清钟秀编《陶靖节纪事诗品》卷二《宁静》：“靖节此诗当与《挽歌》三首同读，……其于死生祸福之际，平日看得雪亮，临时方能处之泰然，与强自排解、貌为旷达者，不翅有霄壤之隔。”

谢灵运《过始宁墅》：“缁磷谢清旷，疲薾惭贞坚。”与陶诗意正相反。方宗诚《陶诗真诠》谓“贞刚”二句“有不流不倚、不磷不缁之慨”。

蒋薰评《陶渊明诗集》卷三：“他人遇此变，都作牢骚愁苦语，先生不着一笔。”

于南里之南村。”丁晏《晋陶靖节年谱》曰：“柴桑旧宅既毁，移居南村，有《移居》诗。”此诗未言“旧居”“旧宅”，所言为“草庐”，即“草屋八九间”之“园田居”也。然是否在上京，难以考定。渊明辞彭泽令归隐“园田居”之大后年即遇火，故首二句曰：“草庐寄穷巷，甘以辞华轩。”指辞官归田事也。 [2] 草庐寄穷巷，甘以辞华轩：意谓草庐寄于僻巷之中，甘心隔绝贵人之华轩，不与之往来也。华轩，华美之车。 [3] 正夏：当夏。 [4] 舫舟：方舟，并舟。荫门前：荫于门下，盖屋室烧尽，惟馀柴门及门前舫舟也。丁福保《笺注》引程传：“‘一宅无遗宇’者，对‘草屋八九间’而言也。‘舫舟荫门前’者，谓如张融权牵小舟为住室也。”按，张融事见《南齐书》本传。 [5] 迢迢：丁福保《笺注》：“《古诗》：‘迢迢牵牛星。’迢迢，高貌也。潘岳诗（《顾内》）：‘迢迢远行客。’迢迢，远貌。此句之迢迢，又引申为长意。” [6] 亭亭：高貌。 [7] 中宵伫遥念，一盼周九天：意谓中宵难寐，久立遐想；秋夕月明，一顾盼则遍览九天。伫，久立。 [8] 总发抱孤念，奄出四十年：意谓自总发时即已怀抱孤念，耿介而不群，至今已四十多年矣。总发，犹束发，总角。古代男孩成童时束扎发髻为两角，因以代指成童之年，十五以上。孤念，不同流俗之想。孤，特也。奄，忽。出，超出。此二句应当连读，意谓自总发以来忽已超过四十年矣。四十年，不可释为四十岁。渊明《连雨独饮》“自我抱兹独，僶俛四十年”可为确证，意谓自“抱独”（犹“抱孤念”）以来努力四十年矣。若释“四十年”为“四十岁”，则自出生以来即已“抱独”，即已“僶俛”，显然不通。 [9] 形迹凭化往，灵府长独闲：意谓四十馀年间，形迹随大化而迁移变化，心灵却独能长闲，而无尘俗杂念也。形迹，形与迹，形体与行迹。化，指事物不可抗拒之变化规律。灵府，《庄子·德充符》：“不可入于灵府。”郭象注：“灵府者，精神之宅也。” [10] 贞刚自有质，玉石乃非坚：意谓自有贞刚之本质，相比之下玉石乃非为坚也。贞，坚定。 [11] 仰想东户时，馀粮宿中田：古直《笺》引李审言曰：《初学记·帝王部》引《子思子》曰："东户季子之时，道上雁行而不拾遗，耕耨馀粮宿诸亩首。"《淮南子·缪称训》高注："东户季子，古之人君。"古直原按：《吕氏春秋·有度篇》高注："季子，户（季子），尧时诸侯也。"仰想，慕想。宿中田，积于田中，任人自取也。宿，积久也。 [12] 鼓腹无所思，朝起暮归眠：意谓无忧无虑，只须耕作。《庄子·马蹄》："夫赫胥氏之时，民居不知所为，行不知所之，含哺而熙，鼓腹而游，民能以此矣。""鼓腹"，示已食饱。 [13] 既已不遇兹，且遂灌我园：意谓既不遇东户、赫胥氏之时，且独自躬耕隐居耳。灌园，渊明《答庞参军》："朝为灌园，夕偃蓬庐。""灌园"事参此诗注 [4]。又，渊明《扇上画赞》亦云："至矣於陵，养气浩然。蔑彼结驷，甘此灌园。"

[点评]

何焯《义门读书记·陶靖节诗》曰："形骸犹外，而况华轩。所以遗宇都尽，而孤介一念，炯炯独存，之死靡它也。"然尤可注意者，"仰想东户时"数句，与《桃花源记》参看，可见向往原始社会之真淳朴素，乃渊明一贯想法。

己酉岁九月九日一首 [1]

靡靡秋已夕 [2]，凄凄风露交 [3]。蔓草不复荣 [4]，园木（一作林）空自凋 [5]。清气（一作光）澄

渊明《和郭主簿》："露凝无游氛，天高风景澈。"《九日闲居》："露凄暄风急，气澈天象明。"亦写秋高气爽，可并参。

温汝能《陶诗汇评》卷三："'留响'，有作'归响'者，究不及'留'字之妙也。"

此言"万化"乃承上草、林、蝉、雁，以及清气、馀滓等，指外界种种事物之迁移变化。

邱嘉穗《东山草堂陶诗笺》卷三："此诗亦赋而兴也，以草木凋落，蝉去雁来，引起人生皆有没意，似说得甚可悲。末四句忽以素位不愿外意掉转，大有神力。章法之妙，与《咏贫士》次首同。"

馀滓，杳（一作遥）然天界高[6]。哀（一作衰）蝉无留（原作归，注一作留）响，丛（原作燕，注一作丛）雁鸣云霄[7]。万化相寻绎（一作异），人生岂不劳[8]？从古皆有没，念之中（一作令）心焦。何以称我情？浊酒且（一作思）自陶[9]。千载非所知，聊以永今朝[10]。

［注释］

[1] 己酉：晋安帝义熙五年（409）。九月九日：重阳节。 [2] 靡靡：犹迟迟。引申为渐渐。此言时运渐渐推移。秋已夕：犹言秋已暮，九月为秋季最后一月，故称。夕，每年最后一季、每季最后一月、每月最后一旬，皆可称"夕"。 [3] 凄凄风露交：意谓风露交并，颇有凉意也。交，俱，并，共。 [4] 蔓草：蔓生之草。 [5] 空自凋：徒然凋零。有听其自然无可奈何之意。 [6] 清气澄馀滓，杳然天界高：意谓秋高气爽。馀滓，指暑夏各种浊气、湿气，清气来则荡尽矣。杳，深远。 [7] 哀：一作"衰"，恐非是；绍兴本作"众"，于义稍逊。留：原作"归"，底本校曰"一作留"，今据改。丛：聚集。 [8] 万化相寻绎，人生岂不劳：意谓以万化相推求，唯人生为最可忧耳。草木有悴有荣，寒暑有往有来，化则化矣，而皆有往复循环，唯人生化去则不复有归期矣。寻绎，意犹推求，探索，以发现隐微。劳，忧愁。 [9] 陶：喜也。 [10] 永：久也。

［点评］

由秋景引发人生之悲哀，而借酒以消之。写秋景，笔墨凄清。

庚戌岁九月中于西田获旱（原作早）稻一首[1]

人生归有道（一作事），衣食固其（一作无）端[2]。孰（一作执）是都不营，而以求自安[3]！开春（一作春事）理常业[4]，岁功聊可观[5]。晨出肆微勤，日入负禾（一作耒）还[6]。山中饶霜露[7]，风气亦先寒。田家岂不苦？弗穫（一作获）辞此难[8]。四体诚乃（一作已）疲，庶（原作交）无异患干（一作我患）[9]。盥濯（一作灌）息檐下，斗（原作升）酒散襟（原作懔，注一作劬，又作矜，又作襟）颜[10]。遥遥沮溺心，千载乃相关[11]。但愿长如此，躬耕非所叹[12]。

［注释］

[1] 庚戌岁：晋安帝义熙六年（410）。西田：盖《归去来兮辞》所谓"西畴"："农人告余以春及，将有事于西畴。"旱稻：原作"早稻"，各本同。丁福保《笺注》曰："九月获稻，不为早矣。下潠田八月获，且不言早，今浔阳之俗，禾早者六月获。一本早是旱字，故有山中风气句。姑存此以备一说。""九月中获早稻"，显然与季节不合，"早"字必讹，惟不知丁氏所据版本，无以考校。逯钦立《陶渊明年谱稿》曰："九月所获，不为早稻，九早二字，必有一误。据诗中风气先寒语，九月或当为七月也。"诗曰"山中饶霜露，风气亦先寒"，不应在七月，"九"字不误。"西田"在山中，所种稻或系旱稻也。据游修龄《中国稻作史》记载：

《孟子·滕文公上》："人之有道也，饱食、暖衣、逸居而无教，则近于禽兽。"渊明《劝农》："远若周典，八政始食。"此二句似由《孟子》引出，而立意不同。

邱嘉穗《东山草堂陶诗笺》卷三："陶公诗多转势，或数句一转，或一句一转，所以为佳。余最爱'田家岂不苦'四句，逐句作转，其他推类求之，靡篇不有，此萧统所谓'抑扬爽朗，莫之与京'也。"

"盥濯息檐下，斗酒散襟颜"句活画出农家生活情景，非亲身劳作者莫办。"檐下"二字尤妙。亦活画出劳作后渊明之形象，心情与表情均因酒而放松矣。

旱稻，又称陆稻、陵稻，起源于南方。旱稻之名始见于《齐民要术》。今云南南部山区仍然种植旱稻，四月播种，“九月末十月初收获”。查《齐民要术》卷二“旱稻第十二”云：旱稻种于山中或下田，有九月收者。据霈实地考察，江西一带收早稻在六月，气候正炎热，即使山中亦不寒，尤不应有“霜”，作“七月”与诗中所写气候不合。作“旱稻”为是。 [2] 人生归有道，衣食固其端：意谓衣食原是人生之开端，若不谋衣食，生活尚且不能维持，趋道更无论矣。归，趋，就。有，相当于“于”。固，原本。端，开始。 [3] 孰是都不营，而以求自安：意谓何能连衣食都不经营，而求自安乎？孰，何。是，此，指衣食。营，经营。 [4] 常业：日常工作，指农务。 [5] 岁功：指一年之收成。聊：略，略微。 [6] 晨出肆微勤，日入负禾还：意谓晨出从事轻微之劳作，日入则背负所收稻禾而归。肆，极力。渊明《桃花源诗》：“相命肆农耕。”微勤，轻微劳动。禾，一作“耒”，非是。“耒”者，耒耜之曲木柄（耜为耒耜之铲）。耒耜是耕地翻土之工具，即春耕时农具。此诗言秋季收稻，不用耒也。 [7] 饶：多。 [8] 田家岂不苦，弗获辞此难：意谓田家诚然辛苦，然不得脱离此苦也。此难，指耕作之艰苦。 [9] 四体诚乃疲，庶无异患干：意谓四肢诚然疲劳，或可免除其他祸患之干扰也。 [10] 襟颜：襟怀容颜。饮酒可使襟颜放松，故曰“散”。 [11] 遥遥沮溺心，千载乃相关：意谓己心与千载上之沮溺相通也。沮溺心，《论语・微子》：“长沮、桀溺耦而耕。……曰：‘滔滔者天下皆是也，而谁以易之？且而与其从辟人之士也，岂若从辟世之士哉？’”乃，竟。时隔千载而心竟相通，难得如此也。 [12] 但愿长如此，躬耕非所叹：亲身耕作虽然劳苦，却无异患干犯，所以宁愿长如此，而不叹躬耕之苦矣。

[点评]

渊明于安帝义熙元年乙巳（405）辞彭泽令，有《归去来兮辞》，所归为园田居。义熙二年丙午春曾往“西畴”（西田）耕作。义熙四年戊申园田居遇火，暂住舟中。园田居修葺后，义熙五年己酉复居于此。故义熙六年庚戌（410）得往西田（西畴）收旱稻也。

《癸卯岁始春怀古田舍》其二曰难逮孔子之遗训，此诗又不取孟子之论，曰衣食乃道之开端，且皆表示向往荷蓧丈人、长沮、桀溺等躬耕之隐士。就对力耕之态度而言，渊明明白表示与孔、孟异趣。

丙辰岁八月中于下潠田舍获一首[1]

贫居依稼穑（一作事耕稼），戮力东林隈[2]。不言春作苦[3]，常（一作当）恐负所怀[4]。司田眷有秋，寄声与我谐[5]。饥者欢初饱，束带候（一作俟）鸣鸡[6]。扬楫越平湖，泛随清壑回[7]。郁郁（一作嶓嶓）荒山里，猿声闲且哀[8]。悲风爱静夜（一作夜静），林鸟喜晨开。曰余作此来，三四星火颓[9]。姿年逝已老[10]，其事未云乖[11]。遥谢荷蓧翁，聊得从君栖[12]。

“饥者”句，钟惺曰：“非惯穷不知此趣，老杜‘我饥岂无涯’与此同妙。”（《古诗归》卷九）

“悲风”句，吴瞻泰《陶诗汇注》卷三引王棠曰：“静夜风声更清，有似于爱静夜，炼字之妙如此。”

钟惺曰：“陶公山水朋友诗文之乐，即从田园耕凿中一段忧勤讨出，不别作一副旷达之语，所以为真旷达也。”（《古诗归》卷九）

[注释]

[1] 丙辰岁：晋义熙十二年（416）。下潠（sùn）田舍：渊明之一处田庄。潠，《一切经音义》引《通俗文》：“水湓曰潠。”水湓，水涌出。诗言“东林隈”，又言“荒山里”，此田舍当在山中地势弯曲低洼之盆地内，有水涌出之处。 [2] 贫居依稼穑，勠力东林隈（wēi）：意谓贫居而依农业为生，勉力耕于东林之隈。贫居，指不受官禄，甘居贫贱。勠力，勉力。东林，或指庐山南之东林。隈，山水等弯曲之处。 [3] 作：劳作。 [4] 负所怀：指辜负归隐躬耕之初衷。 [5] 司田眷有秋，寄声与我谐：意谓守舍司田之人报告秋熟，均喜有此年成也。司田，原是官名，此指为渊明管理田庄之人。眷，顾之深也。渊明《乙巳岁三月为建威参军使都经钱溪》：“眷彼品物存。”秋，禾谷熟也。寄声，犹今言捎信也。谐，合。此言司田与我均喜有秋也。 [6] 束带：结上衣带，意谓穿好衣服。 [7] 扬楫（jí）越平湖，泛随清壑回：先乘船越湖，后泛舟于清壑之中，随流迂回而前。扬楫，举桨荡舟。 [8] 郁郁荒山里，猿声闲且哀：言荒山之间，草木郁结，猿声大且哀也。闲，大。 [9] 曰余作此来，三四星火颓：意谓归隐力耕以来已十二年矣。星火颓，指秋季。星火，火星。颓，向下降行，意犹《诗·豳风·七月》“七月流火”之“流”。夏历五月（仲夏）黄昏，火星出现于正南方，六月以后遂偏西，入秋更低向西方，故曰“颓”。“三四星火颓”，犹言已十二秋矣。此二句应连读，渊明自晋安帝义熙元年乙巳（405）十一月归田，至丙辰（416）作此诗时，恰为十二年。 [10] 姿年：姿容与年龄。逝：助词，无实义，起调节音节之作用。 [11] 其事：指农事。乖：背弃。 [12] 遥谢荷蓧翁，聊得从君栖：意谓遥遥告诉荷蓧翁，姑且得以从君隐居矣。谢，以辞相告。荷蓧翁，古之躬耕隐士。《论语·微子》：“子路从而后，遇丈人，以杖荷蓧。子路问曰：‘子见夫子乎？’丈人

曰：‘四体不勤，五谷不分，孰为夫子？’植其杖而耘。”栖，止息。

[点评]

渊明《归去来兮辞》曰：“农人告余以春及，将有事于西畴。或命巾车，或棹孤舟。既窈窕以寻壑，亦崎岖而经丘。”此诗又曰：“司田眷有秋，寄声与我谐。扬楫越平湖，泛随清壑回。”可见渊明之田舍或有人代为看管，春秋农时向渊明报告；其田舍且有距离住处颇远者，故须乘舟车前往也。

“束带候鸣鸡”五字写迫不及待之心情，抵得上多少言语！

饮酒二十首[1]并序

余闲居寡欢，兼秋（原作比，注一作秋）夜已长[2]。偶有名酒，无夕不饮（一作倾）。顾影独尽[3]，忽焉复醉[4]。既醉之后，辄（一作与）题数句自娱。纸墨遂多，辞无诠次[5]。聊命故人书之[6]，以为欢笑尔。

方东树《昭昧詹言》卷四：“据序亦是杂诗，直书胸臆，直书即事，借饮酒为题耳，非咏饮酒也。

渊明《五柳先生传》：“尝著文章自娱，颇示己志。”

[注释]

[1] 此二十首皆酒后所作，故题曰《饮酒》。《文选》录其五、其七两首，题为《杂诗》。《艺文类聚》卷六五节录此二首，亦题

《杂诗》；但卷七二节录诗序，及“有客常同止”数句，题《饮酒》。沈括《续梦溪笔谈》引其五“采菊东篱下，悠然见南山”两句，亦称《杂诗》。 [2] 秋：原作“比”，底本校曰“一作秋”，今从之。“比”者，近也，亦通。然“秋”字于义较胜。其五曰“采菊东篱下”，其七曰“秋菊有佳色”，其八曰“凝霜殄异类”，皆秋令也。 [3] 顾影独尽：言其孤独也。渊明《杂诗》其二：“挥杯劝孤影。”尽，谓尽觞。 [4] 复醉：意谓无夕不饮，无夕不醉。 [5] 辞无诠次：意谓诗中词语未经选择，且无章法伦次，任意挥洒，非经意之作。诠，《一切经音义》引《通俗文》：“释言曰诠。” [6] 故人：旧友。其十四：“故人赏我趣，挈壶相与至。……父老杂乱言，觞酌失行次。”又其九：“清晨闻扣门，倒裳往自开。问子为谁欤，田父有好怀。……深感父老言，秉气寡所谐。”由此看来，此所谓“故人”主要是其居家附近之父老、田父之类，亦包括居住于当地之官吏，与渊明诗酒往还者。既曰“相与至”、“杂乱言”，则不止一人也。

[点评]

据诗序，此二十首当是同一年秋天所作。其十九曰：“是时向立年，志意多所耻。遂尽介然分，终死归田里。冉冉星气流，亭亭复一纪。”“向立年”，接近三十岁，乃出为州祭酒之时。此次出为州祭酒，少日自解归，故向立年亦其自解州祭酒之时也。彼时只是多所耻，尚未与仕途决绝，后复出仕为官。至辞彭泽令，乃尽介然之分，终死归隐不仕。辞彭泽令在乙巳（405）五十四岁，自乙巳复经一纪（十二年），即作此诗之年。则此诗作于晋安帝义熙十三年丁巳（417），《饮酒》二十首均作于同年秋。

是年九月，刘裕北伐至长安，次年六月为相国，封宋公，加九锡。后年七月刘裕晋爵宋王。大后年六月刘裕即篡位称皇帝。可见《饮酒》诗正作于刘裕加紧篡位晋朝将亡之时。渊明曾任刘裕参军，当此刘裕权势日上之际，自然会有人劝他复出，再次投靠刘裕，而渊明断然拒绝。故《饮酒》二十首中有“咄咄俗中愚，且当从黄绮”“且共欢此饮，吾驾不可回”“一往便当已，何为复狐疑”“觉悟当念还，鸟尽废良弓”等语，且有“邵生”“三季”“伐国”等词以暗示晋之将亡也。

衰荣无定在（一作所），彼此更共之[1]。邵生瓜田中，宁似东陵时[2]。寒暑有代（一作换）谢，人道每如兹[3]。达人解其会（一作趣），逝将不复疑[4]。忽与一觞酒，日夕欢相持（一作相迟，又作自持）[5]。

《易·系辞》：“有天道焉，有人道焉。”寒暑代谢即所谓天道，引出下句“人道”。

[注释]

[1] 衰荣无定在，彼此更共之：意谓衰荣不固定于一处，彼此交替而共有之。更，交替，更迭。 [2] 邵生瓜田中，宁似东陵时：以邵平为例，以明衰荣不定之意。《史记·萧相国世家》：“召平者，故秦东陵侯。秦破，为布衣，贫，种瓜于长安城东。瓜美，故世俗谓之‘东陵瓜’，从召平以为名也。” [3] 寒暑有代谢，人道每如兹：意谓人道每如天道，寒暑既有代谢，人事亦有荣衰也。 [4] 达人解其会，逝将不复疑：意谓达人明察时机，誓将不再疑惑矣。达人，事理通达之人。会，时机。逝，通“誓”，表示决心。 [5] 忽与一觞酒：忽得一觞酒也。与，犹得也，见张相

《诗词曲语词汇释》，如白居易《送嵩客》：“君到嵩阳吟此句，与教三十六峰知。”此种用法早在渊明已有之。

[点评]

既已参透天道与人道，故不以一己之穷达为意，而能安贫守拙，躬耕自乐。此诗语调平静、通达、自信。

渊明《感士不遇赋》：“承前王之清诲，曰天道之无亲。……夷投老以长饥，回早夭而又贫。……虽好学与行义，何死生之苦辛！疑报德之若兹，惧斯言之虚陈。”与此意同。或疑此处针对佛教善恶报应论，恐不然。

积善云有报，夷叔在（一作饥）西山[1]。善恶苟不应，何事空立言（一作立空言）[2]？九十行带索，饥寒况（一作抱）当年[3]。不赖固穷节，百世当谁传[4]！

[注释]

[1] 积善云有报，夷叔在西山：意谓积善有报之说深可怀疑，伯夷、叔齐皆积善之人，却饿死在西山。《易・坤》：“积善之家，必有馀庆。”《史记・伯夷列传》：“武王已平殷乱，天下宗周，而伯夷、叔齐耻之，义不食周粟，隐于首阳山，采薇而食之。及饿且死，作歌。” [2] 善恶苟不应，何事空立言：意谓既然善无善报，恶无恶报，何故有天道常与善人之论耶？《史记・伯夷列传》：“或曰：‘天道无亲，常与善人。’若伯夷、叔齐，可谓善人者非邪？积仁絜行如此而饿死。且七十子之徒，仲尼独荐颜渊为好学。然回也屡空，糟糠不厌，而卒蚤夭。天之报施善人，其何如哉？……若至近世，操行不轨，专犯忌讳，而终身逸乐，富厚累世不绝。或择地而蹈之，时然后出言，行不由径，非公正不发愤，而遇祸灾者，不可胜数也。余甚惑焉，傥所谓天道，是邪非邪？”此诗

首四句乃就《史记》而发挥之。事，徐仁甫《古诗别解》曰："犹用也。《战国策·燕策》：'安事死马（而捐五百金）？'《新序·杂事三》'事'作'用'。" [3] 九十行带索，饥寒况当年：举荣启期为例，复申述上四句之意。《列子·天瑞》："孔子游于太山，见荣启期行乎郕之野，鹿裘带索，鼓琴而歌。孔子问曰：'先生所以乐，何也？'对曰：'吾乐甚多。天生万物，唯人为贵。而吾得为人，是一乐也。男女之别，男尊女卑，故以男为贵。吾既得为男矣，是二乐也。人生有不见日月、不免襁褓者，吾既已行年九十矣，是三乐也。贫者士之常也，死者人之终也。处常得终，当何忧哉？'孔子曰：'善乎！能自宽者也。'"行，且。带索，以绳索为衣带。当年，壮年。 [4] 不赖固穷节，百世当谁传：承上就荣启期而言，意谓若不依靠固穷之气节，百世之后尚有谁传其名耶？固穷，甘居困穷，不失气节。当，借为"尚"。

［点评］

此诗与上首不同，全是义愤之语，而以固穷作结。

道丧（一作衰）向千载，人人惜其情[1]。有酒不肯饮，但（一作惟）顾世间名[2]。所以贵我身，岂不在一生[3]？一生复能几，倏如流电惊（一作倏忽若沉星）[4]。鼎鼎（一作订订）百年内，持此欲何成[5]！

［注释］

[1] 道丧向千载，人人惜其情：意谓道丧已近千载，人皆失其真率自然之本性。向，将近。惜其情，不表露其感情，失去真率

《庄子·缮性》："古之人在混芒之中，……莫之为而常自然。逮德下衰，及燧人、伏羲，……德又下衰，及神农、黄帝，德又下衰，及唐、虞，……然后民始惑乱，无以反其性情而复其初。由是观之，世丧道矣，道丧世矣，世与道交相丧也。"此二句檃括《庄子》大意。

黄文焕《陶诗析义》卷三："'欲何'二字唤得醒，贪痴执恋，牢不可破，'持'字骂得狠。"

自然之本性，即《庄子》所谓“无以反其性情而复其初”。渊明《五柳先生传》：“或置酒而招之。造饮辄尽，期在必醉。既醉而退，曾不吝情去留。”不吝情，亦即不惜情，欲饮则饮，欲醉则醉，欲去则去，欲留则留，感情真率自然。惜，吝惜。　[2] 有酒不肯饮，但顾世间名：魏晋之际以饮酒得名者不在少数，如刘伶自称“以酒得名”（见《世说新语·任诞》）。嵇康醉后“若玉山之将崩”（《世说新语·容止》），亦传为美谈。然则，渊明何以将饮酒与名对立，曰世人但顾名而不肯饮酒乎？盖此所谓“世间名”，乃指功名而言。　[3] 所以贵我身，岂不在一生：意谓世人所以爱护贵重己身，岂非欲长生乎？《列子·杨朱》：“孟孙阳问杨朱曰：‘有人于此，贵生爱身，以蕲不死，可乎？’曰：‘理无不死。’‘以蕲久生，可乎？’曰：‘理无久生。生非贵之所能存，身非爱之所能厚。’”　[4] 一生复能几，倏如流电惊：意谓人生飘忽不能长久。倏，迅疾貌。流电，闪电。　[5] 鼎鼎百年内，持此欲何成：意谓人生不过百年，以此欲何成耶？鼎鼎，蒋薰评《陶渊明诗集》卷三：“‘鼎鼎’乃薪火不传意。”闻人倓《古诗笺》卷六：“此言‘鼎鼎’，取宽慢之意。百年自速，而人意自宽慢。……或以‘鼎鼎’为薪火不传意，殊觉杜撰。”方东树《昭昧詹言》卷四：“‘鼎鼎’，言方来之年甚速如流电，吾人仅此百年之内，何足恃乎？”

吴瞻泰《陶诗汇注》卷三：“此借‘失群鸟’以自况也。‘得’‘失’二字遥对，须知失处正是得。‘失群’时不可不饮酒，‘得所’时尤不可不饮酒。”

渊明《读山海经》其一：“众鸟欣有托，吾亦爱吾庐。”

栖栖失群鸟[1]，日暮犹独飞。裴回无定止[2]，夜夜声转悲。厉响思清远[3]，去来何依依（一作厉响思清晨，远去何所依。又作求何依）[4]。因值孤生松[5]，敛翮遥（一作更，又作终）来归[6]。劲（一作动）风无荣木[7]，此荫独（一作交）不衰。托身已得所，千载不（一作莫）相违[8]。

［注释］

[1] 栖栖：不安貌。《论语·宪问》："微生亩谓孔子曰：'丘何为是棲棲者与？'"栖，通"棲"。[2] 裴回：即"徘徊"。止：居。[3] 清远：指清净僻远之地。[4] 依依：思恋之貌。[5] 值：遇。[6] 敛翮：犹敛翅停飞。[7] 劲风：疾风。[8] 托身已得所，千载不相违：意谓既已托身于松树，则永不相离矣。

［点评］

以归鸟自喻，表示退隐决心。归鸟乃渊明诗文中常见之意象，有四言《归鸟》诗。李公焕《笺注陶渊明集》卷三引赵泉山曰："此诗讥切殷景仁、颜延之辈附丽于宋。"恐非是。

结庐在人境，而无车马喧[1]。问君何能（一作为）尔？心远地自偏[2]。采菊东篱下，悠然（一作时时）见（一作望）南山[3]。山气日夕嘉[4]，飞鸟相与还[5]。此还（一作中）有真意，欲辩已（一作忽）忘言[6]。

［注释］

[1] 结庐在人境，而无车马喧：意谓虽居于人间而无世俗之交往。结庐，构室，建造房屋。人境，人间。车马喧，指世俗交往。[2] 问君何能尔，心远地自偏：意谓己心远离世俗，故若居

《史记·陈丞相世家》："然门外多有长者车辙。"渊明与陈平异趣，虽居人间而与世俗隔绝也。

清王士禛《古学千金谱》曰："心不滞物，在人境不厌其寂，逢车马不觉其喧。"

宋胡仔《苕溪渔隐丛话·前集》卷三引《蔡宽夫诗话》云："'采菊东篱下，悠然见南山'，此其闲远自得之意直若超然邈出宇宙之外。俗本多以'见'字为'望'字，若尔，便有褰裳濡足之态矣。乃知一字之误，害理有如是者。"

于偏僻之地。君，渊明自谓。尔，如此。 [3] 悠然：悠远貌，又闲适貌，所想者远，故得闲适也。此处两义兼而有之。见：一作“望”，《文选》《艺文类聚》亦作“望”。白居易《效陶潜体诗》其九：“时倾一樽酒，坐望终南山。”然“望”于义终嫌稍逊。南山：庐山。 [4] 山气：山间之云气。 [5] 相与还：结伴还山。 [6] 还：曾集本、《文选》同。汤汉注本作“中”，注一作“还”。和陶本作“间”。作“中”亦佳，所包弘广。作“还”遂顺上句，得自然之妙。参见程千帆《陶诗“结庐在人境”篇异文释》。

《庄子·齐物论》：“大辩不言。”《庄子·外物》：“言者所以在意，得意而忘言。”盖渊明所谓“真意”，乃在一“归”字，飞鸟归还，人亦当知还。返归于自然，方为真正之人生。此二句涉及魏晋玄学言意之辨，乃当时士大夫关注之哲学命题也。

王士禛《古学千金谱》曰：“通章意在‘心远’二字，‘真意’在此，‘忘言’亦在此。”

[点评]

“心远地自偏”，颇有理趣。心与地之关系亦即主观精神与客观环境之关系，地之喧与偏，取决于心之近与远。隐士高人原不必穴居岩处远离人世，心不滞于名利，自可免除尘俗之干扰。“采菊东篱下，悠然见南山”，瞬间之感应，带来无限愉悦。在偶一举首之间心与山悠然相会，自身仿佛与山交融成为一体。日夕之山气、相与之归鸟，诸般景物仿佛不在外界而在心中，构成一片美妙风景。此乃蕴藏宇宙、人生之真谛，此真谛即还归本原。万物莫不归本，人生亦须归本，归至未经世俗污染之真我也。

苏轼曰：“因采菊而见山，境与意会，此句最有妙处。近岁俗本皆作‘望南山’，则此一篇神气都索然矣。”（《东坡题跋》卷二《题渊明饮酒诗后》）宋晁补之《鸡肋集》卷三三《题陶渊明诗后》曰：“东坡云陶渊明意不在诗，诗以寄其意耳。‘采菊东篱下，悠然望南山’，则既采菊又望山，意尽于此，无馀蕴矣，非渊明意也。‘采菊东篱下，悠然见南山’，则本自采菊，无意望山，适举首而见之，故悠然忘情，趣闲而景远，此未可于文字精粗间求之。”

吴淇《六朝选诗定论》卷一一曰：“‘心远’为一篇之骨，而‘真意’又为一篇之髓。”此说不为无见，但“心”在己身之中，“意”在物象之中。心不远则不能得真意，“心远”是根本，“真意”是主旨。

吴菘《论陶》：“行止即出处也。”

行止千万端，谁知非与是[1]。是非苟相形，雷同共毁誉[2]。三季多此事，达士（一作人）似不尔[3]。咄咄俗中恶（一作愚），且当从黄绮[4]。

《楚辞·九辩》：“世雷同而炫曜兮，何毁誉之昧昧。”

张自烈《笺注陶渊明集》卷三：“‘雷同共毁誉’，括尽末世情态。”

[注释]

[1] 行止千万端，谁知非与是：意谓人事之变化头绪万千，或行或止，或彼或此，谁能知其是非耶？《庄子·齐物论》：“罔两问景曰：‘曩子行，今子止。曩子坐，今子起。何其无特操与？’”又：“既使我与若辩矣，若胜我，我不若胜，若果是也，我果非也耶？我胜若，若不吾胜，我果是也，而果非也耶？其或是也，其或非也耶？其俱是也，其俱非也耶？” [2] 是非苟相形，雷同共毁誉：意谓世之所谓是非乃因比较而暂且体现，并无真正区别。但世俗却人云亦云，共同对是非加以毁誉。苟，姑且，暂且。相形，《老子》：“有无相生，难易相成，长短相形，高下相倾，音声相和，前后相随。” [3] 三季多此事，达士似不尔：意谓三季多雷同毁誉之事，唯达士似不如此。三季，夏、商、周三代之末。达士，见识高超、不同流俗之人。尔，如此。 [4] 咄咄俗中恶，且当从黄绮：意谓惊怪世俗之恶，己当随从黄、绮避世隐居也。咄咄，惊怪声。黄绮，夏黄公、绮里季。详见《赠羊长史》“注释”[9]。

清张潮、卓尔堪、张师孔同阅《曹陶谢三家诗·陶集》卷三：“颠倒是非，自古皆然，惟求自知耳。吾当从黄、绮，心事毕现。”

[点评]

此篇本《齐物论》，感叹世俗不辨是非，雷同毁誉，自己当明达独立。诗曰“三季”盖隐指晋末。渊明处此是非之时，欲超乎是非而自甘隐居也。

盖菊于群芳谢后方开，似有遗世之情也。

言“聊独进”，语含诙谐，并有自甘寂寞之意，意谓且自饮也。

秋（一作霜）菊有佳色，裛露掇其英[1]。泛此忘忧物，远我遗（一作达）世情[2]。一觞聊（原作虽，注一作聊）独进，杯尽壶自倾[3]。日入群动息，归鸟趣林鸣[4]。啸傲东轩下，聊复得此生[5]。

[注释]

[1] 裛（yì）：沾湿。掇：拾取。英：花。 [2] 泛此忘忧物，远我遗世情：浮菊花于酒上，饮之而遗世之情愈加高远。泛，浮。忘忧物，指酒。遗世，弃世。 [3] 进：奉上。壶自倾：自斟也，自己倾壶而满杯。 [4] 日入群动息，归鸟趣林鸣：意谓日入则各种动者皆已止息，归鸟亦返林矣。 [5] 啸傲东轩下，聊复得此生：意谓采菊饮酒，啸傲东轩，此生聊复满足矣。啸傲，放旷自得之态。啸，嘬口出声。东轩，东窗。得，满足。

[点评]

首二句带露采菊，时在清晨。第七句言“日入”，则已傍晚矣。李公焕《笺注陶渊明集》卷三引定斋曰：“自南北朝以来，菊诗多矣。未有能及渊明诗语尽菊之妙。如‘秋菊有佳色’，他华不足以当此一‘佳’字。然终篇寓意高远，皆繇菊而发耳。”又引艮斋曰：“‘秋菊有佳色’

一语，洗尽古今尘俗气。”秋菊、归鸟，皆渊明诗常见之意象，象征高洁与退隐。生命之意义在于自得，无拘无束。

青松在东园，众草没其（一作奇）姿[1]。凝（一作晨）霜殄异类，卓然见高枝[2]。连（一作丛）林人不觉，独树众乃奇（一作知）。提壶挂（一作抚）寒柯，远望时复为（一作复何为）[3]。吾生梦幻间，何事绁尘羁（原作羇，注一作羁）[4]。

明徐师曾《诗体明辨》卷一引叶又生曰：“‘独树众乃奇’‘禀气寡所谐’，渊明岸然自异，不同流俗，不如此不成渊明。”

渊明《归园田居》其四：“人生似幻化，终当归空无。”

［注释］

[1] 青松在东园，众草没其姿：意谓东园之青松，其卓异之姿被众草埋没，难以显现。东园，渊明居处有一东园，《停云》：“东园之树，枝条载荣。” [2] 凝霜殄（tiǎn）异类，卓然见高枝：承上意，谓平时众草或能没青松之姿，然霜降岁寒众草灭绝，方见青松之特立高超。殄，灭绝。异类，此指众草。卓然，特立貌。 [3] 提壶挂寒柯，远望时复为：陶澍《靖节先生集注》：“此倒句，言时复为远望也。”柯，枝也。挂，一作“抚”，亦通。《归去来兮辞》：“抚孤松而盘桓。” [4] 吾生梦幻间，何事绁（xiè）尘羁：意谓吾生既在梦幻之间，何故为尘羁所系，而不放旷自得耶？何事，何故。绁，系，捆绑。尘羁，以尘俗为羁。羁，马笼头。

［点评］

此诗以青松自喻孤高。温汝能《陶诗汇评》卷三：“此篇语有奇气，先生以青松自比，语语自负，语语自怜，盖抱奇姿而终于隐遁，时为之也，非饮酒谁能遣此哉！”

渊明诗中“青松”凡三见：此诗之外，尚有《和郭主簿》其二：“青松冠岩列。”《拟古》其五：“青松夹路生。”邱嘉穗《东山草堂陶诗笺》卷三曰：“此诗赋而比也。诸人附丽于宋者皆如众草，惟公独树青松耳。”观诗末“吾生梦幻间，何事绁尘羁”，此说颇穿凿。

温汝能《陶诗汇评》卷三：“篇中不过设为问答以见志耳，所云田父，正不必求其人以实之也。”

性情天生寡和，亦即渊明所谓“抱孤念”“抱兹独”。

渊明《归去来兮辞》：“质性自然，非矫励所得。饥冻虽切，违己交病。”

清晨闻叩门，倒裳往自开[1]。问子为谁与？田父有好怀[2]。壶浆远见候[3]，疑我与时乖[4]。褴缕茅檐下，未足为高栖[5]。一（一作举）世皆尚同，愿君汩其泥[6]。深感父老言，禀气寡（一作少）所谐[7]。纡辔诚可学，违己讵非迷[8]！且共欢此饮，吾驾不可回。

[注释]

[1] 倒裳：表示匆忙。《诗·齐风·东方未明》：“东方未明，颠倒衣裳。” [2] 田父：老农。 [3] 浆：古代一种酿制饮料，略带酸味。《诗·小雅·大东》：“或以其酒，不以其浆。” [4] 与时乖：与时俗乖离，犹言不合时宜。 [5] 褴缕：同“襤缕”“蓝缕”，衣服破烂。高栖：高隐。 [6] 汩其泥：《楚辞·渔父》：“渔父曰：‘圣人不凝滞于物，而能与世推移。世人皆浊，何不汩其泥而扬其波？’”汩，搅浑。 [7] 禀气：王充《论衡·命义》：“人秉气而生，含气而长。”禀，禀受。 [8] 纡辔诚可学，违己讵非迷：意谓回驾从政固然可学，然违背自己之本性，岂非迷误乎？纡辔，犹“曲辔”“宛辔”，回驾也。《始作镇军参军经曲阿》：“宛辔憩通衢。”违己，违反本性。

[点评]

此篇写法模仿《楚辞·渔父》，实乃针对一般朝隐、通隐、充隐而言。《史记·滑稽列传》载东方朔歌曰："陆沉于俗，避世金马门，宫殿中可以避世全身，何必深山之中、蒿庐之下。"田父劝告渊明："褴褛茅檐下，未足为高栖。"欲使离蒿庐而隐于朝中，效东方朔之流也。又，《世说新语·言语》："南郡庞士元，闻司马德操在颍川，故二千里候之。至，遇德操采桑，士元从车中谓曰：'吾闻大夫处世，当带金佩紫，焉有屈洪流之量，而执丝妇之事？'德操曰：'子且下车，子适知邪径之速，不虑失道之迷。'"渊明曰："纡辔诚可学，违己讵非迷。"亦如司马德操之答庞士元也。李公焕《笺注陶渊明集》卷三引赵泉山曰："时辈多勉靖节以出仕，故作是篇。"赵说为是。

在昔曾远游，直至东海隅[1]。道路迥且长，风波阻（一作起）中涂[2]。此行谁使然？似为饥所驱。倾身营一饱，少许便有馀[3]。恐此非名计，息驾归闲居[4]。

吴瞻泰《陶诗汇注》卷三："'此行谁使然'，问得冷，妙。'似为饥所驱'，答得诙谐，却妙在一'似'字，若非己所得主者。"

蒋薰评《陶渊明诗集》卷三："饥驱名计，他人所讳，先生俱自言之。妙妙！"

[注释]

[1] 东海隅：《晋书·地理志》徐州下有东海郡，"东海隅"系指东海郡内偏远近海之地，今苏北沿海一带。　[2] 道路迥且长，风波阻中涂：意谓道路遥远，风波险阻。《古诗十九首》："道路迥且长。"涂，同"途"。　[3] 倾身营一饱，少许便有馀：意谓倾身以求不过一饱，而一饱所需，少许便有馀矣，何须冒风波之险乎？

倾身，竭尽全力。 [4] 恐此非名计，息驾归闲居：意谓远游从仕恐非适宜之计，遂止步返归也。名，通“明”，见朱骏声《说文通训定声》。名计，犹明计，良策也。

[点评]

沈约《宋书·陶潜传》：“潜弱年薄宦，不洁去就之迹。”惜各家对此未曾注意。据此可知渊明于弱冠之年尝为生活所迫，游宦谋生，其地位甚低也。此篇当是回忆弱年薄宦之生活。既曰“薄宦”，时间必不很长，姑以两年计，后年复归家。

诗中颇有后悔之意，与沈《传》所谓“不洁去就之迹”，正相吻合。

言外之意，死不足惧，返归自然而已。正如渊明《拟挽歌辞》所言：“死去何所道，托体同山阿。”张自烈《笺注陶渊明集》卷三：“‘裸葬’一语，可破后人石椁之惑。”

颜生称为仁[1]，荣公言有道[2]。屡空不获年[3]，长饥至于（一作苌）老[4]。虽留身后名[5]，一生亦枯槁[6]。死去何所知？称心固为好。各（原作客，注一作各，又作容）养千金躯，临（一作幻）化消其宝（一作临死镇真宝）[7]。裸葬何必恶，人当解其表（一作意表）[8]。

[注释]

[1] 颜生称为仁：指颜回，《论语·雍也》：“子曰：‘回也，其心三月不违仁。’” [2] 荣公言有道：指荣启期，详见《饮酒》其二注释 [3]。“言”与上句“称”对举，称其有道也。 [3] 屡

空不获年：指颜回，《论语·先进》：“子曰：‘回也其庶乎，屡空。’”何晏《集解》曰：“言回庶几圣道，虽数空匮而乐在其中。”不获年，不得长寿，早卒。[4]长饥至于老：指荣启期。[5]身后名：死后之名声。[6]枯槁：与荣华相对而言，有困穷、劳苦、憔悴等意。[7]各养千金躯，临化消其宝：意谓人各保养其千金之躯，然临死亦各失其所宝贵者也。各，原作“客”。古直《笺》引曾星笠曰：“《说文》：‘客，寄也。’客养千金躯，即寓形宇内之意。”丁福保《笺注》曰：“客指杨王孙而言，《汉书·杨王孙传》：‘学黄老之术，家世（案：当作业）千金。厚自奉养生，亡所不至。’”王瑶注：“厚自奉养，如待宾客。”诸说录以备考。[8]裸葬何必恶，人当解其表：杨王孙言欲裸葬，意在以身亲土，以反其真。裸葬，《汉书·杨王孙传》：“及病且终，先令其子，曰：‘吾欲裸葬，以反吾真，必亡易吾意。死则为布囊盛尸，入地七尺，既下，从足引脱其囊，以身亲土。’”其表，指杨王孙之言外意。

[点评]

“虽留身后名，一生亦枯槁。”此二句恰是渊明自身写照。渊明生前枯槁，死后反留名千载，此非有意求之而得也。汤汉《陶靖节先生诗注》卷三曰：“颜、荣皆非希身后名者，正以自遂其志耳。保千金之躯者，亦终归于尽，则裸葬亦未可非也。或曰：前八句言名不足赖，后四句言身不足惜。渊明解处正在身名之外也。”王叔岷《笺证稿》曰：“言身后之名不可知；身前厚养不可贵。惟有称心以为好也。”

渊明《扇上画赞》《读史述九章》中均有长公。

杨仲理既已归隐，又三次出仕，每次均以获罪告终，渊明不以为然也。旧注均以“一往便当已”二句为渊明自指，非是。首四句叙一人，次四句又叙一人，两人对举。一堪效法，一不足效法。

长公曾一仕，壮节忽失时。杜（一作松）门不复出，终身与世辞[1]。仲理归大泽，高风始在（一作如）兹。一往便当已，何为复狐疑[2]？去去当奚道，世俗久相欺[3]。摆落悠悠谈，请从余所之[4]。

[注释]

[1] 长公曾一仕，壮节忽失时。杜门不复出，终身与世辞：此四句褒扬长公既已辞官，遂终身不仕。长公，张挚。《史记·张释之传》：“其子曰张挚，字长公，官至大夫，免。以不能取容当世，故终身不仕。”壮节，壮年时节。《礼记·曲礼》：“三十曰壮。”杜门，闭门。 [2] 仲理归大泽，高风始在兹。一往便当已，何为复狐疑：此四句惋惜仲理，既已归隐始有高风，则当有始有终，何为狐疑不决，一再出仕？仲理，杨伦。《后汉书·儒林传》：“杨伦字仲理，陈留东昏人也。……为郡文学掾。更历数将，志乖于时，以不能人间事，遂去职，不复应州郡命。讲授于大泽中，弟子至千馀人。元初中，郡礼请，三府并辟，公车征，皆辞疾不就。后特征博士，为清河王傅。……阎太后以其专擅去职，坐抵罪。顺帝即位，……征拜侍中。……尚书奏伦探知密事，激以求直。坐不敬，结鬼薪。……阳嘉二年，征拜太中大夫。大将军梁商以为长史。谏诤不合，出补常山王傅，病不之官。……遂征诣廷尉，有诏原罪。” [3] 去去当奚道，世俗久相欺：意谓无须再言矣，世俗久已相欺，尚不决心退隐乎？去去，重复“去”字，以加强语气，表示决绝、作罢。当奚道，尚何言。与下“悠悠谈”呼应。当，借为“尚”。 [4] 摆落悠悠谈，请从余所之：意谓可

置悠悠谈于不顾，请从余隐居也。摆落，摆脱。悠悠谈，众人无根据之言谈。

[点评]

此诗以长公自况，又借仲理以示讽喻，诗末径言“请从余所之”，似有为而发。下一首“有客常同止，取舍邈异境”，似为同一人所作。

有客常同止，取舍邈异境[1]。一士长独醉，一夫终年醒[2]。醒醉还（一作递）相笑，发言各不领[3]。规规一何愚，兀傲差若（一作嗟无）颖[4]。寄言酣中客，日没烛当秉（原作独何炳，注一作当秉，又作烛当炳）[5]。

[注释]

[1] 有客常同止，取舍邈异境：意谓有人常同住于一处，但其出处志趣迥然不同。客，泛指某人。止，居。取舍，进止。邈，远。按，“同止”指居处邻近，“取舍邈异境”指出处仕隐迥然不同。 [2] 一士长独醉，一夫终年醒：意谓两人醉醒各异。一士，自指。一夫，一人，此指首句之客。 [3] 醒醉还相笑，发言各不领：意谓醒者醉者尚相视而笑，发言却各不领会也。 [4] 规规一何愚，兀傲差若颖：意谓醒者愚而醉者颖也。规规，浅陋拘泥貌。《庄子·秋水》：“子乃规规然而求之以察，索之以辩，是直用管窥天，用锥指地也，不亦小乎？”此指醒者。兀傲，兀然，傲然，不拘礼节貌。差若颖，似较聪颖。 [5] 寄言酣中客，日没烛当秉：

“醉”与“醒”，不仅关乎酒，且指处世态度。渊明之醉，乃韬晦远祸，萧统《陶渊明传》所谓“寄酒为迹者也”。

汤汉《陶靖节先生诗注》卷三：“醒者与世讨分晓，而醉者颓然听之而已。渊明盖沉溟之逃者，故以醒为愚，而以兀傲为颖耳。”

邱嘉穗《东山草堂陶诗笺》卷三：“要之，醒非真醒而实愚，醉非真醉而实颖。其箴砭世人处，却仍以诙谐出之，故不觉其言之激也。”

意谓寄言于醉中之人，当夜以继日秉烛而饮也。

［点评］

醉者若愚而实不愚，醒者若不愚而实愚。世事既不可为而强为之，徒然无益也。世事既不可为而不为，委顺自然也。然渊明本欲有为者也，世之相违，不得已而退隐，遂以醉者自许。醉语中愤慨良深也。

黄文焕《陶诗析义》卷三："前田父邀饮，此故人就饮，一疑我乖，一赏我趣，一异调之饮，一同调之饮。"

故人赏我趣，挈壶相与至[1]。班荆坐松下[2]，数斟已复醉。父老杂乱言，觞酌失行次[3]。不觉知有我，安知物为贵[4]。悠悠（一作咄咄）迷所留（一作之），酒中有深味（一作固多味）[5]。

《晋书·阮籍传》："嗜酒能啸，善弹琴。当其得意，忽忘形骸。"此亦即"不觉知有我"也。《列子·杨朱》："方其荒于酒也，不知世道之安危，人理之悔吝，室内之有亡，九族之亲疏，存亡之哀乐也。虽水火兵刃交于前，弗知也。"此亦即"安知物为贵"也。

［注释］

[1] 故人赏我趣，挈（qiè）壶相与至：此言"相与至"，下又言"父老杂乱言"，可见"故人"不止一人也。《序》曰："聊命故人书之"，亦不止一人也。挈，提。 [2] 班荆：《左传》襄公二十六年："班荆相与食。"杜注："班，布也。布荆坐地，共议归楚事。" [3] 失行次：不拘礼节，随意而饮。行次，行列次第。 [4] 不觉知有我，安知物为贵：言醉后悠然恍惚之状。 [5] 悠悠迷所留，酒中有深味：意谓酒中深味乃在悠然忘我。悠悠，闲适自得貌。迷所留，不知所止，不知身在何处。留，止也。

［点评］

"不觉知有我，安知物为贵。"此固写酒后之状，但物我两忘乃渊明所追求之人生境地，则又不仅是写酒醉矣。此诗所写故人乃赏其趣者，与前之“田父”不同。“田父”虽亦以壶浆见候，但疑其与时相乖而不知其趣也。

贫居乏人工，灌（一作卉）木荒余宅。班班有翔鸟，寂寂无行迹[1]。宇宙一何悠（一作何悠悠），人生少至百。岁月相催逼（宋本作从过），鬓边早已白。若不委穷达，素抱（一作怀）深可惜[2]。

渊明《杂诗》其一：“岁月不待人。”其七：“四时相催逼。”

[注释]

[1] 班班有翔鸟，寂寂无行迹：意谓上有翔鸟，班班可见；下无人迹，寂寂独居。班班，明显，与下之“寂寂”对举。 [2] 若不委穷达，素抱深可惜：意谓穷达命定，非可强求，亦不足挂于怀。若汲汲以求显达，岂不深负于平素之志乎？穷达，困厄与显达。素抱，平素之怀抱。

[点评]

“催逼”二字，深感于宇宙之久、岁月之速、人生之短也。

少年罕人事，游好在六经[1]。行行向不惑，淹留自（一作遂）无成[2]。竟抱固穷（原作穷苦，注一作固穷）节，饥寒饱所更[3]。弊庐交悲风，荒草没前庭。披褐守长夜[4]，晨鸡不肯鸣。孟公不在兹，

渊明《咏贫士》其六：“仲蔚爱穷居，绕宅生蒿蓬。翳然绝交游，赋诗颇能工。举世无知者，止有一刘龚。”可相参证。

终以（一作已）翳吾情[5]。

［注释］

[1] 少年罕人事，游好在六经：回忆少年时代。罕人事，渊明《归园田居》其二："野外罕人事。"人事，指世俗交往。游好，交游爱好。既不愿与世俗交往，遂与六经为伴。六经，指《诗》《书》《礼》《乐》《易》《春秋》。 [2] 行行向不惑，淹留自无成：回忆中年时代。行行，行而又行。向不惑，年近四十。《论语·为政》："四十而不惑。"淹留，久留，此指岁月已久。自，仍旧。 [3] 竟抱固穷节，饥寒饱所更：叙述老年境况。渊明《有会而作》："弱年逢家乏，老至更长饥。"竟，终于。固穷，原作"穷苦"。"固穷"可称"节"，"穷苦"不可称"节"也。《饮酒》其二："不赖固穷节，百世当谁传。"更，经历。 [4] 褐（hè）：用粗布或粗麻制成之衣服。 [5] 孟公不在兹，终以翳吾情：以张仲蔚自喻，叹无如刘龚（字孟公）这样的人能知己也。皇甫谧《高士传》："张仲蔚者，平陵人也。与同郡魏景卿俱修道德，隐身不仕。明天官博物，善属文，好诗赋。常居穷素，所处蓬蒿没人。闭门养性，不治荣名。时人莫识，唯刘龚知之。"翳吾情，吾情无可申述也。翳，隐蔽。

［点评］

汤汉《陶靖节先生诗注》卷三："兰薰非清风不能别，贤者出处之致，亦待知者知耳。"

此诗有回顾一生之意，欲有成而仍无成，遂抱固穷之节。"披褐守长夜，晨鸡不肯鸣。"饥冻之切，盼望鸡鸣天亮，而天偏不亮，写尽贫穷之状。

幽兰生前庭，含薰待清风[1]。清风脱然（一作若）至，见别萧艾中[2]。行行失故路，任道或能通（一作前道或能穷）[3]。觉悟当念还，鸟尽废良弓[4]。

幽兰生于前庭，本欲待清风，然清风未至。贤人出仕本欲待圣明，然圣明未至。故后四句有觉悟念还之意。

此“道”字承上“故路”，意谓道路，非“道德”之道。

[注释]

[1] 幽兰生前庭，含薰待清风：比喻贤人怀其德而有待于圣明。幽，隐也。薰，香气。 [2] 清风脱然至，见别萧艾中：意谓倘有清风吹来，则幽兰即可见别于萧艾之中矣。此二句乃设语，希望中之事，非真有清风至也。萧艾，野蒿，臭草。脱，或许。渊明《与殷晋安别》：“脱有经过便，念来存故人。” [3] 行行失故路，任道或能通：意谓行行而迷失故路，遂任其道而行，或能通达，但终非良计也。故下言“觉悟当念还”，应再回至故路耳。失故路，意谓未能坚守故辙而迷路矣。故路，旧路，此指平素之人生道路，亦即渊明《咏贫士》其一“量力守故辙”之“故辙”。任道，听任道路之所通，继续向前。 [4] 觉悟当念还，鸟尽废良弓：意谓任道虽或能通，但既已觉悟，则当以还归为念，岂不知鸟尽而良弓藏耶？《史记·越王句践世家》载范蠡遗大夫文种书曰：“蜚鸟尽，良弓藏；狡兔死，走狗烹。”

[点评]

陶必铨《萸江诗话》曰：“非经丧乱，君子之守不见，寓意甚深。觉悟念还，傅亮、谢晦辈不知也。”古直《笺》：“晋义熙八九年之交，刘裕诛锄异己，不遗馀力。刘藩、谢混、刘毅、诸葛长民兄弟，皆见夷戮。史记诸葛长民之言曰：‘昔年醢彭越，今（案：当作前）年杀韩信，祸其至矣。’既而叹曰：‘贫贱常思富贵，富贵必蹈危机（案：当作履机危）。今日欲为丹徒布衣，岂可得耶？’诗盖因此托讽。”王叔岷《笺证稿》曰：“非仅为刘裕诛锄异己而托讽；盖亦所以自警。”

前四句以幽兰为喻，后四句以行路为喻，前后若两诗，其实不然。前以幽兰生于前庭，比喻贤人之出仕，后遂就出仕而言。贤人出仕犹失去故路也，继续任道而行或亦能通，但应以还归为上，鸟尽弓废是为诫也。前四句中有一“脱”字，后四句有一“或”字，皆假设之辞。其实，清风难至，任道难通，幽兰终当处幽谷，贤人终当隐田园也。

吴瞻泰《陶诗汇注》卷三引王棠曰：“‘塞’字用得奇。人问即答，必塞人之望也。”

子云性嗜酒[1]，家贫无由得。时赖好事人，载醪祛所惑[2]。觞来为之尽，是谘（一作语）无不塞[3]。有时不肯言，岂不在伐国[4]。仁者用其心，何尝失显默[5]。

[注释]

[1] 子云：西汉扬雄字子云。《汉书·扬雄传赞》：“家素贫，嗜酒，人希至其门。时有好事者载酒肴从游学，而钜鹿侯芭常从雄居，受其《太玄》《法言》焉。” [2] 载醪：携酒。祛（qū）所惑：去除自己之疑惑，指求教于扬雄。祛，去，去除。 [3] 谘：询问。塞：答。 [4] 有时不肯言，岂不在伐国：意谓有时所不肯言者，唯伐国之事也。《汉书·董仲舒传》：“闻昔者鲁君问柳下惠：‘吾欲伐齐，何如？’柳下惠曰：‘不可。’归而有忧色，曰：‘吾闻伐国不问仁人，此言何为至于我哉！’”此以柳下惠喻指扬雄。 [5] 仁者用其心，何尝失显默：意谓仁者之用心，何尝因出

与处而改易，无论显默皆不失其仁心也。失，改易。显默，出与处、语与默。

［点评］

汤汉《陶靖节先生诗注》卷三曰："此篇盖托子云以自况，故以柳下惠事终之。"陶澍《靖节先生集注》卷三曰："载醪不却，聊混迹于子云；伐国不对，实希风于柳下。盖子云剧秦美新，正由未识不对伐国之义。必如柳下，方为仁者之用心，方为不失显默耳。此先生志节皭然，即寓于和光同尘之内，所以为道合中庸也。"古直《笺》曰："汤注自况子云之说是矣。陶氏潜易其说，徒疑雄为莽大夫耳。不知汉魏六朝间人视雄犹圣人也。……盖《法言》云：'或问柳下惠非朝隐者与？曰：（君子谓之不恭，）古者高饿显，下禄隐。'姚信《士纬》曰：'扬子云有深才潜知，屈伸沉浮，从容显（玄）默，近于柳下惠朝隐之风。'（《御览》四四七引）子云以柳下惠自比，故靖节亦即以柳下惠比之。《抱朴子》曰：'孟子不以矢石为功，扬云不以治民益世。求仁而得，不亦可乎？'靖节称为仁者，亦当时之笃论矣。班固赞雄'恬于势利'，'好古乐道'，'用心于内，不求于外'，此岂肯言伐国者哉！不言伐国，从容朝隐，以希柳下之风，显默之际，窅乎远矣。靖节所以赞之曰：'仁者用其心，何尝失显默。'"

古直所论是也。此篇专咏扬雄，非兼咏扬雄、柳下惠二人，更非有所抑扬。扬雄《解嘲》曰："知玄知默，守道之极；爰清爰静，游神之廷；惟寂惟寞，守德之宅。"

颜延之《陶征士诔》："在众不失其寡，处言愈见其默。"此篇既赞子云之显，又赞其默，然主旨在默也。

方东树《昭昧詹言》卷四："言己几误托足于仕路之歧途，而幸得返。末二句以仕归饮酒，用疏广典，亲切，挽合题目，自然恰好。"

畴昔苦长饥，投耒去学仕[1]。将养不得节，冻馁固（一作故）缠己[2]。是时向立年，志意多所耻[3]。遂尽介然分，终死（一作拂衣）归田里[4]。冉冉星气流，亭亭复一纪[5]。世路廓悠悠，杨（原作扬，绍兴本、李注本作杨）朱所（一作疏）以止（一作扬歧何以止，又作扬生所以止）[6]。虽无挥金事，浊酒聊可恃[7]。

[注释]

[1] 畴昔苦长饥，投耒去学仕：指弱冠之年薄宦之事。沈约《宋书·陶潜传》："潜弱年薄宦，不洁去就之迹。"此二句即指此，既曰"薄宦"，时间当不长，惟详情已不可考。畴昔，往日。畴，曩也。长饥，陶诗中屡见，如《饮酒》其十一："长饥至于老。"《有会而作》："老至更长饥。"《感士不遇赋》："夷投老以长饥。"投耒，放下农具。 [2] 将养不得节，冻馁固缠己：指薄宦后仍无法将养家人，解除自己之饥寒。将，养息。节，法度。固，常。 [3] 是时向立年，志意多所耻：指向立之年起为州祭酒之事。《宋书·陶潜传》："亲老家贫，起为州祭酒。不堪吏职，少日自解归。"所咏当系此次出仕，因耻于吏职而复归。向立年，接近三十岁。渊明诗中"向"字用例尚有"向夕长风起"（《岁暮和张常侍》），"行行向不惑"（《饮酒》其十六）。 [4] 遂尽介然分（fèn），终死归田里：指坚持耿介之原则，辞彭泽县令，永归田里之事。介然，坚贞。分，制，原则。 [5] 冉冉星气流，亭亭复一纪

一纪：意谓自辞彭泽令后（405），日月星辰渐渐流转，又复十二年矣。冉冉，渐进貌。亭亭，远貌。此指时间之久远漫长。一纪，十二年。复，又。 [6] 世路廓悠悠，杨朱所以止：意谓世路空阔遥远而又多歧，杨朱所以无所适从，止步不前。廓，空。悠悠，远。杨朱，《淮南子·说林训》："杨子见逵路而哭之，为其可以南可以北。" [7] 虽无挥金事，浊酒聊可恃：意谓虽不能如疏广之挥金取乐，但聊可凭浊酒以自陶醉也。《汉书·疏广传》：广上疏乞骸骨，许之。加赐黄金二十斤，皇太子赠以五十斤。"广既归乡里，日令家共具设酒食，请族人故旧宾客，与相娱乐。数问其家金馀尚有几所，趣卖以共具。"

[点评]

"志意多所耻"，说得沉痛。"遂尽介然分"，说得坚决。"介然分"亦即"抱独""抱孤念"之意，故"与物多忤"也。

渊明作品中不止一处言及"真"，如"抱朴含真"（《劝农》），"任真无所先"（《连雨独饮》），"真想初在襟"（《始作镇军参军经曲阿》），"养真衡茅下"（《辛丑岁七月赴假还江陵夜行涂中》），"此中有真意"（《饮酒》其五），"自真风告逝，大伪斯兴"（《感士不遇赋》）。"真"与"自然"有相通之处，但更具人生价值判断之意义。

羲农去我久[1]，举世少复真[2]。汲汲（一作波波）鲁中叟，弥缝使其淳[3]。凤鸟虽不至，礼乐暂得（一作时）新[4]。洙泗辍微响，漂流逮（一作待）狂秦[5]。诗书复何罪，一朝成灰尘[6]。区区诸老翁，为事诚殷勤[7]。如何绝世下，六籍无一亲[8]！终日驰车走，不见所问（一作凭）津[9]。若复不快饮，空负头上巾[10]。但（一作所）恨多谬误，君当恕醉人[11]。

渊明《扇上画赞》:“三五道邈,淳风日尽。九流参差,互相推陨。”黄文焕《陶诗析义》卷三:“‘弥缝’二字,道尽孔氏苦心。决裂多端,补绽费手。”

清陈澧《东塾杂俎》卷三:“陶公时读六籍者多矣,而以为‘无一亲’,盖书自书,我自我,则不亲矣。”此乃夸张说法,极言世之忽视六经也。

[注释]

[1] 羲农:伏羲、神农。 [2] 真:指人之自然本性,与儒家所倡之“礼”相对立。“真”字,不见于《论语》《孟子》,乃老庄特有之哲学范畴。《老子》曰:“道之为物,惟恍惟惚。……其中有精,其精甚真。”意谓“真”乃“道”之精髓。《庄子·渔父》:“礼者,世俗之所为也。真者,所以受于天也,自然不可易也。故圣人法天贵真,不拘于俗。”庄子认为每人皆有“真”,惟能守真者方为圣人。 [3] 汲汲鲁中叟,弥缝使其淳:意谓孔子汲汲然弥缝其阙,而使其复归于淳。汲汲,心情急切貌。鲁中叟,指孔子。弥缝,弥补缝合。淳,质朴淳厚。与“真”有相通之处,可以互相引发。 [4] 凤鸟虽不至,礼乐暂得新:意谓孔子虽感生不逢时,但颇有整理礼乐之功。《论语·子罕》:“子曰:‘凤鸟不至,河不出图,吾已矣夫!’”“子曰:‘吾自卫反鲁,然后乐正,《雅》《颂》各得其所。’”《史记·孔子世家》:“孔子之时,周室微而礼乐废,《诗》《书》缺。追迹三代之礼,序《书传》,上纪唐虞之际,下至秦缪,编次其事。……三百五篇孔子皆弦歌之,以求合《韶》《武》《雅》《颂》之音。礼乐自此可得而述,以备王道,成六艺。” [5] 洙泗辍微响,漂流逮狂秦:意谓孔子死后洙泗之上微响辍绝,江河日下,乃至于狂暴之秦朝。洙泗,二水名。古时二水自今山东泗水县北合流西下,至鲁国首都曲阜北,又分为二水,洙水在北,泗水在南。洙泗之间,即孔子聚徒讲学之所。微响,精微要妙之音响,承上“礼乐”而言。 [6] 诗书复何罪,一朝成灰尘:言秦始皇焚书之事。《史记·秦始皇本纪》:“(丞相李斯曰)臣请史官非秦记皆烧之。非博士官所职,天下敢有藏《诗》《书》、百家语者,悉诣守、尉杂烧之。有敢偶语《诗》《书》者弃市。” [7] 区区诸老翁,为事诚殷勤:言汉兴诸老翁专诚努力传授经书。《史记·儒林列传》:“及今上即位,赵绾、王臧之属明儒

学，而上亦乡之，于是招方正贤良文学之士。自是之后，言《诗》于鲁则申培公，于齐则辕固生，于燕则韩太傅。言《尚书》自济南伏生。言《礼》自鲁高堂生。言《易》自菑川田生。言《春秋》于齐鲁自胡毋生，于赵自董仲舒。”区区，拳拳，忠诚专一。为事，指传授经书之事。 [8] 如何绝世下，六籍无一亲：感叹汉世之后无人亲近经籍矣，即使熟读六籍者，亦未必得其真旨也。丁福保《笺注》：“绝世下，谓汉世既绝之后。”古直《笺》：“《文选》干宝《晋纪总论》：‘学者以老庄为师，而黜六经。’沈约《宋书·谢灵运传论》：‘有晋中兴，玄风独振。为学穷于柱下，博物止乎七篇。……自建武暨乎义熙，历载将百，……莫不寄言上德，托意玄珠。’” [9] 终日驰车走，不见所问津：意谓虽有驰车之人，但不见此问津者也。所，助词，此。问津，《论语·微子》：“长沮、桀溺耦而耕，孔子过之，使子路问津焉。” [10] 若复不快饮，空负头上巾：表示失望之馀，惟饮酒为乐。《宋书·陶潜传》：“郡将候潜，值其酒熟，取头上葛巾漉酒，毕，还复着之。”快，快意。 [11] 但恨多谬误，君当恕醉人：意谓所言多有谬误之处，当恕我也。恨，遗憾，后悔。

[点评]

此篇首言举世少“真”。“真”者，乃道家特有之哲学范畴也，孔、孟皆未言及。下忽接孔子，言孔子弥缝使其淳，是将孔子道家化矣。儒家之道家化乃当时思想界之潮流。再下又言孔子整理礼乐，始皇焚书后诸老翁传授六经，而感叹目前经术之无续，不复有孔子之徒出现。只好以饮酒为乐，寄托空虚寂寞。如此看来，渊明似是呼唤孔子再生、儒家复兴。诗末二句，自言“谬误”，似有触犯当世之处，如“六籍无一亲”，诚为激忿之语。

止酒一首

居止次城邑[1]，逍遥自闲止[2]。坐止高荫下，步（一作行）止荜门里[3]。好味止园葵，大（一作天）欢止稚子[4]。平生不止酒，止酒情（一作惧）无喜。暮止不安寝，晨止不能起。日日欲止之，营卫止不理[5]。徒知止不乐，未信止利己。始觉止为善，今朝真止矣。从此一止去，将止扶桑涘[6]。清颜止宿容（一作客），奚止千万祀[7]。

［注释］

[1] 止：居也。次：近。 [2] 闲：清闲。止：语末助词。 [3] 坐止高荫下，步止荜门里：意谓坐只在高荫之下，行只在荜门之内。止，仅，只。荜门，柴门。 [4] 好味止园葵，大欢止稚子：意谓好味止于园葵，大欢止于稚子。园葵，园中之葵。葵，菜名。 [5] 营卫止不理：意谓止酒则营卫二气不顺。营卫，指人体中之营气与卫气。《灵枢经·营卫生会》：“五藏六府皆以受气，其清者为营，浊者为卫。”理，顺也。 [6] 从此一止去，将止扶桑涘（sì）：意谓此次一直止酒，即可至于仙界矣。扶桑，神木名，传说日出之处。涘，水边。 [7] 清颜止宿容，奚止千万祀：意谓止酒之后可以长生不老。清颜，鲜洁之颜。止宿容，去宿容也。

邱嘉穗《东山草堂陶诗笺》卷三：“《止酒》诗是陶公戏笔，句句牵扯一‘止’字，未免入于纤瘦一派，后人不必效也。昌黎《落齿》诗似仿此。”温汝能《陶诗汇评》卷三：“‘止’之为义甚大，人能随遇而安，即得所止。渊明能饮能止，非役于物，非知道者不能也。”

渊明想象“扶桑涘”是仙界。

张自烈《笺注陶渊明集》卷三：“错落二十个‘止’字，有奇致。……‘平生不止酒’一句尤奇，无往不止，所不止者独酒耳。不止之止，寓意更恬，此当于言外得之。”

宿容，旧容。王叔岷《笺证稿》:“《淮南子·说山篇》:‘止念虑。’高注:‘止，犹去也。’‘止宿容’，犹言‘去衰容’耳。”奚止，何止。祀，年。

[点评]

此诗共二十句，每句用一“止”字，共二十处。但“止”字涵义不尽相同，有停、至、静止等义，以及作语末助词之止。诗题《止酒》，意谓停止饮酒。渊明或曾一时戒酒，或从未戒酒，无须考究。但此“止”字，颇可玩味，人之祸患或因不知“止”所致也。《易·艮》:“时止则止，时行则行。动静不失其时，其道光明。”古直《笺》:“《庄子·德充符》曰:‘(人莫鉴于流水而鉴于止水，)惟止能止众止。’靖节能止荣利之欲，又何物不能止耶？”朱自清《陶诗的深度》曰:“《止酒》诗每句藏一‘止’字，当系俳谐体。以前及当时诸作，虽无可供参考，但宋以后此等诗体大盛，建除、数名、县名、姓名、药名、卦名之类，不一而足，必有所受之。逆而推上，此体当早已存在，但现存的只《止酒》一首，便觉得莫名其妙了。”此诗确有俳谐意味，但亦寄有感慨，笔墨非仅止于俳谐也。

胡仔《苕溪渔隐丛话·后集》卷三:“坐止于树荫之下，则广厦华居吾何羡焉；步止于荜门之里，则朝市声利我何趋焉；好味止于啜园葵，则五鼎方丈我何欲焉；大欢止于戏稚子，则燕歌赵舞我何乐焉。在彼者难求，而在此者易为也。渊明固穷守道，安于丘园，畴肯以此易彼乎！”

述酒一首[1] 仪狄造，杜康润色之。宋本云：此篇与题非本意。诸本如此，误。黄庭坚曰：《述酒》一篇盖阙，此篇似是读异书所作，其中多不可解。[2]

黄文焕《陶诗析义》卷三："引诸梁、芊胜尤为愤绝，白公胜欲杀王篡楚，得沈诸梁叶公诛之，楚国卒以存。晋之能为诸梁者，何人乎？"

"天容"二句，陶澍《靖节先生集注》卷三："言富贵不如长生，即《楚辞》思远游之旨也。"

重离照南陆，鸣鸟声相闻[3]。秋草虽未黄，融风久已分[4]。素砾皛（宋本作襟辉）修渚，南岳无馀云[5]。豫章抗高门，重华固灵（一作虚）坟[6]。流泪抱中叹，倾耳听司晨[7]。神州献嘉粟，西灵（一作云，又作零）为我驯[8]。诸梁董师旅，芈（原作羊，注一作芊）胜丧其身[9]。山阳归下国，成名犹不勤[10]。卜生善斯牧，安乐不为君[11]。平王（原作生，汤注本作王）去旧京，峡中纳遗薰[12]。双陵（一作阳）甫云育，三趾显奇文[13]。王子爱清吹，日（一作星）中翔河汾[14]。朱公练九齿，闲居离世纷[15]。峨峨西岭（一作四顾）内，偃息常（一作得）所亲[16]。天容（一作客）自永固，彭殇非等伦[17]。

[注释]

[1]李公焕《笺注陶渊明集》卷三引韩子苍曰："余反覆之，见'山阳归下国'之句，盖用山阳公事，疑是义熙以后有所感而作也。故有'流泪抱中叹''平王去旧京'之语，渊明忠义如此。

今人或谓渊明所题甲子，不必皆义熙后。此亦岂足论渊明哉！惟其高举远蹈，不受世纷，而至于躬耕乞食，其忠义亦足见矣！”又引赵泉山曰：“此晋恭帝元熙二年（420）也。六月十一日宋王裕迫帝禅位，既而废帝为零陵王，明年九月潜行弑逆。故靖节诗中引用汉献事。今推子苍意，考其退休后所作诗，类多悼国伤时感讽之语，然不欲显斥，故命篇云《杂诗》，或托以《述酒》《饮酒》《拟古》。惟《述酒》间寓以他语，使漫奥不可指擿。今于各篇姑见其一二句警要者，馀章自可意逆也。如‘豫章抗高门，重华固灵坟’，此岂述酒语耶？‘三季多此事’‘慷慨争此场’‘忽值山河改’，其微旨端有在矣，类之风雅无愧。《诔》称靖节‘道必怀邦’，刘良注：‘怀邦者，不忘于国。’故无为子曰：‘诗家视渊明，犹孔门视伯夷也。’（霈按，见宋人蔡绦《西清诗话》）”汤汉《陶靖节先生诗注》卷三曰：“晋元熙二年六月，刘裕废恭帝为零陵王，明年以毒酒一罂授张伟，使酖王，伟自饮而卒。继又令兵人逾垣进药，王不肯饮，遂掩杀之。此诗所为作，故以《述酒》名篇也。诗辞尽隐语，故观者弗省。独韩子苍以‘山阳下国’一语疑是义熙后有感而赋，予反覆详考而后知为零陵哀诗也。”韩、汤之说，大体可信。　[2]汤汉《陶靖节先生诗注》卷三曰：“‘仪狄’‘杜康’乃自注，故为疑词耳。”逯钦立《述酒诗题注释疑》曰：“汤注此篇，大体明确。而其以刘裕遣张祎酖恭帝事，说明《述酒》名篇之意，尤卓绝不刊之论。顾尚不知此仪狄、杜康之注文，正与题目表里相成以示其诗之为兼斥桓玄、刘裕而哀东晋之两次篡祸也。夫东晋之亡，亡于两次之篡夺，……又莫不有关于酒。如桓玄酖杀道子，刘裕酖弑安、恭二帝，俱以酒取人天下。……渊明所以设此题注，即以此也。”又，其《陶渊明集》注曰：“为了篡位，桓玄曾酖杀司马道子，刘裕曾酖杀晋安帝，都是用毒酒完成篡夺。所以陶以述酒为题，以‘仪狄造，杜康润色之’为题注。”汤汉以“仪狄造，杜康润色之”系自注之说恐不可信也。汤汉注本、李公焕注本皆有“旧注”二字。然更早之汲古阁藏十卷本、绍兴本、曾集本，均无“旧注”二字。此二字疑为汤汉所加，李公焕注本因袭之。逯钦立据汤汉，以此句为渊明自注，而为之解说，更难成立矣。至于逯钦立注以桓玄杀司马道子、刘裕杀晋安帝相提并论，显然不妥。司马道子虽执掌大权，然非皇帝，刘裕虽使王韶之杀安帝，但因德文常在帝左右，不得间，遂以散衣缢帝，非以酒酖杀也。逯氏所谓“比喻桓玄篡位于前，刘裕润色于后，晋朝终于灭亡”之说，似嫌牵强。仪狄、杜康：《初学记》卷二六引《世本》：“仪狄始作酒醪，变五味。少康作秫酒。”《说文解字·巾部》：“古者少康初作箕帚、秫酒。少康，杜康也。”润色：本指修饰文字，使有光彩。后也指使事物有光彩。此曰“杜康润色之”，颇觉生硬，不必强解。宋本：指宋庠本。　[3] 重离照南陆，鸣鸟声相闻：意谓晋室南渡之初有群贤辅佐。重离，汤汉注：“司马氏出重离之后。”吴师道《吴礼部诗话》：“愚谓以‘离’为‘黎’，则是陶公改讹其字以相乱。离，南也，午也。重黎，典午再造也。止作晋南渡说自通。《书·君奭》：‘我则鸣鸟不闻。’陶正用此鸟指凤皇。此谓南渡之初，一时诸贤犹盛也。”张谐之《敬斋存稿·陶渊明述酒诗解》曰：“《易》：‘离为日’，又君象也。位在南，盛于午。‘重离’，言典午再造也。‘南陆’，夏至日躔南方，鹑火之次也。‘鸣鸟’，凤也，见《书·君奭篇》，言群才辅而凤鸣于郊也。二句以日照南陆、阳气盛大，喻晋室南迁，君德尚隆，而得群贤之辅佐也。”古直《笺》引晋元帝《改元大赦令》：“景皇纂戎，文皇扇烈。重离宣曜，庸蜀稽服。”又案曰：“‘重离照南陆’，此喻元帝中兴江左也。”逯钦立注曰：“寓言东晋孝武帝在位。司马氏称典午，午在南，于八卦为离，东晋于西晋为重。又，司马氏出于重黎，重黎，火正。《易经·说卦》：‘离为火。’故此重离可以寓言东晋。又孝武帝小字昌明。《易经·说卦》：‘离为火，为日。’重离，重日，即昌字，此并托言昌明在位。”综上各家之说，皆以重离指东晋，“重离照南陆”，指晋室南渡，而立论稍异，皆可通。要之，“重离”即“重黎”，故讹其字。“重黎”为晋帝司马氏的祖先，今再举二证。《宋书·礼志三》：晋武帝平吴，混一区宇。太康元年（280）九月庚寅，尚书令卫瓘等奏曰：“大晋之德，始自重黎。”《晋书·宣帝纪》：“宣皇帝讳懿，字仲达，……姓司马氏。其先出自帝高阳之子重黎，为夏官祝融。”照南陆，言东晋中兴气象。《史记·楚世家》：“重黎为帝喾高辛居火正，甚有功，能光融天下，帝喾命曰祝融。”重黎既能光融天下，故以“照南陆”指晋元帝中兴于江左也。鸣鸟声相闻，言南渡之初有王导等贤臣辅佐也。鸣鸟，指凤也。《诗·大雅·卷阿》：“凤皇鸣矣，于彼高冈。梧桐生矣，于彼朝阳。”后遂以鸣凤朝阳比喻贤才遇时而起。 [4] 秋草虽未黄，融风久已分：意谓秋草虽未黄，而融风久已散去，比喻司马氏（祝融之后）之势力已经没落。汤汉注：“国虽未末，而势之分崩久矣，至于今则典午之气数遂尽也。”融风，《左传》昭公十八年：“夏五月，……丙子，风。梓慎曰：‘是谓融风，火之始也。七日，其火作乎！’”分，散也。 [5] 素砾（lì）皛（xiǎo）修渚，南岳无馀云：水涸云散，比喻晋室气数已尽。砾，碎石。皛，皎洁，明亮。修渚，修长之小洲。白石显露于洲上，以言水之干涸也。南岳，衡山。 [6] 豫章抗高门，重华固灵坟：暗喻刘裕篡弑，晋恭帝幽于零陵之事。豫章，郡名，治所在南昌。安帝义熙二年（406）封刘裕为豫章郡公，遂与高门（代指王室）抗衡。十五年后恭帝禅位于刘裕，而被幽于零陵，见害。重华，舜，其冢在零陵九疑。固，闭也。汤汉注：“义熙元年，裕以匡复功封豫章郡公。重华，谓恭帝禅宋也。” [7] 流泪抱中叹，倾耳听司晨：历来释为渊明悲叹晋室之亡，恐非是。渊明对晋室何至如此之忠耶？与篇末所表明之态度不合。此指恭帝被幽于零陵时帝后之忧叹也，此时恭帝身边唯帝后一人而已。抱中，犹抱忠。中，犹忠。《睡虎地秦墓竹简·为吏之道》："吏有五善：一曰中信敬上。"听司晨，盼望天亮。司晨，雄鸡。 [8] 神州献嘉粟，西灵为我驯：暗指刘裕借符瑞以谋篡夺。汤汉注："义熙十四年（418），巩县人献嘉禾，裕以献帝，帝以归于裕。'西灵'当作'四灵'，裕受禅文有'四灵效征'之语。二句言裕假符瑞以奸位也。"古直《笺》："恭帝禅诏有'四灵效瑞，川岳启图'语，策书有'上天垂象，四灵效征'语。又义熙十三年进奉裕为宋王诏曰：'周道方远，则鸑鷟鸣岐；二南播德，则麟驺呈瑞。自公大号初发，爰暨告成，灵祥炳焕，不可胜纪。岂伊素雉远至，嘉禾近归（而）已哉！'此诏，裕腹心傅亮笔也。俗（裕）以符瑞惑人，其来渐矣。""四灵"指麟、凤、龟、龙，见《礼记·礼运》。 [9] 诸梁董师旅，芈胜丧其身：以楚国之内乱暗喻晋朝内讧，至于具体所指，难以确定，众说纷纭，均未切，姑存疑。李公焕注引黄山谷曰："芊胜（'芈胜'之误），白公也。沈诸梁，叶公也，杀白公胜。"诸梁，沈诸梁，楚左司马沈尹戌之子，叶公子高。董，督也。芈胜，王孙胜，楚平王太子子建之子，号白公。按，叶公、白公事见《国语·楚语》："子西使人召王孙胜，沈诸梁闻之，见子西，曰：'……若召而近之，死无日矣。人有言曰："狼子野心，怨贼之人也。"其又何善乎？……'不从，遂使为白公。子高以疾闲居于蔡。及白公之乱，……帅方城之外以入，杀白公而定王室。"又见《史记·楚世家》："惠王二年，子西召故平王太子建之子胜于吴，以为巢大夫，号曰白公。……六年，白公请兵令尹子西伐郑。……子西许而未为发兵。……白公胜怒，乃遂与勇力死士石乞等袭杀令尹子西、子綦于朝，因劫惠王，置之高府，欲弑之。惠王从者屈固负王亡走昭王夫人宫。白公自立为王。月馀，会叶公来救楚，楚惠王之徒与共攻白公，杀之。惠王乃复位。”［10］山阳归下国，成名犹不勤：意谓恭帝甘心禅位，归于下国，犹如不勤于成名也。《晋书·恭帝纪》：“（元熙）二年夏六月壬戌，刘裕至于京师。傅亮承裕密旨，讽帝禅位，草诏，请帝书之。帝欣然谓左右曰：‘晋氏久已失之，今复何恨！’乃书赤纸为诏。甲子，遂逊于琅邪第。刘裕以帝为零陵王，居于秣陵。”山阳，汉献帝，魏降汉献帝为山阳公，此代指晋恭帝。“成名犹不勤”，变化《逸周书·谥法解》“不勤成名曰灵”的成句。“灵”乃含有贬义之谥号，恭帝虽以“尊贤让善”而谥曰“恭”，但从其甘心禅位而言之，亦犹成名不勤也。［11］卜生善斯牧，安乐不为君：责恭帝自甘逊位，有似安乐公刘禅也。古直《笺》：“此责零陵王有似安乐公也。‘卜生’当为‘卜年’，形近而讹也。……晋恭帝禅位玺书曰：‘故有国必亡，卜年著其数。’又曰：‘历运改卜，永终于兹。’此书自是王韶之所草，然帝阅后，欣然操笔曰：‘晋祚已移，重为刘公所延，将二十载。今日之事，本所甘心。’……不能为高贵乡公以一死谢国，愿为刘禅降附，受安乐之封，是岂得为之君哉？深责之也。”汤汉注：“安乐公，刘禅也。丕既篡汉，则安乐不得为君矣。”［12］平王去旧京，峡中纳遗薰：喻指晋室南迁，中原沦于胡人之手。平王，周平王。《史记·周本纪》：“平王立，东迁于雒邑，辟戎寇。”去旧京，指离旧京长安而东迁洛阳。峡，“郏”之借字，周之旧都，在今洛阳市西。遗獯，獯鬻之后代也。薰，“獯”之借字，獯鬻之简称。《广韵·文韵》：“獯，北方胡名。夏曰獯鬻，……汉曰匈奴。”古直《笺》：“刘聪为匈奴遗类，寇陷洛阳，故曰‘峡中纳遗薰’。”［13］双陵甫云育，三趾显奇文：意谓刘裕北伐后，遂加紧篡位。古直《笺》：“双陵，即二陵。《左传》曰：‘崤有二陵焉。’双陵甫云育，谓关洛已平，人民始可长育也。三趾者，三足乌也。……案《山海经》注又有三足乌，主给使。……乌或为鸟也。……义熙十二年刘裕伐秦克洛阳，遣长史王宏还都求九锡，此其事也。奇文者，世不常有之文，九锡文、禅位诏等是也。王弘回都而九锡文等以次出，故曰三趾显奇文。” [14] 王子爱清吹，日中翔河汾：汤汉注：“王子晋好吹笙，托言晋也。”意谓晋已化去，喻指晋室之亡。王子晋，周灵王太子，名晋，以直谏废为庶人。一说，好吹竽，作凤鸣，游伊、洛之间。道士浮丘公接晋上嵩高山。三十馀年后见桓良，谓曰：“可告我家，七月七日候我于缑氏山颠。”至期，果乘白鹤驻山头，可望不可到。事见《逸周书·太子晋解》《列仙传》等书。 [15] 朱公练九齿，闲居离世纷：此下言自处之态度。汤汉注：“朱公，托言陶也。意古别有朱公修炼之事，此特托言陶耳。晋运既终，故陶闲居以避世，明言其志也。”逯钦立注：“越范蠡自称陶朱公，诗本此。练九齿，齿，年，九齿，长年，练九齿，练养生术。” [16] 峨峨西岭内，偃息常所亲：意谓偃息于峨峨西岭之内，乃己心之所近者也。古直《笺》：“西岭，殆指昆仑山，昆仑仙真之窟，正在西方也。” [17] 天容自永固，彭殇非等伦：意谓天之容仪本自永固，即使彭祖亦不能相比也。天容，徐复《陶渊明集举正》曰：“陆贾《新语·本行》：‘圣人乘天威，合天气，承天功，象天容而不与为功，岂不难哉！’‘天容’当谓自然之容。”彭殇，彭祖、殇子，此乃偏义复词，言彭祖也。《庄子·齐物论》：“莫寿于殇子，而彭祖为夭。”

[点评]

此诗颇不可解，以上综合诸家之说，断以己意，勉强使之圆融，恐难论定。大概言之，乃为刘裕篡晋而发，汤汉注是也。“重离”“豫章”“山阳”“下国”“不为君”等语可证。前六句言晋室衰微，第七句至第十八句，言刘裕篡晋。第十九句至第二十句，补叙刘裕篡晋之形势。第二十三句至篇末，托言游仙以示无可奈何之慨。

不过，所谓“忠愤”说恐未必，通观全诗语气，并不激烈，慨叹之情有之，然未必达到忠而愤之地步，诗末且有超然物外、明哲保身之意。

责子一首舒俨、宣俟、雍份、端佚、通佟，凡五人。舒、宣、雍、端、通，皆小名。俟一作俣，佟一作俗。[1]

白发被两鬓，肌肤不复实[2]。虽有五男儿，总不好纸笔[3]。阿舒已二八（一作十六），懒惰（一作放）故（一作固）无匹[4]。阿宣行志学[5]，而不爱文术[6]。雍端年十三，不识六与七。通子垂九（一作六）龄[7]，但觅（宋本作念）梨与栗。天运苟如此[8]，且进杯中物[9]。

责备诸子，然语气似非对诸子所言，而是自叹命运。与《命子》《与子俨等疏》不同。

明游潜《梦蕉诗话》：“渊明有《命子》《责子》诸作，盖自示训诲意也。其责之略云：‘虽有五男儿，总不好纸笔。’末云：‘天运苟如此，且进杯中物。’可谓能不弃其子，而且顺乎天矣。人之贤父兄固自如此。”

[注释]

[1]俟一作俣，佟一作俗：据渊明《与子俨等疏》：“告俨、俟、份、佚、佟”，作“俣”“俗”皆误。　[2]白发被两鬓，肌肤不复实：意谓已不年轻矣。被，覆盖。不复实，肌肤松弛，不再坚实。　[3]总不好纸笔：意谓都不爱学习也。　[4]故：仍然。无匹：无人可比。　[5]行志学：行将十五岁。《论语·为政》：“吾十有五而志于学。”　[6]文术：泛指学问。文，书籍。《国语·周语下》：

邱嘉穗《东山草堂陶诗笺》卷三："子之贤与愚，虽圣人亦不得不挂怀抱也。……以此言之，虽挂怀抱，何病焉。况其结语优游任运，亦未尝沾沾挂怀抱也。萧统序之曰：'论怀抱，则旷而且真。'岂虚语哉！"

"小不从文。"韦昭注："文，诗书也。" [7] 垂：将近。 [8] 天运：天命。 [9] 杯中物：指酒。

[点评]

杜甫《遣兴》曰："陶潜避俗翁，未必能达道。观其著诗集，颇亦恨枯槁。达生岂是足，默识盖不早。有子贤与愚，何其挂怀抱。"黄庭坚《书渊明责子诗后》曰："观渊明之诗，想见其人岂弟慈祥，戏谑可观也。俗人便谓渊明诸子皆不肖，而渊明愁叹见于诗，可谓痴人前不得说梦也。"此后或为杜辩，或为黄辩，仁者见仁，智者见智，莫衷一是。霈按，渊明期望于诸子甚高，而诸子非僶俛于学，盖事实也。然渊明并不过分责备之。失望之中，见其谐谑；谐谑之馀，又见其慈祥。一切顺乎自然，有所求而不强求，求而得之固然好，不得亦无不可。渊明处世盖如是而已。

钟惺曰："妙在有会而作，命题旷远，而序与诗，句句是饥寒衣食之言，真旷远在此。"（《古诗归》卷九）

有会而作一首[1] 并序

旧谷既没，新谷未登[2]。颇为老农[3]，而值年灾。日月尚悠，为患未已。登岁之功[4]，既不可希。朝夕所资[5]，烟火裁通[6]。旬日已来，日（原作始，注一作日）念饥乏[7]。岁云夕矣，慨然永怀。今我不述，后生何闻哉！

弱年逢家乏[8]，老至更长饥。菽麦实所羡[9]，孰敢慕甘肥[10]！惄如亚九（一作恶无）饭[11]，当暑厌寒衣[12]。岁月将欲暮，如何辛苦（一作足新）悲。常善粥者心，深恨（一作念）蒙袂非[13]。嗟来何足吝，徒没空自遗[14]。斯滥岂彼（一作攸）志？固穷夙所归[15]。馁也已矣夫，在昔余多师[16]。

李公焕《笺注陶渊明集》卷三引赵泉山曰："此篇述其艰食之悰，尤为酸楚。'老至更长饥'，是终身未尝足食也。"邱嘉穗《东山草堂陶诗笺》卷三："只举老幼两头，而中间数十年之困苦，皆括于其中。起句工于造语。"

[注释]

[1] 有会而作：有灾而作，年灾中作也。会，灾厄也，即诗序所谓"而值年灾"。《后汉书·董卓传赞》："百六有会，《过》《剥》成灾。"可证。又，"会"，领会。渊明于灾年长饥之后，对人生有不同于前之领悟："嗟来何足吝，徒没空自遗。"故曰"有会而作"，亦通。 [2] 旧谷既没，新谷未登：意谓青黄不接也。登，成熟。 [3] 颇为老农：意谓久为老农矣。颇，甚。 [4] 登岁之功：指一年之收成。 [5] 资：取用，此指每天粮食之需用。 [6] 烟火裁通：刚刚能不断炊。裁，才，仅。通，连接。 [7] 日：原作"始"，底本校曰"一作日"。"饥乏"非自"旬日"始也，今改从"日"。 [8] 弱年逢家乏：意谓二十岁时家道中落。弱，《释名·释长幼》："二十曰弱，言柔弱也。" [9] 菽：豆类之总称。 [10] 甘肥：指美味也。 [11] 惄（nì）如亚九饭：极写缺食饥饿之状，尚不如子思之三旬九食也。惄，《诗·周南·汝坟》："未见君子，惄如调饥。"毛传："惄，饥意也。"如，语末助词，相当于"然"。亚，次也。九饭，《说苑·立节》："子思居于卫，缊袍无表，三旬而九

《论语·卫灵公》："君子固穷，小人穷斯滥矣。"吴瞻泰《陶诗汇注》卷三："'常善粥者心'二句，提笔作翻案，谓不食嗟来似亦太过。'斯滥'二句，又归正意，谓固穷之志不容假借，则昔人不食嗟来，真余师也。一开一阖，抑扬顿挫，如闻愁叹之声。"

蒋薰评《陶渊明诗集》卷三："弱年至老，常逢饥乏，陶公定有几番穷时，到此而有会者，能师'固穷'也。"

食。" [12]当暑厌寒衣：丁福保《笺注》引闻人倓（《古诗笺》）曰："当暑之服，至嫌夫寒衣之未改，则无衣又可知矣。" [13]常善粥者心，深恨蒙袂非：意谓嘉许施粥者之善心，而以不肯接受施舍为憾也。《礼记·檀弓下》："齐大饑，黔敖为食于路，以待饿者而食之。有饿者蒙袂辑履，贸贸然来。黔敖左奉食右执饮，曰：'嗟，来食！'扬其目而视之，曰：'予唯不食嗟来之食，以至于斯也。'从而谢焉，终不食而死。曾子闻之，曰：'微与！其嗟也，可去；其谢也，可食。'"郑玄注："蒙袂，不欲见人也。……嗟来食，虽闵而呼之，非敬辞。"恨，憾也。 [14]嗟来何足吝，徒没空自遗：意谓乞食不足为耻，徒然饿死，而自弃于世，方为可惜也。吝，羞耻。 [15]斯滥岂彼志？固穷夙所归：意谓蒙袂者固穷守节。滥，指不能坚持，无所不为。夙所归，平素所归依者。 [16]馁也已矣夫，在昔余多师：意谓欲效法蒙袂者以及其他古代贫士，任凭饥饿而固穷守节。

[点评]

诗曰："老至更长饥"，显系老年所作。王瑶注、逯钦立注皆系于宋文帝元嘉三年丙寅（426），为是。是年天下大旱且蝗。

"常善粥者心，深恨蒙袂非。嗟来何足吝，徒没空自遗。"此四句沉痛之极！若非饥饿难耐，渊明不能为此语也；若非屡经饥饿，渊明不能为此语也。然渊明终不肯食嗟来之食，故诗末曰："斯滥岂彼志，固穷夙所归。馁也已矣夫，在昔余多师。"檀道济赍以粱肉，渊明麾而去之，正是此语之应验，诚可敬哉！

蜡日一首[1]

风雪送馀运，无妨时已和[2]。梅柳夹门植，一条有佳花（一作葩）。我唱尔言得，酒中适何多[3]！未能（一作知）明多少，章山有奇歌[4]。

温汝能《陶诗汇评》卷三：“‘一条’句亦佳，与秋菊色另一佳致。”

[注释]

[1] 蜡（zhà）日：古代年终大祭万物。《礼记·郊特牲》：“天子大蜡八，伊耆氏始为蜡。蜡也者，索也，岁十二月，合聚万物而索飨之也。”郑玄注：“所祭有八神也。” [2] 风雪送馀运，无妨时已和：意谓风雪送走旧年，而不能阻挡春之到来也。运，年岁之运行。 [3] 我唱尔言得，酒中适何多：写饮酒咏诗之乐。得，晓悟。适，悦也。 [4] 章山：《山海经·中山经》：“（鲜山）又东三十里，曰章山，其阳多金，其阴多美石。皋水出焉，东流注于澧水，其中多脆石。”逯钦立注曰：“鄣山，即石门山。《水经注》二（霈按，三误为二）十九：‘庐山之北，有石门水，……其（水）下入江南岭，即彭蠡泽西天子鄣也。’庐山诸道人《游石门山诗序》：‘石门在精舍南十馀里，一名鄣山。’”

[点评]

清吴骞《拜经楼诗话》卷三：“陶靖节诗，大率和平冲淡，无艰深难读者，惟《述酒》一篇，从来多不得其解。或疑有舛讹。至宋韩子苍，始决为哀零陵王而作，以时不可显言，故多为廋辞隐语以乱之。汤文清汉复推究而细释之，陶公之隐衷，始晓然表白于世。其《蜡日》诗，旧亦编次《述酒》之后，而文清未注。予细读之，盖犹之乎《述酒》意也。爰为补释于左，俟考古者论定焉。‘风雪送馀运，无妨时已和。’此感蜡为岁之终，喻典午运已告讫，而宋祚方隆，臣民已多附从，不必更滋防忌，故曰无妨也。‘梅柳夹门植，一条有佳花。’梅喻君子，柳比小人。夹门植谓参错朝宁。君子不能厉冰霜之操，小人则但知趋炎附时，望风而靡。‘一条有佳花’，有者犹言无有乎尔。‘我唱尔言得，酒中适何多。’裕以毒酒一罂命张祎鸩帝，祎自饮之而卒；又命兵进药而害之。下句言酒中之阴计何多耶。‘我唱尔言得’，谓裕倡其谋，而附奸党恶者众也。‘未能明多少，章山有奇歌。’《山海经》：鲜山‘又东三十里，有（案：当作曰）章山。’《地理志》：章山在江夏竟陵县东北，……按竟陵、零陵皆楚地，故假竟陵之山以寓意，犹《述酒》诗之用舜冢事也。渊明为桓公曾孙，昔侃镇荆楚，屡平寇难，勋在社稷。‘未能明多少’，谓若曹勿谓阴计之多，以时无英雄耳。使我祖若在，岂遂致神州陆沉乎！‘有奇歌’，盖欲效采薇之意也。”

吴说过于曲折，难以置信。此诗虽编在《述酒》之后，但中间隔《责子》与《有会而作》，岂可因此而必如《述酒》之有隐语耶？此诗写岁暮风物，兼及饮酒之乐，本不难晓。“梅柳夹门植，一条有佳花”二句尤佳。惟末二句费解，姑存疑可也。

四时一首此顾凯之《伸情诗》，《类文》有全篇。然顾诗首尾不类，独此警绝。

春水满四泽，夏云多奇峰。秋月扬明晖，冬岭秀孤（一作寒）松。

刘斯立云："当是凯之用此足成全篇，篇中唯此警绝，居然可知。或虽顾作，渊明摘出四句，可谓善择。"

[点评]

《艺文类聚》卷三只存此四句，题作《神情诗》，且注明为"摘句"。此诗题下小注，未知何人所加，所谓"此顾凯之《伸情诗》"，亦只可聊备一说，未必可信。今据各宋本，仍存此诗于卷三末。至于是否渊明所作，姑存疑。

卷四　诗四十八首内一首联句

拟古九首[1]

荣荣窗下（一作后窗）兰，密密堂前柳。初与君别时[2]，不谓行当久。出门万里客，中道逢嘉友。未言心相醉（一作解）[3]，不在接杯酒。兰枯（一作空）柳亦衰，遂令此言负（一作时没身还朽）[4]。多谢诸少年，相知不中（一作相，又作在）厚[5]。意气倾人命，离隔复何有[6]？

[注释]

[1] 拟古：模拟古诗之作。渊明之前以"古诗"为题者，今知有：见于《文选》之《古诗十九首》；见于《玉台新咏》之《古诗》八首（有重见于《古诗十九首》者）；见于《文选》《古文苑》等书题作苏武、李陵诗，逯钦立汇为《李陵录别诗》二十一首；以及散见于各书之其他一些题作《古诗》之作，如"步出城东门"等。《拟古》题目盖始于陆机，《文选》载其《拟古诗》十二首，

其中十一首拟《古诗十九首》，一首拟“兰若生春阳”(《玉台新咏》卷一枚乘《杂诗》之六)，均已标明。又，《文选》卷三一录有刘休玄《拟古》二首，亦是拟《古诗十九首》，且也已标明。渊明之《拟古》九首虽未标出所拟者何，但参考上述情况，拟《古诗十九首》以及上述其他古诗或不以古诗为题之汉魏诗歌，可能性很大，细加对照不难明白。霈反复观此九诗，内容凡五类：(一)友情与交往，如其一、其三、其六；(二)怀念古今之贤人义士，如其二、其五、其八；(三)功名难以持久，如其四；(四)人生易逝，如其七；(五)别有寓意，如其九。除其九或许寓有易代之感外，其他八首均系古诗之传统题材，无关易代也。由此观之，未可轻易将此九诗首首坐实为刘裕篡晋而发。“拟古”者，虽如方东树《昭昧詹言》卷一所说：“是用古人格作自家诗。”然终以不离古诗之气格为佳，不必如《述酒》之寄托易代之慨。 [2] 君：指行人。 [3] 未言心相醉，不在接杯酒：意谓心相投合也。心相醉，丁福保《笺注》：“倾倒之至，如为酒所中也。” [4] 兰枯柳亦衰，遂令此言负：兰枯柳衰比喻友情转薄，“此言”指“不谓行当久”也。 [5] 多谢诸少年，相知不中厚：意谓告知诸少年，谓其不忠厚也。《古诗为焦仲卿妻作》：“多谢后世人，戒之慎勿忘。”中，通“忠”。丁福保《笺注》曰：“因诸少年之负言而谢绝之，谓其不忠厚也。”亦通。 [6] 意气倾人命，离隔复何有：意谓交友之道，尚意气而轻性命，虽为之死亦在所不惜；至于离隔又有何难乎？意气，情谊，恩义。何有，王叔岷《笺证稿》曰：“《论语·里仁篇》：‘能以礼让为国，于从政乎何有？’(今本脱“于从政”三字，刘宝楠《正义》有说。)何晏注：‘何有者，言不难。’”

[点评]

刘履《选诗补注》卷五曰：“‘君’谓晋君。……靖节见几而作，由建威参军即求为彭泽令，未几赋归。及晋宋易代之后，终身不仕。岂在朝诸亲旧或有讽劝之者，故作此诗以寄意欤？”

刘履之说不可取，以“君”指晋君，非渊明本意也。此诗慨叹友情之难久，其模仿《古诗十九首》其二甚明。今录其全诗如下，以便对照：“青青河畔草，郁郁园中柳。盈盈楼上女，皎皎当窗牖。娥娥红粉妆，纤纤出素手。昔为倡家女，今为荡子妇。荡子行不归，空床难独守。”对照两诗，开头两句十分相似，韵脚亦相同，而且诗之取材与主旨亦同。所不同者，《古诗》中荡子妇之身份在渊明《拟古》中已变为友人之交情。此乃拟古而不泥于古，正是渊明高明之处。渊明乃重友情之人，观其与友人酬答诗可知。一般少年丧失交友之道，渊明慨然系之。又，曹植《离友诗》三首序曰：“乡人有夏侯威者，少有成人之风。余尚其为人，与之昵好。王师振旅，送余于魏邦。心有眷然，为之陨涕，乃作离友之诗。”其二曰：“感离隔兮会无期，伊郁悒兮情不怡。”渊明诗言及“少年”之不中（忠）厚，或有感于曹植诗中之忠厚少年耶？

辞家夙严驾[1]，当往志无终[2]。问君今何行？非商复非戎[3]。闻有田子春（一作泰），节义为士雄[4]。斯人久已死[5]，乡里习其风。生有高世名[6]，既没传无穷。不学狂（一作驱）驰子，直在百年中[7]。

[注释]

[1] 夙：早。严：装束，整饬。驾：车乘。 [2] 志：王叔岷《笺证稿》曰："至、志古通。"无终：县名，汉属右北平，今天津蓟县，即"田子春"家乡。 [3] 非商复非戎：意谓非"四皓"、老子所往之地。"四皓"入商山避秦。商山，在陕西商洛东南。详见《赠羊长史》注释 [9]。戎，古代泛指西部少数民族。《史记・老子韩非列传》裴骃《集解》引《列仙传》："关令尹喜者，周大夫也。……与老子俱之流沙之西，服巨胜实，莫知其所终。" [4] 闻有田子春，节义为士雄：意谓田子春以节义立身，乃士人之杰出者也。《三国志・魏书・田畴传》："田畴，字子泰，右北平无终人也。"古直《笺》："《后汉书・刘虞传》注引《魏志》曰：'田畴，字子春。'是章怀所见《魏志》尚与靖节同也。"按《田畴传》载：畴好读书，善击剑。董卓迁帝于长安，幽州牧刘虞欲奉使展节，遂署田畴为从事。畴至长安致命，诏拜骑都尉，固辞不受。后还至乡里，入徐无山中，营深险平敞地而居，躬耕以养父母。百姓归之，数年间至五千馀家。畴为约束，兴举学校。众皆便之，道不拾遗。北边翕然服其威信。袁绍数遣使招命，皆拒不受。后助曹操平定乌桓，封畴亭侯，邑五百户。畴自以始为居难，率众遁逃，志义不立，反以为利，非本意也，固让。曹操知其至心，许而不夺。（魏）文帝践祚，高畴德义，赐畴从孙续爵关内侯，以奉其嗣。《三国志・魏书・田畴传》裴松之注引《先贤行状》载太祖表论畴功曰："畴文武有效，节义可嘉，诚应宠赏，以旌其美。" [5] 斯人久已死：指田畴。斯人，此人。 [6] 高世名：高于当世之名。 [7] 不学狂驰子，直在百年中：意谓狂驰奔走以求名者，即使得名亦只在一生之中，不能长久也。直，仅。

[点评]

前人注此诗，多取田畴早年事迹。李公焕《笺注陶渊明集》卷四："时董卓迁帝于长安，幽州牧刘虞欲遣使奔问行在，无其人。闻畴奇士，乃署为从事。畴将行，道路阻绝，遂循间道至长安。致命，诏拜骑都尉。畴以天子蒙尘，不可荷佩荣宠，固辞不受。得还，报虞已为公孙瓒所灭，畴谒虞墓，哭泣而去。瓒怒曰：'汝何不送章报于我？'畴答曰云云，瓒壮之。畴得北归，遂入徐无山中。"黄文焕《陶诗析义》卷四曰："晋主被废，有一人能为田畴者乎？此诗当属刘裕初废晋帝为零陵王所作。盖当时裕以兵守之，行在消息，总无能知生死何若，故元亮寄慨于子春也。"

李公焕注固可注意，所谓"节义"即指其对汉守节，对刘虞守义也。然此诗之推崇田畴，并与狂驰子对比，重点在其生平事迹之后半。诗中所谓"节义"亦曹操就其后来之作为而表彰之语。又所谓"斯人久已死，乡里习其风。生有高世名，既没传无穷"，田畴在徐无山聚百姓五千馀家，躬耕自给，以避世乱，俨然一桃花源也。陈寅恪《桃花源记旁证》曰："渊明《拟古》诗之第二首可与《桃花源记》互相印证发明。"陈说颇可注意。

古直《笺》引李审言曰："曹植《杂诗》(仆夫早严驾)，此首盖拟其体。"今录其诗如下："仆夫早严驾，吾行将远游。远游欲何之？吴国为我仇。将骋万里涂，东路安足由！江介多悲风，淮泗驰急流。愿欲一轻济，惜哉无方舟。闲居非吾志，甘心赴国忧。"霈按，此诗模拟曹植《杂诗》痕迹可寻。开首所谓"辞家夙严驾，当往志无终”，乃就己之意愿而言，非真往无终也。曹植曰“吾行将远游”，亦是意愿。故此诗可视为言志之作。渊明不甘心闲居，其“猛志”时有流露，此诗以田畴为“士雄”，最能见其志之所在。抑渊明亦欲为“士雄”耶？

仲春遘时雨[1]，始雷发东隅。众蛰各潜骇[2]，草木从横（一作此，一作是）舒[3]。翩翩新来燕，双双入我庐。先巢故尚在[4]，相将还旧居[5]。自从分别来，门庭日荒芜。我心固匪石，君情定何如[6]？

邱嘉穗《东山草堂陶诗笺》卷四曰：“末四句亦作燕语方有味，通首纯是比体。”颇为有见。燕既重来，则其情之固可知矣，无须主人再问。燕既重来，见门庭荒芜，不知主人有无迁徙之意，遂反问主人“君情定何如”，正在情理之中，且见天真趣味。写人与燕之感情交流，可见渊明物我情融之境。

[注释]

[1] 仲春：二月。遘：遇。时雨：按时降落之雨。渊明《五月旦作和戴主簿》：“神渊泻时雨。” [2] 众蛰（zhé）各潜骇：《礼记·月令》谓“（仲春之月）始雨水……雷乃发声，蛰虫咸动，启户始出。”蛰，冬季潜伏之动物。 [3] 从（zòng）横：纵横。 [4] 故：仍然。 [5] 相将：相偕。 [6] 我心固匪石，君情定何如：此乃燕问渊明之语，意谓我心坚固而不可转移，君情究竟何如？诗句化自《诗·邶风·柏舟》：“我心匪石，不可转也。我心匪席，不可卷也。”定，究竟。

[点评]

前人多认为此诗有寓意。如吴师道《吴礼部诗话》曰：“托言不背弃之意。”邱嘉穗《东山草堂陶诗笺》卷四曰："自刘裕篡晋，天下靡然从之，如众蛰草木之赴雷雨，而陶公独惓惓晋室，如新燕之恋旧巢。虽门庭荒芜，而此心不可转也。"马墣《陶诗本义》曰："此首似讥仕宋室者之不如燕也。"古直《笺》曰："此首咏刘裕与桓玄之事也。"其大意谓刘裕与何无忌起兵在二月，又在建康东，故曰"仲春遘时雨，始雷发东隅"。刘裕有同谋，刻期齐发，故曰"众蛰各潜骇，草木从横舒"。桓玄败，裕入建康，迎帝还，故曰"翩翩新来燕，双双入我庐。先巢故尚在，相将还旧居"。靖节辞彭泽令老死田里，故曰"自从分别来，门庭日荒芜"。耻复屈身异代，故曰"我心固匪石"。其故人如颜延之等勉事新朝者尚多，故曰"君情定何如"。逯钦立注大致本古直《笺》而稍略。

此诗只是借燕归旧巢，抒发恋旧之情以及隐逸之坚。若曰通篇皆比喻刘裕讨桓玄事，句句凿实，如破谜语，则嫌牵强，且了无趣味。如：燕之复来，乃来我庐；门庭荒芜，亦我庐荒芜，此本渊明草庐实况，岂可以新燕比喻刘裕，我庐比喻晋室耶？

迢迢百尺楼[1]，分明望四荒[2]。暮作归云宅，朝为飞鸟堂[3]。山河满目中，平原独（一作转）茫茫[4]。古时功名士，慷慨争此场。一旦百岁后，相与还北邙[5]。松柏为人伐，高坟互低昂[6]。颓基无遗主，游魂在何方[7]？荣华诚足贵，亦复可怜伤！

[注释]

[1]迢迢：远貌。 [2]四荒：四方极远之地。 [3]暮作归云宅，朝为飞鸟堂：言所登之楼只有归云、飞鸟出入。 [4]山河满目中，平原独茫茫：意谓山河满目，而平原偏广大无边也。 [5]北邙：山名，在河南省洛阳市北。何孟春《陶靖节集注》引《洛阳志》："汉晋君臣坟多在此。" [6]互低昂：相互错落，有低有高。 [7]颓基无遗主，游魂在何方：意谓有坟基已颓者，而无后人修复，其游魂亦不知在何方矣。

[点评]

黄文焕《陶诗析义》卷四曰："前六语纯从国运更革寄怆，后八语兼括士人生死分恨，然后总结以荣华怜伤。……盖感愤于废帝极矣。"陶澍《靖节先生集注》卷四曰："慷慨而争，同归于尽，后之视今将亦犹今之视昔耳。哀司马即是哀刘裕，意在言外，当善会之。"

黄、陶之说牵强，非从诗中得出，而是先设定"忠愤"之说，强为之解。此诗乃寄慨于人生之作，兼采《古诗十九首》其十三"驱车上东门，遥望郭北墓"，其十四"古墓犁为田，松柏摧为薪"，感叹死亡之不可免与荣华之不足恃也。

东方有一士，被服常不完[1]。三旬九遇（一作过）食，十年著一冠[2]。辛勤（一作苦）无此比，常有好容颜。我欲观其人，晨去越河关。青松夹路生，白云宿檐端。知我故来意（一作时）[3]，取琴为（一

邱嘉穗《东山草堂陶诗笺》卷四："此公自拟其平生固穷守节之意，而托言欲观其人，愿留就在耳。"

作与）我弹。上弦惊别鹤，下弦操孤鸾[4]。愿留就君住[5]，从今至岁寒。

[注释]

[1] 东方有一士，被服常不完：此东方之士乃设为理想中人，非固定指某人，亦非自指。被服，《古诗十九首》其十二："被服罗裳衣，当户理清曲。"其十三："不如饮美酒，被服纨与素。" [2] 三旬九遇食，十年著一冠：上句言子思，详见《有会而作》注释[11]。下句稍改易曾子事，与上句对仗。古直《笺》引《庄子·让王》："曾子居卫，……（三日不举火，）十年不制衣，（正冠而缨绝，捉衿而肘见，纳屦而踵决。曳縰而歌商颂，声满天地，若出金石。天子不得臣，诸侯不得友。故养志者忘形，养形者忘利，致道者忘心矣。）" [3] 故：王叔岷《笺证稿》："故犹所以也。《史记·项羽本纪》：沛公曰：'所以遣将守关者，备他盗之出入与非常也。'下文：'樊哙曰：故遣将守关者，备他盗出入与非常也。'上言'所以'，下言'故'，其义相同。" [4] 上弦惊别鹤，下弦操孤鸾：意谓先弹奏《别鹤》，后弹奏《孤鸾》。上、下，表示时间、次序之前后。王引之《经义述闻·毛诗上》："古者，上与前同义。"《古诗十九首》其十七："上言长相思，下言久别离。"别鹤、孤鸾，琴曲名。古直《笺》："崔豹《古今注》曰：'别鹤操，商陵牧子所作也。娶妻五年而无子，父兄将为之改娶。妻闻之，中夜（起，）依户而悲啸。牧子闻之，怆然而悲，乃援琴而歌。（歌曰……）后人因为乐章焉。'《西京杂记》：'庆安世（年十五，为成帝侍郎，）善鼓瑟（琴），能为双凤、离鸾之曲。'" [5] 就：趋就，归从。

[点评]

黄文焕《陶诗析义》卷四曰："东晋祚移，而举世无复为东之人矣。特言'东方有一士'，系其人于东也，鸾孤鹤别，岂复有耦哉？嗟夫！真能为晋忠臣者，渊明一身而已，自喻自负。"黄说仅就一"东"字，发挥渊明忠于东晋之意，过于牵强。以忠臣自喻之说尤不可取。此诗抒发其理想人格也。被服不完，三旬九食，而有好容颜；居处有青松夹路，白云缭绕；所弹为别鹤、孤鸾，正见其安贫固穷，孤高不凡。全诗声吻格调绝似《古诗十九首》。"惊别鹤"之"惊"字，绝佳。

苍苍谷中树，冬夏常如兹[1]。年年见霜雪，谁谓不知时[2]？厌闻世上语，结友（一作交）到临淄[3]。稷下多谈士，指彼（一作往）决吾（一作狐）疑（一作柏社决五疑）[4]。装束既有日[5]，已与家人辞。行行停出门[6]，还坐更自思。不怨道里长，但畏人我欺。万一不合意，永为世笑之（一作笑嗤）。伊怀难具道[7]，为君作此诗。

钟惺评"但畏"句曰："老成人久于阅世之言。"（《古诗归》卷九）温汝能《陶诗汇评》卷四："'不怨道里长，但畏人我欺'，非阅世深者，安得此语？"

吴瞻泰《陶诗汇注》卷四："首四句兴起，人品已见。下故为颠倒错综之言，以写霜雪不移之志，波澜起伏，心绪万端。"

[注释]

[1] 苍苍谷中树，冬夏常如兹：此指松柏。左思《咏史》其二："郁郁涧底松。"古直《笺》引《庄子·德充符》："受命于地，惟松柏独也（正，）在冬夏青青。"苍苍，犹青青也。 [2] 年年见霜雪，谁谓不知时：意谓松柏虽冬夏青青，然非不知时令之变化

也，霜雪之寒岂能无感乎？[3] 厌闻世上语，结友到临淄：意谓已厌倦世俗之论，而欲结友临淄，聆听稷下先生之谈也。临淄，战国时齐国都城。 [4] 稷下多谈士，指彼决吾疑：意谓从稷下之谈士，望彼破解吾之疑惑。古直《笺》：“《史记·孟荀列传》：‘自驺衍与齐之稷下先生，如淳于髡、慎到、环渊、接子、田骈、驺奭之徒，各著书言治乱（之事），以干世主，岂可胜道哉？’《文选》注引刘歆《七略》曰：‘齐有稷门，城门也。齐说谈之士，期会于稷下者甚众。’《楚辞·卜居》：‘余有所疑，愿因先生决之。’”指，赴也，归也。 [5] 装束：整理行装。 [6] 行行停出门：丁福保《笺注》：“《后汉书·桓典传》：‘行行且止，避骢马御史。’行行，踯躅道中也。停，中止也。” [7] 伊：代词，表示近指，相当于“是”“此”。

[点评]

汤汉《陶靖节先生诗注》卷四曰：“前四句兴而比，以言吾有定见，而不为谈者所眩，似谓白莲社中人也。”此诗前四句以松柏比喻自己之卓然独立，而又深感霜雪之寒也。于国家之治乱，心中有疑，欲向人求解，而竟无可与语者，孤独彷徨之情溢于言表。稷下谈士所论皆治乱之事、治国之术，如以稷下谈士比喻白莲社所信仰之佛教，不伦不类。汤说非是。

日暮天无云，春风扇微和[1]。佳人美清夜[2]，达曙酣且歌。歌竟长叹息，持此感人多[3]：皎皎云间月[4]，灼灼叶中华[5]。岂无一时好，不久当如何？

[注释]

[1] 扇：风起，风吹。嵇康《四言赠兄秀才入军诗》："穆穆惠风，扇彼轻尘。" [2] 美：喜，快乐。 [3] 持此：指以下四句歌词。持，同"恃"，赖也。 [4] 皎皎：明亮貌。《古诗十九首》："迢迢牵牛星，皎皎河汉女。" [5] 灼灼：鲜明貌。《诗·周南·桃夭》："桃之夭夭，灼灼其华。"

[点评]

刘履《选诗补注》卷五曰："此诗殆作于元熙之初乎？'日暮'以比晋祚之垂没。天无云而风微和，以喻恭帝暂遇开明温煦之象。'清夜'则已非旦昼之景，而'达曙'则又知其为乐无几矣。是时宋公肆行弑立，以应'昌明之后，尚有二帝'之谶，而恭帝虽得一时南面之乐，不无感叹于怀，譬犹云间之月，行将掩蔽，叶中之华，不久零落，当如何哉！其明年六月，果见废为零陵王，又明年被弑。此靖节预为悯悼之意，不其深欤？"古直《笺》："此首追痛会稽王道子之误国也。"其考颇详，今不俱录。

刘、古皆以此诗为政治讽喻诗，然讽喻物件不同。两说颇为曲折，而无明证。若依此法索隐，可引出多种解释。凡短者暂者、酣歌误国者，皆可成为此诗之讽喻对象矣。《述酒》一诗固多暗示隐喻，韩子苍、汤汉之诠释颇有可取。至于此诗之明白如话，题目又标明为《拟古》，径可照直解释，而不必取诠释《述酒》之法，以免深文周纳、牵强附会之嫌。

古诗中颇多人生无常、良景易逝之叹，此诗亦是如此。末二句“岂无一时好，不久当如何”已点明主题矣。

陈祚明《采菽堂古诗选》卷一三：“首阳、易水，何独取此二地？伯牙知音，庄周达者，固不易逢也。笔调俨是《十九首》。”

温汝能《陶诗汇评》卷四：“渊明有荆轲、夷、齐之心志，而时会各殊，所怀不遂，故不得不作一退步想也。篇中寄托遥深，只可为知者道尔。”

少时壮且厉[1]，抚剑独行游[2]。谁言行游（一作道）近，张掖至幽州[3]。饥食首阳薇[4]，渴饮易水流[5]。不见相知人，惟见（一作纯是）古时丘。路边两高坟，伯牙与庄周[6]。此士难再得，吾（一作君）行欲何求？

[注释]

[1] 厉：猛，刚烈。 [2] 抚：持。 [3] 张掖：汉代郡名，在今甘肃省境内。幽州：古九州之一，在今河北北部及辽宁等地。 [4] 饥食首阳薇：表示对伯夷、叔齐之景慕。《史记·伯夷列传》：“伯夷、叔齐，孤竹君之二子也。父欲立叔齐，及父卒，叔齐让伯夷。伯夷曰：‘父命也。’遂逃去。叔齐亦不肯立而逃之。国人立其中子。于是伯夷、叔齐闻西伯昌善养老，盍往归焉。及至，西伯卒，武王载木主，号为文王，东伐纣。……武王已平殷乱，天下宗周，而伯夷、叔齐耻之，义不食周粟，隐于首阳山，采薇而食之。及饿且死，作歌。”首阳山，史传及诸书所记凡五处，各有案据。马融曰：“在河东蒲阪华山之北，河曲之中。” [5] 渴饮易水流：表示对荆轲之景慕。《史记·刺客列传》：“至易水之上，既祖，取道，高渐离击筑，荆轲和而歌，为变徵之声，士皆垂泪涕泣。又前而为歌曰：‘风萧萧兮易水寒，壮士一去兮不复还！’” [6] 伯牙与庄周：表示希望有知音者。古直《笺》：“《淮南·修务训》：‘是故钟子期死，而伯牙绝弦破琴，知世莫赏也；惠施死，而庄子寝说言，见世莫可为语者也。’高诱注：‘伯牙，

楚人。庄子，名周，宋蒙县人。’”

［点评］

此诗托言少时远游，而追慕两类古人。其一，伯夷、叔齐、荆轲，取其义。其二，伯牙与钟子期、庄周与惠施，以寓渴望知己。渊明之追慕伯夷、叔齐，另见《饮酒》其二、《读史述》。其追慕荆轲，另见《咏荆轲》。其追慕钟子期，另见《怨诗楚调示庞主簿邓治中》。汤汉《陶靖节先生诗注》卷四曰：“伯牙之琴，庄子之言，惟钟、惠能听；今有能听之人而无可听之言，此渊明所以罢远游也。”义士既不可见，知音亦不可得，渊明深感孤独耳。

种桑长江边，三年望当采。枝条始欲茂，忽值山河（一作川）改。柯叶自摧折[1]，根株浮沧海[2]。春蚕既无食，寒衣欲谁待[3]。本不植高原，今日复何悔！

［注释］

[1] 柯：树枝。　[2] 株：露出地面之树根。《说文》：“株，木根也。”徐锴《系传》：“入土曰根，在土上者曰株。”　[3] 谁：何也。

［点评］

此诗曰“山河改”，又言及沧海桑田，似有寓意。究竟何所指，则众说纷纭。汤汉《陶靖节先生诗注》卷四曰："业成志树，而时代迁革，不复可骋，然生斯时矣，奚所归悔耶？"仅就时代迁革一般而论，着重于生不逢时之慨。此后，各家解说愈加复杂具体。黄文焕《陶诗析义》卷四以为指恭帝之被废。恭帝戊午年（418）立，庚申年（420）被刘裕逼禅，首尾三年。何焯《义门读书记·陶靖节诗》曰："此言下流不可处，不得谬比易代。"桥川时雄引晋傅咸《桑树赋序》："世祖昔为中垒将军，于直庐种桑一株，迄今三十馀年，其茂盛不衰。皇太子入朝，以此庐为便坐。"兼及陆机《桑赋》、潘尼《桑树赋》，意谓晋室兴起与桑有关，"陶公此作，寓意典据，自然分明，盖溯想皇晋建国之初兆，而俯仰古今，而发桑田碧海之叹耳"（见清郑文焯批、日本桥川时雄校补《陶集郑批录》）。古直《笺》曰："此首追痛司马休之之败也。《易》曰：'其亡其亡，系于苞桑。'休之为晋室之重，故以桑起兴也。"意谓休之为荆州都督刺史镇江陵，后被刘裕征讨，兵败奔于后秦，晋自此更无所恃也。张芝《陶渊明传论》以为喻指桓玄。渊明本寄希望于桓玄，以为可以中兴晋室。不料其终于篡晋且败死也。

各家或曰喻指恭帝，或曰喻指司马休之，或曰喻指桓玄，多牵合"三年"之数。其实，"三年"者，自种桑至采桑叶，所需之时间也。直述而已，何必有所喻指？余以为此诗乃自述之辞："忽值山河改"，环境变化也；"本不植高原"，择居不当也。既生不逢时，又不善处世，故难免困苦。汤汉、何焯所言近是。

杂诗十二首[1]

人生无根蒂，飘如陌上尘[2]。分散逐风转，此已非常身[3]。落地为（一作流落成）兄弟，何必骨肉亲[4]！得欢当作乐[5]，斗酒聚比邻。盛年不重来，一日难再晨[6]。及时当勉励，岁月不待人[7]。

[注释]

[1] 杂诗：《文选》卷二九杂诗上，卷三〇杂诗下，包括《古诗十九首》，以及题为《杂诗》（如王仲宣《杂诗》）或并不题为"杂诗"（如陆士衡《园葵诗》）者。李善注王仲宣《杂诗》曰："五言杂者，不拘流例，遇物即言，故云杂也。"《文选》按文体分为三十九大类，大类之下再按题材分为若干小类，"杂歌""杂诗""杂拟"在诗类之最后，盖其内容难以列入"补亡""述德""祖饯""游仙"等小类也。　[2] 人生无根蒂，飘如陌上尘：意谓人与植物不同，生而无根，飘流转徙如陌上之尘耳。《古诗十九首》（其四）："人生寄一世，奄忽若飙尘。"　[3] 分散逐风转，此已非常身：意谓人如尘土随风转徙，无恒久不变之身，今日之我已非往日之我矣。　[4] 落地为兄弟，何必骨肉亲：意谓尘土飘转，一旦落地即成兄弟矣，何必骨肉才相亲乎？丁福保《笺注》："《论语·颜渊》：'四海之内，皆兄弟也。'"又曰："言何必真同胞始谓之兄弟，凡人皆兄弟也。"　[5] 得欢当作乐：意谓得遇友好，当作乐也。欢，友好。　[6] 盛年：壮年。　[7] 及时当勉励，岁月不待人：古直《笺》："《论语·阳货》：'日月逝矣，岁不我与。'邢疏：'岁月已往，不复留待我也。'"

渊明《杂诗》十二首内容颇杂，大概包括以下方面：人生无常，盛年难再（其一、其三、其六、其七）；岁月不待，有志未骋（其二、其五）；不求空名，愿不知老（其四）；拙于谋生，慨叹贫苦（其八）；掩泪东游，羁役思归（其九、其十、其十一）；其十二似有残缺，从所存六句看，似亦感叹人生无常者耶？

[点评]

此诗言人生飘忽不定，短暂无常，既能相聚，即为兄弟矣。遇友好则当以酒为乐，而不负此时光耳。末四句，非仅为饮酒而发，呼应开首四句，亦寓勉励之意于其中也。

白日沦西河（一作阿）[1]，素月出东岭。遥遥万里辉，荡荡（一作迢迢）空中景[2]。风来入房户，夜中（一作中夜）枕席冷。气变悟时易（一作异）[3]，不眠知夕永。欲言无予（一本或又作馀）和[4]，挥杯劝孤影。日月掷（一作㩳，又作扫）人去，有志不获骋[5]。念此怀悲凄，终（原作中，注一作终）晓不能静[6]。

温汝能《陶诗汇评》卷四："'欲言无予和，挥杯劝孤影'二语，妙在'欲'字、'劝'字，于寂寞无聊之况，得此闲趣。"

[注释]

[1] 沦：沉沦，落。 [2] 荡荡：广大。景：光亮。 [3] 气变悟时易：意谓由气候之变化而悟出季节之改易。 [4] 欲言无予和：古直《笺》："《庄子・徐无鬼篇》：'自夫子之死（也，吾无以为质矣），吾无与言之矣！'张茂先《杂诗》：'寤言莫予应。'" [6] 骋：施展，发挥。 [7] 终晓：直至天明。

[点评]

此诗句句精彩绝伦。首四句，两两相对，绘出月光中一片皎洁世界，且极具动感。"不眠知夕永"，非失眠者不能体会"夕永"二字。"挥杯劝孤影"，写尽寂寞孤独之状，李白《月下独酌》盖出于此。“日月掷人去，有志不获骋”，言时光流逝。屈原《离骚》：“日月忽其不淹兮，春与秋其代序。”曹植《箜篌引》：“惊风飘白日，光景驰西流。”此二句有异曲同工之妙。“劝”字、“掷”字，极精当极工妙，却无一点斧凿痕。

《古诗十九首》其十一：“盛衰各有时”。曹植《杂诗》：“荣华难久恃”。

荣华难久居，盛衰不可量[1]。昔为三春蕖（一作英）[2]，今作秋莲房[3]。严霜结野草[4]，枯悴未遽央[5]。日月有环周（一作复，又作还复周），我去不再阳[6]。眷眷往昔时[7]，忆此断人肠。

黄文焕《陶诗析义》卷四：“‘结’字工于体物，柔卉被霜，萎乱纷纭，根叶辄相纠缠，道尽极目。”

[注释]

[1] 荣华难久居，盛衰不可量：意谓荣华难以久持，盛衰不可预计。居，守持，担当。量，估量。 [2] 蕖（qú）：芙蕖，即荷花。 [3] 莲房：莲蓬。 [4] 结：聚集。 [5] 枯悴未遽央：意谓枯悴未遂尽，尚有更为枯悴之时也。遽，遂，就。 [6] 日月有环周，我去不再阳：意谓日月运转有循环往复，而我死则不再生矣。古直《笺》：“《庄子・齐物论篇》：‘近死之心，莫使复阳也。’《释文》：‘复阳，阳谓生也。’” [7] 眷眷：顾恋貌。

[点评]

汤汉《陶靖节先生诗注》卷四曰：“此篇亦感兴亡之意。”恐不然。此乃感叹人生无常，荣华难久，古诗中常见之主题也。蒋薰评《陶渊明诗集》卷四云：“今昔之感，语意吞吐，何必泥定兴亡如汤注也。”此说通达。

何孟春《陶靖节集注》卷四："谢灵运《吊庐陵王》诗：'一随往化灭，安用空名扬？'"

郑文焯曰："此盖深慨夫当世之攘名利、同室操戈、所谓狂驰百年中者，至亲旧子孙不相保，岂知富贵有时而尽，荣乐止乎其身，甚可悲也。"（郑文焯批、桥川时雄校补《陶集郑批录》）

丈夫志四海，我愿不知老。亲戚共一处，子孙还相保[1]。觞弦肆朝日[2]，罇中酒不燥[3]。缓带尽欢娱[4]，起晚眠常早。孰若当世士，冰炭满怀抱[5]。百年归（一作埽）丘垄（一作埽垄），用此空名道[6]？

[注释]

[1]保：安也。[2]觞弦肆朝日：意谓每日设列弦歌宴席。肆，陈列。逯钦立注："朝日当作朝夕。"[3]罇中酒不燥：陶澍《靖节先生集注》卷四："燥，干也。与孔文举'罇酒不空'意同。"按，《后汉书·孔融传》："及退闲职，宾客日盈其门，常叹曰：'坐上客常满，尊中酒不空，吾无忧矣。'"[4]缓带：放宽衣带。王叔岷《笺证稿》："《穀梁》文十八年传：'一人有子，三人缓带。'杨士勋疏：'缓带者，优游之称也。'"[5]孰若当世士，冰炭满怀抱：意谓何能如当世之士，义利交战于胸中，而不得安宁耶？古直《笺》："《淮南·齐俗训》：'贪禄者见利不顾身，而好名者非义不苟得，此相为论，譬犹冰炭钩绳也，何时而合？'"[6]百年归丘垄，用此空名道：意谓人死之后归于坟墓，安用此空名以称道哉？丘垄，冢，坟墓。王叔岷《笺证稿》曰："道犹称也，《论语·卫灵公篇》：'君子疾没世而名不称焉。'陶公反其意，谓百年归丘垄，安用此空名称哉？何注引谢诗'安用空名扬'，扬亦称也，最得其旨。"

[点评]

以"丈夫"与"我"对举，"丈夫志四海"，则"冰炭满怀抱”，而所得不过“空名道”而已，我愿与“亲戚共一处”，以安享天年耳。

忆我（一作为，又作昔）少壮时，无乐自欣豫[1]。猛志逸四海[2]，骞（一作轻）翮思远翥[3]。荏苒岁月颓，此心稍已去[4]。值欢无复娱，每每多忧虑。气力渐衰损，转觉日不如[5]。壑舟无须臾，引我不得住[6]。前涂当几许[7]？未知止泊（一作宿）处。古人惜寸阴，念此使人惧。

温汝能《陶诗汇评》卷四：“‘值欢无复娱’句，可谓常语翻新。……中年以后，百忧感心，往往不在欢乐一边。故下句云‘每每多忧虑’也。寻常语却说得如此警透。”

《淮南子·原道训》：“圣人不贵尺之璧，而重寸之阴。时难得而易失也。”《晋书·陶侃传》：陶侃“常语人曰：‘大禹圣者，乃惜寸阴，至于众人，当惜分阴，岂可逸游荒醉，生无益于时，死无闻于后，是自弃也。’”

[注释]

[1]无乐自欣豫：意谓虽无乐事亦自保持愉悦之心情也。 [2]猛志逸四海：意谓壮志超越四海之外，极其远大也。猛志，壮志。逸，超绝。 [3]骞（qiān）翮（hé）思远翥（zhù）：意谓愿振翅远翔也。骞，飞貌。翥，飞举也。 [4]荏苒岁月颓，此心稍已去：意谓岁月渐渐流逝，壮心亦渐渐消去。荏苒，渐也。颓，《楚辞·九章·悲回风》：“岁忽忽其若颓兮”，洪兴祖补注：“颓，下坠也。” [5]气力渐衰损，转觉日不如：意谓气力渐渐衰损，一日不及一日矣。转，刘淇《助字辨略》：“浸也。”如，及也。 [6]壑舟无须臾，引我不得住：意谓时光片刻不停，己身亦随之不断变化而渐衰老。丁福保《笺注》引《庄子·大宗师》：“夫藏舟于壑，藏山于泽，谓之固矣。然而夜半有力者负之而走，昧者不知也。”郭象注：“言死生变化之不可逃。” [7]当：尚。

[点评]

自叹年老无成，而仍欲有为也，故诗末曰“念此使人惧”。倘完全心灰意冷，则无须惧矣。

郑文焯曰：“曩诵此篇，但觉其音之哀，语语痛切。今反复寻绎，乃叹此事已亲，更之触目增泫，诚不知涕之何从也。”（郑文焯批、桥川时雄校补《陶集郑批录》）

昔闻长者（一作老）言，掩耳每（一作常）不喜[1]。奈何五十年，忽已亲此事[2]。求我盛年（一作时）欢，一毫无复意[3]。去去转欲远，此生岂（一作难）再值[4]？倾家时（一作特，又作持此）作乐，竟此岁月驶[5]。有子不留金，何用身后置（一作事）[6]。

[注释]

[1] 昔闻长者言，掩耳每不喜：意谓往昔每不喜闻长者言衰老及亲朋凋零等事。古直《笺》：“陆士衡《叹逝赋序》：‘昔每闻长老追计平生，同时亲故，或凋落已尽，或仅有存者。余年方四十，而懿亲戚属，亡多存寡；昵交密友，亦不半在。……以是思哀，哀可知矣。’诗意本此。” [2] 奈何五十年，忽已亲此事：意谓奈何五十年后，自己忽已亲历此事耶。 [3] 求我盛年欢，一毫无复意：意谓反求盛年之欢，已不复向往矣。意，意向，心之所向也。 [4] 去去转欲远，此生岂再值：意谓日月掷人而去，去去反而愈远，此生岂能再逢盛年乎？值，逢，遇。 [5] 倾家时作乐，竟此岁月驶：意谓竭尽家财及时行乐，以终此速去之馀年也。《汉书·疏广传》载：宣帝时疏广为太子太傅，以老告退，上许之，多加赏赐。“既归乡里，日令家共具设酒食，请族人故旧宾客，与相娱乐。数问其家金馀尚有几所，趣卖以供具。” [6] 有子不留金，何用身后置：意谓如疏广者，有子不留金

与之，何须为身后置办产业耶？《汉书·疏广传》载："广子孙窃谓其昆弟老人广所爱信者曰：'子孙几及君时颇立产业基址，今日饮食费且尽。宜从丈人所，劝说君买田宅。'老人即以闲暇时为广言此计。广曰：'吾岂老悖不念子孙哉？顾自有旧田庐，令子孙勤力其中，足以共衣食，与凡人齐。今复增益之以为赢馀，但教子孙怠惰耳。贤而多财，则损其志；愚而多财，则益其过。且夫富者，众人之怨也；吾既亡以教化子孙，不欲益其过而生怨。又此金者，圣主所以惠养老臣也，故乐与乡党宗族共飨其赐，以尽吾馀日，不亦可乎！'"

[点评]

李公焕《笺注陶渊明集》卷四曰："按此诗，靖节年五十作也。时义熙十年（414）甲寅初。"又牵合庐山东林寺主释慧远结白莲社，邀渊明入社，而渊明谢之。邱嘉穗《东山草堂陶诗笺》卷四遂据以发挥，谓："其曰'此生不再值'，曰'何用身后置'，皆破白莲社中前生后生、轮回净土之说。"据汤用彤《汉魏两晋南北朝佛教史》及方立天《慧远及其佛学》考证，十八高贤结莲社之事以及《莲社高贤传》均不可信。李氏、邱氏之说，不能成立。

渊明有《咏二疏》，专咏疏广、疏受叔侄。二疏功成身退，颐养天年，正是渊明所钦羡者。此诗自叹盛年已逝，欲肆意以乐馀年也。

日月不肯迟，四时相催迫。寒风拂枯条[1]，落叶掩（一作满）长陌。弱质与（原作兴，注一作与）运邱嘉穗《东山草堂陶诗笺》卷四："此与《神释》篇所谓'老少同一死''正宜委运去'数语同意。恐亦破东林净土之说。此言亦达甚，以家为逆旅，以南山墓冢为旧宅，公盖视死如归耳。公《自祭文》亦云：'陶子将辞逆旅之馆，永归于本宅。'是此诗确证。"

颓（一作颓龄）[2]，玄鬓早已白。素标插人（一作君）头，前涂渐就窄[3]。家为逆旅舍，我如当去客[4]。去去欲何之，南山有旧宅。

［注释］

[1] 条：树枝。 [2] 弱质与运颓：意谓柔弱之体质随时运而衰颓也。 [3] 素标插人头，前涂渐就窄：意谓白发若标志然，以示来日无多矣。 [4] 家为逆旅舍，我如当去客：王叔岷《笺证稿》："为、如互文，为犹如也。"又曰："当犹将也。"逆，迎也。《古诗十九首》（其三）："人生天地间，忽如远行客。"

［点评］

感叹岁月易逝，来日无多，惟顺化以归旧宅而已。

代耕本非望[1]，所业在田桑[2]。躬亲未曾替[3]，寒馁常糟糠。岂期过（一作遇）满腹[4]，但愿（一作就）饱粳粮[5]。御冬足（一作禦冬乏）大布[6]，粗絺以应阳[7]。政（原作止，注一作政）尔不能得[8]，哀哉亦可伤！人皆尽获宜，拙生失其方[9]。理也可奈何，且为陶一觞[10]。

［注释］

[1] 代耕：《孟子·万章下》："夫禄足以代其耕。" [2] 业：从事于某事。田：耕种田地。 [3] 躬亲未曾替：意谓未曾放弃亲身

耕作也。躬，亲身。替，废弃。 [4] 岂期过满腹：意谓只希望果腹而已，并无更高之奢望。《庄子·逍遥游》：“偃鼠饮河，不过满腹。” [5] 粳（jīng）：稻之一种，不黏者。通“秔”。稻之黏者曰“秫”。《宋书·陶潜传》：“公田悉令吏种秫稻，妻子固请种秔，乃使二顷五十亩种秫，五十亩种秔。” [6] 御冬足大布：意谓御冬寒只需大布已足矣。大布，何孟春《陶靖节集注》卷四曰：“大犹粗也。” [7] 粗絺（chī）以应阳：意谓春夏只需粗葛布已足矣。絺，本为细葛布，兹冠以粗字，则系粗葛布。阳，指春夏。 [8] 政尔不能得：意谓仅此亦不可得。政，通“正”。徐震堮《世说新语校笺》附《世说新语语词简释》：“止也、仅也，乃晋宋人常语，亦作‘政’。”如《文学》：“许便问主人：‘有《庄子》不？’正得《渔父》一篇。”尔，如此。 [9] 人皆尽获宜，拙生失其方：意谓别人皆有适当之方法以谋生，而自己谋生无方也。宜，适当。拙，自谓。生，生计。方，方计，方法。 [10] 理也可奈何，且为陶一觞：意谓有道者贫，乃常理也，无可奈何，姑且饮酒自乐而已。

[点评]

躬耕不替而不得温饱，此乃理乎？答曰：“理也。”然则此“理”不亦有失其为理者欤？怨中有坦然之情，坦然中复有怨语。

遥遥从羁役[1]，一心处两端[2]。掩泪泛东逝，顺流追时迁[3]。日没星与昴，势翳西山巅[4]。萧条隔天涯，惆怅念常飡[5]。慷慨思南归，路遐无由缘[6]。关梁难亏替，绝音寄斯篇[7]。

参照渊明《始作镇军参军经曲阿》“聊且凭化迁”，似有顺遂时势变迁之意。

[注释]

[1] 遥遥从羁役：意谓远离家乡出任外地之小官。从，为。羁，羁旅。 [2] 一心处两端：意谓心情犹豫不定，既想从役又想归家。 [3] 掩泪泛东逝，顺流追时迁：意谓在东去途中甚感悲伤，暂且顺流而下随时光之变迁而已。 [4] 日没星与昴（mǎo），势翳西山巅：意谓太阳没落，星宿与昴宿显现，然其势隐翳不明也。星，二十八宿之一，南方朱鸟七宿之第四宿。昴，二十八宿之一，西方白虎七宿之第四宿。《书·尧典》："日短、星昴，以正仲冬。"《书》言"日短"，仲冬也。此言"日没"，不涉及季节，乃日暮时分也。 [5] 萧条隔天涯，惆怅念常飡：意谓远在天涯萧条索寞，惆怅中思念平静闲居之生活。常飡，同"常餐"，平时所食，指平居生活。 [6] 遐：远。由缘：缘由，事之由来也。 [7] 关梁难亏替，绝音寄斯篇：意谓行役既难废，音问又断绝，惟寄情于此诗而已。关，关隘。梁，桥。丁福保《笺注》："亏，少也。替，废也。言少废关梁而不能也，即难废行役之意。音问既绝，故寄托于斯篇。"

[点评]

此诗言行役之苦，思乡之切。"一心处两端"，最见渊明之矛盾心情。

闲居执荡志，时驶不可稽[1]。驱役无停（一作休）息，轩裳逝（一作游）东崖[2]。泛舟拟董司（原作沉阴拟薰麝，注一作泛舟拟董司，又作泛舟董司寒）[3]，悲风激我怀（原作寒气激我怀，注一作悲风激我怀）[4]。岁月有常御，我来淹已弥[5]。慷慨忆绸缪，此情久（一作少）已离[6]。荏苒经十载，暂为人所羁[7]。庭宇翳馀木，倏忽日月亏[8]。

[注释]

[1] 闲居执荡志，时驶不可稽：追述闲居之时守持逸志，时光疾驶而不可留也。执，持也。荡志，逸志。稽，留。 [2] 驱役无停息，轩裳逝东崖：言此时正行役在外，乘车东往，不得停息。崖，水边高岸，此指长江边。 [3] 泛舟拟董司：意谓泛舟向刘裕也。拟，向也。原用于以武器指向某人，后向往某人某地亦可曰拟。谢灵运《石壁立招提精舍》："敬拟灵鹫山"。逯钦立注："拟当是诣之讹字。诣，去见尊长。"稍嫌迂曲。又注曰："董司，都督军事者。……据《晋书·安帝纪》，元兴三年，刘裕伐桓玄，为使持节、都督扬徐兖豫青冀幽并八州诸军事，董司当指刘裕。" [4] 悲风：原作"寒气"。王叔岷《笺证稿》曰："言'激我怀'，则作'悲风'较胜。秦嘉《赠妇诗》三首之二：'悲风激深谷。'" [5] 岁月有常御，我来淹已弥：意谓岁月有常，运行有时，往者不可谏也，而我之东来滞留已久矣。御，时。淹，滞留。弥，久。 [6] 慷慨忆绸缪，此情久已离：意谓回忆往日与亲朋绸缪之情，久已不复有矣，为此不禁慷慨也。绸缪，丁福保《笺注》曰："古诗皆以绸缪为昏姻之称。"又曰："此意乃因行役而偶及悼亡也。"王叔岷《笺证稿》曰："古人于朋友之情，亦可言绸缪。" [7] 荏苒：时间渐渐过去。暂：偶或。羁：拘系，束缚。 [8] 庭宇翳馀木，倏忽日月亏：意谓田园荒芜，岁月空逝。庭宇，庭院居处。翳馀木，庭宇为馀木所遮蔽。馀，饶也。亏，损耗。

[点评]

此诗亦写行役之愁。亲朋疏远，田园荒芜，不胜感慨之至。闲居既感岁月不待（如开首二句所言），出仕又悲为人所羁，然则不知如何是好，诚所谓“一心处两端”也。

我行未云远，回顾惨风凉[1]。春燕应节起，高飞拂尘梁[2]。边（一作臯）雁悲（一作照）无所，代谢归北乡[3]。离鹍鸣清池，涉暑（一作暮）经秋霜。愁人难为辞，遥遥春（一作喜）夜长。

[注释]

[1] 我行未云远，回顾惨风凉：意谓我行尚未久，而已春暖，前此则惨风悲凉也。 [2] 春燕应节起，高飞拂尘梁：意谓燕顺应春之到来，自尘梁高飞而起。应节，顺应时令。 [3] 边雁悲无所，代谢归北乡：意谓春已到来，塞上之大雁亦北归矣。代谢，亦有顺应时节变化之意。

[点评]

以春景衬托忧愁，一种徘徊不定、难以言说之感情，蕴涵其中。诗写春景，可证是元兴三年（404）春，渊明东下任镇军参军时所作。

袅袅松摽崖（一作雀）[1]，婉娈柔童子[2]。年始三五间，乔柯何可倚（一作柯条何滓滓，又作华柯真可寄）。

养色含津气，粲然有心理[3]。

[注释]

[1] 袅袅（niǎo）：长弱貌。摽（piāo）：高举貌。 [2] 婉娈：古直《笺》：“《齐风·甫田》：‘婉兮娈兮。’毛传：‘婉娈，少好貌。’郑笺：‘婉娈之童子，少自修饰。’” [3] 养色含津气，粲然有心理：意谓松树养其气色，内涵津气，其心理粲然可见也。

[点评]

陶澍《靖节先生集注》卷四曰：“汤本以此首别出，编于《归去来辞》之后，云：东坡和陶无此篇。澍按：诸本皆题《杂诗》十二首，并此首其数乃足，今仍从诸本。”

邱嘉穗《东山草堂陶诗笺》卷四曰：“比也，通篇俱指嫩松说，而正意自可想见。‘童子’句亦喻嫩松也，意公以老松自居，望后生辈如嫩松之养柯植节也，故附篇末。”王瑶注曰：“这是一首咏松的诗，童子也借以喻松：松树幼时虽为弱枝，但如得善养，必可成为高干大材。”

邱、王之说为是。此诗虽在《杂诗》之末，却与其九、其十、其十一不同，非行役诗也。

咏贫士七首

万族各有托，孤云独无依[1]。暧暧空中灭，何时见馀晖[2]？朝霞开宿雾，众鸟相与飞[3]。

《古诗十九首》其五："不惜歌者苦，但伤知音稀。"吴菘《论陶》："'何所悲'，正深于悲也。"

吴瞻泰《陶诗汇注》卷四："前八句皆借云鸟起兴，而归之于自守。后四句出意一反一正，可称沉郁顿挫。"

迟迟出林翮，未夕（一作久）复来归（一作未夕已复归）[4]。量力守故辙[5]，岂不寒与饥？知音苟不存，已矣何所悲（一作当告谁）！

[注释]

[1] 万族各有托，孤云独无依：《文选》李善注："孤云，喻贫士也。"孤云，非仅喻贫士，更是自喻也。 [2] 暧暧空中灭，何时见馀晖：意谓孤云黯然自灭，不留痕迹。暧暧，昏昧貌。 [3] 朝霞开宿雾，众鸟相与飞：言早晨众鸟结伴高飞。《文选》李善注："喻众人也。"宿雾，夜雾。 [4] 迟迟出林翮，未夕复来归：言独有一鸟出林既迟，来归又早。《文选》李善注："亦喻贫士。"实亦自喻也。 [5] 量力守故辙：意谓量力而行，返归故路。亦即《归园田居》其一"守拙归园田"之意。

[点评]

刘履《选诗补注》卷五曰："且所谓朝霞开雾，喻朝廷之更新；众鸟群飞，比诸臣之趋附。而迟迟出林，未夕来归者，则又自况其审时出处与众异趣也。"以"宿雾"比晋朝，以"朝霞"比宋朝，未免牵强。渊明《丙辰岁八月中于下潠田舍获》："林鸟喜晨开"亦非有寓意也。众鸟朝飞，衬托下句迟迟出林之鸟，以喻自己与众不同，不甘于出仕，非必专指仕宋也。

温汝能《陶诗汇评》卷四曰："以孤云自比，身分绝高。惟其为孤云，随时散见，所以不事依托，此渊明之真色相也。下以鸟言，不过因众鸟飞翻，而自言其倦飞知还之意尔。”此说得其实。

凄厉（一作戾）岁云暮[1]，拥（一作短）褐曝前轩[2]。南圃无遗秀[3]，枯条盈北园。倾壶绝（一作弛）馀沥[4]，窥灶不见烟。诗书塞座外，日昃不遑研[5]。闲居非陈厄，窃有愠见言[6]。何以慰吾怀？赖古多此贤[7]。

《古诗十九首》其十六：“凛凛岁云暮”。

方东树《昭昧詹言》卷四：“前八句说贫。……‘闲居’四句方贴己之处贫，跌宕往复，阔大精融。‘赖古多此贤’句，贯下三首，古人章法之奇如此。”

［注释］

[1] 凄厉：本指声音凄惨尖厉，此处形容寒风肆虐。 [2] 拥褐（hè）曝（pù）前轩：言寒冷之状。拥，抱。渊明《与子俨等疏》：“败絮自拥。”按，拥，一作“短”，亦通。渊明《五柳先生传》：“短褐穿结”。褐，兽毛或粗麻制成之短衣，贫人所服。曝，晒太阳。渊明《自祭文》：“冬曝其日，夏濯其泉。”前轩，前廊。 [3] 秀：草木之花。 [4] 倾壶绝馀沥，窥灶不见烟：意谓无酒无食。沥，滤过之清酒。 [5] 诗书塞座外，日昃不遑研：意谓多有诗书，而无暇研究也。昃，《说文》：“日在西方时，侧也。”遑，暇也。 [6] 闲居非陈厄，窃有愠见言：意谓自己之闲居，情形不同于孔子在陈之厄，但私自亦有子路气愤之言也。君子当如是之穷乎？故下言有赖古贤慰怀也。《论语·卫灵公》：“在陈绝粮，从者病，莫能兴。子路愠见曰：‘君子亦有穷乎？’子曰：‘君子固穷，小人穷斯滥矣。’”窃，私自。 [7] 何以慰吾怀，赖古多此贤：意谓有赖古代众多贤士（即所咏贫士）安慰吾心也。

[点评]

贫穷之状，非亲历写不出。渊明心中有不平，亦有疑问，所谓“贫富常交战”，如此才真实。能以古贤释怀，已为不易矣。

荣叟老带（一作萦）索，欣然方弹琴[1]。原生纳决屦（一作履），清歌畅商音[2]。重华去我久（一作去我重华久），贫士世相寻[3]。弊襟不掩肘，藜羹常乏斟[4]。岂忘袭轻裘？苟得非所钦[5]。赐也徒能辩，乃不见吾心[6]。

方东树《昭昧詹言》卷四：“此与下二首，皆先引古人，后以己赞之、断之、论之、咏叹之、发明之为章法。”

[注释]

[1] 荣叟老带索，欣然方弹琴：指荣启期，详见《饮酒》其二注释 [3]。方，且。 [2] 原生纳决屦，清歌畅商音：《韩诗外传》载：原宪居鲁，子贡往见之。原宪应门，振襟则肘见，纳履则踵决。子贡曰：“嘻！先生何病也？”宪曰：“宪贫也，非病也。……仁义之匿，车马之饰，……宪不忍为也。”子贡惭，不辞而去。宪乃徐步曳杖，歌《商颂》而返，声满于天地，如出金石。纳，著，穿。屦（jù），古时用麻、葛等做成的鞋。一作“履”，义同。《说文》：“履，屦也。” [3] 重华去我久，贫士世相寻：意谓虞舜之后，贫士世代不断。重华，舜之号。寻，继续，连续。 [4] 弊襟不掩肘，藜羹常乏斟：意谓衣食困乏。古直《笺》：“《庄子·让王篇》：‘孔子穷于陈、蔡之间，七日不火食，藜羹不糁。’《吕氏春秋·任数》：‘糁作斟。’”丁福保《笺注》：“斟与糁为同音假借字。”藜，藜科，嫩叶可食。糁，以米和羹。《说文》：“糂，以米和羹也。糁，古文糂从参。”常乏斟，犹“常乏糁”，

野菜羹中乏米也。 [5] 岂忘袭轻裘？苟得非所钦：意谓并非不愿富贵，但随便得来则非所望也。古直《笺》：“《说苑·立节篇》：子思居（于）卫，缊袍无表。（……）田子方（闻之，）使人遗之狐白之裘，……子思（辞而）不受，……（子思）曰：‘……妄与不如遗弃物于沟壑。伋虽贫也，不忍以身为沟壑，是以不敢当也。’” [6] 赐也徒能辩，乃不见吾心：古直《笺》：“《史记·仲尼弟子列传》曰：‘子贡利口巧辞，孔子常黜其辨。’”“辩”“辨”，古字通用。乃，而。

[点评]

关于本诗写作缘起，说法不一。如邱嘉穗《东山草堂陶诗笺》卷四曰：“‘赐也徒能辩’，亦指当时劝之仕者。”而王叔岷《笺证稿》曰：“慨贫居不见谅于妻室也。”录以备考。

邱嘉穗《东山草堂陶诗笺》卷四：“余尝玩公此下数诗，皆不过借古人事作一影子说起，便为设身处地，以自己身分推见古人心事，使人读之若咏古人，又若咏自己，不可得分。此盖于叙事后，以议论行之，不必沾沾故实也，最可为述古之法。”此说得其实。

安贫守贱者，自古有黔娄[1]。好爵吾不荣[2]，厚馈（一作魄）吾不酬[3]。一旦寿命尽，弊服仍（一作蔽覆乃）不周[4]。岂不知其极？非道故无忧[5]。从来将千载，未复见斯俦[6]。朝与仁义生，夕死复何求？

[注释]

[1] 黔娄：《列女传·鲁黔娄妻》："黔娄先生死，曾子与门人往吊之。其妻出户，曾子吊之。上堂，见先生之尸在牖下，枕墼席藁，緼袍不表。覆以布被，手足不尽敛。覆头则足见，覆足则头见。……其妻曰：'昔先生，君尝欲授之政，以为国相，辞而不为，是有馀贵也。君尝赐之粟三十钟，先生辞而不受，是有馀富也。彼先生者，甘天下之淡味，安天下之卑位。不戚戚于贫贱，不忻忻于富贵。求仁而得仁，求义而得义。'" [2] 好爵吾不荣：犹言不以好爵为荣也。 [3] 馈：赠。酬：丁福保《笺注》："答也。赐而不受，是不见答也。" [4] 不周：不完备。 [5] 岂不知其极？非道故无忧：意谓非不知贫困已极，然贫无关乎道，故无须忧也。 [6] 从来将千载，未复见斯俦：意谓自黔娄以来将近千年矣，而未复见黔娄之辈也。

[点评]

温汝能《陶诗汇评》卷四："此章专举黔娄，自比其安贫守贱之操，坚且决矣。或谓黔娄之行似近于矫，先生岂若是耶？然自弃官归来，不事依托，无求于世，其特立独行，盖有若此者。"渊明《五柳先生传》："赞曰：'黔娄之妻有言："不戚戚于贫贱，不汲汲于富贵。"极其言，兹若人之俦乎？'"盖渊明于黔娄景仰尤甚，故此诗专咏之。

传载袁安不干（干谒、求取）人，此言袁安不可干（冒犯），人虽贫而志不短也，意稍不同。

袁安困（一作门）积雪，邈然不可干[1]。阮公见钱入[2]，即日弃其官。刍藁（一作蓝蒿）有常温，采莒（一作采之）足朝餐[3]。岂不实辛苦？所惧非饥寒。贫富常交战，道胜无戚（一作厚）颜[4]。至德冠邦闾，清节映西关[5]。

温汝能《陶诗汇评》卷四：“‘道胜无戚颜’一语，是陶公真实本领，千古圣贤身处穷困而泰然自得者，皆以道胜也。颜子箪瓢陋巷，不改其乐，孔子以贤称之，论者谓厕陶公于孔门，当可与屡空之回同此真乐，信哉！”

[注释]

[1] 袁安困积雪，邈然不可干：《后汉书·袁安传》：安，字邵公，东汉汝南汝阳人。注引魏周斐（亦作裴）《汝南先贤传》：“时大雪积地丈馀，洛阳令身出案行，见人家皆除雪出，有乞食者。至袁安门，无有行路，谓安已死。令人除雪入户，见安僵卧。问：‘何以不出？’答曰：‘大雪，人皆饿，不宜干人。’令以为贤，举为孝廉也。”邈然，高远貌。干，冒犯。《说文》：“干，犯也。” [2] 阮公：事迹不详。 [3] 刍藁有常温，采莒足朝餐：意谓藉草以眠、采野禾以食，于愿已足。陶澍《靖节先生集注》卷四引何焯曰：“莒，疑作稆。《后汉·献纪》：‘群僚饥乏，尚书郎以下自出采莒。’注云：‘稆，音吕，与穞（lǚ）同。’”“稆”，禾自生，野禾也。《晋书·索靖传》：“百官饥乏，采稆自存。” [4] 贫富常交战，道胜无戚颜：意谓安贫与求富，两者常交战于心，道胜则无愁容矣。王叔岷《笺证稿》曰：“《淮南子·精神篇》：‘子夏见曾子，一臞、一肥。曾子问其故。曰：“出见富贵之乐而欲之；入见先生之道又说之。两者心战，故臞。先生之道胜，故肥。”’此诗言‘道胜’，盖直本于《淮南子》。” [5] 至德冠邦闾，清节映西关：意谓至德冠于邦闾，清节辉映西关。上句或谓袁安，下句或谓阮公。至德，至高之品德。闾，泛指乡里。清节，清高之节操。西关，或系阮公之所居。

[点评]

此诗写袁安与阮公二人，亦以自况。“贫富常交战，道胜无戚颜。”贫士之内心并非毫无矛盾，道胜则有好容颜也。

仲蔚爱穷居，绕宅生蒿蓬[1]。翳然绝交游[2]，赋诗颇能工。举世无知者（一作音），止（一作正）有一刘龚[3]。此士胡独然？寔由罕所同[4]。介焉安其业（一作弃本案其末），所乐非穷通[5]。人事固以（一作已）拙，聊得长相从[6]。

[注释]

[1] 仲蔚爱穷居，绕宅生蒿蓬：用张仲蔚事，详见《饮酒》其十六注释[5]。穷，荒僻。　[2] 翳然：隐蔽貌。　[3] 刘龚：丁福保《笺注》引《后汉书·苏竟传》：“龚，字孟公，长安人。善论议，扶风马援、班彪并器重之。”李贤注引《三辅决录（注）》曰：“唯有孟公，论可观者。班叔皮与京兆丞郭季通书曰：‘刘孟公藏器于身，用心笃固，实瑚琏之器，宗庙之宝也。’”　[4] 此士胡独然？寔由罕所同：意谓张仲蔚何独如此之穷居绝游耶？实因世人少有同调也。　[5] 介焉安其业，所乐非穷通：意谓坚守其本业，而不以穷通为意。介焉，犹介然，坚固貌。　[6] 人事固以拙，聊得长相从：意谓自己本来拙于人事，乐得长随张仲蔚以终耳。固，本来，原来。聊，乐。

[点评]

张仲蔚，遗世者也。所乐不在穷通与否，而自乐其所乐。渊明尝谓自己“性刚才拙，与物多忤”，每与世相违，故引仲蔚为同调也。

温汝能《陶诗汇评》卷四：“《庄子》云：‘古之得道者，穷亦乐，通亦乐，所乐非穷通也。’陶公得道之士，故自言所乐不在此。起语一‘爱’字，见贫士之异，然非贫士异人，人自异贫士耳。所罕同者，以其介焉安之也。”

方东树《昭昧詹言》卷四：“前六句古人。‘此士’以下，入己之论赞。‘人事’二句，公自言愿从仲蔚也。”

昔有（原作在，注一作有）黄子廉，弹冠佐名州[1]。一朝辞吏归，清贫略难俦[2]。年饑（原作飢）感仁妻（一作人事），泣涕向我流[3]。丈夫虽有志，固为儿女（一作孙）忧[4]。惠孙一晤叹，腆赠竟莫酬[5]。谁云固穷难（一作节），邈哉此前修[6]。

“丈夫虽有志，固为儿女忧”二句乃仁妻之言。邱嘉穗《东山草堂陶诗笺》卷四：“此借古人以自况其彭泽归来与妻孥安贫守道之意。本传称其妻翟氏亦能安勤苦，与公同志，‘年饑感仁妻’数语，似为此而发。”

马墣《陶诗本义》：“末二句总结后五首，又应第二首结句‘赖古多此贤’意。前二首自咏，后五首承‘赖古多此贤’句，以见贫者世世相寻之意，而渊明亦自在其内也。”

[注释]

[1] 昔有黄子廉，弹冠佐名州：黄子廉一见于《三国志·吴书·黄盖传》裴注引《吴书》：“故南阳太守黄子廉之后也。”二见于《太平御览》卷四二六引《风俗通》：“颍川黄子廉者，每饮马，投钱于水中。”又《风俗通·愆礼》载：“太原郝子廉，饥不得食，寒不得衣，一介不取诸人。曾过姊饭，留十五钱，默置席下去。每行饮水，常投一钱井中。”此郝子廉者，与黄子廉或是同一人，“黄”“郝”声同，传写有异；或黄、郝均有此事。弹冠，谓入仕也。《汉书·王吉传》：“吉与贡禹为友，世称‘王阳在位，贡公弹冠’，言其取舍同也。”佐名州，任州太守之副职。 [2] 一朝辞吏归，清贫略难俦：意谓一旦辞职而归，则清贫全难比也。略，全。 [3] 年饑感仁妻，泣涕向我流：意谓仁妻有感于年饑，而向我哭诉也。饑，原作“飢”，和陶本、曾集本、绍兴本同；此言饑馑，当作“饑”。 [4] 固：姑且。 [5] 惠孙一晤叹，腆赠竟莫酬：意谓惠孙曾晤见之而叹其贫，并有厚赠，而竟不被接受也。惠孙，事迹不详。腆，丰厚。酬，实现，实行。 [6] 谁云固穷难，邈哉此前修：意谓固穷不难，已有古贤为榜样矣。邈，远，指时间久远。前修，《离骚》：“謇吾法夫前修兮。”王逸注：“前代远贤也。”此指黄子廉。

[点评]

此诗咏黄子廉，亦以自况也。仁妻所劝之言，似亦切合渊明实际。

咏二疏一首[1]

大象转四时，功成者自去[2]。借问衰（一作商）周来，几人得其趣[3]？游目汉廷中，二疏复此举。高啸返旧居，长揖储君傅[4]。饯送倾皇朝，华轩盈道路。离别情所悲，馀荣何足顾[5]！事胜感行人[6]，贤哉岂常誉？厌厌闾里欢，所营非近（一作正）务[7]。促席延故老[8]，挥觞道平素[9]。问金（一作尔）终寄心，清言晓未悟[10]。放意乐馀年[11]，遑恤身后虑[12]？谁云其人亡，久而道弥著[13]！

温汝能《陶诗汇评》卷四："'趣'字最宜领会。功成而不归去，不得趣者也。古今得其趣者，曾有几人？惟二疏知足知止，所以得趣，惟其得趣，所以散金置酒，不以多财遗子孙也。'趣'字实贯彻前后。"

[注释]

[1] 二疏：指西汉疏广（字仲翁）及其兄子疏受（字公子），东海兰陵（今山东苍山县西南）人。《汉书·疏广传》载：宣帝时，疏广为太子太傅，疏受为太子少傅。"太子每朝，因进见。太傅在前，少傅在后。父子并为师傅，朝廷以为荣。在位五岁，皇太子年十二，通《论语》《孝经》。广谓受曰：'吾闻"知足不辱，知止不殆"，"功遂身退，天之道"也。今仕官至二千石，宦成名立，

如此不去，惧有后悔。岂如父子相随出关，归老故乡，以寿命终，不亦善乎？’受叩头曰：‘从大人议。’即日父子俱移病。满三月赐告，广遂称笃，上疏乞骸骨。上以其年笃老，皆许之。加赐黄金二十斤，皇太子赠以五十斤。公卿大夫、故人邑子设祖道，供张东都门外，送者车数百两，辞决而去。及道路观者皆曰：‘贤哉，二大夫！’或叹息为之下泣。广既归乡里，日令家共具设酒食，请族人故旧宾客，与相娱乐。数问其家金馀尚有几所，趣卖以共具。居岁馀，广子孙窃谓其昆弟老人广所爱信者曰：‘子孙几及君时颇立产业基址，今日饮食费且尽。宜从丈人所，劝说君买田宅。’老人即以闲暇时为广言此计。广曰：‘吾岂老悖不念子孙哉？顾自有旧田庐，令子孙勤力其中，足以共衣食，与凡人齐。今复增益之以为赢馀，但教子孙怠惰耳。贤而多财，则损其志；愚而多财，则益其过。且夫富者，众人之怨也；吾既亡以教化子孙，不欲益其过而生怨。又此金者，圣主所以惠养老臣也，故乐与乡党宗族共飨其赐，以尽吾馀日，不亦可乎！’于是族人说服。皆以寿终。” [2] 大象转四时，功成者自去：意谓四季按大道运转，功成者自去也。大象，《老子》三十五章：“执大象，天下往。”河上公注：“象，道也。”成玄英疏：“大象，犹大道之法象也。” [3] 借问衰周来，几人得其趣：意谓衰周以后，得其旨趣者不多矣。趣，归趣，旨意，旨趣。 [4] 长揖储君傅：指二疏辞去太子太傅、少傅之职。储君，太子。 [5] 馀荣何足顾：意谓二疏并不看重此多馀之荣耀。 [6] 事胜：指二疏辞归。胜，优越，佳妙。 [7] 厌厌闾里欢，所营非近务：意谓安于闾里之欢，而不为子孙置办田产。厌厌，安也。近务，目前之俗事。 [8] 促席：接席，座位靠近。延：邀请。 [9] 平素：往日之事。 [10] 清言：明澈通达之言。 [11] 放意：犹言放怀，纵情。 [12] 遑恤身后虑：意谓何暇忧及子孙耶？遑，何，怎能。恤，忧，忧虑。 [13] 谁云其人亡，久而道弥著：意谓其人虽亡，其道久而愈加光大，是则其人未亡也。

[点评]

此诗赞颂二疏功成身退，知足不辱。渊明虽无挥金之事，但其道相通也。

咏三良一首[1]

曹植有《三良诗》一首，王粲、阮瑀各有《咏史》一首，亦咏三良。

《古诗十九首》其四："何不策高足，先据要路津。"

王粲《咏史》："黄鸟作悲诗，至今声不亏。"

弹冠乘通津，但惧时我遗[2]。服勤尽岁月，常恐功愈微[3]。忠（一作中）情谬获露，遂为君所私[4]。出则陪文舆，入必侍丹帏[5]。箴规向已从，计议初无亏（一作物无非）[6]。一朝长逝后，愿言同此归。厚恩固（一作心）难忘，君（一作顾）命安可违[7]？临穴罔惟（一作迟）疑，投义志攸希[8]。荆棘笼高坟，黄鸟声正悲[9]。良人不可赎，泫然沾我衣[10]。

[注释]

[1] 三良：指子车氏之三子奄息、仲行、鍼虎。《左传》文公六年："秦伯任好卒，以子车氏之三子奄息、仲行、鍼虎为殉，皆秦之良也。国人哀之，为之赋《黄鸟》。"任好，秦穆公之名。子车，秦大夫也。《史记·秦本纪》曰："三十九年，缪公卒，葬雍。

从死者百七十七人，秦之良臣子舆氏三人名曰奄息、仲行、鍼虎亦在从死之中。"《左传》作"子车氏"。《诗·秦风·黄鸟序》曰："黄鸟，哀三良也。国人刺穆公以人从死而作是诗也。" [2] 弹冠乘通津，但惧时我遗：意谓世人但求出仕，占据显要地位，而惧时之弃己。弹冠，且入仕也。见《咏贫士》其七注释 [1]。乘，登，升。通津，犹通衢，要津，比喻仕途。时，时机，时运。 [3] 服勤尽岁月，常恐功愈微：意谓终年从事勤苦劳辱之事，常恐功绩不卓著也。 [4] 忠情谬获露，遂为君所私：意谓忠情既已表露，遂为君所厚爱，以致不得不殉身。本不应表露，故曰"谬获露"。私，独受厚恩。 [5] 出则陪文舆，入则侍丹帏：意谓出入皆随秦王左右，深得信任。丁福保《笺注》："文舆谓会集众彩以成锦绣之舆也。" [6] 箴规向已从，计议初无亏：意谓君王对三良言听计从，而三良为君王计议本无所缺失也。箴规，劝勉告诫。初无，意谓本来不，从来不。亏，缺，缺欠。 [7] 一朝长逝后，愿言同此归。厚恩固难忘，君命安可违：意谓三良殉葬，既是感谢君恩，亦是迫于君命也。三良殉葬，说法有异。杨伯峻《春秋左传注》曰："先秦皆谓三良被杀。自杀之说，或起于汉人。"引《汉书·匡衡传》载匡衡上疏亦云："臣窃考《国风》之诗，……秦穆贵信，而士多从死。"郑玄《诗》笺亦云："三良自杀以从死。"穆公既有言曰"生共此乐，死共此哀"，以当时情势而论，众人不能不许诺，或已带有被迫成分。被杀与自杀，并无大异也。曹植有《三良诗》一首，曰："秦穆先下世，三臣皆自残。"王粲《咏史》一首亦咏三良，曰："秦穆杀三良，惜哉空尔为。"说法不同，立意亦异。渊明此诗两方面兼顾，合情合理，最能体会三良心情。 [8] 临穴罔惟疑，投义志攸希：意谓三良临穴无疑，以殉身为投义，正是其志之所望也。徐复《陶渊明集举正》曰："'惟疑'亦尔时常语，……又按'惟疑'亦与'怀疑'声转。……《尔雅·释诂》‘惟’‘怀’均训‘思也’，故可通用矣。”攸，所也。 [9]荆棘笼高坟，黄鸟声正悲：意谓三良之坟荆棘丛生，黄鸟正为之悲鸣。《诗·秦风·黄鸟》：“交交黄鸟，止于棘。” [10]良人不可赎，泫然沾我衣：为良人不可赎回复生而哀伤也。《诗·秦风·黄鸟》：“彼苍者天，歼我良人！如可赎兮，人百其身。”孔颖达疏：“如使此人可以他人赎代之兮，我国人皆百死其身以赎之。”泫然，伤心流泪貌。

［点评］

陶澍《靖节先生集注》卷四曰：“‘厚恩固难忘’‘投义志攸希’，此悼张祎之不忍进毒，而自饮先死也。”王瑶注从之。三良之事自《黄鸟》以来，曹植、王粲、阮瑀皆有吟咏。渊明此诗不过模拟旧题，未必影射现实。张祎之死，与三良殊不类，亦难比附也。

此诗首言人皆求仕达，尽殷勤，建功名；次言三良受重恩于秦穆公，君臣相合，求仕者至此盖无憾矣。而厚恩难忘，君命难违，一旦君王长逝，遂以身殉之。言外之意，反不如不乘通津，不恐功微，明哲以保身也。“忠情谬获露，遂为君所私。”一“谬”字最可深味。为君所私，无异投身罗网。渊明既为三良之死而伤感，又为其忠情谬露而遗憾也。

王粲有《咏史》咏轲，左思《咏史》八首之六、阮瑀《咏史》二首之二，亦咏荆轲。

咏荆轲一首[1]

燕丹善养士，志在报强嬴[2]。招集百夫良[3]，岁暮得荆卿。君（一作之）子死知己[4]，提剑出燕京。素骥鸣广陌[5]，慷慨送我行。雄发指危冠[6]，猛气冲长缨[7]。饮饯易水上，四座列群英。渐离击悲筑，宋意唱高声[8]。萧萧哀风逝（一作起）[9]，淡淡寒波生[10]。商音更流涕，羽奏壮士惊[11]。公知去不归（一作一去知不归）[12]，且有后（一作百）世名。登车何时顾[13]，飞盖入秦庭[14]。凌（一作陵）厉越万里[15]，逶迤过千城[16]。图穷事自至，豪主正怔营[17]。惜哉剑术疏，奇功遂不成。其人虽已没，千载有馀情（一作斯人久已没，千载有深情）[18]。

阮瑀《咏史》其二首句："燕丹养勇士，荆轲为上宾。"

阮瑀《咏史》："素车驾白马，相送易水津。"

方东树《昭昧詹言》卷四："次叙高简，托意深微，而章法明整。起四句言丹；'君子'六句言轲；'饮饯'八句叙事；'心知'二句顿挫，以离为章法；'登车'六句续接叙事；'惜哉'四句入己托意作收。"

[注释]

[1]荆轲：《史记·刺客列传》："荆轲者，卫人也。……而之燕，燕人谓之荆卿。……荆轲既至燕，爱燕之狗屠及善击筑者高渐离。荆轲嗜酒，日与狗屠及高渐离饮于燕市，酒酣以往，高渐离击筑，荆轲和而歌于市中，相乐也，已而相泣，旁若无人者。……居顷之，会燕太子丹质秦，亡归燕。……归而求为报秦者，国小，力不能。……于是尊荆卿为上卿，舍上舍。太子日造门下，供太牢具，异物间进，车骑美女恣荆轲所欲，以顺适其意。……顷之，未发，太子迟之，疑其改悔，乃复请曰：'日已尽矣，荆卿岂有意哉？丹请得先遣秦舞阳。'荆轲怒，叱太子曰：'何太子之遣？往而不返者，竖子也！且提一匕首入不测之强秦，仆所以留者，待吾客与俱。今太子迟之，请辞决矣！'遂发。太子及宾客知其事者，皆

白衣冠以送之。至易水之上，既祖，取道，高渐离击筑，荆轲和而歌，为变徵之声，士皆垂泪涕泣。又前而为歌曰：‘风萧萧兮易水寒，壮士一去兮不复还！’复为羽声慷慨，士皆瞋目，发尽上指冠。于是荆轲就车而去，终已不顾。遂至秦，……秦王闻之，大喜，乃朝服，设九宾，见燕使者咸阳宫。荆轲奉樊於期头函，而秦舞阳奉地图柙，以次进。……轲既取图奏之，秦王发图，图穷而匕首见。因左手把秦王之袖，而右手持匕首揕之。未至身，秦王惊，自引而起，袖绝。……荆轲逐秦王，秦王环柱而走。……左右乃曰：‘王负剑！’负剑，遂拔以击荆轲，断其左股。荆轲废，乃引其匕首以擿秦王，不中，中铜柱。秦王复击轲，轲被八创。轲自知事不就，倚柱而笑，箕踞以骂曰：‘事所以不成者，以欲生劫之，必得约契以报太子也。’于是左右既前杀轲，秦王不怡者良久。……鲁勾践已闻荆轲之刺秦王，私曰：‘嗟乎！惜哉！其不讲于刺剑之术也。……’” [2]善：优待。赢：秦王姓嬴氏。 [3]百夫良：古直《笺》：“《诗·黄鸟》：‘百夫之特。’”郑玄笺：“百夫之中最雄俊也。” [4]君子死知己：意谓荆轲为知己者死。《战国策·赵策一》：“豫让……曰：‘士为知己者死。’” [5]素骥：白马。 [6]指：直立，竖起。危冠：高冠。 [7]缨：系冠之带。 [8]渐离击悲筑（zhú），宋意唱高声：汤汉《陶靖节先生诗注》卷四：“《淮南子·泰族训》：‘高渐离、宋意为击筑而歌于易水之上。’”王叔岷《笺证稿》：“《意林》、《御览》五七二并引《燕丹子》：‘高渐离击筑，宋意和之。’（《水经·易水》注引宋意作宋如意）《淮南子》许慎注：‘高渐离、宋意，皆太子丹之客也。筑曲，二十一弦。’《燕策三》《史记·刺客传》载荆轲事，并不涉及宋意。”筑，古击弦乐器，形似筝，颈细而肩圆。演奏时以左手握持，右手以竹尺击弦发音。 [9]萧萧：风声。 [10]淡淡：《初学记》作“澹澹”，水摇也，亦通。 [11]商音更流涕，羽奏壮士惊：二句互文见义，意谓高渐离之击筑与荆轲之高歌，使人流涕、震动。商、羽，古代五声音阶之第二音与第五音，相当于现代简谱中之“2”与“6”。五声为宫、商、角、徵、羽。羽比徵（相当于“5”）高一音阶。[12]公知去不归：意谓明知去不归。王叔岷《笺证稿》曰：“公犹明也，荆轲歌‘壮士一去兮不复还’，所谓‘明知去不归’也。”[13]顾：徐复《陶渊明集举正》曰：“回反也。《穆天子传》卷五（案：当作三）：‘吾顾见汝。’郭璞注：‘顾，还也。’顾、反亦连用为回反义。”[14]盖：车盖，代指车。[15]凌厉：奋起直前貌。[16]逶迤（wēi yí）：曲折前进。[17]豪主：指秦王。怔（zhēng）营：惶恐不安貌。[18]其人虽已没，千载有馀情：意谓荆轲虽亡，而其事迹与精神永远感动人心也。

[点评]

前人多认为是刘裕篡晋后渊明思欲报仇之作。如刘履《选诗补注》卷五曰：“此靖节愤宋武弑夺之变，思欲为晋求得如荆轲者往报焉，故为是咏。观其首尾句意可见。”蒋薰评《陶渊明诗集》卷四曰：“摹写荆卿出燕入秦，悲壮淋漓。知浔阳之隐，未尝无意奇功，奈不逢会耳，先生心事逼露于此。”邱嘉穗《东山草堂陶诗笺》卷四曰：“上二诗皆有序，此诗独无序，岂以荆轲报秦之事，不待序而后明？抑公常报诛刘裕之志，而荆轲事迹太险，不便明言以自拟也欤？”翁同龢曰：“晋室既亡，自伤不能从死报仇，此《三良》《荆轲》诗之所以作也。”（姚培谦《陶谢诗集》卷四眉批）

此说无旁证，不可取。观渊明《述酒》等诗，其态度不至于如是之激烈也。此乃读《史记·刺客列传》及王粲等人咏荆轲诗，有感而作，可见渊明豪放一面。朱熹曰："渊明诗，人皆说是平淡。据某看他自豪放，但豪放得来不觉耳。其露出本相者，是《咏荆轲》一篇。平淡底人如何说得这样言语出来。"（《朱子语类》卷一四〇《论文下·诗》）朱说极是。

本组诗乃读《山海经》及其图而作。渊明所见图，当即郭璞所见并为之作赞者也。第一首写耕种之馀，饮酒读书之乐；以下十二首就《山海经》内容，参以《穆天子传》，撮其要以咏之，间或流露其情怀。

刘履《选诗补注》卷五："此诗凡十三首，皆记二书所载事物之异，而此发端一篇，特以写幽居自得之趣耳。观其'众鸟有托''吾爱吾庐'等语，隐然有万物各得其所之妙，则其俯仰宇宙而为乐可知矣。"

读山海经十三首[1]

孟夏草木长，绕屋树扶疏[2]。众鸟欣有托，吾亦爱吾庐。既耕亦（一作且）已种，时还读我书[3]。穷巷隔深辙，颇回故人车[4]。欢然酌春酒，摘我园中蔬。微雨从东来，好风与之俱。泛览周王传（一作典）[5]，流观山海图[6]。俯（一作俛）仰终宇宙[7]，不乐复（一作将）何如？

[注释]

[1]《山海经》：古代典籍中最早提及此书者为《史记》："故言九州山川，《尚书》近之矣；至《禹本纪》《山海经》所有怪物，余不敢言之也。"（《大宛列传赞》）《汉书·艺文志》于"数术略·形法家"之首列《山海经》十三篇。《汉志》采自《七略》，其中数术诸书乃成帝时太史令尹咸校定者。汉哀帝建平元年（前6），刘秀（即刘歆）又校上《山海经》十八篇。晋郭璞就刘秀校本整理注释，并著《山海经图赞》二卷，即今传《山海经》之祖本。《山海经》今传本共十八卷，三十九篇。 [2] 扶疏：形容枝叶繁

茂纷披。 [3] 时：时常，经常。 [4] 穷巷隔深辙，颇回故人车：意谓居在僻巷，少有故人来往也。意即《归园田居》其二："穷巷寡轮鞅。"颇，王叔岷《笺证稿》曰："颇犹每也。"逯钦立注曰："深辙，大车的辙；车大辙深。古人常以门外多深辙，表示贵人来访的多。……诗言隔深辙，是说无贵人车到穷巷。"回，转回，掉转。这句是说连故人的车子也掉头他去，把故人不来故意说成是由于"穷巷隔深辙"。 [5] 周王传：《穆天子传》。西晋太康二年（281）汲郡人不准盗发魏襄王墓（或言安釐王冢），得竹书数十车，其中有《穆天子传》。晋郭璞有注。《春秋经传集解·后序正义》引王隐《晋书·束皙传》曰："《周王游行》五卷，说周穆王游行天下之事，今谓之《穆天子传》。"宋晁公武《郡斋读书志》亦曰："郭璞注本谓之《周王游行记》。" [6] 流观山海图：朱熹曰：《山海经》"疑本依图画而述之"（王应麟《王会补传》引）。此后，胡应麟、杨慎、毕沅皆认为《山海经》乃《山海图》之文字说明。此说不为无据，书中有少数文字确实类似图画之文字说明，如"叔均方耕"之类。书中可能有一部分内容系根据上古流传之图画记录成文，但不可以偏概全，说整部书都是图画之文字说明。今所见山海经图，皆《山海经》成书后绘制之插图。据《史记·大宛列传》，汉武帝时可能已有一部《山海经图》。郭璞注有"画似仙人""画似猕猴""在畏兽画中"等语，可见郭曾见图画，可惜郭璞所见之图已佚，不可考其绘自何时。渊明此诗所谓"山海图"，亦不可详考其究竟矣。 [7] 俯仰终宇宙：意谓短时间内即可神游遍及宇宙。

[点评]

黄文焕《陶诗析义》卷四曰："盖从晋室所由式微之故寄恨于此。""怆然于易代之后，有不堪措足之悲焉。"

吴崧《论陶》曰："案此数首，皆寓篡弑之事。"陶澍《靖节先生集注》卷四曰："晋自王敦、桓温，以至刘裕，共、鲧相寻，不闻黜退，魁柄既失，篡弑遂成。此先生所为托言荒渺，姑寄物外之心，而终推本祸原，以致其隐痛也。"王瑶注曰："帝者慎用才"，"盖慨叹于晋室的灭亡"。又据其十一曰："显然是为刘裕弑逆而作。按宋武帝即位后，即废晋恭帝为零陵王；永初二年九月，以毒酒谋鸩零陵王，王不肯饮，遂掩杀之。诗中开首就说"孟夏草木长"，则本诗当为零陵王被害的次年，宋武帝永初三年壬戌（422）所作。"

黄文焕等以此诗寓指刘裕之篡晋，恐难自圆其说。《读山海经》其十一"巨猾肆威暴"，故事见《山海经·西山经》与《山海经·海内西经》，一是"鼓"与"钦䲹"杀"葆江"，遭帝之惩罚；一是"贰负"与"危"杀"窫窳"，遭帝之惩罚。此二事并不涉及篡位，与刘裕之篡晋不伦不类，不必勉强比附。其一曰："泛览周王传，流观山海图。俯仰终宇宙，不乐复何如？"明言浏览异书、俯仰宇宙之乐趣，何愤慨之有？何深意之有？自汤汉解释《述酒》以来，或以为陶诗多有寓意。《读山海经》内容荒渺，尤易作种种猜测，恐失之穿凿。张自烈《笺注陶渊明集》卷四曰："予读《咏山海经》诗，颇类屈子《天问》，词虽幽异离奇，似无深旨耳。""愚意渊明偶读《山海经》，意以古今志林多载异说，往往不衷于道，聊为咏之，以明存而不论之意，如求其解，则凿矣。读是诗者，观其意可也。"此说最为通达。

本诗乃陶诗中上乘之作。"众鸟欣有托，吾亦爱吾庐”，物我情融，最见渊明特有之意境。“微雨从东来，好风与之俱”，自然淡雅，最是渊明口吻。“俯仰终宇宙，不乐复何如”，十字写尽读书之乐。

玉堂（一作台）凌霞秀，王母怡（一作积）妙颜[1]。天地共俱生，不知几何年[2]。灵化无穷已，馆宇非一山[3]。高酣发新谣，宁效俗中言[4]？

[注释]

[1] 玉堂凌霞秀，王母怡妙颜：意谓西王母居于玉堂之上，高凌云霞，其容颜怡然而美也。《山海经·西山经》：“又西三百五十里，曰玉山，是西王母所居也。西王母其状如人，豹尾虎齿而善啸，蓬发戴胜。”古直《笺》引《庄子·大宗师》释文引《汉武内传》：“西王母与上元夫人降帝，美容貌，神仙人也。” [2] 天地共俱生，不知几何年：意谓西王母长生不老。 [3] 灵化无穷已，馆宇非一山：意谓西王母变化无穷，其馆宇亦不在一处也。《山海经·大荒西经》：“昆仑之丘，……有人，戴胜，虎齿，有豹尾，穴处，名曰西王母。”郭璞注：“《河图玉版》亦曰：‘西王母居昆仑之山。’《西山经》曰：‘西王母居玉山。’《穆天子传》曰：‘乃纪名迹于弇山之石，曰西王母之山’也。然则西王母虽以昆仑之宫，亦自有离宫别窟，游息之处，不专住一山也。”灵，言其变化之奇异也。 [4] 高酣发新谣，宁效俗中言：意谓西王母酒酣之后所为歌谣，非世俗之言也。《穆天子传》：“天子觞西王母于瑶池之上。西王母为天子谣曰：‘白雪在天，山陵自出。道里悠远，山川间之。将子无死，尚能复来。’”郭璞《山海经图赞·西王母》：“韵外之事，难以俱言。”

[点评]

此诗专咏西王母，“宁效俗中言”，特拈出一“俗”字，渊明平生最厌俗也。其五言《答庞参军》曰“谈谐无俗调”，或可对照。

迢递槐（一作櫰）江岭，是谓玄圃丘[1]。西南望昆墟（一作仑），光气难与俦[2]。亭亭明玕照，落落清瑶流[3]。恨不及周穆，托乘一来游[4]。

马墣《陶诗本义》卷四：“玄圃帝乡，非凡人所能到；黄、虞、三代古之世，非今人所得游，渊明独愿游之也。”

[注释]

[1] 迢递槐江岭，是谓玄圃丘：意谓高耸之槐江岭乃帝所居之玄圃也。《山海经·西山经》：“又西三百二十里，曰槐江之山。丘时之水出焉，而北流注于泑水。其中多蠃母，其上多青雄黄，多藏琅玕、黄金、玉。其阳多丹粟，其阴多采黄金银。实惟帝之平圃，神英招司之。”郭璞注：平圃“即玄圃也”。迢递，高貌。 [2] 西南望昆墟，光气难与俦：意谓自槐江山西南望见昆仑山，其光气难与相比也。《山海经·西山经》：“南望昆仑，其光熊熊，其气魂魂。”《西山经》：“西南四百里，曰昆仑之丘，是实惟帝之下都。”墟，大丘。《说文·丘部》：“虚，大丘也，昆仑丘，谓之昆仑虚。” [3] 亭亭明玕照，落落清瑶流：《山海经·西山经》：“爰有淫（瑶）水，其清洛洛。”亭亭，高貌，明玕在山上，故言。落落，《山海经》作“洛洛”，郭璞注：“水留下之貌也。” [4] 恨不及周穆，托乘一来游：意谓恨不能追上周穆王，附其车驾一游槐江、昆仑也。

[点评]

渊明偶读《山海经》遂发为奇想，愿一游仙界耳。黄文焕《陶诗析义》卷四曰："怆然于易代之后，有不堪措足之悲焉。"恐不免穿凿矣。

丹木生何许？迺在密山阳[1]。黄花复朱实，食之寿命长。白玉凝素液，瑾瑜发奇（一作其）光[2]。岂伊君子宝？见重我轩黄（一作皇）[3]。

邱嘉穗《东山草堂陶诗笺》卷四："三章思与周穆同游，此则思为服食不死，以友黄帝。语皆幻妙，思路绝而风云通矣。"

[注释]

[1] 丹木生何许？迺在密山阳：《山海经·西山经》："又西北四百二十里，曰峚山，其上多丹木，员叶而赤茎，黄华而赤实，其味如饴，食之不饥。"郭璞注："峚音密。"迺，通"乃"。 [2] 白玉凝素液，瑾瑜发奇光：《西山经》："曰峚山，……丹水出焉，西流注于稷泽，其中多白玉，是有玉膏，其原沸沸汤汤，黄帝是食是飨。是生玄玉，玉膏所出，以灌丹木。丹木五岁，五色乃清，五味乃馨。黄帝乃取峚山之玉荣，而投之钟山之阳。瑾瑜之玉为良，坚粟精密，浊泽而有光，五色发作，以和柔刚。天地鬼神，是食是飨，君子服之，以御不祥。" [3] 岂伊君子宝？见重我轩黄：意谓岂惟君子重之，亦见重于黄帝也。伊，语气词，相当于"惟"。轩黄，一作"轩皇"。王叔岷《笺证稿》曰："轩黄，一作轩皇，盖浅人所改。《路史》后纪五引《河图握拒》云：'黄帝名轩。'故称轩黄。"

[点评]

就《山海经·西山经》所载峚山而成此诗，亦有略加点染之处，如“食之寿命长”。

马墣《陶诗本义》卷四：“而必求王母，《易》曰：‘受兹介福，于其王母。’盖渊明生此世，以饮酒长年为大福耳。”

翩翩三青鸟，毛色奇（一作甚）可怜。朝为王母使，暮归三危山[1]。我欲因此鸟[2]，具（一作期，又作且）向王母言[3]：在世无所须（一作愿）[4]，唯酒与长年（一作唯愿此长年）[5]。

[注释]

[1] 翩翩三青鸟，毛色奇可怜。朝为王母使，暮归三危山：《山海经·西山经》：“又西二百二十里，曰三危之山，三青鸟居之。”《海内北经》蛇巫之山：“其南有三青鸟，为西王母取食，在昆仑墟北。”奇，极，甚，特别。可怜，可爱。 [2] 因：依靠，凭借。 [3] 具：通“俱”。 [4] 须：要求，寻求。 [5] 长年：长寿。

[点评]

末言“在世无所须，唯酒与长年”，参照《形影神》诗中“形”与“影”之对话，与《形影神》诗异趣。论其思想，当早于《形影神》（义熙九年，413）也。

马墣《陶诗本义》卷四：“望神景之登天而照天下也。”

逍遥芜皋上，杳然望扶木[1]。洪柯百万寻，森散覆旸谷[2]。灵人侍（一作待）丹池，朝朝为日浴[3]。神景（一作愿）一登天，何幽不见烛[4]？

[注释]

[1] 逍遥芜皋上，杳然望扶木：意谓游于无皋山上，可远望扶木。《山海经·东山经》："又南水行五百里，流沙三百里，至于无皋之山，南望幼海，东望榑木，无草木，多风。"芜，陶澍《靖节先生集注》卷四："芜，当作无。"王叔岷《笺证稿》曰："芜谐无声，与无古盖通用。"扶木，扶桑。神话中树名，相传在汤谷之南。　[2] 洪柯百万寻，森散覆旸谷：形容扶木枝条之长，密布而覆盖旸谷。《山海经·大荒东经》："大荒之中，有山名曰孽摇頵羝，上有扶木，柱三百里，其叶如芥。有谷曰温源谷，汤谷上有扶木，一日方至，一日方出，皆载于乌。"旸谷，即汤谷。　[3] 灵人侍丹池，朝朝为日浴：意谓神人侍于丹池，每天早晨为太阳沐浴。《山海经·海外东经》："汤谷上有扶桑，十日所浴，在黑齿北。"《大荒南经》："东南海之外，甘水之间，有羲和之国，有女子名曰羲和，方日浴于甘渊。羲和者，帝俊之妻，生十日。"古直《笺》："甘渊，疑丹渊之讹。甘字到（倒）看即是丹字，因而致讹也。阮籍《咏怀诗》其二十三：'沐浴丹渊中，炤耀日月光。'"　[4] 神景一登天，何幽不见烛：意谓太阳登天之后，其光普照。神景，犹灵景，指日光。左思《咏史》其五："皓天舒白日，灵景耀神州。"幽，幽暗之处。烛，照。

[点评]

邱嘉穗《东山草堂陶诗笺》卷四："日者，君象也。天子当阳，群阴自息，亦由时有忠臣硕辅浴日之功耳。此诗殆借日以思盛世之君臣，而悲晋室之遂亡于宋也。岂非以君弱臣强而然耶？"此说颇穿凿，渊明仅就《山海经》之记述敷衍成诗，并无寓意也。

黄文焕《陶诗析义》卷四："王母之山，凤自歌，鸾自舞，三珠在赤水，八桂在番隅，不属王母山中，却拈来合咏，直欲将山川世界更移一番，以他处所有，添补仙神地方之所无，想头奇绝。'虽非世上宝'一语，翻驳尤深。纵有鸾歌凤舞之区，总非世俗蝇营狗苟者名利心肠所欲得，但有王母世外之神，此鸟以歌舞叶其胸怀耳。"

粲粲三珠树，寄生赤水阴[1]。亭亭凌风桂，八干共成林[2]。灵凤抚云舞，神鸾调玉音[3]。虽非世上宝，爰得王母（母一作子）心[4]。

[注释]

[1] 粲粲三珠树，寄生赤水阴：意谓鲜盛之三珠树，寄生于赤水之南也。《山海经·海外南经》："三珠树在厌火北，生赤水上。其为树如柏，叶（《御览》卷九五四引，叶下有实字）皆为珠。"粲粲，文采鲜美貌。 [2] 亭亭凌风桂，八干共成林：意谓桂树高耸凌风，八株即成林矣。《山海经·海内南经》："桂林八树，在番隅东。"郭璞注："八树而成林，言其大也。" [3] 灵凤抚云舞，神鸾调玉音：意谓神凤拍云而舞，神鸾奏出玉石般悦耳之音。《山海经·海外西经》："此诸夭之野，鸾鸟自歌，凤鸟自舞。"关于鸾凤，又见《大荒南经》《大荒西经》《海内经》。抚，拍，轻击。 [4] 爰：乃。

[点评]

三珠树、桂林八树、灵凤、神鸾，皆非一地之物也，渊明合而咏之。结尾言得王母之心，出自想象，加以点染。"虽非世上宝，爰得王母心"，意谓世人虽不以为宝，而王母珍惜也。

自古皆有没，何人得（一作河氏独）灵长[1]？不死复（一作亦）不老，万岁如平常[2]。赤泉给我饮，员丘足我粮[3]。方与三辰游，寿考（一作老）岂渠央[4]。

[注释]

[1] 自古皆有没，何人得灵长：意谓自古以来人皆有死，谁能长得福祐以不死耶？灵，祐，福。 [2] 不死复不老，万岁如平常：意谓不死又不老，虽过万年犹无变化也。 [3] 赤泉给我饮，员丘足我粮：《山海经·海外南经》交胫国："不死民在其东，其为人黑色，寿，不死。"郭璞注："有员丘山，上有不死树，食之乃寿。亦有赤泉，饮之不老。" [4] 方与三辰游，寿考岂渠央：意谓且与日月星辰同游，寿命岂能速尽也。古直《笺》："岂渠央，犹岂遽央也。"丁福保《笺注》："三辰，日月星也。"

黄文焕《陶诗析义》卷四："因《经》有不死民在交胫国东，色黑，寿不死，为添出给饮足粮，若疲疲于衣食，多寿只为苦况耳。必有给我者、足我者，乃可愿也。每拈一《经》，辄别创一议，或翻案，或添合。"

[点评]

诗言人皆有死，然能得赤泉之水、员丘之粮，与三辰同游，则可长生矣。

夸父诞宏志，乃与日竞走[1]。俱至虞渊（一作泉）下，似若无胜负[2]。神力既殊妙，倾河焉足有[3]？馀迹寄邓林，功竟在身后[4]。

[注释]

[1] 夸父诞宏志，乃与日竞走：《山海经·海外北经》："夸父与日逐走，入日，渴欲得饮，饮于河渭；河渭不足，北饮大泽。未至，道渴而死。弃其杖，化为邓林。"诞，放，放纵，放纵其宏志而不加约束也。 [2] 俱至虞渊下，似若无胜负：意谓夸父与日俱至虞渊之下，似无胜负也。《山海经·大荒北经》："夸父不量力，欲追日景，逮之于禺谷。"郭璞注："禺渊，日所入也。今

作虞。”渊，一作“泉”，乃避唐高祖李渊讳。 [3] 神力既殊妙，倾河焉足有：意谓夸父之神力既甚妙，倾河之水饮之亦不足也。《山海经·大荒北经》：“将饮河而不足也，将走大泽，未至，死于此。” [4] 馀迹寄邓林，功竟在身后：意谓夸父渴死，弃其杖化为邓林，则邓林是其馀迹之所寄托，其功亦在死后也。邓林，清郝懿行《山海经笺疏》：“《列子·汤问篇》云：‘邓林弥广数千里。’今案其地盖在北海外。”

[点评]

黄文焕《陶诗析义》卷四曰：“寓意甚远甚大。天下忠臣义士，及身之时，事或有所不能济，而其志其功足留万古者，皆夸父之类，非俗人目论所能知也。胸中饶有幽愤。”陶澍《靖节先生集注》卷四曰：“此盖笑宋武垂暮举事，急图禅代，而志欲无厌。究其统绪所贻，不过一隅之荫而已。乃反言若正也。”古直《笺》曰：“此托夸父以悼司马休之之死也。《晋书》：休之败，奔后秦。后秦为裕所灭，乃奔魏，未至，道卒。此绝似夸父之状。抗表讨裕，是与日竞走，败奔于秦，是饮于河渭。秦亡奔魏，是北饮大泽。未至，道卒，则未至，道渴而死也。考《通鉴》：义熙十三年九月癸酉，司马休之、司马文思、司马国璠、司马道赐、鲁轨、韩延之、刁雍、王慧诣魏降，是则休之虽死，馀党犹多，藉魏之力，或可以乘刘裕之隙。馀迹寄邓林，功竟在身后，靖节所以望也。”

以上诸家之说，皆以为渊明有所寄托。而所寄托者为何，竟南辕北辙，大相径庭，皆臆测之辞。余以为此篇乃耕种之馀，流观之间，随手记录，敷衍成诗，未必有政治寄托。如作谜语视之，求之愈深，离之愈远矣。

精卫衔微木，将以填沧海[1]。形夭无千岁，猛志故常在[2]。同物既无虑，化去不复（一作何复）悔[3]。徒设（一作役，又作使）在昔心，良晨讵可待[4]？

王叔岷《笺证稿》引贾谊《鹏鸟赋》："化为异物兮，又何足患！"最确。

[注释]

[1] 精卫衔微木，将以填沧海：《山海经·北山经》："又北二百里，曰发鸠之山，其上多柘木。有鸟焉，其状如乌，文首、白喙、赤足，名曰精卫，其鸣自詨。是炎帝之少女，名曰女娃。女娃游于东海，溺而不返，故为精卫。常衔西山之木石，以堙于东海。" [2] 形夭无千岁，猛志固常在：意谓形夭虽亡，其猛志常在也。《山海经·海外西经》："形夭与帝至此争神，帝断其首，葬之常羊之山。乃以乳为目，以脐为口，操干戚以舞。"形夭无千岁，汤汉注本、李公焕注本作"形天舞干戚"。曾纮《说》："顷因阅《读山海经》诗，其间一篇云：'形夭无千岁，猛志固常在。'且疑上下文义不甚相贯，遂取《山海经》参校。《经》中有云：'刑天，兽名也，口中好衔干戚而舞。'乃知此句是'刑天舞干戚'，故与下句'猛志固常在'意旨相应。五字皆讹，盖字画相近，无足怪者。"宋周必大《二老堂诗话》曰："余谓紘说固善，然靖节此题十三篇大概篇指一事，如前篇终始记夸父，则此篇恐专说精卫衔木填海，无千岁之寿，而猛志常在，化去不悔。若并指刑天，似不相续。又况末句云：'徒设在昔心，良晨讵可待。'何预干戚之舞耶！"此后，或依陶集，或从曾说，聚讼纷纭，而无新见。陶澍《靖节先生集注》总结各家之说曰："'刑天舞干戚'，正误始于

曾端伯。……微论原作‘刑夭’，字义难通，即依康节书作‘形夭’，既云夭矣，何又云无千岁？夭与千岁相去何啻彭殇，恐古人无此属文法也。若谓每篇止咏一事，则钦䲹、窫窳，固亦对举。若谓刑天争神，不得与精卫通论。未知断章取义，第怜其猛志常在耳。以此说诗，岂非固哉高叟乎？”但陶澍之后，仍有不取曾说者，如丁福保《笺注》：“陶注非是。《酉阳杂俎》卷十四：‘形夭与帝争神，帝断其首，葬之常羊山。乃以乳为目，脐为口，操干戚而舞焉。’则形夭之夭，不作夭折解。据《酉阳杂俎》及陶诗，知陶公当时所读之《山海经》，皆作‘形夭’。且‘形夭无千岁’与上下句文义亦相贯。宜仍从宋刻江州《陶靖节集》，作‘形夭无千岁’为是，不可妄改。”王叔岷《笺证稿》亦曰：“《海外西经》之‘形夭’，曾氏引作‘刑天’，形、刑古通。毕沅《山海经新校正》称唐等慈寺碑作‘形夭’，郭璞图赞亦作‘形夭’，并与《酉阳杂俎》合。则此诗‘形夭’二字，本于《山海经》，不误。‘无千岁’三字，亦当从丁说，无烦改字。‘形夭无千岁’谓形夭为帝所斩也。‘猛志固常在’，谓其仍能操干戚而舞也。”逯钦立注从毕沅，作“形夭无干戚”，曰：“诗强调形夭猛志常在，作无干戚亦可，作舞干戚更生动。”余以为异文形近，作“刑天舞干戚”，于义较长；作“形夭无千岁”，版本有据。可两说并存。今反覆斟酌，仍以维持底本为妥也。 [3]同物既无虑，化去不复悔：以上四句系叙述《山海经》中故事，此下四句乃渊明之议论。此二句先一般而论，意谓生时既无虑，死后亦不悔也，生死如一，何必挂怀。 [4]徒设在昔心，良晨讵可待：此二句仍是议论，意谓精卫、形夭徒然存有往昔之心，而良机难待。在昔心，犹上言“猛志”。

[点评]

孙人龙《陶公诗评注初学读本》卷二曰：“显悲易代，

心事毕露。”翁同龢曰：“以精卫、刑天自喻。”（姚培谦编《陶谢诗集》卷四眉批）鲁迅则称之为“金刚怒目式”（《且介亭杂文二集·题未定草六》）。然细读全诗，旨在悲悯精卫、形夭之无成且徒劳也。非悲易代，亦非以精卫、刑天自喻也。

巨猾（注一作危）肆威暴[1]，钦駓违帝旨[2]。窫窳强能变[3]，祖江遂独死。明明上天鉴，为恶不可履[4]。长枯固已剧，鵕鹗（注一作鸡鹗）岂足恃[5]？

温汝能《陶诗汇评》卷四：“末四句援上天以警恶人，是极愤语，亦是无聊语。”

［注释］

[1] 巨猾肆威暴：《山海经·海内西经》：“贰负之臣曰危。危与贰负杀窫窳，帝乃梏之疏属之山，桎其右足，反缚两手与发，系之山上木。”“猾”，一作“危”。丁福保《笺注》：当作“臣危”，“巨因形而误，猾因双声而误也”。 [2] 钦駓违帝旨：《山海经·西山经》：“又西北四百二十里曰钟山，其子曰鼓，其状如人面而龙身，是与钦䲹杀葆江于昆仑之阳，帝乃戮之钟山之东曰嶢崖。钦䲹化为大鹗，其状如雕而黑文白首，赤喙而虎爪，其音如晨鹄，见则有大兵。鼓亦化为鵕鸟，其状如鸱，赤足而直喙，黄文而白首，其音如鹄，见则其邑大旱。”郭璞注：“葆，或作祖。” [3] 窫窳（yà yǔ）强能变：《山海经·北山经》：“又北二百里，曰少咸之山，无草木，多青碧。有兽焉，其状如牛而赤身，人面马足，名曰窫窳。其音如婴儿，是食人。”《海内南经》：“窫窳龙首，居弱水中。”郭璞注：“窫窳，本蛇身人面，为贰负臣所杀，复化而成此物也。” [4] 明明上天鉴，为恶不可履：意谓有上天鉴视善恶，其鉴明明，为恶不可行也。 [5] 长枯固已剧，鵕鹗（jùn yí）岂

足恃：意谓臣危长久被桎梏，此刑固已甚矣；至于钦䲹死后化为大鹗，又何足恃负哉！枯，古直《笺》释为“桎梏”。丁福保《笺注》径改为“梏”，曰形近而误。又曰：“言被杀者，虽有能变不能变之殊，而臣危为恶，长梏于山，固已甚矣。即化为鵕鹗，岂能逃于戮乎？”

[点评]

陶澍《靖节先生集注》卷四曰：“此篇为宋武弑逆所作也。陈祚明曰：‘不可如何，以笔诛之。今兹不然，以古征之。人事既非，以天临之。’”丁福保《笺注》曰：“盖心嫉晋宋之间之为大恶违帝旨者，而痛切言之如此。”臣危杀窫窳、钦䲹杀祖江，遭帝惩罚，事与刘裕弑逆不伦不类，不可强比。此篇乃言上天明鉴，为恶必有报也，不必有所喻指。

陶澍《靖节先生集注》卷四曰：“诗意盖言屈原被放，由怀王之迷。青丘奇鸟，本为迷者而生，何但见鸱鴸，不见此鸟，遂终迷不悟乎！寄慨无穷。”吴崧《论陶》曰：“鵃鹅见则迷而放士，青丘鸟见则不惑，正两相对照。结言此乃本迷者耳，若君子亦何待于鸟哉！”两说皆通。

鸱鴸（原作鵃鹅，注一作鸣鹄，汤注本作鸱鴸）见城邑，其国有放士[1]。念彼（一作昔）怀王世（一作母），当时（一作亦得）数来止[2]。青丘有奇鸟，自言独见尔（一作理）[3]。本为迷者生，不以喻君子！

[注释]

[1] 鸱鴸（chī zhū）见城邑，其国有放士：《山海经·南山经》：柜山“有鸟焉，其状如鸱而人手，其音如痺，其名曰鴸，其鸣自号也，见则其县多放士。”郭璞注：“放，放逐。” [2] 念彼怀王世，当时数来止：意谓楚怀王之世，鸱鴸多次来止也。 [3] 青丘有奇

鸟，自言独见尔：《山海经·南山经》：青丘之山“有鸟焉，其状如鸠，其音若呵，名曰灌灌，佩之不惑”。王叔岷《笺证稿》曰：“独见者不惑，尔与耳同，‘自言独见尔’，谓此鸟自言不惑耳。此鸟不惑，所以爲迷惑者生也。”

[点评]

读《山海经》忽联想及于屈原、怀王，同情屈原之被放，而惋惜怀王之迷也。

岩岩（一作悠悠）显朝市，帝者慎（一作善）用才[1]。何以废共鲧？重华为之来[2]。仲父（一作文）献诚言，姜公乃见猜。临没告饥渴，当复何及哉[3]！

[注释]

[1] 岩岩显朝市，帝者慎用才：意谓帝者高居于京师，用才须慎也。古直《笺》：“《大学》曰：‘《诗》云：“节彼南山，维石岩岩。赫赫师尹，民具尔瞻。”有国者不可以不慎，……郑注：‘岩岩，喻师尹之高严。’” [2] 何以废共鲧，重华为之来：意谓帝舜何以流放共工而杀鲧耶？共，共工。《山海经·海外北经》：“共工之臣曰相柳氏，九首，以食于九山。相柳之所抵，厥为泽溪。禹杀相柳，其血腥，不可以树五谷种。禹厥之，三仞三沮，乃以为众帝之台，在昆仑之北。”鲧，《山海经·海内经》：“洪水滔天，鲧窃帝之息壤以堙洪水，不待帝命。帝令祝融杀鲧于羽郊。”《尚书·舜典》：“流共工于幽州，放驩兜于崇山，窜三苗于三危，殛

鲧于羽山。”《史记·五帝本纪》：“于是舜归而言于（尧）帝，请流共工于幽陵，……殛鲧于羽山。”来，语末助词。 [3] 仲父献诚言，姜公乃见猜。临没告饥渴，当复何及哉：意谓管仲向齐桓公献诚言，远易牙等四人，反被猜疑。桓公临死方知其言之长，但已无济于事矣。姜公，指齐桓公，姜姓。何孟春《陶靖节集注》卷四：“易桓为姜者，避长沙公（陶侃）谥之嫌耳。”《管子·小称》：“管仲有病，桓公往问之，曰：‘仲父之病病矣！若不可讳而不起此病也，仲父亦将何以诏寡人？’……管仲摄衣冠起对曰：‘臣愿君之远易牙、竖刁、堂巫、公子开方。夫易牙以调和事公，公曰：‘惟烝婴儿之未尝。’于是烝其首子而献之公。人情非不爱其子也，于子之不爱，将何有于公？公喜宫而妒，竖刁自刑而为公治内。人情非不爱其身也，于身之不爱，将何有于公？公子开方事公十五年，不归视其亲。齐、卫之间，不容数日之行。臣闻之，务为不久，盖虚不长。其生不长者，其死必不终。’桓公曰：‘善。’管仲死，已葬，公憎四子者，废之官。逐堂巫，而苛病起兵。逐易牙，而味不至。逐竖刁，而宫中乱。逐公子开方，而朝不治。桓公曰：‘嗟！圣人固有悖乎？’乃复四子者。处期年，四子作难，围公一室不得出。有一妇人，遂从窦入，得至公所。公曰：‘吾饥而欲食，渴而欲饮，不可得，其故何也？’妇人对曰：“易牙、竖刁、堂巫、公子开方四人分齐国，涂十日不通矣。公子开方以书社七百下卫矣，食将不得矣。’公曰：‘嗟兹乎，圣人之言长乎哉！死者无知则已，若有知，吾何面目以见仲父于地下！’乃援素幭以裹首而绝。”

[点评]

黄文焕《陶诗析义》卷四曰：“题只是《读山海经》，结乃旁及论史，有意于隐藏。因读《经》，生肆恶放士之叹，故亟承十一、十二之后，言及举士黜恶，有意于穿插。‘当复何及哉’一语，大声哀号，哭世之泪无穷。”陶澍《靖节先生集注》卷四曰：“晋自王敦、桓温，以至刘裕，共、鲧相寻，不闻黜退。魁柄既失，篡弑遂成。此先生所为托言荒渺，姑寄物外之心，而终推本祸原，以致其隐痛也。”此篇亦由《山海经》引起，非专论史也。盖由《山海经》所记废共工与鲧之事，联想而及齐桓公不听管仲之言，既废易牙等人又复之。感慨帝者倘不慎用才，必遭祸患。

魏晋文人有自挽之习，且非必临终所作也。旧注及各家所撰年谱大都系此三诗于临终前，殊不妥。细玩此三诗，诙谐达观，想象死后情形，绘声绘色，语带讥讽。《自祭文》回顾一生之艰难，于死后情形反觉茫然：“人生实难，死如之何。”二者显然不是同一时间同一心境下所作。《自祭文》乃逝世前不久所作，《拟挽歌辞》乃壮年所作。

阮籍《咏怀诗》其十五：“千秋万岁后，荣名安所之。”

拟挽歌辞三首[1]

有生必有死，早终非命促[2]。昨暮同为人，今旦在（一作作）鬼录[3]。魂气（一作魄）散何之？枯形寄空木[4]。娇儿索父啼，良友抚我哭。得失不复知，是非安能觉[5]？千秋万岁后，谁知荣与辱？但恨在世时，饮酒不得足（一作常不足）。

[注释]

[1] 拟挽歌辞：《文选》录第三首，题《挽歌诗》。《文选》卷二八有缪袭《挽歌诗》一首五言，陆机《挽歌诗》三首五言，渊明此三诗当系拟缪、陆等人之作。缪诗曰：“造化虽神明，安能复存我。”陆诗其二曰：“人往有反岁，我行无归年。”从死者方面立言。渊明诗曰：“肴案盈我前，亲旧哭我傍。”亦是从死者方面立

言。缪诗曰："朝发高堂上，暮宿黄泉下。"陆诗曰："昔居四民宅，今托万鬼乡。"写生死之异。渊明诗曰："昔在高堂寝，今宿荒草乡。"亦写生死之异，摹拟痕迹明显。《北堂书钞》卷九二有傅玄《挽歌》，曰："欲悲泪已竭，欲辞不能言。"陶诗曰："欲语口无音，欲视眼无光。"立意亦同。 [2] 有生必有死，早终非命促：意谓人之有生则必有死；且无所谓长短寿夭，早终亦非命短也。此二句乃一般而论，包含两层意思：首句言人必有死，犹渊明《神释》所谓"老少同一死"。次句递进一层，言生命亦无长短之别，此本于《庄子·齐物论》："天下莫大于秋毫之末，而太山为小；莫寿于殇子，而彭祖为夭。"寿夭乃相对而言，彭祖未必命长，殇子未必命短也。 [3] 录：簿籍也。 [4] 魂气散何之？枯形寄空木：意谓魂魄已散，惟留枯形于棺木之中。空木，中空之木。 [5] 觉：感知。

邱嘉穗《东山草堂陶诗笺》卷四："此章起句即顶上章'饮酒'说，下章起句又连此章'荒草'说，此三首承接章法也。"

在昔无酒饮，今但（一作旦）湛空觞[1]。春醪生浮蚁[2]，何时更（一作复）能尝[3]？肴案盈我前[4]，亲旧哭我傍。欲语口无音，欲视眼无光[5]。昔在高堂寝，今宿荒草乡。荒草无人眠，极视正茫茫（原无此二句，注一本有此二句。今从之。极又作直）。一朝出门去（一作易），归来良未央[6]。

[注释]

[1] 湛：盈满。渊明《停云》小序："罇湛新醪"。 [2] 春醪生浮蚁：意谓酒上泛有浮沫，酒之新酿就者也。《文选》曹子建《七启》："于是盛以翠樽，……浮蚁鼎沸"，李善注引《释名》曰："酒有泛齐，浮蚁在上，泛泛然。" [3] 更：复，再。 [4] 肴案：指

陈列祭品之几案。 [5] 眼无光：意谓看不见。 [6] 一朝出门去，归来良未央：意谓一旦出门而宿于荒草之乡，诚永归于黑夜之中矣。良，诚然。未央，未旦。

荒草何茫茫，白杨亦萧萧。严霜九月中，送我出（一作来）远郊[1]。四面无人居，高坟正嶕峣[2]。马为仰天鸣，风为自萧条（一曰鸟为动哀鸣，林为结风飙）[3]。幽室一已闭，千年不复朝[4]。千年不复朝，贤达无奈何。向来相送人，各自（一作已）还其家[5]。亲戚或馀悲，他人亦已歌。死去何所道？托体同山阿[6]。

《古诗十九首》（其十一）：“四顾何茫茫，东风摇百草。”又（其十三）云：“白杨何萧萧，松柏夹广路。”

吴淇《六朝选诗定论》卷一一：“挽歌本以送死，通篇虽代死者之言，实以‘送’字为主。‘荒草’二句，是于未送之先，先于荒郊之外，立下一个排场，二句写得极惨。”

［注释］

[1] 严霜九月中，送我出远郊：古直《笺》：“杜子春《周礼注》：‘距国百里（者）为远郊。’” [2] 嶕峣（jiāo yáo）：李善注：“《字林》曰：‘嶕峣，高貌也。’” [3] 自：另自，别自。萧条：风声。 [4] 幽室一已闭，千年不复朝：意谓墓圹一旦封闭，永不得见天日矣。丁福保《笺注》：“幽室，犹泉壤也。” [5] 向来：刚才。 [6] 死去何所道？托体同山阿：意谓死亡是常事，身体复归于大地，无须多虑也。阿，《尔雅·释地》：“大陵曰阿。”

“幽室”以下四句，意犹渊明《神释》所谓：“三皇大圣人，今复在何处？彭祖寿永年，欲留不得住。老少同一死，贤愚无复数。”

［点评］

此三诗全是设想之辞。渊明或设想自己死后情况与心情，或以第三者眼光观察死后之自己，以及周围之人之事，而自身这一主体反而客观化，构思巧妙之极。其一，写刚死之际，乍离人世恍惚之感。娇儿、良友、是非、荣辱，全无意义，“但恨在世时，饮酒不得足”，诙谐中见出旷达。其二，写祭奠与出殡，一反上首之诙谐旷达，字里行间透出些许悲哀。其三，写送殡与埋葬，尤着笔于埋葬后独宿荒郊之寂寞。“亲戚或馀悲，他人亦已歌。”观察人情世故透彻，笔墨冷峻、率直、深刻。渊明认为人本是禀受大块之气而生，死后复归于大块，此乃自然之理。直须顺应大化，无复忧虑也。

“亲戚或馀悲，他人亦已歌”乃实情，渊明看得透彻，今在追悼会上不亦常见乎？然欲人皆悲哀不已，亦不合人情也。“死去何所道”一句最为通达。此所谓“亲戚”，意谓亲近之人，包括上二首所谓“亲旧”“良友”，与今之通常用法不同。

联　句[1]

鸣雁乘风飞，去去当何极[2]？念彼穷居士，如何不叹息［渊明］[3]！虽欲腾九万，扶摇竟无（原作何，注一作无）力[4]。远招王子乔（一作晋），云驾庶可饬［愔之］[5]。顾侣正徘徊（一作离离，又作争飞），离离翔天侧（一作附羽天池则）[6]。霜露岂不切（一作霜落不切肌）？徒爱双飞翼（原作务从忘爱翼，注一作徒爱双飞翼）［循之］[7]。高柯擢条干，远眺同天色。思绝庆未看，徒使生迷惑[8]。

何孟春《陶靖节集注》卷四：“愔之，循之，集内不再见，莫知其姓。考晋、宋书及《南史》，亦无此人。意必《晋书》潜本传所谓其乡亲张野及周旋人羊松龄、裴遵等辈中人也。”

［注释］

[1] 联句：古代作诗方式之一，由两人或多人共作一诗，联结

成篇。 [2] 鸣雁乘风飞，去去当何极：意谓鸣雁乘风而飞，将以何处为顶点耶？当，将。极，顶点。 [3] 念彼穷居士，如何不叹息：由鸣雁之高飞，转念穷居士之困顿偃蹇，而叹息也。 [4] 虽欲腾九万，扶摇竟无力：意谓鸣雁虽有飞腾九万里之雄心，而终究无力也。《庄子·逍遥游》："鹏之徙于南溟也，水击三千里，抟扶摇而上者九万里。"陆德明曰："司马云：'上行风谓之扶摇。'" [5] 远招王子乔，云驾庶可饬：意谓远招王子乔，云驾庶几可以备妥矣。王子乔，周灵王太子，名晋。好吹笙作凤鸣。游伊、洛之间，道士浮丘公接晋上嵩高山。三十馀年。后见桓良，谓曰："可告我家，七月七日候我于缑氏山颠。"至期，果乘白鹤驻山头，可望不可到。事见《逸周书·太子晋解》《列仙传》等书。饬，备也。 [6] 离离翔天侧：一作"附羽天池则"，"则"乃"侧"之误。《庄子·逍遥游》言鹏鸟之高举："南溟者，天池也。"此诗所咏乃鸣雁，虽欲扶摇而上，苦于无力，不得言"附羽天池侧"也。离离，有序也。 [7] 霜露岂不切？徒爱双飞翼：意谓霜露切肌，虽爱飞翼亦徒然矣。 [8] 思绝庆未看，徒使生迷惑：大意谓庆幸未看高天，看则迷惑矣。

[点评]

联句非出一人之手，意思未必首尾一贯。此篇大意谓鸣雁不能如鹏鸟之高翔，亦不必思与鹏鸟齐飞也。

卷五　赋辞三首

感士不遇赋[1]并序

文学作品中之“士不遇”主题盖滥觞于屈原《离骚》、宋玉《九辩》。此赋乃读董仲舒之《士不遇赋》、司马迁之《悲士不遇赋》，有感而作。

渊明所谓的“真”，其源乃出自老庄哲学。《老子》二十一章：“道之为物，惟恍惟惚。……其中有精，其精甚真。”老子认为“真”是道之精髓。《庄子·渔父》：“真者，精诚之至也。……真者，所以受于天也，自然不可易也。”庄子认为“真”是至淳至诚之境界，受之于天者。圣人与俗人之区别即在于能否守住性分之内原有之“真”。

昔董仲舒作《士不遇赋》[2]，司马子长又为（一作悲）之[3]。余尝以三馀之日[4]，讲习之暇[5]，读其文，慨然惆怅。夫履信思顺[6]，生人之善行[7]；抱朴守静[8]，君子之笃素（一作业）[9]。自真风告逝[10]，大伪斯兴[11]，闾阎懈廉退之节（一作廉退之文节）[12]，市朝驱易进之心[13]。怀正志道之士，或潜玉于当年（一作或潜于当年）[14]；洁己清操之人，或没世以徒勤（一作想，又作或没于往世）[15]。故夷皓有安归之叹[16]，三闾发已矣之哀[17]。悲夫！寓形百年[18]，而瞬息已尽；立行之难[19]，而一城莫赏[20]。此古人所以染翰慷慨，屡伸而不能已者也。夫导达意气，其惟文乎？抚卷踌躇，遂感而赋之。

咨大块之受气[21]，何斯人之独灵[22]！禀神智以藏照（一作往），秉三五而垂名[23]。或击壤以自欢[24]，或大济于苍生。靡潜跃之非分[25]，常傲然以称情[26]。世流浪而遂徂，物群分以相形[27]。密网裁而鱼骇，宏罗制而鸟惊。彼达人之善觉[28]，乃逃禄而归耕。山嶷嶷而怀影（一作褐），川汪汪而藏声[29]。望轩唐而永叹[30]，甘贫贱以辞荣。淳源汩（一作消）以长分，美恶作以（一作纷其，其又作然）异途[31]。原百行之攸贵，莫为善之可娱[32]。奉上天（一作天地）之成命，师圣人之遗书。发忠孝于君亲，生信义于乡闾。推诚心而（一作以）获显，不矫然而祈誉[33]。

嗟乎！雷同毁异[34]，物恶其上[35]。妙算者谓迷[36]，直道者云妄。坦（一作恒）至公而无猜，卒蒙耻以受谤。虽怀琼（一作瓌，又作瑶）而握兰[37]，徒芳絜而谁亮[38]？哀哉！士之不遇，已不在炎帝帝魁之世[39]。独祗修以自勤[40]，岂三省之或废[41]。庶进德以及时，时既至而不惠[42]。无爰

渊明认为上古道德浑一，无善恶、美丑之别，后来淳源既乱，则善恶分、美丑起矣。

董仲舒《士不遇赋》："虽矫情而获百利兮，复不如正心而归一善。"

渊明《饮酒》其六："行止千万端，谁知非与是。是非苟相形，雷同共毁誉。三季多此事，达士似不尔。"

《易·乾卦》："君子进德修业，欲及时也，故无咎。"

（原作奚，注一作爰）生之晤（一作格）言，念张季之终蔽[43]。愍冯叟于郎署，赖魏守以纳计[44]。虽仅然于必知（一作智），亦苦心而旷岁[45]。审夫市之无虎（一作有兽），眩三夫之献说[46]。悼贾傅之秀朗，纡远辔于促界[47]。悲董相之渊致，屡乘危而幸济[48]。感哲人之无偶（一作遇）[49]，泪淋浪以洒袂[50]。承前王之清诲[51]，曰天道之无亲[52]。澄得一以作鉴，恒辅善而佑仁[53]。夷投老以长饥[54]，回早夭而又贫[55]。伤请车以备椁[56]，悲茹薇而殒身[57]。虽好学与行义[58]，何死生之苦辛！疑报德之若兹，惧斯言之虚陈[59]。何旷世之无才，罕无路之不涩[60]。伊古人之慷慨，病（一作痛）奇名之不立[61]。广结发以从政，不愧赏于万邑[62]。屈雄志于戚竖，竟尺土之莫及[63]。留诚信于身后，恸（一作动）众人之悲泣[64]。商尽规以拯弊，言始顺而患入[65]。奚良辰之易倾，胡害胜其乃急[66]。苍旻遐缅，人事无已。有感有昧，畴测其理[67]？宁固穷以济意，不委曲而（一作以）累己[68]。既轩冕之非荣[69]，岂缊袍之为耻[70]？诚谬会以取拙，且欣然而（一作于）归止[71]。拥孤襟以毕岁[72]，谢良价于朝市[73]。

《老子》："天道无亲，常与善人。"

自此以下乃渊明言其自身之态度。刘熙载《艺概》卷三《赋概》："董广川《士不遇赋》云：'虽矫情而获百利兮，复不如正心而归一善'，此即正谊明道之旨。司马子长《悲士不遇赋》云：'没世无闻，古人唯耻'，此即述往事思来者之情。陶渊明《感士不遇赋》云：'宁固穷以济意，不委曲而累已'，此即屡空晏如之意。可见古人言必由志也。"

[注释]

[1]遇：遇合，投合。 [2]董仲舒（前179—前104）：哲学家、今文经学大师。西汉广川（今河北枣强东）人。景帝时为博士，武帝举贤良文学之士。著有《春秋繁露》十七卷。《汉书》卷五六有传。其《士不遇赋》见《艺文类聚》卷三〇。 [3]司马子长：司马迁，字子长，西汉史家，著有《史记》一百三十卷。《汉书》卷六二有传。其《悲士不遇赋》见《艺文类聚》卷三〇。 [4]三馀：《三国志·魏书·王肃传》裴注引《魏略》曰："（董）遇善治《老子》，为《老子》作训注。又善《左氏传》，更为作朱墨别异。人有从学者，遇不肯教，而云'必当先读百遍'，言'读书百遍而义自见'。从学者云：'苦渴无日。'遇言：'当以三馀。'或问三馀之意，遇言：'冬者岁之馀，夜者日之馀，阴雨者时之馀也。'由是诸生少从遇学，无传其朱墨者。" [5]讲习：讲议研习。 [6]履信思顺：行为诚信，思想和顺。语出《易·系辞上》："天之所助者，顺也；人之所助者，信也。履信思乎顺，又以尚贤也，是以'自天佑之，吉无不利也'。" [7]生人：众人，民众。 [8]抱朴守静：意谓保持人之本性。《老子》十九章："见素抱朴，少私寡欲。"十六章："致虚极，守静笃。" [9]笃素：纯厚朴实之质素。 [10]真风：指上古时代礼教与智慧未兴时之状况。真，就一般意义而言，指真实；就哲学意义而言，指人之本性。 [11]大伪：《老子》十八章："大道废，有仁义；智慧出，有大伪。"此所谓"伪"，就一般意义而言，指虚伪；就哲学意义而言，指人为。 [12]闾阎懈廉退之节：意谓乡里间已不再砥砺廉洁退让之节操。闾阎，里巷之门。懈，懈怠。 [13]市朝驱易进之心：意谓市朝间盛行巧取升迁之心。市朝，指人众会集之处。亦指集市。 [14]潜玉：指隐居不仕。《论语·子罕》："子贡曰：'有美玉于斯，韫椟而藏诸，求善贾而沽诸？'子曰：'沽之哉！

沽之哉！我待贾者也。'"当年：毕生。《汉书·司马迁传》："六艺经传以千万数，累世不能通其学，当年不能究其礼。" [15]没世：终身。徒勤：犹言徒劳无功。 [16]故夷皓有安归之叹：《史记·伯夷列传》："武王已平殷乱，天下宗周，而伯夷、叔齐耻之，义不食周粟，隐于首阳山，采薇而食之。及饿且死，作歌。其辞曰：'登彼西山兮，采其薇矣。以暴易暴兮，不知其非矣。神农、虞、夏，忽焉没兮，我安适归矣？于嗟徂兮，命之衰矣！'"皇甫谧《高士传》："四皓者，皆河内轵人也，或在汲。一曰东园公，二曰角里先生，三曰绮里季，四曰夏黄公，皆修道洁己，非义不动。秦始皇时见秦政虐，乃退入蓝田山，而作歌曰：'莫莫高山，深谷逶迤。晔晔紫芝，可以疗饥。唐虞世远，吾将何归？驷马高盖，其忧甚大。富贵之畏人，不如贫贱之肆志。'" [17]三闾发已矣之哀：屈原曾任楚国三闾大夫，其《离骚》曰："已矣哉！国无人莫我知兮，又何怀乎故都？既莫足与为美政兮，吾将从彭咸之所居。" [18]寓形：寄托形体。百年：一生。 [19]立行：行为举动。 [20]一城莫赏：意谓无一城之封赏。 [21]大块：造物，自然。受气：《庄子·知北游》："人之生，气之聚也。聚则为生，散则为死。" [22]何斯人之独灵：《书·泰誓上》："惟天地，万物父母；惟人，万物之灵。" [23]禀神智以藏照，秉三五而垂名：意谓或承受神智以藏其明，隐而不仕；或秉持三五而建功立业，垂名后世。三，指君、父、师。五，五常，即五种伦常道德：父义、母慈、兄友、弟恭、子孝。 [24]击壤：古代一种游戏。壤，以木为之，前广后狭，长尺四寸，阔三寸，其形如履。将戏，先侧一壤于地，远三四十步，以手中壤击之，中者为上。皇甫谧《帝王世纪》："帝尧陶唐氏，……天下大和，百姓无事。有八十老人，击壤于道。观者叹曰：'大哉，帝之德也！'老人曰：'吾日出而作，日入而息，凿井而饮，耕田而食。帝何力于我哉！'" [25]靡潜跃之非分：意谓无论潜隐或者仕进，皆出自本分、合乎自然。《易·乾卦》："初九，潜龙勿用。""九四，或跃在渊。"［26］傲然：高傲貌。称情：心满意足。［27］世流浪而遂徂，物群分以相形：意谓世事流迁不定，上古自然淳朴之社会一去不返，人亦分化为各不相同之群体。物，人，众人。群分，以类区分。相形，相互对待区别。［28］达人：事理通达之人。［29］山嶷（nì）嶷而怀影，川汪汪而藏声：意谓达人藏于高山大川，隐居不仕。嶷嶷，高耸貌。汪汪，深广貌。［30］轩唐：古代传说中之帝王轩辕氏（黄帝）、陶唐氏（尧）。［31］淳源汩（gǔ）以长分，美恶作以异途：意谓淳朴之源已乱，则如水之分流，美恶兴而异途矣。汩，乱。［32］原百行之攸贵，莫为善之可娱：意谓寻究各种品行之所贵，莫若为善之可足遣忧娱情也。贵，重要。［33］推诚心而获显，不矫然而祈誉：意谓扩展诚心以获得显达，而不虚诈矫情以祈求荣誉。推，扩展。矫，假托。［34］雷同：指随声附和。毁异：诋毁异己。［35］物恶其上：世人憎恶高于自己者。［36］妙算者：有神妙谋划之人。［37］怀琼、握兰：比喻有美好之品德。［38］亮：相信，信任。［39］炎帝帝魁之世：《文选》张衡《东京赋》："昔常恨三坟五典既泯，仰不睹炎帝帝魁之美。"薛综注："炎帝，神农后也。帝魁，神农名。并古之君号也。"李善注引宋衷《春秋传》："帝魁，黄帝子孙也。"［40］祗（zhī）修：敬修。［41］三省：《论语·学而》："曾子曰：'吾日三省吾身：为人谋而不忠乎？与朋友交而不信乎？传不习乎？'"［42］惠：善。［43］无爰生之晤言，念张季之终蔽：《汉书·张释之传》："张释之字季，……与兄仲同居，以赀为骑郎，事文帝，十年不得调，亡所知名。释之曰：'久宦减仲之产，不遂。'欲免归。中郎将爰盎知其贤，惜其去，乃请徙释之补谒者。释之既朝毕，因前言便宜事。文帝曰：'卑之，毋甚高论，令今可行也。'于是释之言秦汉之间事，秦所以失，汉所以兴者。文帝称善，拜释之为谒者仆射。”晤言，见面并接谈。 [44] 愍（mǐn）冯叟于郎署，赖魏守以纳计：意谓可怜冯唐已老而仅任中郎署长，依靠为魏尚辩解被文帝采纳才得以升迁。《史记·张释之冯唐列传》：冯唐为中郎署长，事文帝。上以胡寇为意，问冯唐何以知吾不能用廉颇、李牧。冯唐答曰：“臣愚，以为陛下法太明，赏太轻，罚太重。且云中守魏尚坐上功首虏差六级，陛下下之吏，削其爵，罚作之。由此言之，陛下虽得廉颇、李牧，弗能用也。”文帝说。是日令冯唐持节赦魏尚，复以为云中守，而拜唐为车骑都尉，主中尉及郡国车士。 [45] 虽仅然于必知，亦苦心而旷岁：意谓张释之、冯唐虽勉强得以知遇，但亦苦心经营空度许多岁月矣。仅然，才得以如此，勉强能如此。 [46] 审夫市之无虎，眩三夫之献说：《韩非子·内储说上》庞恭谓魏王曰：“今一人言市有虎，王信之乎？”王曰：“不信。”“二人言市有虎，王信之乎？”王曰：“不信。”“三人言市有虎，王信之乎？”王曰：“寡人信之。”庞恭曰：“夫市之无虎也明矣，然而三人言而成虎。”审，确实。眩，迷惑。 [47] 悼贾傅之秀朗，纡远辔于促界：《史记·屈原贾生列传》载：贾生名谊，文帝召以为博士。是时贾生年二十馀，最为少。文帝说之，超迁，一岁中至太中大夫。“诸律令所更定，及列侯悉就国，其说皆自贾生发之。于是天子议以为贾生任公卿之位。绛、灌、东阳侯、冯敬之属尽害之，乃短贾生曰：“雒阳之人，年少初学，专欲擅权，纷乱诸事。”于是天子后亦疏之，不用其议，乃以贾生为长沙王太傅。”秀朗，秀美俊朗。纡，屈抑。远辔，可以行远之马。促界，促狭之界，不足以施展其能力。 [48] 悲董相之渊致，屡乘危而幸济：《史记·董仲舒列传》：“以治《春秋》，孝景时为博士。……今上即位，为江都相。……中废为中大夫，居舍，著《灾异之记》。是时辽东高庙灾，主父偃疾之，取其书奏之天子。天子召诸生示其书，有刺讥。……于是下董仲舒吏，当死，诏赦之。董仲舒为人廉直。……以（公孙）弘为从谀。弘疾之，乃言上曰：‘独董仲舒可使相胶西王。’胶西王素闻董仲舒有行，亦善待之。董仲舒恐久获罪，疾免居家。”渊致，精深之旨趣。济，度过，引申为得救。 [49] 无偶：无与匹比。 [50] 淋浪：泪流不止貌。袂（mèi）：衣袖。 [51] 清诲：明教。 [52] 无亲：犹言无所偏爱。 [53] 澄得一以作鉴，恒辅善而佑仁：意谓天道澄明如同明镜，常择善者仁者而福佑之。《老子》：“天得一以清，地得一以宁。”一，指唯一之道。 [54] 夷：伯夷。《史记·伯夷列传》载：伯夷、叔齐耻食周粟，隐于首阳山，采薇而食，遂饿死。投老：垂老，临老。 [55] 回：颜回。《史记·仲尼弟子列传》：“回年二十九，发尽白，蚤死。” [56] 伤请车以备椁：《论语·先进》：“颜渊死，颜路请子之车以为之椁。”何晏《集解》：“孔曰：路，颜父也，家贫，欲请孔子之车卖以作椁。” [57] 茹薇而殒身：言伯夷、叔齐饿死之事。茹，食菜。 [58] 好学：指颜回。《论语·雍也》：“哀公问：‘弟子孰为好学？’孔子对曰：‘有颜回者好学，不迁怒，不贰过。’”行义：指伯夷、叔齐之事。 [59] 斯言：指天道无亲，辅善佑仁。虚陈：空言无验。 [60] 何旷世之无才，罕无路之不涩：意谓岂是久无英才，只因各条道路均已阻滞而不能使人才施展本领。何，哪里，表示反问。旷世，历时久远。涩，道路阻滞不畅。 [61] 病：忧。奇：佳，美。 [62] 广结发以从政，不愧赏于万邑：意谓李广自结发以来即已从政，所立之功虽赏赐万邑亦无愧也。《史记·李将军列传》：“广既从大将军青击匈奴，既出塞，青捕虏知单于所居，乃自以精兵走之，而令广并与右将军军，出东道。……广自请曰：‘臣部为前将军，今大将军乃徙令臣出东道。且臣结发而与匈奴战，今乃一得当单于，臣愿居前，先死单于。’大将军青亦阴受上诫，以为李广老，数奇，毋令当单于，恐不得所欲。……军亡导，或失道，后大将军。……大将军使长史急责广之幕府对簿。广曰：‘诸校尉无罪，乃我自失道。吾今自上簿。’至莫府，广谓其麾下曰：‘广结发与匈奴大小七十馀战，今幸从大将军出接单于兵，而大将军又徙广部行回远，而又迷失道，岂非天哉！且广年六十馀矣，终不能复对刀笔之吏。’遂引刀自刭。” [63] 屈雄志于戚竖，竟尺土之莫及：意谓李广屈其雄志于外戚小人，竟不得尺土之封赏。戚竖，指卫青等。卫青乃汉武帝卫皇后之弟。《史记·李将军列传》：“广尝与望气王朔燕语，曰：‘自汉击匈奴而广未尝不在其中，而诸部校尉以下，才能不及中人，然以击胡军功取侯者数十人，而广不为后人，然无尺寸之功以得封邑者，何也？岂吾相不当侯邪？且固命也？’” [64] 留诚信于身后，恸众人之悲泣：《史记·李将军列传》：广自刭，“广军士大夫一军皆哭。百姓闻之，知与不知，无老壮皆为垂涕”。太史公曰：“余睹李将军悛悛如鄙人，口不能道辞。及死之日，天下知与不知，皆为尽哀。彼其忠实心诚信于士大夫也？” [65] 商尽规以拯弊，言始顺而患入：《汉书·王商传》载：成帝即位，徙商为左将军，甚敬重之。而帝元舅大司马大将军王凤与商不和。后，商为丞相，益封千户。凤阴求其短，使人上书言商闺门内事。遂下其事司隶。左将军丹等亦奏商不忠不道。商免相，发病卒。尽规，尽谏。《吕氏春秋·恃君览·达郁》：“是故天子听政，使公卿列士正谏，……近臣尽规，亲戚补察，而后王斟酌焉。”高诱注：“规，谏。”许维遹《吕氏春秋集释》曰：“尽与进通，《列子》书‘进’多作‘尽’。” [66] 奚良辰之易倾，胡害胜其乃急：意谓王商之良辰何其如此易尽，而王凤等人谗害才能超过自己之人何其急迫。 [67] 苍旻遐缅，人事无已。有感有昧，畴测其理：意谓苍天遥远，天命既不可知；而人事无尽，其变化亦难以预料。有可感应者，亦有昧而不觉者。谁能预测其中之规律耶？ [68] 宁固穷以济意，不委曲而累（lèi）己：宁可固穷以成全自己之意愿，而不委曲事人以损害自己。累，使损害。 [69] 轩冕：古时大夫以上官员之车乘与冕服，借指官位爵禄及显贵者。 [70] 缊（yùn）袍：以新旧混合之乱絮制成之袍。 [71] 诚谬会以取拙，且欣然而归止：意谓诚然是谬取守拙之路，且欣然归田。谬会，错误之解会。 [72] 孤襟：孤介之情怀。毕岁：终此一年。 [73] 谢：辞谢。良价：《论语·子罕》："子贡曰：'有美玉于斯，韫椟而藏诸？求善贾而沽诸？'子曰：'沽之哉！沽之哉！我待贾者也。'"

［点评］

序谓写作之由，点明"士不遇赋"之传统。赋则从上古说起，对淳厚之风向往之至。既而密网裁、宏罗制，达人逃禄归耕，而入仕者命运多舛。历数张释之、冯唐、贾谊、董仲舒、伯夷、叔齐、颜回、李广、王商等人事迹，感叹不已。最后归结自己之人生态度，更加坚定归隐决心。

从本文题目、承传关系、序中自白，知此赋乃模拟之作，主观动机是防闲爱情流荡。然而赋之为体劝百讽一，不铺陈（如此赋中之"十愿"）则不合赋体，而铺陈太过又难免掩其主旨。客观效果与主观动机或不尽吻合，乃赋体通常情况，渊明此赋亦难免如此。

闲情赋[1] 并序

初张衡作《定情赋》（一无赋字）[2]，蔡邕作《静情（一作检逸）赋》（一无赋字）[3]，检逸辞而宗澹泊[4]，始则（一本无检逸辞而宗澹泊始则九字，则一作皆）荡以思虑，而终归闲正[5]。将以抑流宕之邪心，谅有助于讽谏。

此赋写爱情之流荡，又序曰"余园闾多暇"，或许是渊明少壮闲居时所作。

缀文之士，奕代（一作世）继作。并固触类，广其辞义[6]。余园闾多暇，复染翰为之（一作文）。虽文妙（一作好学）不足，庶不谬作者之意乎（一无乎字）[7]？

夫何瓌逸之令姿[8]，独旷世以（一作而）秀群[9]。表倾城之艳（一作令）色[10]，期有德（一作听）于传闻[11]。佩鸣玉以比絜，齐幽兰以争芬。淡柔情于俗内，负雅志于高云[12]。悲晨曦之易夕，感人生之长勤。同一尽（一作昼）于百年，何欢寡而愁殷[13]。褰朱帏而正坐[14]，泛清瑟以自欣[15]。送纤指之馀好，攘皓袖（一作腕）之缤纷[16]。瞬美目以流眄，含言笑而不分[17]。曲调将半，景落西轩[18]。悲商叩林[19]，白云依山。仰睇天路，俯促鸣弦[20]。神仪妩媚，举止详妍[21]。激清音以感余，愿接膝（一作手）以交言[22]。欲自往以结誓，惧冒礼之为諐。待凤鸟（一作鸣凤）以致辞，恐他人之我先[23]。意惶惑而靡宁，魂须臾而九迁[24]。愿在衣而为领，承华首之馀芳；悲罗（一作素）襟之宵离，怨秋夜之（一作其）未央[25]。愿在裳而为带[26]，束窈窕之纤身；嗟温凉之异

曹植《洛神赋》：“柔情绰态，媚于语言。”

《楚辞·远游》：“惟天地之无穷兮，哀人生之长勤。”

邱嘉穗《东山草堂陶诗笺》卷五：“其赋中‘愿在衣而为领’十段，正脱胎《同声歌》中‘莞蕈衾帱’等语意。”

曹植《美女篇》：“攘袖见素手，皓腕约金环。”

气，或脱故而服新[27]。愿在发而为泽[28]，刷玄鬓于（一作以）颓肩[29]；悲佳人之屡沐，从白水（一作永日）以枯煎。愿在眉而为黛[30]，随瞻视以闲扬[31]；悲脂（一作红）粉之尚鲜[32]，或取毁于华妆[33]。愿在莞而为席[34]，安弱体于三秋[35]；悲文茵之代御[36]，方经年而见求[37]。愿在丝而为履，附素足以周旋[38]；悲行止之有节[39]，空委弃（一作余）于床前。愿在昼而为影，常依形而（一作以）西东；悲高树之多荫，慨有时而（一作之）不同。愿在夜而为烛，照玉容于两楹[40]；悲扶桑之舒光[41]，奄灭景而藏明[42]。愿在竹而为扇，含凄飙（一作命凄风）于柔握[43]；悲白露之（一作以）晨零，顾襟袖以（一作之）缅邈[44]。愿在木而为桐，作膝上之鸣琴；悲乐极以哀来，终推我而辍音。考所愿而必违，徒契契（一作絜絜，又作契阔）以苦心[45]。拥劳情而罔诉[46]，步容与于南林[47]。栖木兰之遗露，翳青松之馀阴。傥行行之有觌[48]，交欣惧于中襟。竟寂寞而无见，独悁想（一作摇摇）以空寻[49]。敛轻裾以复（一作候）路[50]，瞻夕阳而流叹。步徙倚以忘趣[51]，色惨凄（一作懔）而

明杨慎《升庵诗话》卷三：“《九歌》‘满堂兮美人，忽独与予兮目成’，……陶渊明《闲情赋》‘瞬美目以流盼，含言笑而不分’，曲尽丽情，深入冶态。”

宋姚宽《西溪丛语》卷上：“陶渊明《闲情赋》，必有所自，乃出张衡《同声歌》，云：‘邂逅承际会，偶得充后房。情好新交接，飂慄若探汤。愿思为莞席，在下蔽匡床。愿为罗衾帱，在上卫风霜。’”

矜颜[52]。叶燮燮以（一作而）去条[53]，气凄凄而就寒。日负影以偕没，月媚景于云端。鸟凄声以孤归，兽索偶而不还。悼当年之晚暮[54]，恨兹岁之欲殚[55]。思宵梦以从之，神飘飖而不安。若凭舟之失棹[56]，譬缘崖而无攀。于时毕昴（一作夜景）盈轩[57]，北风凄凄。耿耿（原作惘惘，注一作耿耿）不寐[58]，众念徘徊。起摄带以伺晨[59]，繁霜粲于素阶。鸡敛翅而未鸣，笛流远以（一作远嗷而）清哀。始妙密（一作密勿）以闲和[60]，终寥亮而藏摧[61]。意夫人之在兹[62]，托行云以送怀。行云逝而无语，时奄冉而就过（一本云：行云逝而不我留，时亦奄冉而就过）[63]。徒勤思以自悲，终阻山而滞（原作带，注一作滞）河[64]。迎清风以祛累，寄弱志于归波[65]。尤（一作遮）蔓草之为会，诵邵南之馀歌[66]。坦万虑以存诚，憩遥情于八遐[67]。

[注释]

[1] 闲情：《说文》："闲，阑也，从门中有木。"注："以木岠（拒）门也。"引申为"防""限""闭""正"。《春秋繁露·循天之道》："故君子闲欲止恶以平意"。可见"闲"有防闲之意。《闲情赋序》曰："始则荡以思虑，而终归闲正。"则"闲情"犹正情也，

情已流荡，而终归于正。《序》又曰：“将以抑流宕之邪心，谅有助于讽谏。”“抑”者，止也，与“闲”义近。《闲情赋》末尾曰：“坦万虑以存诚，憩遥情于八遐。”“憩”者，止也，与“闲”亦义近。以上内证足以说明“闲情”意谓抑憩流宕之情使归于正也，与渊明在序中所谓张衡《定情赋》、蔡邕《静情赋》之“定”“静”意思相符。此外，“闲”之意义可参看王粲《闲邪赋》，“邪”字已指明此类“情”之性质，“闲邪”是使邪归正之义。 [2] 张衡《定情赋》：佚文见《艺文类聚》卷一八：“夫何妖女之淑丽，光华艳而秀容。断当时而呈美，冠朋匹而无双。叹曰：大火流兮草虫鸣，繁霜降兮草木零。秋为期兮时已征，思美人兮愁屏营。” [3] 蔡邕《静情赋》：一作《检逸赋》，佚文见《艺文类聚》卷一八：“夫何姝妖之媛女，颜炜烨而含荣。普天壤其无俪，旷千载而特生。余心悦于淑丽，爱独结而未并。情罔象而无主，意徙倚而左倾。昼骋情以舒爱，夜托梦以交灵。” [4] 检：约束，限制。逸辞：放逸之文辞。宗：尊。 [5] 始、终：指赋的前后。 [6] 奕代继作。并固触类，广其辞义：情赋有爱情与闲情之分。爱情赋始于《楚辞》，《九歌》可视为先河，《离骚》中求女一段虽非抒写爱情，但其写法对后世颇有影响。宋玉有《高唐赋》《神女赋》《登徒子好色赋》，可视为此类赋之发端；汉司马相如有《美人赋》，蔡邕有《协和婚赋》《青衣赋》；魏杨修有《神女赋》，陈琳有《神女赋》，应瑒有《神女赋》，徐幹有《嘉梦赋》，曹植有《洛神赋》；晋张敏有《神女赋》。闲情赋亦出自宋玉而改变其主题，汉张衡《定情赋》发其端，继之蔡邕有《静情赋》，魏王粲有《闲邪赋》《神女赋》，应瑒有《正情赋》，陈琳、阮瑀均有《止欲赋》，曹植有《静思赋》，晋张华有《永怀赋》，傅玄有《矫情赋》。渊明主要继承闲情一类，在辞义两方面加以铺陈。奕代，犹奕世，累世，代代。 [7] 虽文妙不足，庶不谬作者之意乎：意谓虽然文妙不足，但庶几不违背张衡等原作者之主旨也。 [8] 瓌逸：瓌奇超迈。令：美。 [9] 旷世：绝代，空前。秀群：秀出于众人之上。 [10] 倾城：《汉书·外戚传》："北方有佳人，绝世而独立。一顾倾人城，再顾倾人国。" [11] 期：希望。 [12] 淡柔情于俗内，负雅志于高云：意谓淡然于世俗之柔情，而抱清高不俗之雅志。 [13] 殷：多。 [14] 褰：撩起。帏：帐幕。 [15] 汎：通泛。古琴通过特定之演奏法所发出之轻而清之音曰泛，也泛指弹奏，此系泛指。 [16] 送纤指之馀好，攘皓袖之缤纷：形容弹瑟时手部腕部之优美动作。送，传送出。 [17] 瞬美目以流眄，含言笑而不分：意谓美目流转，似言似笑。瞬，目光转动。 [18] 景：日光。轩：窗。 [19] 商：五音之一。《礼记·月令》："孟秋之月，……其音商。" [20] 仰睇天路，俯促鸣弦：连上四句意谓其弹奏与大自然之声音相谐和。天路，天上之路，此泛指天空。促，急促弹奏。 [21] 详妍：安详美好。 [22] 激清音以感余，愿接膝以交言：意谓其音乐感动自己，而愿与之接近也。接膝，两人之膝相接。 [23] 欲自往以结誓，惧冒礼之为諐（qiān）。待凤鸟以致辞，恐他人之我先：意谓自往结誓既恐为諐，而待凤鸟为媒又恐落后于他人也。冒礼，冒犯礼法。諐，同"愆"，过失。 [24] 意惶惑而靡宁，魂须臾而九迁：极言心神不宁。 [25] 悲罗襟之宵离，怨秋夜之未央：意谓为其衣领固可承华首之馀芳，然当夜晚脱衣而睡则不得不分离矣，而秋夜漫漫难尽，深怨离别之久长也。 [26] 裳（cháng）：下衣。 [27] 嗟温凉之易气，或脱故而服新：意谓为其下衣固可束其美好之纤身，然气候温凉变化，衣裳亦随之脱故服新，终不能永随其身也。 [28] 泽：润发之膏泽。 [29] 玄：黑。颓肩：削肩。 [30] 黛：青黑色颜料，古代女子用以画眉。 [31] 闲扬：形容眉毛跟随眼睛瞻视而扬起之闲雅表情。 [32] 尚鲜：言脂粉以新鲜为好。 [33] 或取毁于华妆：意谓被华丽之化妆品所取代。 [34] 莞（guǎn）：蒲草。《尔雅·释草》郭璞注："今西方人呼蒲为莞蒲，……用之为席。" [35] 三秋：秋季三月。 [36] 文茵：车上之虎皮坐褥。代御：取代使用。 [37] 方经年而见求：意谓下年秋季莞席才会再次用上。 [38] 周旋：指步履之移动。 [39] 行止：偏义复词，此指行动。有节：有节制。 [40] 楹：厅堂前部之柱子。 [41] 扶桑：传说日出之处。舒光：舒布其光也。 [42] 奄：忽然。景、明：此指烛光。 [43] 凄飙：冷风。 [44] 顾襟袖以缅邈：意谓秋季则远弃不用，不得与之亲近矣。 [45] 契契：忧苦。 [46] 劳：忧愁。 [47] 容与：徘徊不进貌。 [48] 傥：倘或，表示希望。觌（dí）：见。 [49] 悁（yuān）：忧也。 [50] 裾：衣服之大襟。 [51] 趣：通"趋"，行也。忘趣：意谓心神不定，不知所之。 [52] 矜颜：容貌严肃。 [53] 燮燮：叶落声。条：树枝。 [54] 当年：壮年。 [55] 殚：尽。 [56] 棹：船桨。 [57] 毕：二十八宿之一。昴（mǎo）：二十八宿之一。 [58] 耿耿：形容心中不能安宁。《诗·邶风·柏舟》："耿耿不寐，如有隐忧。"耿耿，原作"惘惘"。"惘"，意谓小明或记忆，于义不合。或系"炯炯"之误。《楚辞·哀时命》："夜炯炯而不寐兮，怀隐忧而历兹。"王逸注："言己中心愁怛，目为炯炯而不能眠。" [59] 摄带：束带，意谓穿衣。 [60] 妙密：精微细密。 [61] 藏摧：哀伤貌。 [62] 意：料想。夫（fú）人：彼人。 [63] 奄冉：犹荏苒，形容时光逐渐推移。就：副词，表示时间，相当于逐渐。 [64] 滞：原作"带"，底本校曰"一作滞"。"滞河"与"阻山"相对，作"滞"为胜。 [65] 迎清风以祛（qū）累，寄弱志于归波：意谓上述爱慕之情乃多馀之杂念，意志柔弱之表现，亦即序文中所谓"流宕之邪心"，使随清风流水而去。 [66] 尤蔓草之为会，诵邵南之馀歌：意谓责备男女之私会，而以礼教约束自己。蔓草，指

《诗·郑风·野有蔓草》,《毛诗序》曰:“男女失时,思不期而会焉。”邵南,指《诗》中之《召南》,《诗大序》曰:“《周南》《召南》,正始之道,王化之基。” [67] 坦万虑以存诚,憩遥情于八遐:意谓宽舒种种思虑,而仅存诚正之心;停止放荡之感情于八方以外。

[点评]

历来对此赋诠释不同,评价不一,有言情与寄托两说,言情说又有肯定与否定两种态度。兹举其要者如下:梁萧统认为此赋乃言情之作,其《陶渊明集序》曰:“余爱嗜其文,不能释手;尚想其德,恨不同时。故更加搜求,粗为区目。白璧微瑕者,惟在《闲情》一赋。扬雄所谓劝百而讽一者,卒无讽谏,何必摇其笔端。惜哉,无是可也!”苏轼亦不认为《闲情赋》有讽谏之寓意,而确信是言情之作,但无伤大雅:“渊明《闲情赋》,正所谓《国风》好色而不淫,正使不及《周南》,与屈、宋所陈何异?而统乃讥之,此乃小儿强作解事者。”(《东坡题跋》卷二《题文选》)明张自烈则认为此赋别有寓意:“此赋托寄深远,合渊明首尾诗文思之,自得其旨。……或云此赋为眷怀故主作,或又云续之辈虽居庐山,每从州将游,渊明思同调之人而不可得,故托此以送怀。”(《笺注陶渊明集》卷五)清刘光蕡曰:“其所赋之词,以为学人之求道也可,以为忠臣之恋主也可,即以为自悲身世以思圣帝明王也亦无不可。”(《陶渊明闲情赋注》)

主寄托说者所用方法,乃是以渊明其他作品为参照,以解释《闲情赋》此一特定作品,而不是从本文之诠释中得出结论,故难免牵强附会、主观臆测。如就其题目、承传关系、序中之自白而言，可以断定渊明写作此赋之主观动机确是防闲爱情流宕。无论如何不宜将渊明欲防闲之情，释为怀念故主之情，或某种理想之寄托。萧统、苏轼虽然评价不同，但皆视之为言情之作，宜也。

归去来兮辞[1]并序

余家贫，耕植不足以自给。幼稚盈室（一作兼稚子盈室），缾无储粟[2]，生生所资，未见其术[3]。亲故多劝余为长吏[4]，脱然有怀[5]，求之靡途。会有四方之事[6]，诸侯以惠爱为德[7]，家叔以余贫苦，遂见用为小邑[8]。于时风波未静[9]，心惮远役[10]，彭泽去家百里[11]，公田之秫（原作利，注一作秫），过足为润（原作足以为酒，注一作过足为润）[12]，故便求之。及少日，眷然有归欤之情[13]。何则？质性自然，非矫励所得[14]。饥冻虽切，违己交病[15]。尝（一作曾）从人事，皆口腹自役[16]。于是怅然慷慨，深愧平生之志[17]。犹望一稔[18]，当敛裳宵逝[19]。寻程氏妹丧于武昌，情在骏奔，自免去职[20]。

《序》末署“乙巳岁”，已言明写作时间为义熙元年（405），乃将归未归之际。至于文中涉及归途及归后情事，乃想象之辞。李公焕《笺注陶渊明集》卷五引欧阳修曰：“晋无文章，惟陶渊明《归去来兮辞》一篇而已。”又引李格非曰：“陶渊明《归去来兮辞》，沛然如肺腑中流出，殊不见有斧凿痕。”

《论语·公冶长》：“子在陈，曰：‘归欤！归欤！……’”朱熹集注：“此孔子周流四方，道不行而思归之叹也。”

仲秋至冬，在官八十馀日。因事顺心[21]，命篇曰归去来兮。乙巳岁十一月也。

归去来兮！田园将芜胡不归？既自以心（一作身）为形役，奚惆怅而独悲[22]！悟已往之不谏，知来者之可追[23]。实迷途其未远，觉今是而昨非[24]。舟遥遥以轻飏[25]，风飘飘而吹衣。问征夫以前路[26]，恨晨光之熹（一作晞）微[27]。乃瞻衡宇[28]，载欣载奔。僮仆欢迎，稚子候门。三径就荒[29]，松菊犹存。携幼入室，有酒盈罇。引壶觞以自酌（一作适），眄庭柯以怡颜。倚南窗以寄傲[30]，审容膝之易安[31]。园日涉以成趣（一作径）[32]，门虽设而常关。策扶老以流憩[33]，时矫首而遐观[34]。云无心以出岫，鸟倦飞而知还[35]。景翳翳以将入[36]，抚孤松而盘桓[37]。归去来兮！请息交以绝游[38]。世与我而相遗，复驾言兮焉求[39]？悦亲戚之情话，乐琴书以消忧。农人告余以春及（一无及字，一作暮春，又作仲春），将有事于西畴[40]。或命巾车[41]，或棹孤舟[42]。既窈窕以寻壑[43]，亦崎岖而经（一作寻）丘。木欣欣以向荣，泉涓涓而始流[44]。善万物之得时，感

《诗·邶风·式微》："式微，式微，胡不归？"

吴淇《六朝选诗定论》卷一一："通篇以'觉今是而昨非'为主，'田园'二字，作两大柱。……然'昨非'只有'心为形役'一句，而通篇俱说'今是'。是非既辨，便当勇退，不须徘徊惆怅，此《归去来》之根本也。"

吾生之行休[45]。已矣乎！寓形宇内能（一无能字）复几时，曷不委心任去留[46]？胡为乎遑遑兮（一无兮字）欲何之[47]？富贵非吾愿，帝乡不可期[48]。怀良辰以孤往[49]，或植杖而耘耔[50]。登东皋以舒啸[51]，临清流而赋诗。聊乘化以归尽，乐夫天命复奚疑（一作为）[52]！

孙人龙《陶公诗评注初学读本》卷二："通篇凡五易韵，耿介中仍和而不迫，得风人之遗旨。先叙决计欲归意，次叙归来情景。云鸟如此，胡不归乎？前后呼应，自见章法。是早春光景，亦见归来之可乐。末叙归来不复出意，结出大旨意，真本领。"

[注释]

[1] 辞：文体名，源出于《楚辞》，但《文选》单列一类"辞"体，以区别于骚、赋。归去来：先秦文献屡见"归来"一词，如《楚辞·招魂》："魂兮归来！"《战国策·齐策》："长铗归来乎！"此后仍不乏用例，如淮南小山《招隐士》："王孙兮归来！""来"字置于"归"字之后，有强调、呼唤之语气，而其意义或已虚化，"长铗归来乎"，其实是离孟尝君而去，但不言归去，而曰归来，归来犹归去，其方向性已经虚化。至于"归去来"乃六朝习语，如《乐府诗集》卷八九《梁武帝时谣》："城中诸少年，逐欢归去来。"尤可注意者，《史记·孟尝君列传》所载《弹歌》："长铗归来乎！"《北堂书钞》作"大丈夫，归去来兮"。在"归"字与"来"字之间加一"去"字，可见"归去来"义犹"归来"。总之，"归去来"之涵义重在"归"字，而"去""来"之方向性已逐渐淡化，重在表示强调、呼唤之语气。 [2] 缾无储粟：意谓连一缾粟之微尚无所储，极言贫穷之状。缾，同"瓶"。《说文》："瓶，缾或从瓦。"《诗·小雅·蓼莪》："缾之罄矣，维罍之耻。"缾小罍大，皆酒器也。可见"缾"并非储粟器也。苏轼《东坡题跋》卷一《书渊明归去来序》："俗传书生入官库，见钱不识。或怪而问之，生曰：'固知

其为钱，但怪其不在纸裹中耳。’予偶读渊明《归去来辞》云：‘幼稚盈室，瓶无储粟。’乃知俗传信而有证。使瓶有储粟，亦甚微矣，此翁平生只于瓶中见粟也耶！”苏说恐未当，此序乃十分严肃之文字，言其贫状，不涉诙谐，全是写实手法。且渊明虽贫，尚不至在汲水瓶或酒瓶中储粟也。“缾（瓶）”，疑通“辩”（píng）。《说文》：“辩，极（gé）也，……杜林以为竹筥，扬雄以为蒲器。”“极，蒲席齭也。”“齭（zhǔ），……所以载盛米。”则“齭”“极”“齭”均系储米器，或以竹编，或以蒲编。 [3] 生生所资，未见其术：意谓未见有何方法可充养育幼稚之用也。生生，孳息不绝，此谓养育幼稚也。资，用。术，方法。此非泛泛言其生活无法维持，乃承上“幼稚盈室，缾无储粟”，强调无以养育幼稚也。 [4] 长吏：《汉书・百官公卿表》：“县令、长皆秦官，掌治其县。……皆有丞、尉，秩四百石至二百石，是为长吏。” [5] 脱然有怀：渊明原为“生生所资，未见其术”所苦，亲故劝为长吏，遂舒然释怀而有此想。 [6] 会：恰逢。四方之事：《周礼・夏官・训方氏》：“掌道四方之政事。”注：“四方，诸侯也。”然则“四方之事”即诸侯之事，与下文“诸侯以惠爱为德”呼应。事，变故，多指重大之政治军事事件。此所谓“四方之事”指当时各地刺史、都督之间及其与东晋王朝间之矛盾战争，即自王恭起兵以来变化莫测之政治局面。 [7] 诸侯以惠爱为德：意谓诸侯有事，故皆以惠爱人才为德，延揽人才以为己用也。诸侯，泛指各地刺史、都督，非专指某一人如刘裕或刘敬宣。 [8] 家叔以余贫苦，遂见用为小邑：陶澍《靖节先生年谱考异》曰：“家叔当即《孟府君传》所谓叔父太常夔也。”李公焕《笺注陶渊明集》卷五：“当时刺史得自采辟所部县令而版授之，故云。”观此二句行文，似乎家叔用之为小邑，其实不然。陶夔曾任王孝伯（恭）参军、太常、尚书，但未尝任刺史；亦不见渊明另有任刺史之家叔，家叔用之为小邑云云颇可疑也。若联系上文“诸侯以惠爱为德”，显系某诸侯用之为小邑。因疑“家叔以余贫苦，遂见用为小邑”中之“苦”字，乃“告”字之误。“苦”“告”形近。家叔乃“劝余为长吏”之众“亲故”中之一人，渊明自己既“求之靡途”，家叔遂以其贫告知诸侯，而被诸侯用为小邑。是年陶夔任尚书，迎元帝还建康，当可推荐渊明也。至于小邑则渊明自选之彭泽县也。 [9] 风波：指桓玄篡晋，刘裕起兵讨桓。 [10] 惮：畏惧。远役：行役至远处。 [11] 彭泽：自汉置县，在今江西省北部、长江南岸，邻近安徽省，距渊明家乡寻阳不远。 [12] 公田之秫，过足为润：渊明任彭泽县令得公田三顷，所获可资养家，较原先饥贫之状已过足且为丰润矣。两句原作“公田之利，足以为酒”，亦通，然语涉诙谐，而此文通篇庄重，且上文一言“余家贫，耕植不足以自给”，再言“饥冻虽切”，所求者唯食饱也，非为酒也，且语极沉痛。此处竟以“足以为酒”为求彭泽县令理由，文义未能衔接。疑是因萧统《陶渊明传》而改。《传》曰：“公田悉令种秫，曰：‘吾尝得醉于酒足矣！’” [13] 眷然：反顾貌。 [14] 质性自然，非矫励所得：意谓吾之质性天然如此，非刻意力求所及，不堪绳墨也。质性，天性，天资。自然，自然而然，以自己本来之面貌存在，依自己固有之规律演化，无须外在之条件或力量。矫励，勉励磨练。得，及。 [15] 饥冻虽切，违己交病：意谓饥冻虽感急迫，而违反自己之本性则于饥冻之外更遭耻辱矣。切，急迫。病，《仪礼・士冠礼》：“某不敏，恐不能共事，以病吾子，敢辞。”注：“病，犹辱也。”与下文“深愧平生之志”相呼应。交，两相接触，引申为遭遇某种情况。 [16] 尝从人事，皆口腹自役：意谓过去曾经从政，皆因图一饱而役使自己，非本性所好也。 [17] 于是怅然慷慨，深愧平生之志：意谓此次任彭泽令亦复怅然若失，慷慨不已，深愧于平生志也。 [18] 一稔（rěn）：一年。谷物成熟曰“稔”。 [19] 当敛裳宵逝：意谓恭恭敬敬辞去官职，毫不留恋迟疑，连夜离去。敛裳，“敛衽”之活用。敛衽，整饬衣襟以示敬。衽，衣襟也。宵逝，夜行。 [20] 寻程氏妹丧于武昌，情在骏奔，自免去职：关于妹丧与辞官之关系，前人多有论述。李公焕《笺注陶渊明集》卷五引韩子苍曰：“《传》言渊明以郡遣督邮至，即日解印绶去。而渊明自叙，以程氏妹丧去奔武昌。余观此士既以违己交病，又愧役于口腹，意不欲仕久矣。及因妹丧即去，盖其孝友如此。世人但以不屈于州县吏为高，故以因督邮而去。此士识时委命，其意固有在矣，岂一督邮能为之去就哉？躬耕乞食且犹不耻，而耻屈于督邮，必不然矣。”宋洪迈《容斋随笔·五笔》卷一《陶潜去彭泽》：“观其语意，乃以妹丧而去，不缘督邮。所谓矫厉违己之说，疑心有所属，不欲尽言之耳。词中正喜还家之乐，略不及武昌，自可见也。”清林云铭评注《古文析义初编》卷四：“陶元亮作令彭泽，不为五斗米折腰，竟成千秋佳话。岂未仕之先，茫不知有束带谒见之时，孟浪受官，直待郡遣督邮，方较论禄之微薄、礼之卑屈耶？盖元亮生于晋祚将移之时，世道人心，皆不可问，而气节学术，无所用之，徒劳何益。五斗折腰之说，有托而逃，犹张翰因秋风而思莼鲈，断非为馋口垂涎起见。故于词内前半段以‘心为行役’一语，后半段以‘世与我遗’一句，微见其意也。”陶澍《靖节先生集注》卷五曰：“先生之归，史言不肯折腰督邮，《序》言因妹丧自免。窃意先生有托而去，初假督邮为名，至属文，又迂其说于妹丧以自晦耳。其实闵晋祚之将终，深知时不可为，思以岩栖谷隐，置身理乱之外，庶得全其后凋之节也。”寻，不久。程氏妹，嫁于程氏之妹。骏奔，疾奔。 [21] 因事顺心：意谓就妹丧之事辞官而去，得以顺遂心愿矣。 [22] 既自以心为行役，奚惆怅而独悲：意谓既然自己求官出仕，以心为行所役使，何以又惆怅而独悲乎？奚，为何。惆怅，悲愁貌。 [23] 谏：纠正，挽回。《论语·八佾》：“成事不说，遂事不谏，既往不咎。”

追：补救。[24] 实迷途其未远，觉今是而昨非：《楚辞·离骚》："回朕车以复路兮，及行迷之未远。"《庄子·则阳》："蘧伯玉行年六十而六十化，未尝不始于是之，而卒诎之以非也；未知今之所谓是之非五十九非也。" [25] 遥：飘荡。[26] 征夫：行路之人。[27] 熹微：晨光微明。[28] 乃：竟，终于。衡宇：衡木为门之屋宇。[29] 三径就荒：意谓旧居接近荒废。三径，李善注引赵岐《三辅决录》："蒋诩字符卿，舍中三径，唯羊仲、求仲从之游。皆挫廉逃名不出。" [30] 寄傲：寄托旷放高傲之情怀。[31] 审：诚知。容膝：仅能容纳双膝，言容身之地狭小。《韩诗外传》卷九："今如结驷列骑，所安不过容膝；食方丈于前，所甘不过一肉。以容膝之安，一肉之味，而殉楚国之忧，其可乎？" [32] 涉：经过。成趣：李善注引《尔雅》曰："堂上谓之行，堂下谓之步，门外谓之趋，中庭谓之走。"郭璞曰："此皆人行步趋走之处。"胡克家《文选考异》曰："趣当作趋，……倘作趣，此一节全无附丽矣。五臣良注云：'自成佳趣'，乃作趣也。各本皆以五臣乱善而失著校语。" [33] 策：扶杖。扶老：原谓手杖可供老人扶持，后用为手杖之别称。[34] 矫首：抬头。遐观：远望。[35] 岫（xiù）：峰峦。[36] 景：日光。翳翳：光线暗淡。[37] 盘桓：徘徊。[38] 请息交以绝游：表示自己欲断绝交游，不与世俗来往。[39] 世与我而相遗，复驾言兮焉求：意谓世人既与我道不相同，则复驾车出游何所求耶？驾言，驾车外出。言，语助词。[40] 西畴：西田。[41] 命：指派，使用。巾车：以帏幕装饰车子，因指整车出行。也用以指有帏幕之车。长沙金盆岭出土晋陶制明器，有衣车，两轮，周围及顶部有帏幕。此处"巾车"与下句"孤舟"对举，当系有帏幕之车也。[42] 棹：划船具，此处用作动词，划船。[43] 窈窕：幽深貌。[44] 涓涓：细水慢流貌。[45] 感吾生之行休：感叹吾之生命将要结束。行，将。[46] 寓形宇内能复几时，曷不委心任去留：意谓寄身世间无复多时矣，何不顺遂本心，听任死生耶？去留，死生。 [47] 遑遑：匆促不安。 [48] 帝乡：神话中天帝所居之地，此指仙境。 [49] 怀：念思也。良辰：美好时光。 [50] 植杖：见《癸卯岁始春怀古田舍二首》其一注释 [9]。耘：除草。耔：培土于苗根上。 [51] 皋：水边高地。舒啸：撮口长啸，古人抒发感情之一种方式。 [52] 聊乘化以归尽，乐夫天命复奚疑：意谓聊且顺应大化以了此一生，乐天知命，不必有何怀疑。《易·系辞》："乐天知命故不忧。"乘化，见《形影神》注。

[点评]

此篇是了解渊明出处行藏之重要作品，然亦不可胶柱鼓瑟。例如，渊明之求官固然因为家贫，但亦欲有所为，所谓"时来苟冥会，宛辔憩通衢"（《始作镇军参军经曲阿》）也，而此文则讳莫如深，一再言其家贫，而于用世之志决不提及一字。再如，渊明任彭泽令前曾任镇军、建威参军，而此文只字不提，似乎因家贫直接出仕为小邑者。此皆渊明行文之巧，而读者未可轻信也。至于渊明归隐原因，前人多有据此文未言及不为五斗米折腰，而怀疑其事者。盖此文所未言及者未必无有。程氏妹丧虽情在骏奔，但妹丧无须服孝，不能成为辞官之理由，若不欲辞官，大可骏奔之后再回彭泽。妹丧只是促成其立即辞官之理由，其辞官之根本原因乃在于："质性自然，非矫励所得。饥冻虽切，违己交病。尝从人事，皆口腹自役。于是怅然慷慨，深愧平生之志。"至于不为五斗米折腰、程氏妹丧，皆是近因。违己与顺己，乃是两种人生态度，渊明之终归田里，顺己而已。

卷六 记传赞述十三首

桃花源记[1]并诗

晋太元中[2]，武陵人捕鱼为业。缘溪行[3]，忘路之远近。忽逢桃花林，夹岸数百步，中无杂树（一作草），芳华鲜美，落英缤纷[4]。渔人甚异之，复前行，欲穷其林。林尽水源[5]，便得一山。山有小口，髣髴若有光[6]，便舍船从口入。初极狭，才通人[7]，复行数十步，豁然开朗。土地平旷，屋舍俨（一作晏，一作鱼）然[8]，有良田、美池、桑竹之属，阡陌交通，鸡犬相闻[9]。其中往来种作，男女衣著，悉如外人[10]。黄发垂髫（一作髫龀）[11]，并怡然自乐。见渔人乃大惊，问所从来，具答之[12]。便要还家[13]，为设酒杀鸡作食。村中闻有此人，咸来问讯[14]。自云先世避秦时乱，

林云铭《古文析义二编》卷五："愚以为元亮生于晋宋之间，遐思治世，不欲作三代以下人物，为此寓言寄趣，犹王绩之《醉乡》，不必实有是乡。"邱嘉穗《东山草堂陶诗笺》卷五："设想甚奇，直于污浊世界中另辟一天地，使人神游于黄、农之代。公盖厌尘网而慕淳风，故尝自命为无怀、葛天之民，而此记即其寄托之意。如必求其人与地之所在而实之，则凿矣。"

清方堃《桃源避秦考》："又考《博异记》以桃花神为陶氏，则篇中夹岸桃花，盖隐言'陶'；沿溪水源，盖隐言'渊'；小口有光，盖隐言'明'。渊明旷世相感，故述古以自况，谓之寓言可也，谓之为仙幻不可也。"（清余良栋等修《桃源县志》卷一三）

"如外人"，指种作与衣著等各方面之生产生活习俗，犹此诗所谓"俎豆犹古法，衣裳无新制"。

率妻子邑人来此绝境[15]，不复出焉，遂与外人间隔。问今是何世，乃不知有汉，无论魏晋（一本有等也二字）[16]。此人一一为具言所闻，皆叹惋[17]。馀人各复延至其家[18]，皆出酒食。停数日，辞去。此中人语（一本无语字）云："不足为外人道也。"既出，得其船，便扶（一作于）向路[19]，处处志之[20]。及郡下，诣太守说如此。太守即遣人随其往，寻向所志[21]，遂迷不复得路。南阳刘子骥[22]，高尚士也[23]。闻之，欣然规往（一本有游焉二字）[24]，未果[25]，寻病终[26]。后遂无问津者[27]。

诗

嬴氏乱天纪[28]，贤者避其世。黄绮之商山[29]，伊人亦云逝[30]。往迹浸复湮，来径遂芜废[31]。相命肆农耕[32]，日入从所憩。桑竹垂馀荫，菽稷随时艺[33]。春蚕收长（一作良）丝，秋熟靡王税[34]。荒路暧交通[35]，鸡犬互鸣吠。俎豆犹古法，衣裳无新制[36]。童孺纵行歌，班白欢游（一作迎）诣[37]。草荣识节和，木衰知风厉[38]。

虽无纪历志，四时自成岁[39]。怡然有馀乐，于何劳智慧[40]。奇踪隐五百[41]，一朝敞神界[42]。淳薄既异源，旋复还幽蔽（一作闭）[43]。借问游方士，焉测尘嚣外（一作尘外地）[44]？愿言蹑轻风[45]，高举寻吾契[46]。

[注释]

[1] 桃花源：《记》明言："武陵人"偶入桃花源，则桃花源应在武陵。武陵，今湖南常德。前人及今人对其地点有种种考证，或在鼎州（陶澍《靖节先生集注》卷六引康骈说），或在北方之弘农或上洛（陈寅恪《桃花源记旁证》），或在其他某地。鼎州，亦常德古称。此外他说，恐不足为据。 [2] 太元：东晋孝武帝年号（376—396）。《艺文类聚》作"太康"。《桃花源诗》云"奇踪隐五百"，自秦至西晋太康中，约五百年，至东晋太元则又过百年矣，似作"太康"为是。然文中所云刘子骥乃太元中人，则作"太元"为是。或刘子骥寻访桃花源，并非渔人当时之事。姑存疑。 [3] 缘：循，沿。 [4] 落英缤纷：落花纷繁貌。或曰始开之花纷繁，亦通。 [5] 林尽水源：意谓桃花林之尽头，正是溪水之源。 [6] 髣髴：同"仿佛"。 [7] 才通人：刚能通过一人。 [8] 俨然：此谓整齐。 [9] 阡陌：田间小道，南北曰阡，东西曰陌。 [10] 其中往来种作，男女衣著，悉如外人：意谓桃花源中往来耕种之情形以及男女之衣著，完全与桃花源以外之人相同。此文中"外人"共出现三次：另有"遂与外人间隔"，"此中人语云：'不足为外人道也。'"皆指桃花源以外之人。 [11] 黄发：指老人。垂髫（tiáo）：指儿童。小儿垂发为饰曰髫。 [12] 具：

清吴楚材、吴调侯选《古文观止》卷七："桃源人要自与尘俗相去万里，不必问其为仙为隐。靖节当晋衰乱时，超然有高举之思，故作记以寓志，亦《归去来辞》之意也。"

宋唐庚《唐子西文录》："唐人有诗云：'山僧不解数甲子，一叶落知天下秋。'及观渊明诗云：'虽无纪历志，四时自成岁'，便觉唐人费力如此。如《桃花源记》言：'尚不知有汉，无论魏晋'，可见造语之简妙。盖晋人工造语，而渊明其尤也。"

《老子》十八章："智慧出，有大伪。"《庄子·缮性》："人虽有知，无所用之。"道家认为智慧带来虚伪，以无须智慧之古朴生活为理想生活。

全部。 [13] 要：邀请。 [14] 咸来问讯：意谓都来询问外界消息。《说文》："问，讯也。""讯，问也。" [15] 绝境：与世人隔绝之地。 [16] 不知有汉，无论魏晋：意谓桃源中人连汉代尚不知，别说魏晋矣。洪迈《容斋随笔·三笔》卷一〇："然予窃意桃源之事，以避秦为言，至云'无论魏晋'，乃寓意于刘裕，托之于秦，借以为喻耳。近时胡宏仁仲一诗，屈折有奇味，大略云：'靖节先生绝世人，奈何记伪不考真。先生高步窘末代，雅志不肯为秦民。故作斯文写幽意，要似寰海离风尘。'其说得之矣。"可作参考。 [17] 惋：惊叹也。 [18] 延：邀请，引导。 [19] 扶：沿着。向路：旧路，指来时之路。 [20] 志：作标志。 [21] 寻向所志：寻找过去所作标志。 [22] 南阳刘子骥：名驎之，南阳（今属河南）人。《晋书·隐逸传》："好游山泽，志存遁逸。尝采药至衡山，深入忘返，见有一涧水，水南有二石囷，一囷闭，一囷开，水深广不得过。欲还，失道，遇伐弓人，问径，仅得还家。或说囷中皆仙灵方药诸杂物，驎之欲更寻索，终不复知处也。" [23] 高尚士：隐士。 [24] 规：谋划。 [25] 未果：未实现。 [26] 寻：不久。 [27] 问津：意谓访求。用孔子使子路向长沮、桀溺问津事。 [28] 嬴氏：指秦始皇嬴政。乱天纪：《书·胤征》："俶扰天纪，遐弃厥司。"孔颖达正义："始乱天之纪纲，远弃所主之事。" [29] 黄绮：夏黄公、绮里季，与东园公、角里先生于秦末隐于商山，合称"商山四皓"，见皇甫谧《高士传》。 [30] 伊人：指桃花源中人。 [31] 往迹寖（jìn）复湮，来径遂芜废：意谓桃花源中人往来此处之踪迹路径已经湮没荒芜。"往迹"与"来径"互文见义。寖，止息，废弃。湮，湮没。 [32] 肆农耕：努力耕种。 [33] 菽：豆类。稷：指谷类。随时艺：按照季节及时耕种。 [34] 靡：无。 [35] 荒路暧交通：意谓荒路被草木掩蔽，有碍交通。 [36] 俎豆犹古法，衣裳无新制：意谓礼制与穿著均保持古风。俎豆，古代祭祀所用礼器。新制，新式样。 [37] 班白：指老人。班，通“斑”，指鬓发花白。游诣：意谓清闲舒适，自由自在。诣，往，至。 [38] 草荣识节和，木衰知风厉：意谓因草木之茂盛或凋谢，而知道季节之变化。厉，烈。 [39] 虽无纪历志，四时自成岁：意谓虽无岁历之推算记载，而四季更替自成一年。 [40] 于何劳智慧：意谓智慧无处可用也。 [41] 奇踪：谓桃源人之踪迹。 [42] 敞：敞开，显露。 [43] 淳薄既异源，旋复还幽蔽：意谓桃源与世俗之间，淳厚与浇薄既然不同，所以此神界显露之后，随即重新隐蔽矣。异源，本源不同。 [44] 借问游方士，焉测尘嚣外：意谓世俗中人不能测知尘世以外之事。游方士，游于方内之士，指世俗中人。《庄子・大宗师》：“孔子曰：‘彼，游方之外者也；而丘，游方之内者也。’”尘嚣，尘世。 [45] 蹑：蹈，踏。 [46] 吾契：与我志趣相投之人，指桃源中人。

[点评]

关于此文的写作时间，一些学者认为乃入宋以后所作。如赖义辉《陶渊明生平事迹及其岁数新考》曰：“《与子俨等疏》云：‘济北氾稚春，晋时操行人也。’按此文为入宋之作，故云‘晋时’。……先生《命子》诗，晋作也，有句云‘在我中晋’，即其例。《桃花源》首标‘晋太元中’，此例与前者同而后者异，其为晋亡后之作可知。顾抑有言者，《祭程氏妹文》云‘维晋义熙三年’，此固晋时之作也，然标晋年号，岂不与前所云相悖？……祭文凡标国号，皆必指当代者，其方式固如有也。……由此可知，祭文所标皆为当代朝号，而益信《桃花源记》为鼎革后之作。”又如陈寅恪《桃花源记旁证》曰：“渊明《拟古》诗之第二首可与《桃花源记》互相印证发明。”王瑶注以《拟古》诗作于宋永初二年辛酉（421），“《桃花源记并诗》当也是同时所作”。兹姑系于宋永初三年壬戌（422），以待详考。

《桃花源记》乃渊明作品中影响极大之一篇，历来说者甚多。早在唐代，王维有《桃源行》、韩愈有《桃源图》、刘禹锡有《桃源行》，皆在题咏之中有所评论。宋代，王安石有《桃源行》，苏轼有《和陶桃花源（并引）》，汪藻有《桃源行》，楼钥有《桃源图》。元代，赵孟頫有《题桃源图》，王恽有《题桃源图后》。文人竞相推毂，桃源故事遂日益深入人心。亦有考察桃源之地望者，考证其故事之来源者，考论其文章之寓意者，不必一一列举矣。

此《桃花源记并诗》记述一仙境故事，此仙境乃渔人偶然发现，且不可再觅，所谓“一朝敞神界”“旋复还幽蔽”。此亦无甚奇者，一般神仙故事多如此。桃花源与一般仙界故事不同之处乃在于：其中之人并非不死之神仙，亦无特异之处，而是普通人，因避秦时乱而来此绝境，遂与世人隔绝者。此中人之衣著、习俗、耕作，亦与桃花源外无异，而其淳厚古朴又远胜于世俗矣，渊明藉此以寄托其理想也。渊明所关心者原是其本人之出处穷达，《桃花源记并诗》则超出个人之外，而及于广大人民之幸福，此点应特加标举。前人或曰是愤宋之作，如黄文焕《陶诗析义》卷四曰：“当属晋衰裕横之日，借往事以抒新恨耳。……元亮之意总在寄托，不属炫异。”则又落忠愤说之窠臼矣。诚如马墣《陶诗本义》卷四曰：“其托避秦人之言，曰‘乃不知有汉，无论魏晋’，是自露其怀确然矣，其胸中何尝有晋，论者乃以为守晋节而不仕宋，陋矣。”

晋故征西大将军长史孟府君传[1]

君讳嘉，字万年，江夏鄳（原作鄂，《晋书》作鄳）人也[2]。曾祖父宗，以孝行称，仕吴司空。祖父揖，元康中为庐陵太守[3]。宗葬武昌阳新县（原作新阳县，《世说新语》《晋书》作阳新县）[4]，子孙家焉，遂为县人也。君少失父，奉母二弟居。娶大司马长沙桓公陶侃第（原作弟，李公焕注本作第）十女[5]，闺门孝友，人无能间[6]，乡闾称之（一作乡里伟之）。冲默有远量[7]，弱冠，俦类咸敬之[8]。同郡郭逊，以清操知名，时在君右[9]。常叹君温雅平旷[10]，自以为不及。逊从弟立，亦有才志，与君同时齐誉，每推服焉。由是名冠州里，声流京邑。太尉颍川庾亮[11]，以帝舅民望，受分陕之重[12]，镇武昌，并领江州，辟君部庐陵从事[13]。下郡还，亮引见，问风俗得失，对曰：“嘉不知，还传当问从吏[14]。”亮以（一作举）麈尾掩口而笑[15]。诸从事既去，唤弟翼语之曰[16]：“孟嘉故是盛德人也。”君既辞出外，自除吏名。便步归家，母在堂，兄弟共相欢乐，怡怡如也。旬有馀日，更版为劝学从事[17]。时亮崇修学校，高选儒官，以君望实[18]，故应尚德之举[19]。太傅河南褚褒[20]，简穆有器识[21]，时为豫章太守，出朝宗亮[22]，正旦大会州府人士[23]，率多时彦[24]，君坐次（一作第）甚远。褒问亮：“江州有孟嘉，其人何在？”亮云：“在坐，卿但自觅。”褒历观，遂指君谓亮曰：“将无是耶[25]？”亮欣然而笑，喜褒之得君，奇君为褒之所得，乃益器焉。举秀才，又为安西将军庾翼府功曹[26]，再为江州别驾[27]、巴丘令、征西大将军谯国桓温参军。君色（一作既）和而正，温甚重之。九月九日，温游龙山，参佐毕集，四弟二甥咸在坐。时佐吏并著戎服。有风吹君帽堕落，温目左右及宾客勿言，以观其举止。君初不自觉，良久如厕[28]。温命取以还之。廷尉太原孙盛[29]，为谘议参军，时在坐，温命（一作授）纸笔令嘲之。文成示温，温以著坐处。君归，见嘲笑而请笔作答，了不容思[30]，文辞超卓，四座叹之。奉使京师，除尚书删定郎[31]，不拜[32]。

庾翼当其兄庾亮卒后，授都督江荆司雍梁益六州诸军事、安西将军、荆州刺史，假节，代亮镇武昌，故下设功曹。

孝宗穆皇帝闻其名[33]，赐见东堂。君辞以脚疾，不任拜起[34]，诏使人扶入。君尝为刺史谢永别驾，永，会稽人，丧亡，君求赴义[35]，路由永兴[36]。高阳许询[37]，有隽才，辞荣不仕，每纵心独往。客居县界，尝乘船近行，适逢君过[38]，叹曰："都邑美士，吾尽识之，独不识此人。唯闻中州有孟嘉者，将非是乎？然亦何由来此？"使问君之从者。君谓其使曰："本心相过，今先赴义，寻还就君。"及归，遂止信宿[39]，雅相知得[40]，有若旧交。还至，转从事中郎，俄迁长史。在朝隤（一作随）然[41]，仗正顺而已，门无杂宾。常会神情独得[42]，便（一作而）超然命驾，径之龙山，顾景酣宴，造夕乃归[43]。温从容谓君曰："人不可无势，我乃能驾御卿。"后以疾终于家，年五十一。始自总发[44]，至于知命[45]，行不苟合，言无夸矜，未尝有喜愠之容[46]。好酣饮，逾多不乱。至于任怀得意，融然远（一作永）寄，傍若无人。温尝问君："酒有何好，而卿嗜之？"君笑而答曰："明公但不得酒中趣尔。"又问听妓，丝不如竹[47]，竹不如肉[48]，答曰："渐近自然。"

《世说新语·识鉴》刘孝标注引《嘉别传》作"年五十三而卒"。

《世说新语·德行》："王戎云：'与嵇康居二十年，未尝见其喜愠之色。'"刘孝标注引《康别传》："康性含垢藏瑕，爱恶不争于怀，喜怒不寄于颜。"

《易·乾卦·文言》:"子曰:'君子进德修业,欲及时也。'"

《论语·雍也》:"知者乐,仁者寿。"

中散大夫桂阳罗含[49],赋之曰:"孟生善酣,不愆其意[50]。"光禄大夫南阳刘耽[51],昔与君同在温府,渊明从父太常夔尝问耽[52]:"君若在,当已作公不[53]?"答云:"此本是三司人[54]。"为时所重如此。渊明先亲,君之第四女也。凯风寒泉之思[55],实钟厥心[56]。谨按采(一作采拾)行事[57],撰为此传。惧或乖谬,有亏大雅君子之德[58],所以战战兢兢,若履深薄(一作薄冰)云尔[59]。

赞曰:孔子称:"进德修业,以及时也。"君清蹈衡门,则令问孔昭[60];振缨公朝,则德音允集[61]。道悠运促,不终远业[62],惜哉!仁者必寿,岂斯言之谬乎!

[注释]

[1] 征西大将军:指桓温。《晋书·桓温传》:"永和二年(346),率众西伐。……振旅还江陵,进位征西大将军、开府,封临贺郡公。"长史:南朝凡刺史之带将军开府者,其幕府亦设长史。孟府君:孟嘉。《晋书·孟嘉传》:"后为征西桓温参军,温甚重之。"府君,汉代对郡相、太守之尊称,后仍沿用。对已故者亦可尊称为府君。 [2] 江夏:郡名,治所在今湖北省安陆县。鄳(méng):江夏所辖县,故治在今河南省罗山县西南九里。鄳,原

作“鄂”,《晋书·孟嘉传》作“鄳”。《世说新语·识鉴》刘孝标注引《嘉别传》:“江夏鄳人。”《晋书·地理志》:“江夏郡”下有“鄳”,而无“鄂”。今据改。 [3] 元康:西晋惠帝年号(291—299)。庐陵:郡名,今江西省吉水县东北。 [4] 阳新县:三国时吴置,晋时属武昌郡。阳新县,原作“新阳县”。《世说新语·栖逸》:“孟万年及弟少孤,居武昌阳新县。”刘孝标注引袁宏《孟处士铭》:“处士名陋,字少孤,武昌阳新人,吴司空孟宗后也。”均作“阳新县”。又,《晋书·地理志》武昌郡下有阳新县,而无新阳县。今据改。 [5] 陶侃:字士行,渊明曾祖父。东晋时以功封柴桑侯,改封长沙郡公。追赠大司马,谥曰桓。《晋书》卷六六有传。第:原作“弟”,李公焕注本作“第”,今据改。 [6] 闺门孝友,人无能间:意谓家中父子兄弟关系亲密,谁也不能离间。 [7] 冲默:冲和谦虚,沉静寡言。远量:志向远大,度量宽广。 [8] 俦类:同辈。 [9] 右:古人以右为上。 [10] 温雅:温润典雅。 [11] 庾亮:字符规,东晋明帝穆皇后之兄,成帝时以帝舅任司徒,追赠太尉。《晋书》卷七三有传。 [12] 分陕之重:周成王即位时年幼,周公与召公辅佐朝政,周公治陕以东,召公治陕以西。陕,今河南省陕县。晋明帝以遗诏遣庾亮与王导辅幼主,故曰庾亮有分陕之重。 [13] 辟君部庐陵从事:意谓征召为部庐陵从事。辟,征召。徐复《陶渊明集举正》曰:“‘部庐陵从事’,即分管庐陵郡之从事史,五字官名。吴君金华为检《通典》卷三十二:‘部郡国从事史,每郡国各一人,汉制也。主督促文书,举非法。’魏晋之书,‘部郡国从事史’或省称‘部郡国从事’,亦简称‘部郡从事’。” [14] 还传(zhuàn):回到驿站。 [15] 麈尾:魏晋名士清谈时手执之物,平时亦或执在手,用麈毛制成。麈,鹿类,相传麈迁徙时,以前麈之尾为方向标志,故称。 [16] 翼:庾翼,庾亮弟,字稚恭。《晋书》卷七三有传。 [17] 更:更改。版:授职,任命。不经朝命，而用白版授予官职或封号，曰版授。劝学从事：官名。 [18] 望实：声望与实绩。 [19] 尚德之举：《晋书·李重传》："（重奏曰）如诏书之旨，以二品系资，或失廉退之士，故开寒素以明尚德之举。" [20] 褚褒：传世文献一般作"褚裒"。字季野，河南人。康献皇后父，历任豫章太守、建威将军、江州刺史等职，追赠侍中、太傅。事迹详见《晋书》卷九三本传。 [21] 简穆：清简肃穆。器识：度量见识。《世说新语·赏誉》刘孝标注引《晋阳秋》："（褚）裒简穆有器识。" [22] 朝宗：本指诸侯朝见天子，此泛指朝见。亮：指庾亮。 [23] 正旦：正月初一。 [24] 时彦：当时之俊彦，才智过人之士。 [25] 将无：表示揣度而意思偏于肯定，犹言"难道不""恐怕"。《世说新语·文学》："阮宣子有令闻，太尉王夷甫见而问曰：'老、庄与圣教同异？'对曰：'将无同。'" [26] 功曹：官名。汉代郡守下有功曹史，简称功曹，除掌人事外，并得与闻一郡之政务。历代沿置。 [27] 别驾：官名。汉置别驾从事史，为刺史之佐吏，刺史巡视辖境时别驾乘驿车随行，故名。魏晋以后均承汉制，诸州置别驾，总理众务，职权甚重。 [28] 如：往也。 [29] 廷尉：官名，掌刑狱。孙盛：字安国，太原中都人。庾翼代亮，以盛为安西谘议参军，寻迁廷尉正。会桓温代翼，留盛为参军。《晋书》卷八二有传。 [30] 了不容思：完全用不着构思。了，完全。 [31] 除：授职。 [32] 不拜：不受任命。 [33] 孝宗穆皇帝：晋穆帝司马聃，庙号孝宗，谥号穆。在位十七年（344—361）。 [34] 不任拜起：意谓不堪行拜见之礼。 [35] 赴义：此指前往吊丧。 [36] 永兴：在今浙江省杭州市萧山区西。 [37] 许询：《文选》江淹拟许徵君《自序诗》，李善注引《晋中兴书》："高阳许询，字玄度。寓居会稽，司徒蔡谟辟不起。询有才藻，善属文，时人皆钦爱之。" [38] 过：访，探望。 [39] 信宿：再宿曰信。 [40] 雅：很，极。 [41] 隤（tuí）

然：柔貌。 [42] 神情：精神意态。得：合适。 [43] 造夕：至晚。 [44] 总发：犹结发，束发成童，十五岁以上。 [45] 知命：指五十岁。《论语 · 为政》：“五十而知天命。” [46] 未尝有喜愠之容：喜怒不形于色，言其冲和淡泊。 [47] 丝：弦乐。竹：管乐。 [48] 肉：指人唱歌。 [49] 罗含：字君章，桂阳耒阳人。历任郡功曹、州主簿、桓温征西参军，温雅重其才。及温封南郡公，引为郎中令。以长沙相致仕。《晋书》卷九二有传。 [50] 愆：过失。 [51] 刘躭：字敬道，南阳人。博学，明习《诗》《礼》、三史。桓玄，躭女婿也。及玄辅政，以躭为尚书令，加侍中，不拜，改授特进、金紫光禄大夫。《晋书》卷六一有传，“躭”作“耽”。 [52] 从父：叔父。太常：官名，司祭祀礼乐。 [53] 公：周代以司马、司徒、司空为三公。东汉以太尉、司徒、司空合称三公，又称三司。为共同负责军政之最高长官。 [54] 三司：即三公。 [55] 凯风寒泉之思：思念母亲之心。《诗 · 邶风 · 凯风》：“凯风自南，吹彼棘心。棘心夭夭，母氏劬劳。”又曰：“爰有寒泉，在浚之下。有子七人，母氏劳苦。” [56] 钟：汇聚。 [57] 按：审察。采：采访。行事：往事。 [58] 有亏大雅：有损于大雅。 [59] 战战兢兢，若履深薄：意谓唯恐记述有误而深自警惕也。《诗 · 小雅 · 小旻》：“战战兢兢，如临深渊，如履薄冰。” [60] 君清蹈衡门，则令问孔昭：意谓在家贫居，则美名甚著也。清，清高。蹈，践。衡门，横木为门，贫士所居。问，通“闻”。孔昭，《诗 · 小雅 · 鹿鸣》：“我有嘉宾，德音孔昭。”郑玄笺：“孔，甚；昭，明也。” [61] 振缨公朝，则德音允集：意谓在朝为官，则美誉诚多也。振缨，抖落冠缨上之尘土，意谓出仕。德音，好名声。 [62] 道悠运促，不终远业：意谓天道久远而运命短促，未克终其远大之事业。孟嘉卒年五十一，故言。

[点评]

传云："渊明先亲，君之第四女也。"则孟嘉乃渊明外祖父。又，既称"先亲"，显然作于母丧之后。王瑶注："渊明母卒于晋隆安五年辛丑，本文大概即作于渊明居忧的时候。今暂系于晋安帝元兴元年壬寅（402）。"王说可从。

文中对孟嘉赞美之辞，诸如"冲默有远量""温雅平旷""盛德人""色和而正""文辞超卓""在朝隤然，仗正顺而已""行不苟合，言无夸矜，未尝有喜愠之容""好酣饮，逾多不乱，至于任怀得意，融然远寄，傍若无人""孟生善酣，不愆其意"，皆可用以论渊明本人也。至如孟嘉答桓温"明公但不得酒中趣尔""渐近自然"，渊明之嗜酒而得酒中趣，渊明之崇尚自然，皆有所自也。

萧统《陶渊明传》曰："尝著五柳先生传以自况。"又曰："时人谓之实录。"然清张廷玉《澄怀园语》卷一曰："余二十岁时读陶渊明《五柳先生传》，以为此后人代作，非先生手笔也。盖篇中'不慕荣利''忘怀得失''不戚戚于贫贱，不汲汲于富贵'诸语，大有痕迹，恐天怀旷逸者不为此等语也。"此说恐未必，渊明篇中自述情怀屡屡可见，如"少无适俗愿""屡空常晏如"，岂可谓后人代作耶？

五柳先生传

先生不知何许人也[1]，亦不详其姓字。宅边有五柳树（一无树字），因以为号焉。闲靖少言，不慕荣利。好读书，不求甚解，每有会意，便欣然忘食[2]。性嗜酒，家贫不能常（一作恒）得，亲旧知其如此，或置酒而招之[3]。造饮辄尽[4]，期在必醉，既醉而退，曾不吝情去留[5]。环堵萧然[6]，不蔽风日。短褐穿结[7]，箪瓢屡空[8]，晏如也[9]。常著文章自娱，颇示己志。忘怀得失，以此自终。

赞曰：黔娄之妻（原无之妻二字，注一有之妻二字）有言："不戚戚于贫贱，不汲汲（一作惶惶）于富贵。"[10]极其言，兹若人之俦乎[11]？酣觞赋诗，以乐其志（一作酒酣自得，赋诗乐志）。无怀氏之民欤？葛天氏之民欤[12]？

渊明《饮酒》其三："道丧向千载，人人惜其情。""惜情"即"吝情"，渊明心向自然，更赞赏不吝情的人生态度。

[注释]

[1]何许：何处。 [2]好读书，不求甚解，每有会意，便欣然忘食：意谓虽然好读书，但不作繁琐之训诂，所喜乃在会通书中旨略也。此与汉儒章句之学大异其趣，而符合魏晋玄学家之风气。汤用彤《魏晋玄学论稿·言意之辨》："汉代经学依于文句，故朴实说理，而不免拘泥。魏世以后，学尚玄远，虽颇乖于圣道，而因主得意，思想言论乃较为自由。汉人所习曰章句，魏晋所尚者曰通。章句多随文饰说，通者会通其意义而不以辞害意。" [3]置：置备。 [4]造：往。 [5]曾（zēng）不吝情去留：意谓欲去欲留皆表现于外，直率任真，无所顾惜。曾，副词，相当于"乃""竟"。吝情，惜情。 [6]环堵：指狭小简陋之居室。萧然：萧条状。 [7]短褐：粗布短衣。穿结：谓衣上之破洞与补绽。 [8]箪瓢屡空：意谓常无饮食。《论语·雍也》："子曰：'贤哉，回也！一箪食，一瓢饮，在陋巷，人不堪其忧，回也不改其乐。贤哉，回也！'" [9]晏如：安然。 [10]黔娄之妻：原无"之妻"二字，底本校曰"一有之妻二字"，今从之。刘向《列女

毛庆蕃评选《古文学馀》卷二六："萧然静逸，不愧天民，惟其不患得不患失，不怨天不尤人也。"

传·鲁黔娄妻》："黔娄先生死，曾子与门人往吊之。……其妻曰：'……彼先生者，甘天下之淡味，安天下之卑位。不戚戚于贫贱，不忻忻于富贵。求仁而得仁，求义而得义。'" 戚戚：忧貌。汲汲：心情急切貌。 [11] 极其言，兹若人之俦乎：意谓推究黔娄之妻所言，黔娄则五柳先生同类人也。极，尽，穷尽。兹，连词，则。若人，近指，相当于"此人"。 [12] 无怀氏、葛天氏：均传说中上古之帝王。《管子·封禅》："昔无怀氏封泰山。"尹知章注："古之王者，在伏羲前。"《吕氏春秋·古乐》："昔葛天氏之乐，三人操牛尾，投足以歌八阕。"

[点评]

逯钦立《陶渊明事迹诗文系年》引清林云铭评注《古文析义》(二编卷五)，谓此传无怀、葛天二句，"暗寓不仕宋意"；吴楚材、吴调侯选《古文观止》卷五谓"刘裕移晋祚，耻不复仕，号五柳先生。此传乃自述其生平之行也"，系于宋永初元年(420)。细审文章意趣，颇为老成，五柳先生之形象亦不类青年。文曰："性嗜酒，家贫不能常得。亲旧知其如此，或置酒而招之。造饮辄尽，期在必醉。既醉而退，曾不吝情去留。"渊明于晋义熙十一年乙卯(415)前后与友人交往较多，其狷介之情益发突出，或作于此时。至于暗寓不仕宋意，恐难免穿凿之嫌；刘裕移晋祚，而号五柳先生，并无根据。

文中关键乃在"不慕荣利""不求甚解""曾不吝情去留""忘怀得失"等语。全是不求身外之物，唯以自然自足自适为是，最能见渊明之人生态度。文曰："常著文章自娱，颇示己志。"又可见渊明之创作态度，著文乃自娱，非为娱人，亦非祈誉。为人为文如此，非常人所及也。

此文影响后世，王绩有《五斗先生传》，白居易有《醉吟先生传》，陆龟蒙有《甫里先生传》，欧阳修有《六一居士传》等。此外，《晋书·瞿硎传》："瞿硎先生者，不得姓名，亦不知何许人也。太和末，常居宣城郡界文脊山中，山有瞿硎，因以为名焉。"袁粲有《妙德先生传》，见《宋书·袁粲传》："愍孙（袁粲初名）清整有风操，自遇甚厚，常著《妙德先生传》以续嵇康《高士传》以自况。"瞿硎与渊明同时，袁粲自称续嵇康《高士传》，亦可供参考。

扇上画赞

方宗诚《陶诗真诠》："《扇上画赞》，盖渊明心所向往之人。"

荷蓧丈人　长沮、桀溺　於陵仲子
张长公　丙曼容（原作客，绍兴本、李注本作容）
郑次都　薛孟尝　周阳珪

三五道邈，淳风日尽[1]，九流参差，互相推陨[2]。形逐物迁，心无常准[3]，是以达人[4]，有时而隐。

"三五"二句，此犹渊明《饮酒》其二十所谓"羲农去我久，举世少复真"。

"九流"二句，此犹《感士不遇赋》所谓"世流浪而遂徂，物群分以相形"。

四体不勤，五谷不分，超超丈人，日夕在耘[5]。辽辽沮溺，耦耕自欣，入鸟不骇，杂兽斯群[6]。至矣於陵，养气浩然，蔑彼结驷，甘此灌园[7]。

张生一仕，曾以事还，顾我不能，高（一作长）谢人间[8]。岧岧丙公，望崖辄归，匪矫（一作骄）匪吝，前路威夷[9]。郑叟不合，垂钓川湄，交酌林下，清言究微[10]。孟尝（一作生）游学，天网时疏，眷言哲友，振褐偕徂[11]。美哉周子[12]，称疾闲居，寄心清尚，悠然（一作悠悠）自娱。翳翳衡门，洋洋泌流[13]。曰琴曰书，顾眄有俦[14]。饮河既足，自外皆休[15]。缅怀千载[16]，托契孤游[17]。

邱嘉穗《东山草堂陶诗笺》卷一："总结八句，殊为自己写照。"

[注释]

[1] 三五道邈，淳风日尽：意谓三五之时邈远而不可追，其真淳之风气亦日渐消失而殆尽矣。三五，三皇五帝。据《世本》，三皇指伏羲、神农、黄帝。据《易・系辞下》，五帝指伏羲、神农、黄帝、尧、舜。此"三五"泛指远古之时。 [2] 九流参差，互相推陨：意谓九流学说各异，互相排斥。九流，《汉书・艺文志》所谓儒、道、阴阳、法、名、墨、纵横、杂、农等九家学派。推陨，排斥诋毁。 [3] 形逐物迁，心无常准：意谓世人皆跟随世事之变化而变化，失去固定之准则。 [4] 达人：事理通达之人。 [5] 四体不勤，五谷不分，超超丈人，日夕在耘：赞颂荷蓧丈人。《论语・微子》："子路从而后，遇丈人，以杖荷蓧。子路问曰：'子见夫子乎？'丈人曰：'四体不勤，五谷不分，孰为夫子？'植其杖而芸。"超超，远貌。 [6] 辽辽沮溺，耦耕自欣，入鸟不骇，杂兽斯群：赞颂长沮、桀溺耦耕自欣，与

鸟兽同群。《论语·微子》:“长沮、桀溺耦而耕，孔子过之，使子路问津焉。……夫子怃然曰：‘鸟兽不可与同群也，吾非斯人之徒与而谁与？天下有道，丘不与易也。’” [7] 至矣於（wū）陵，养气浩然，蔑彼结驷，甘此灌园：赞颂陈仲子之德达到极致。皇甫谧《高士传》：陈仲子居于於陵，“楚王闻其贤，欲以为相，遣使持金百镒，至於陵聘仲子。仲子入谓妻曰：‘楚王欲以我为相，今日为相，明日结驷连骑，食方丈于前，意可乎？’妻曰：‘夫子左琴右书，乐在其中矣。结驷连骑，所安不过容膝；食方丈于前，所甘不过一肉。今以容膝之安、一肉之味，而怀楚国之忧。乱世多害，恐先生不保命也！’于是出谢使者，遂相与逃去，为人灌园。”结驷，一车并驾四马，表示高贵显赫。 [8] 张生一仕，曾以事还，顾我不能，高谢人间：赞颂张挚。张挚，字长公，《史记·张释之列传》曰：“其子曰张挚，字长公，官至大夫，免。以不能取容当世，故终身不仕。” [9] 岧岧丙公，望崖辄归，匪矫匪吝，前路威夷：赞颂丙曼容。《汉书·龚胜传》:“（邴）汉兄子曼容亦养志自修，为官不肯过六百石，辄自免去，其名过出于汉。”岧岧，高超貌。望崖辄归，言其为官不肯逾越一定之界限。匪矫匪吝，不矫饰，亦不吝情。威夷，险阻。 [10] 郑叟不合，垂钓川湄，交酌林下，清言究微：赞颂郑敬。《后汉书·郅恽传》载：“敬字次都，清志高世，光武连征不到。”李贤等注引《谢沈书》曰：“敬闲居不修人伦，新迁都尉逼为功曹。厅事前树时有清汁，以为甘露。敬曰：‘明府政未能致甘露，此清木汁耳。’辞病去，隐处精学蛾陂中。阴就、虞延并辟，不行。同郡邓敬因折芰为坐，以荷荐肉，瓠瓢盈酒，言谈弥日，蓬庐荜门，琴书自娱。光武公车征，不行。”川湄，河边。究微，探究精妙之理。 [11] 孟尝游学，天网时疏，眷言哲友，振褐偕徂：赞颂薛包。《后汉书·刘赵淳于江刘周赵列传》："安帝时，汝南薛包孟尝，好学笃行，丧母，以至孝闻。……建光中，公车特征，至，拜侍中。包性恬虚，称疾不起，以死自乞。有诏赐告归，加礼如毛义。年八十馀，以寿终。"天网时疏，意谓朝廷法令偶有疏漏，得以称疾不起。振褐，抖落粗布衣服上之尘土。偕徂，共同隐去。 [12] 周子：指周阳珪，《艺文类聚》作"周妙珪"。事迹不详。 [13] 翳翳衡门，洋洋泌流：《诗·陈风·衡门》："衡门之下，可以栖迟；泌之洋洋，可以乐饥。"泌，泉水。洋洋，大水貌。 [14] 俦：伴侣。 [15] 饮河既足，自外皆休：意谓生活要求容易满足，别无他求。《庄子·逍遥游》："鹪鹩巢于深林，不过一枝；偃鼠饮河，不过满腹。" [16] 缅怀：遥念。 [17] 托契孤游：意谓寄托契合于古之孤游之人，即上述隐士。

刘知幾《史通·论赞》："马迁《自叙传》后，历写诸篇，各叙其意。既而班固变为诗体，号之曰述。范晔改彼述名，呼之以赞。"本文第一、八、九章，《艺文类聚》引作"夷齐赞""鲁二儒赞""张长公赞"，可证。

[点评]

本文乃就扇上所绘古代八位隐士而作之赞语，每位四句，首尾各八句是总述与结语。全是四言韵语。王瑶注曰："内容也与《读史述九章》相似，大概是同时所作。"

读史述九章[1]（余读《史记》有所感而述之）

吴菘《论陶》："《读史述九章》，言君臣朋友之间出处用舍之道，无限低徊感激，悉以自况，非漫然咏史者。"

夷　齐[2]

二子让国，相将海隅[3]。天人革命[4]，绝景穷居[5]。采薇高歌[6]，慨想黄虞[7]。贞风凌俗，爰感懦夫[8]。

《孟子·尽心上》:"伯夷辟纣,居北海之滨。"

《孟子·尽心下》:"故闻伯夷之风者,顽夫廉,懦夫有立志。"

[注释]

[1] 述:文体名,史篇后之论述,四言韵语。 [2] 夷齐:伯夷、叔齐,孤竹君之二子。《史记·伯夷列传》载:夷、齐互让王位,先后逃海去。周武王伐纣,叩马而谏。武王统一天下,义不食周粟,隐于首阳山,采薇而食,遂饿死。 [3] 相将:相随。《艺文类聚》所引即作"相随"。海隅:海滨。 [4] 天人革命:指周武王伐纣。《易·革卦》:"汤武革命,顺乎天而应乎人。" [5] 绝景:绝影,隐匿形迹。穷居:居于荒僻之地。 [6]采薇高歌:《史记·伯夷列传》:"武王已平殷乱,天下宗周,而伯夷、叔齐耻之,义不食周粟,隐于首阳山,采薇而食之。及饿且死,作歌。其辞曰:'登彼西山兮,采其薇矣。以暴易暴兮,不知其非矣。神农、虞、夏忽焉没兮,我安适归矣?于嗟徂兮,命之衰矣!'遂饿死于首阳山。"薇,蕨也,山菜也。 [7] 黄虞:黄帝、虞舜。 [8] 贞风凌俗,爰感懦夫:意谓夷、齐之贞风非世俗之可及,且能激励懦夫也。

箕 子[1]

去乡之感,犹有迟迟。矧伊代谢,触物皆非[2]。哀哀(一作猗嗟)箕子,云胡能夷[3]?狡僮之歌,凄矣其悲[4]。

[注释]

[1] 箕子:殷纣臣。《史记·殷本纪》:"纣愈淫乱不止。微子数谏不听,乃与大师、少师谋,遂去。比干曰:'为人臣者,不

得不以死争。'乃强谏纣。纣怒曰：'吾闻圣人心有七窍。'剖比干，观其心。箕子惧，乃佯狂为奴，纣又囚之。……周武王遂斩纣头，……释箕子之囚。" [2] 去乡之感，犹有迟迟。矧伊代谢，触物皆非：意谓离开故国尚且依依不舍，何况朝代更换，触物皆与昔日不同，感慨尤甚也。 [3] 哀哀箕子，云胡能夷：意谓箕子之哀，何以能平乎？夷，平。 [4] 狡僮之歌，凄矣其悲：意谓《麦秀》一诗表明箕子之悲也。《史记·宋微子世家》："其后箕子朝周，过故殷虚，感宫室毁坏，生禾黍，箕子伤之，欲哭则不可，欲泣为其近妇人，乃作《麦秀》之诗以歌咏之。其诗曰：'麦秀渐渐兮，禾黍油油。彼狡僮兮，不与我好兮！'所谓狡童者，纣也。殷民闻之，皆为流涕。"

管 鲍[1]

《史记·范雎列传》："人固未易知，知人亦未易也。"

《礼记·表记》："故君子之接如水，小人之接如醴。君子淡以成，小人甘以坏。"

《论语·子罕》："子曰：'岁寒，然后知松柏之后凋也。'"

知人未易，相知实难。淡美初交，利乖（一作我）岁寒[2]。管生称心，鲍叔必安。奇情双亮，令名俱完[3]。

[注释]

[1] 管鲍：管仲、鲍叔。《史记·管晏列传》载：管仲"少时常与鲍叔牙游，鲍叔知其贤。管仲贫困，常欺鲍叔，鲍叔终善遇之，不以为言。已而鲍叔事齐公子小白，管仲事公子纠。及小白立为桓公，公子纠死，管仲囚焉。鲍叔遂进管仲。管仲既用，任政于齐，齐桓公以霸，九合诸侯，一匡天下，管仲之谋也。管仲曰：'吾始困时，尝与鲍叔贾，分财利多自与，鲍叔不以我为贪，知我贫也。吾尝为鲍叔谋事而更穷困，鲍叔不以我为愚，知时有利不利也。吾尝三仕三见逐于君，鲍叔不以我为不肖，知我不遭

时也。吾尝三战三走，鲍叔不以我为怯，知我有老母也。公子纠败，召忽死之，吾幽囚受辱，鲍叔不以我为无耻，知我不羞小节而耻功名不显于天下也。生我者父母，知我者鲍子也。’鲍叔既进管仲，以身下之。子孙世禄于齐，有封邑者十馀世，常为名大夫。天下不多管仲之贤而多鲍叔能知人也”。 [2] 淡美初交，利乖岁寒：意谓初交时淡而且美，岁寒时则因利而乖离。 [3] 奇情双亮，令名俱完：意谓管鲍之佳事与美名交相辉映，俱得臻于至境也。奇，佳，美。情，事。

程　杵[1]

遗生良难[2]，士为知已。望义如归，允伊二子[3]。程生挥剑，惧兹馀耻[4]。令德永闻，百代见纪（一作祀）[5]。

[注释]

[1] 程杵（chǔ）：程婴、公孙杵臼，皆春秋时晋国人。程与赵朔友善，公孙为赵朔门人。赵朔为屠岸贾所害，满门遭斩，赵妻为公主，得免。屠岸贾欲杀害其遗腹子。公孙杵臼与程婴定计，营救赵氏孤儿。公孙被害，程婴抚养孤儿长大，是为赵武。后赵武攻灭屠岸贾，程亦自杀以报公孙。事见《史记·赵世家》。 [2] 遗生：舍弃生命，此指公孙杵臼与程婴先后捐躯。 [3] 望义如归，允伊二子：意谓此二人诚然是望义如归也。允，信。 [4] 程生挥剑，惧兹馀耻：意谓程生与公孙相约，冒死共同营救赵氏孤儿，公孙既已先死，程生后来遂亦挥剑自刭，以免耻辱。 [5] 令德：美德。纪：纪念。

七十二弟子[1]

恂恂舞雩，莫曰匪贤[2]。俱映日月，共飡至言[3]。恸由才难[4]，感为情牵[5]。回也早夭[6]，赐独长年（一作永年，又作卒年）[7]。

［注释］

[1] 七十二弟子：《史记·孔子世家》："孔子以诗书礼乐教，弟子盖三千焉，身通六艺者七十有二人。" [2] 恂恂（xún）舞雩（yú），莫曰匪贤：意谓孔子弟子莫非温恭之贤人也。《史记·仲尼弟子列传》："曾蒧（diǎn）字皙，侍孔子，孔子曰：'言尔志。'蒧曰：'春服既成，冠者五六人，童子六七人，浴乎沂，风乎舞雩，咏而归。'孔子喟尔叹曰：'吾与蒧也！'"恂恂，温恭之貌。舞雩，祈雨之祭坛。 [3] 俱映日月，共飡至言：意谓孔子弟子道德高尚，皆与日月相辉映；共同聆听孔子之至理名言也。飡，同"餐"。 [4] 恸由才难：意谓孔子为颜回早亡而悲恸。《史记·仲尼弟子列传》："回年二十九，发尽白，蚤死。孔子哭之恸，曰：'自吾有回，门人益亲。'鲁哀公问：'弟子孰为好学？'孔子对曰：'有颜回者好学，不迁怒，不贰过。不幸短命死矣，今也则亡。'"才，指颜回。 [5] 感为情牵：意谓孔子之感情为弟子所牵动。 [6] 回：颜回。早夭：早死。 [7] 赐：端木赐，即子贡。长年：长寿。

《易·乾卦·文言》："子曰：'君子进德修业，欲及时也。'"

宋陈仁子《文选补遗》卷三八："'如彼稷契，孰不愿之'，渊明岂忘世者。"

屈 贾[1]

进德修业，将以及时。如彼稷契，孰不愿之[2]？嗟乎二贤，逢世多疑（一作多逢世疑）。候詹写志[3]，感鹏献辞[4]。

[注释]

[1]屈贾：屈原、贾谊。《史记·屈原贾生列传》载：屈原者，名平，为楚怀王左徒，王甚任之。上官大夫与之同列，争宠而心害其能。因谗之，王怒而疏屈平。屈平疾王听之不聪也，谗谄之蔽明也，邪曲之害公也，方正之不容也，故忧愁幽思而作《离骚》。屈平既绌，其后，怀王大兴师伐秦。秦发兵击之，大破楚师于丹、淅，遂取楚之汉中地。时秦昭王与楚婚，欲与怀王会。怀王欲行，屈平曰："秦虎狼之国，不可信，不如毋行。"怀王稚子子兰劝王行，怀王卒行。入武关，秦伏兵绝其后，因留怀王，以求割地。怀王怒，不听。亡走赵，赵不内。复之秦，竟死于秦而归葬。长子顷襄王立，以其弟子兰为令尹。楚人既咎子兰以劝怀王入秦而不反也。屈平既嫉之，虽放流，眷顾楚国，系心怀王，不忘欲反，冀幸君之一悟，俗之一改也。其存君兴国而欲反覆之，一篇之中三致志焉。令尹子兰闻之大怒，卒使上官大夫短屈原于顷襄王，顷襄王怒而迁之。乃作《怀沙》之赋。于是怀石，遂自投汨罗以死。自屈原沉汨罗后百有馀年，汉有贾生，为长沙王太傅，过湘水，投书以吊屈原。贾生名谊，雒阳人也，文帝召以为博士。是时贾生年二十馀，最为少。孝文帝说之，超迁，一岁中至太中大夫。于是天子议以为贾生任公卿之位。绛、灌、东阳侯、冯敬之属尽害之，乃短贾生。于是天子后亦疏之，不用其议，乃以贾生为长沙王太傅。贾生既辞往行，闻长沙卑湿，自以寿不得长，又以适去，意不自得。及渡湘水，为赋以吊屈原。后岁馀，贾生征见。居顷之，拜贾生为梁怀王太傅。居数年，怀王骑，堕马而死，无后。贾生自伤为傅无状，哭泣岁馀，亦死。贾生之死时年三十三矣。 [2]如彼稷契（xiè），孰不愿之：意谓谁不愿如稷、契之得

君王信任也。稷契，虞舜时二贤臣。稷，即后稷，名弃，任舜农官，教民稼穑，见《史记·周本纪》。契，商始祖帝喾之子，任舜司徒，敬敷五教，见《史记·殷本纪》。　[3] 候詹写志：意谓屈原向郑詹尹问卜，并作《卜居》以明己志。候，访。詹，郑詹尹。屈原《卜居》云："屈原既放，三年不得复见。竭知尽忠，而蔽鄣于谗。心烦虑乱，不知所从。往见太卜郑詹尹曰：'余有所疑，愿因先生决之。'"　[4] 感鵩（fú）献辞：意谓贾谊有感于鵩鸟止于座隅，而作《鵩鸟赋》。鵩，鸮鸟，古人以为不祥。《史记·屈原贾生列传》："贾生为长沙王太傅三年，有鸮飞入贾生舍，止于坐隅。楚人命鸮曰'服'。贾生既以适居长沙，长沙卑湿，自以为寿不得长，伤悼之，乃为赋以自广。"

韩　非 [1]

丰狐隐穴，以文自残 [2]。君子失时，白首抱关 [3]。巧行居灾（一作贤）[4]，忮辩召（一作招）患 [5]。哀矣韩生，竟死说难。

《庄子·山木》："夫丰狐、文豹，栖于山林，伏于岩穴，……然且不免于罔罗机辟之患。……其皮为之灾也。"《韩非子·喻老》："翟人有献丰狐、玄豹之皮于晋文公。文公受客皮而叹曰：'此以皮之美自为罪。'"

《史记·老子韩非列传》："然韩非知说之难，为说难书甚具，终死于秦，不能自脱。"

[注释]

[1] 韩非：《史记·老子韩非列传》载：韩非者，韩之诸公子也。喜刑名法术之学，善著书。与李斯俱事荀卿，斯自以为不如非。非见韩之削弱，数以书谏韩王，韩王不能用。于是韩非作《孤愤》《五蠹》《内外储》《说林》《说难》十馀万言。人或传其书至秦。秦王曰："嗟乎，寡人得见此人与之游，死不恨矣！"李斯曰："此韩非之所著书也。"秦因急攻韩。韩王始不用非，及急，乃遣非使秦。秦王悦之，未信用。李斯、姚贾害之，毁之曰："韩非，韩之诸公子也。今王欲并诸侯，非终为韩不为秦，此人之情也。今

王不用，久留而归之，此自遗患也，不如以过法诛之。”秦王以为然，下吏治非。李斯使人遗非药，使自杀。韩非欲自陈，不得见。秦王后悔之，使人赦之，非已死矣。 [2] 丰狐隐穴，以文自残：意谓巨狐因皮毛美丽反而受害，比喻善辩者容易招祸。丰狐，巨狐。 [3] 君子失时，白首抱关：意谓君子若失去时机，到老只能屈居下位。《史记·魏公子列传》载：“魏有隐士曰侯嬴，年七十，家贫，为大梁夷门监者。公子闻之，往请，欲厚遗之。不肯受，曰：‘臣修身絜行数十年，终不以监门困故而受公子财。’公子于是乃置酒大会宾客。坐定，公子从车骑，虚左，自迎夷门侯生。侯生摄敝衣冠，直上载公子上坐，不让，欲以观公子。公子执辔愈恭。”后侯嬴果为魏公子出奇计窃符却秦军。抱关，指监门小吏。 [4] 巧行：指机巧之行为。居灾：处于祸患之中。 [5] 忮（zhì）辩：强辩，指韩非。召患：召致祸患。

鲁二儒[1]

易代（一作大易）随时，迷变则愚[2]。介介若人，特为贞夫[3]。德不百年，污我诗书[4]。逝然不顾[5]，被褐幽居。

[注释]

[1] 鲁二儒：《史记·刘敬叔孙通列传》载：“汉五年，已并天下，诸侯共尊汉王为皇帝于定陶，叔孙通就其仪号。高帝悉去秦苛仪法，为简易。群臣饮酒争功，醉或妄呼，拔剑击柱，高帝患之。叔孙通知上益厌之也，说上曰：‘夫儒者难与进取，可与守成。臣愿征鲁诸生，与臣弟子共起朝仪。’高帝曰：‘得无难乎？’叔孙通曰：‘五帝异乐，三王不同礼。礼者，因时世人情为之节文者也。

故夏、殷、周之礼所因损益可知者，谓不相复也。臣愿颇采古礼与秦仪杂就之。’上曰：‘可试为之，令易知，度吾所能行为之。’于是叔孙通使征鲁诸生三十馀人。鲁有两生不肯行，曰：‘公所事者且十主，皆面谀以得亲贵。今天下初定，死者未葬，伤者未起，又欲起礼乐。礼乐所由起，积德百年而后可兴也。吾不忍为公所为。公所为不合古，吾不行。公往矣，无污我！’叔孙通笑曰：‘若真鄙儒也，不知时变。’” [2] 易代随时，迷变则愚：意谓应易代随时，如不知时变则愚蠢矣。此二句重复叔孙通之论。 [3] 介介若人，特为贞夫：意谓鲁之二儒不苟同叔孙通，真乃耿介忠贞之人也。介介，介然孤高，不同流俗。若人，彼人，指鲁二儒。特，特立出众。贞夫，志节坚定、操守方正之人。 [4] 德不百年，污我诗书：指鲁二儒所谓“礼乐所由起，积德百年而后可兴也。吾不忍为公所为。公所为不合古，吾不行。公往矣，无污我！” [5] 逝然：逝通“誓”，表示决绝。

《扇上画赞》亦列有“张长公”。吴菘《论陶》：“‘张长公’，诗中凡再见，此复极意咏叹，正自写照。”

魏晋品评人物多用“远”字，如“远操”（《世说新语·栖逸》），“远致”（《世说新语·品藻》）。意谓高出世人，不同流俗。

张长公[1]

远（一作达）哉长公，萧然何事[2]？世路多端，皆为我异（一曰出路皆为，而我独异）[3]。敛辔朅来[4]，独养其志。寝迹穷年[5]，谁知斯意。

［注释］

[1] 张长公：《史记·张释之列传》：“其子曰张挚，字长公，官至大夫，免。以不能取容当世，故终身不仕。” [2] 萧然何事：意谓生活宁静而无世俗之干扰。 [3] 世路多端，皆为我异：意谓世路纷乱歧出，而皆与张长公相异也。为，犹“与”。见王引之《经传释词》卷二。 [4] 敛辔朅（qiè）来：意谓收回缰绳辞官归隐。

朅，去。 [5] 寝迹：隐没踪迹，意犹隐居。穷年：整年。

[点评]

此九章皆读《史记》有感而发。苏轼《东坡题跋》卷一《书渊明述史章后》曰："渊明作《述史》九章，《夷齐》《箕子》盖有感而云。"葛立方以为晋宋易代后之作，其《韵语阳秋》卷五曰："世人论渊明自永初以后，不称年号，只称甲子，与思悦所论不同。观渊明《读史九章》，其间皆有深意，其尤章章者，如《夷齐》《箕子》《鲁二儒》三篇。《夷齐》云：'天人革命，绝景穷居。''贞风凌俗，爰感懦夫。'《箕子》云：'去乡之感，犹有迟迟。矧伊代谢，触物皆非。'《鲁二儒》云：'易代随时，迷变则愚。介介若人，特为正夫。'由是观之，则渊明委身穷巷，甘黔娄之贫而不自悔者，岂非以耻事二姓而然邪？"清人陈沆《诗比兴笺》卷二所述更为详明："《读史述九章》旧本以时代先后为次，故旨趣不明，今易置之，以类相从，庶寄托灼然，一望可识。""《夷齐》《箕子》《鲁两生》《程杵》四章，固易代之感；《颜回》《屈贾》《韩非》《张长公》四章，则咏怀之词。盖守箪瓢固穷之节，悼屈贾逢世之难，故欲戒韩非而师张长公也。《管鲍》章，则悼叔季人情之薄，而欲与刘、庞、周、郭诸人为岁寒之交也。"

吴仁杰《陶靖节先生年谱》于晋恭帝元熙二年下曰："夏六月，晋禅于宋。宋高祖改元永初。《读史述九章》……当是革命时作。"兹暂系于宋武帝永初元年庚申（420）。

卷七　疏祭文四首

与子俨等疏[1]

《宋书》《南史》《册府元龟》作"与子书"。李公焕《笺注陶渊明集》卷八引赵泉山曰："或疑此疏规规遗训，似过为身后虑者，是大不然。且父子之道，天性也，何可废乎？"

《世说新语·赏誉》："讽味遗言，不如亲承音旨。"或渊明意谓"死生有命，富贵在天"乃闻自孔子也。

告俨、俟、份、佚、佟[2]：天地赋命[3]，生必有死。自古贤圣，谁独能免？子夏有言曰[4]："死生有命，富贵在天。"四友之人（一曰四方之友），亲受音旨（一作德音）[5]。发斯谈者[6]，将非穷达不可妄求，寿夭永无外请故耶？吾年过五十，而穷苦荼毒（原作少而穷苦，注一下有荼毒二字。《册府元龟》作吾年过五十，而穷苦荼毒）[7]，每以家弊，东西游走[8]。性刚才拙，与物多忤[9]。自量为己[10]，必贻俗患[11]。僶俛辞世[12]，使汝等幼而饥寒。余尝感孺仲贤妻之言[13]，败絮自（原作息，《册府元龟》作自）拥，何惭儿子。此既一事矣[14]。但恨邻靡二仲[15]，室无莱妇[16]，抱兹苦心，良独内愧[17]。

少学（一作好）琴书（一作少来好书），偶爱闲静，开卷有得，便欣然忘食。见树木交荫，时鸟变声，亦复欢然（一作尔）有喜。常言：五六月中，北窗下卧，遇凉风暂至[18]，自谓是羲皇上人[19]。意浅识罕[20]，谓斯言可保[21]。日月遂（一作逝）往，机巧好疏[22]。缅求在昔[23]，眇然如何[24]！疾患以来，渐就衰损[25]。亲旧不遗，每以药石见救[26]，自恐大分将有限也[27]。汝辈稚小，家贫无（一作每，注一作无）役，柴水之劳，何时可免？念之在心，若何可言。然汝等虽不（原作曰，注一作不）同生[28]，当思四海皆兄弟之义[29]。鲍叔、管仲，分财无猜[30]；归生、伍举，班荆道旧[31]，遂能以败为成[32]，因丧立功[33]。他人尚尔，况同父之人哉！颍川韩元长[34]，汉末名士。身处卿佐，八十而终。兄弟同居，至于没齿[35]。济北范稚春（《南史》作幼春，《宋书》作氾稚）[36]，晋时操行人也。七世同财，家人无怨色（一作辞）。《诗》曰："高山仰止，景行行止。"虽不能尔，至心尚之（一作善）[37]。汝其慎哉！吾复何言。

"机巧好疏"与上"性刚才拙"意近。

林云铭《古文析义初编》卷四："与子一疏，乃陶公毕生实录，全副学问也。穷达寿夭，既一眼觑破，则触处任真，无非天机流行。末以善处兄弟劝勉，亦其至情不容已处。读之惟见真气盘旋纸上，不可作文字观。"

[注释]

[1] 俨：渊明长子名。疏：书信。 [2] 俨、俟、份、佚、佟：渊明五子，见《责子》诗注。 [3] 天地赋命：意谓天地赋予人生命。 [4] 子夏：姓卜，名商，孔子弟子。 [5] 四友之人，亲受音旨：意谓四友亲受孔子之教诲。四友，旧题孔鲋撰《孔丛子·论书》："孔子曰：'吾有四友焉。自吾得回（颜渊）也，门人加亲，是非胥附乎？自吾得赐（子贡）也，远方之士日至，是非奔辏乎？自吾得师（子张）也，前有光，后有辉，是非先后乎？自吾得仲由（子路）也，恶言不至于门，是非御侮乎？'"《孔丛子》所谓"四友"无子夏。或渊明另有所据，四友包括子夏；或意谓子夏与四友同列。音旨，言辞旨意。 [6] 斯谈：指"死生有命，富贵在天"之论。 [7] 吾年过五十，而穷苦荼毒：意谓五十以后而仍穷困且甚感苦痛也。荼毒，此处比喻苦痛。荼，一种苦菜；毒，螫人之虫。按，两句原作"吾年过五十，少而穷苦"，底本校曰"一下有荼毒二字"。检《册府元龟》《宋书》《南史》，均作"吾年过五十，而穷苦荼毒"，无"少"字而多"荼毒"二字。"吾年过五十"下接"少而穷苦"，上句既已曰"年过五十"，下句复曰少时如何，文意殊不连贯。且后文又曰"少学琴书，偶爱闲静"，叙述次序亦颇颠倒。当从《册府元龟》《宋书》《南史》。 [8] 每以家弊，东西游走：若取渊明享年七十六岁说，其五十岁前后正在"东西游走"，五十岁在桓玄幕中，曾回浔阳休假，又赴江陵；五十三岁任镇军参军，自浔阳至京口；五十四岁为建威参军，使都，经钱溪；同年为彭泽县令，在官八十馀日，自免职。渊明五十岁后之经历与此二句正合。详见拙文《陶渊明年谱汇考》。 [9] 物：人，众人。忤：抵忤。 [10] 量：思量。 [11] 贻：遗留，致使。俗患：世俗之患难。 [12] 僶俛辞世：努力辞世归隐。辞世，避世，隐居。 [13] 孺仲贤妻：指王霸之妻，霸字孺

仲。《后汉书·列女传》:“太原王霸妻者，不知何氏之女也。霸少立高节，光武时，连征不仕。……妻亦美志行。初，霸与同郡令狐子伯为友，后子伯为楚相，而其子为郡功曹。子伯乃令子奉书于霸，车马服从，雍容如也。霸子时方耕于野，闻宾至，投耒而归，见令狐子，沮怍不能仰视。霸目之，有愧容，客去而久卧不起。妻怪问其故，始不肯告，妻请罪，而后言曰：‘吾与子伯素不相若，向见其子容服甚光，举措有适，而我儿曹蓬发历齿，未知礼则，见客而有惭色。父子恩深，不觉自失耳。’妻曰：‘君少修清节，不顾荣禄。今子伯之贵孰与君之高？奈何忘宿志而惭儿女子乎！’霸屈起而笑曰：‘有是哉！’遂共终身隐遁。”《后汉书·逸民传》:“王霸字儒仲，太原广武人也。少有清节。及王莽篡位，弃冠带，绝交宦。建武中，征到尚书，拜称名，不称臣。有司问其故，霸曰：‘天子有所不臣，诸侯有所不友。’司徒侯霸让位于霸。阎阳毁之曰：‘太原俗党，儒仲颇有其风。’遂止。以病归。隐居守志，茅屋蓬户。连征不至，以寿终。” [14] 此既一事矣：连上句意谓自己之境遇既与孺仲一样，使诸子陷于饥寒之中；但恨妻子不如孺仲妻之贤也。 [15] 二仲：指求仲、羊仲。赵岐《三辅决录》:“蒋诩字符卿，舍中三径，唯羊仲、求仲从之游。皆挫廉逃名不出。” [16] 莱妇：老莱子之妻。刘向《列女传》:“莱子逃世，耕于蒙山之阳。……其妻戴畚莱挟薪樵而来，曰：‘何车迹之众也？’老莱子曰：‘楚王欲使吾守国之政。’妻曰：‘许之乎？’曰：‘然。’妻曰：‘妾闻之，可食以酒肉者，可随以鞭捶；可授以官禄者，可随以鈇钺。今先生食人酒肉，受人官禄，为人所制也，能免于患乎？妾不能为人所制！’投其畚莱而去。……老莱子乃随其妻而居之。” [17] 良：甚。 [18] 暂：猝，忽然。郭在贻《陶集札迻》引《论衡·讲瑞》:“非卒见暂闻而辄名之为圣也。”《三国志·蜀书·郤正传》:“故从横者欻披其胸，狙诈者暂吐其舌也。”曰：卒、暂互文，欻、暂互文，暂即卒、欻也。 [19] 羲皇上人：伏羲氏以前之人，指远古真淳之人。 [20] 意浅识罕：意谓所思者简单，所见者亦寡陋也。 [21] 谓斯言可保：意谓原以为上所常言之生活可保无虞也。 [22] 机巧好疏：意谓甚疏于投机取巧之事。 [23] 缅求：远求。在昔：昔日之生活。 [24] 眇然如何：意谓昔日之生活已渺茫不可求矣。 [25] 疾患以来，渐就衰损：此指中年染疾之事，非临终之疾病也。 [26] 药石：泛指药物。 [27] 大分（fèn）：大限，寿数。 [28] 虽不同生：此谓虽非同母所生。 [29] 四海皆兄弟：《论语·颜渊》：“司马牛忧曰：‘人皆有兄弟，我独亡！’子夏曰：‘商闻之矣：死生有命，富贵在天。君子敬而无失，与人恭而有礼；四海之内，皆兄弟也。君子何患乎无兄弟也？’” [30] 鲍叔、管仲，分财无猜：意谓鲍叔与管仲同贾，而分财无所猜忌也。《史记·管晏列传》：“管仲夷吾者，颍上人也。少时常与鲍叔牙游，鲍叔知其贤。管仲贫困，常欺鲍叔，鲍叔终善遇之，不以为言。已而鲍叔事齐公子小白，管仲事公子纠。及小白立为桓公，公子纠死，管仲囚焉。鲍叔遂进管仲。”《索隐》引《吕氏春秋》：“管仲与鲍叔同贾南阳，及分财利，而管仲尝欺鲍叔，多自取。鲍叔知其有母而贫，不以为贪也。” [31] 归生、伍举，班荆道旧：意谓归生（子朝之子，即声子）与伍举旧谊不改。《左传》襄公二十六年：“初，楚伍参与蔡太师子朝友，其子伍举与声子相善也。伍举娶于王子牟。王子牟为申公而亡，楚人曰：‘伍举实送之。’伍举奔郑，将遂奔晋。声子将如晋，遇之于郑郊，班荆相与食，而言复故。声子曰：‘子行也，吾必复子。’”后来，声子果真通过令尹子木报告楚王，让伍举回到楚国，益其禄爵。 [32] 以败为成：上接鲍叔、管仲事。《史记·管晏列传》：“管仲既用，任政于齐，齐桓公以霸，九合诸侯，一匡天下，管仲之谋也。管仲曰：‘吾始困时，尝与鲍叔贾，分财利多自与，鲍叔不以我为贪，知我贫也。吾尝为鲍叔谋事而更穷困，鲍叔不以我为愚，知时有利不利也。吾尝三仕三见逐于君，鲍叔不以我为不肖，知我不遭时也。吾尝三战三走，鲍叔不以我为怯，知我有老母也。公子纠败，召忽死之，吾幽囚受辱，鲍叔不以我为无耻，知我不羞小节而耻功名不显于天下也。生我者父母，知我者鲍子也。’” [33] 因丧立功：上接归生、伍举事，意谓伍举原先逃亡在外，后来回到楚国，终于立功。《左传》昭公元年：“冬，楚公子围将聘于郑，伍举为介。未出竟，闻王有疾而还。伍举遂聘。十一月己酉，公子围至，入问王疾，缢而弑之，遂杀其二子幕及平夏。”是为楚灵王。 [34] 韩元长：《后汉书·韩韶传》：“子融，字元长。少能辩理而不为章句学。声名甚盛，五府并辟。献帝初，至太仆。年七十卒。”渊明所谓八十而终，恐未确。 [35] 没齿：终身。 [36] 范稚春：《晋书·儒林传》：“范毓字稚春，济北卢人也。奕世儒素，敦睦九族，客居青州，逮毓七世，时人号其家‘儿无常父，衣无常主’。毓少履高操，安贫有志业。父终，居于墓所三十馀载，至晦朔，躬扫坟垄，循行封树，还家则不出门庭。或荐之武帝，召补南阳王文学、秘书郎、太傅参军，并不就。于时青土隐逸之士刘兆、徐苗等皆务教授，惟毓不蓄门人，清净自守。时有好古慕德者咨询，亦倾怀开诱，以一隅示之。合三传为之解注，撰《春秋释疑》《肉刑论》，凡所述造七万馀言。年七十一卒。” [37] 至心尚之：意谓以至诚之心向慕之。至心，诚心。至，极。

[点评]

《艺文类聚》卷二三“鉴诫”中多有诫子书，其用散文者，如后汉郑玄有《戒子》，魏王肃、王昶有《家诫》，诸葛亮有《诫子》，晋嵇康有《家戒》。另，汉刘向有《诫子歆书》，后汉张奂有《诫兄子书》、司马徽有《诫子书》、马援有《诫兄子书》，晋羊怙有《诫子书》、雷次宗有《与子侄书》。渊明此文题目或作《与子书》，亦属同类。可见汉魏以来通行此种文体，主旨在训诫后辈；或有感叹生死之内容，未必即是遗嘱也。与渊明同时之雷次宗《与子侄书》曰："犬马之齿，已逾知命。"并非临终之遗嘱，此文亦然。郑文焯曰："李公焕谓为临终戒子遗训，未免迂缪耳。又有'大分有限'，即承上文'渐就衰损'句意，非谓疾之大渐，沾沾虑及身后也。《宋书·隐逸传》所云与子书以言其志，并为训诫，斯语得之。"桥川时雄曰："《与子俨等疏》一篇，目为陶公遗训，不始于元李公焕，唐人已有此说。《太平御览》卷五百九十三引为《陶渊明遗戒》，然细味文义，即知其非，仍以大鹤说为是。"（郑文焯批、日本桥川时雄校补《陶集郑批录》）

文曰："疾患以来，渐就衰损。"可见是病中所作。据《册府元龟》《宋书》《南史》所录"吾年过五十，而穷苦荼毒"，则此文必作于五十岁后。文曰："性刚才拙，与物多忤。……僶俛辞世，使汝等幼而饥寒。"乃指其出仕之经历与感受，以及最终辞彭泽令事。辞彭泽令在晋安帝义熙元年（405），若取享年七十六岁说，则渊明本年五十四岁，兹姑系此文于义熙三年，五十六岁，或大致不差。又，文曰："济北范稚春，晋时操行人也。"或以为既称"晋时"，当是入宋后所作。然上文有"颍川韩元长，汉末名士"之语，故下接"晋时"，以承上"汉末"。不能据此肯定此文必作于入宋之后也。

渊明此文自叙平生，感叹家庭贫困，疾患缠身，不为妻子理解。劝勉诸子安贫乐道，和睦相处。其中解释其辞官原因为避患："性刚才拙，与物多忤。自量为己，必贻俗患。"所谓莱妇之言亦是避患意，颇可注意。

祭程氏妹文[1]

维晋义熙三年[2]，五月甲辰[3]，程氏妹服制再周[4]。渊明以少牢之奠[5]，俛而酹（一作祼）之[6]。呜呼哀哉！寒往暑来，日月寖疏[7]。梁尘委积[8]，庭草荒芜[9]。寥寥空室，哀哀（一作哀哉）遗孤。肴觞虚奠，人逝焉如[10]！谁无兄弟，人亦同生。嗟我与尔，特百（原作迫，注一作百）常情[11]。慈妣早世[12]，时尚孺婴。我年二六[13]，尔才九龄。爰从靡识，抚髫（一作髻）相成[14]。咨尔（一作余）令妹[15]，有德有操。靖恭鲜（一作斯）言[16]，闻善则乐。能正能和，惟友惟孝。行止中闺，可象可傚[17]。我闻为（一作惟）善，庆自己蹈[18]。彼苍何偏，而不斯报[19]！昔在江陵，重罹天罚[20]。兄弟索居，乖隔楚越[21]。伊我与尔（一作令妹），百哀（一作忧）是切[22]。黯黯高云，萧萧冬月。白雪（原作白云，注一作白雪）掩晨，长风悲节[23]。感潘岳《哀永逝文》："今奈何兮一举，邈终天兮不反。"

《诗·小雅·蓼莪》："无父何怙？无母何恃？"

惟崩号，兴言泣血[24]。寻念平昔，触事未远[25]。书疏犹存，遗孤满眼。如何一往，终天不返[26]！寂寂高堂，何时复践？藐藐孤女，曷依曷恃[27]？茕茕游（一作孤）魂，谁主谁祀[28]？奈何程妹，于此永已！死如有知，相见蒿里[29]。呜呼哀哉！

[注释]

[1] 程氏妹：嫁于程氏之妹，渊明庶母所生。 [2] 维：句首助词。 [3] 甲辰：据陈垣《二十史朔闰表》为五月六日。 [4] 服制再周：服制，丧服制度。据《仪礼·丧服》，丧服分五等，名为五服。已嫁姊妹，按服制为大功服，其服用熟麻布做成，服期九月。渊明撰《归去来兮辞》时在义熙元年十一月，此时程氏妹"寻卒于武昌"，至义熙三年五月，正十八个月，即已满两个服期，故曰服制再周。 [5] 少牢：祭祀时用牛、羊、猪三牲曰太牢；只用羊、猪二牲曰少牢。奠：祭奠。 [6] 酹（lèi）：以酒洒地表示祭奠。按，酹，一作"祼"（guàn），祭名，酌酒灌地之礼。亦通。 [7] 寒往暑来，日月寖（jìn）疏：意谓距程氏妹之丧，岁月已渐远矣。寖，逐渐。 [8] 梁尘：屋梁上之尘土。 [9] 庭草：庭院中之荒草。 [10] 肴觞虚奠，人逝焉如：意谓虚有肴觞之奠，而人已不知何往矣。 [11] 谁无兄弟，人亦同生。嗟我与尔，特百常情：意谓兄弟中我唯与你感情最深也。同生，谓同父所生。特百常情，独百倍于常情。百，原作"迫"，底本校曰"一作百"。李公焕注："《（晋书）谢玄传》：'痛百常情。'作迫，非。"今据改。 [12] 慈妣：此指渊明庶母，程氏妹生母。 [13] 二六：十二岁。 [14] 爰从靡识，抚髫相成：意谓从童年无知之时，即相抚相亲一起成长。

爰，乃。靡识，无知。髫，小儿垂发。 [15]咨：叹息声。令：美，表示赞美。 [16]靖恭鲜言：意谓静肃恭谨而少言寡语。 [17]行止中闺，可象可傚：意谓一动一静，皆可作为妇女之榜样。可象，可以作榜样。傚，效法。 [18]我闻为善，庆自己蹈：意谓福取决于自己之行为，为善可得也。庆，福。蹈，履行。 [19]彼苍何偏，而不斯报：意谓苍天何其偏颇，而不予善人以善报耶？彼苍，指天。《诗·秦风·黄鸟》："彼苍者天，歼我良人。" [20]昔在江陵，重罹天罚：指渊明在江陵桓玄幕中，母孟氏卒，时在晋隆安五年（401）。罹，遭受。天罚，上天之惩罚。 [21]兄弟索居，乖隔楚越：意谓兄弟分离，不得团聚。逯钦立注："《庄子·德充符》：'自其异者视之，肝胆楚越也。'楚越指地区不同，非实指地名。" [22]百哀是切：深感百哀也。 [23]白雪：原作"白云"，底本校曰"一作白雪"，今据改。上句曰"黯黯高云"，复言"白云掩晨"，于义为逊。悲节：犹言悲声。节，节奏，节拍。 [24]感惟崩号，兴言泣血：意谓有感于心则悲痛号哭，一举哀即泣而出血。崩，痛也，如崩伤，崩感，崩摧。号，号哭。兴，举，指举哀。言，语助词。 [25]寻念平昔，触事未远：意谓追念往昔，如在眼前。触事，遇事。 [26]终天：意谓如天之久远。 [27]藐藐孤女，曷依曷恃：意谓程氏妹之遗孤远在异地，无所依靠。藐藐，遥远貌。曷，何。恃，依靠。 [28]茕茕（qióng）游魂，谁主谁祀：意谓程氏妹孤独之游魂，谁为之主为之祭耶？ [29]蒿里：相传是死者魂魄所归之处，在泰山下。《乐府诗集》相和曲《蒿里》："蒿里谁家地，聚敛魂魄无贤愚。"因以泛指葬所。

[点评]

程氏妹虽非渊明同母所生，然因其九岁丧母，由渊明生母抚养，感情非同一般。故先以其卒而辞彭泽令，后又为文祭之，而且特别回忆自己生母丧时，两人之悲痛也。文末言："死如有知，相见蒿里。"情深意厚，足见渊明之为人。

卷三有渊明《癸卯岁十二月中作与从弟敬远》诗，可并参。

祭从弟敬远文

岁在辛亥[1]，月惟仲秋[2]，旬有九日[3]，从弟敬远，卜辰云窆，永宁后土[4]。感平生之游处，悲一往之不返。情恻恻以（一作而）摧心[5]，泪愍愍（一作悠悠）而盈眼[6]。乃以园果时醪，祖其将行[7]。呜呼哀哉！於铄吾弟（一作子）[8]，有操有概。孝发幼龄，友自天爱。少思寡欲，靡执靡介[9]。后己先人，临财思惠[10]。心遗得失[11]，情不依世[12]。其色能温，其言则厉[13]。乐胜朋高[14]，好是文艺[15]。遥遥帝乡，爰感奇心[16]。绝粒委务[17]，考盘山阴[18]。淙淙悬溜[19]，暧暧荒林。晨采上药[20]，夕闲素琴[21]。曰仁者寿，窃独信之。如何斯言，徒能见欺。年甫过立[22]，奄与世辞[23]。长归蒿里[24]，邈无还期。惟我与尔，匪但（一作且，一作偶）亲友[25]，父则同生，母则从母[26]。相及龆齿，并罹偏咎[27]。斯情实深，斯

《论语·述而》："子温而厉"，两句本于此。

《大戴礼记·文王官人》："有隐于知理者，有隐于文艺者。"

《论语·雍也》："子曰：'知者乐水，仁者乐山；知者动，仁者静；知者乐，仁者寿。'"

爱实厚。念畴昔日，同房之欢[28]。冬无缊褐[29]，夏渴瓢箪[30]。相将以道[31]，相开以颜（一作懽）[32]。岂不多乏，忽忘饥寒。余尝学仕，缠绵人事。流浪无成，惧负素志。敛策归来[33]，尔知我意。常愿携手，寘彼众意（一作宜众特异）[34]。每忆有秋，我将其刈[35]。与汝偕行，舫（一作汎）舟同济[36]。三宿水滨，乐饮川界[37]。静月澄高，温风始逝。抚杯而言，物久人脆[38]。奈何吾弟，先我离世。事不可寻，思亦何极[39]。日徂月流[40]，寒暑代息[41]。死生异方，存亡有域。候晨永归[42]，指涂载陟[43]。呱呱遗稚，未能正言[44]。哀哀嫠人[45]，礼仪孔闲[46]。庭树如故，斋宇廓然[47]。孰云敬远，何时复还。余惟人斯，昧兹近情[48]。蓍龟有吉（一作告），制我祖行[49]。望旐翩翩[50]，执笔涕盈。神其有知，昭余中诚[51]。呜呼哀哉！

“瓢箪”，诗文用此典一般作“箪瓢”，此处颠倒之，与“欢”“颜”“寒”诸字叶韵。

[注释]

[1] 辛亥：指晋安帝义熙七年（411）。 [2] 月惟仲秋：指八月。 [3] 旬有九日：指十九日。一旬为十日。 [4] 卜辰云窆（biǎn），永宁后土：意谓占卜吉日为敬远安葬，永息于地下。卜辰，占卜择日。窆，下棺安葬。 [5] 摧心：形容伤心至极。 [6] 愍

（mǐn）：忧伤。 [7] 祖：出行时祭祀路神，死者将葬时之祭亦曰“祖”。 [8] 於（wū）：叹词。铄（shuò）：明亮。 [9] 靡执靡介：意谓性情随和。靡，无。执，固执。介，单独。 [10] 惠：施惠于人。 [11] 遗：遗忘。 [12] 情不依世：意谓感情不随世俗之好恶而变化。 [13] 厉：严肃刚直。 [14] 乐胜朋高：乐与佳士相处，与高人结交也。胜，言事物优越美好，如“胜士”“胜流”。朋，结交。 [15] 好是文艺：意谓所爱好者乃文艺也。文艺，指撰述文章之技巧。 [16] 遥遥帝乡，爰感奇心：意谓遥遥帝乡乃其好奇之处。帝乡，神话中天帝所居之地，此指仙境。 [17] 绝粒：犹辟谷，道教养生术，屏除火食，不进五谷，以求延生益寿。委务：委弃世务。 [18] 考盘：《诗·卫风》篇名，亦作“考槃”。诗前小序曰：“《考槃》，刺庄公也。不能继先公之业，使贤者退而穷处。”故后以考槃喻隐居。毛传：“考，成；槃，乐也。”陈奂《传疏》：“成乐者，谓成德乐道也。” [19] 淙淙（cóng）：流水声。悬溜：倾泻之小股水流。 [20] 上药：指仙药。《文选》嵇康《养生论》：“故神农曰：上药养命，中药养性者”，李善注引《本草》曰：“上药一百二十种，……主养命以应天。无毒，久服不伤人，轻身益气，不老延年。” [21] 闲：习。素琴：未加绘饰之琴。 [22] 年甫过立：意谓刚刚超过三十岁。《论语·为政》：“三十而立。” [23] 奄：忽然。 [24] 蒿里：本为山名，后泛指葬所。详见《祭程氏妹文》注释 [29]。 [25] 匪但亲友：意谓不仅亲爱友善也。《书·君陈》：“惟孝，友于兄弟。” [26] 父则同生，母则从母：敬远之父与渊明之父为同胞兄弟，而敬远之母与渊明之母为姊妹。 [27] 相及龆齿，并罹偏咎：意谓相继至于龆齿之年，均丧己父也。龆齿，毁齿。《韩诗外传》：“故男八月生齿，八岁而龆齿。”罹，遭受。偏咎，偏孤之咎也。《文选》潘岳《寡妇赋》：“少伶俜而偏孤兮。”李善注：“偏孤，谓丧父也。” [28] 同房：犹同室，意谓同居一室。 [29] 缊（yùn）褐：犹缊袍，以乱絮或乱麻为絮之衣，泛指贫者所服粗陋之衣。 [30] 瓢箪：指简单饮食。《论语·雍也》：“贤哉！回也。一箪食，一瓢饮，在陋巷。人不堪其忧，回也不改其乐。” [31] 相将以道：意谓以道义互相扶持、勉励。 [32] 相开以颜：意谓以和颜悦色互相宽慰、解忧。 [33] 敛策：收起马鞭，指辞官归隐。 [34] 寘彼众意：弃置而不顾众人之意。寘，废止，弃置。 [35] 刈（yì）：收割庄稼。 [36] 舫舟：即方舟，两船相并，或泛指船。济：渡河。 [37] 川界：犹“江界”。 [38] 人脆：人身脆弱，人生短暂。 [39] 事不可寻，思亦何极：意谓往事既不可寻而得之矣，思念亦无终无已也。 [40] 日徂月流：岁月流逝。 [41] 寒暑代息：寒暑交互替代。 [42] 候晨永归：意谓选定日期安葬。晨，同“辰”。 [43] 指涂载陟（zhì）：走上送葬之路。指涂，就道，上路。陟，登程。 [44] 未能正言：意谓遗孤稚小，吐字尚不准确也。 [45] 嫠（lí）人：寡妇。 [46] 礼仪孔闲：甚娴熟于礼仪也。 [47] 廓然：空廓貌。 [48] 昧兹近情：意谓不能理解我兄弟之亲近感情也。 [49] 蓍（shī）龟有吉，制我祖行：意谓以蓍龟占卜决定吉日以祖奠也。古人以蓍草或龟甲卜筮吉凶，此泛指占卜。祖行，死者将葬之祭。参见本文注释[7]。 [50] 旐（zhào）：出殡时灵柩前之旌旗。 [51] 神其有知，昭余中诚：意谓敬远之灵如有知，当明白我内心之感情也。

[点评]

渊明与敬远既是堂兄弟，又是姨表兄弟，自幼关系亲密。且敬远性情淡远，与渊明志趣相投。故渊明此文感情真挚，非一般祭文可比也。

朱熹《资治通鉴纲目》：元嘉四年“十一月，晋征士陶潜卒”，不知何据。若依此则本文写于卒前两月。钟秀《陶靖节纪事诗品》卷一《洒落》引祁宽曰：“靖节绝笔二篇，……其于昼夜之道，了然如此。”

以旅店比喻世间，人生如过客也。

皇甫谧《高士传·荣启期》：“天生万物，惟人为贵，吾得为人矣，是一乐也。”

细审以上数句之意，渊明非早终者。

自祭文

岁惟丁卯，律中无射[1]。天寒夜长，风气（一作凉风）萧索。鸿雁于征[2]，草木黄落。陶子将辞逆旅之馆，永归于本宅[3]。故人凄其相悲，同祖行于今夕[4]。羞以嘉蔬[5]，荐以清酌[6]。候颜已冥，聆音愈漠[7]。呜呼哀哉！茫茫大块[8]，悠悠高旻[9]，是生万物，余得为人[10]。自余为人，逢运之贫[11]。箪瓢屡罄[12]，絺绤冬陈[13]。含欢谷汲，行歌负薪[14]。翳翳柴门，事我宵晨[15]。春秋代谢，有务中园。载耘载耔[16]，迺育迺繁[17]。欣以素牍[18]，和以七弦[19]。冬曝其日，夏濯其泉。勤靡馀劳，心有常闲[20]。乐天委分，以至（一作慰）百年[21]。惟此百年，夫人爱之。惧彼无成，愒（一作渴）日惜时[22]。存为世珍，殁亦见思[23]。嗟我独迈，曾是异兹[24]。宠非己荣，涅岂吾缁[25]？捽兀穷庐[26]，酣饮（一作歌）赋诗。识运知命，畴能罔眷[27]？余今斯化，可以无恨[28]。寿涉百龄，身慕肥遁。从（一作以）老得终，奚所复恋[29]！寒暑逾迈，亡既异存[30]。外姻晨来[31]，良友宵奔[32]。葬之中野[33]，以安其魂。窅窅我行[34]，萧萧墓门[35]。奢耻宋臣[36]，俭笑（一作非，又作美）王孙[37]。廓兮已灭，慨焉已遐（一作多）[38]。不封不树[39]，日月遂过。匪贵前誉[40]，孰重后歌[41]。人生实难，死如之何？呜呼哀哉！

张自烈《笺注陶渊明集》卷六：“今人畏死恋生，一临患难，虽义当捐躯，必希苟免，且有纩息将绝，眷眷妻孥田舍，若弗能割者。嗟乎，何其愚哉！渊明非止脱去世情，直能认取故我，如‘奚所复恋’‘可以无恨’，此语非渊明不能道。”

[注释]

[1] 丁卯：指宋文帝元嘉四年（427）。律中无射：指九月。古人将乐律分为十二，阴阳各六，并以十二律配一年之十二月。无射与九月相当。《礼记·月令》：“季秋之月，……其音商，律中无射。” [2] 鸿雁于征：此指大雁南飞。征，行。 [3] 本宅：指后土。 [4] 祖行：死者将葬时之祭。详见《祭从弟敬远文》注释[7]。 [5] 羞：进献。 [6] 荐：进献。清酌：清酒。 [7] 候颜已冥，聆音愈漠：想像自己临终时之所见所闻，意谓察望周围人之面孔已经模糊，聆听周围之声音愈益稀微矣。 [8] 大块：造物，自然。 [9] 高旻：高天。 [10] 是生万物，余得为人：意谓天地化生万物，而余幸而得为人也。是，此，指天地。 [11] 逢运之贫：意谓遭遇贫寒之命运。 [12] 罄：空。 [13] 絺绤（chī xì）冬陈：意谓冬天犹穿夏衣。絺，细葛布。绤，粗葛布。 [14] 含欢谷汲，行歌负薪：意谓甘于贫困勤劳之生活。谷汲，从山谷中汲水。 [15] 翳翳柴门，事我宵晨：意谓甘于隐居柴门之下，日复一日。 [16] 耘：锄草。耔：为苗根培土。 [17] 迺育迺繁：意谓作物得以生长繁育。迺，犹“乃”。 [18] 素牍：指书籍。 [19] 七弦：指琴。 [20] 勤靡馀劳，心有常闲：意谓虽然身体勤苦而不必为俗事操劳，常可保持心情闲静也。馀，其他。 [21] 乐天委

分，以至百年：意谓乐天知命，终此一生。委分，听任天命之安排。　[22] 愒（kài）：贪恋。　[23] 存为世珍，殁亦见思：意谓世俗之人希望生前死后皆为世人所珍重怀念。　[24] 嗟我独迈，曾（zēng）是异兹：意谓我独不同于世俗之想也。独迈，独行，自行其是。曾，乃。　[25] 宠非己荣，涅（niè）岂吾缁（zī）：意谓不因受宠而为己之荣，亦不会因世俗之污辱而变黑也。涅，染。缁，黑。《论语·阳货》："不曰白乎？涅而不缁。"　[26] 捽（zuó）兀：挺拔貌，此谓意态高傲。　[27] 识运知命，畴能罔眷：意谓即如识运知命之人，谁能不眷恋人生？畴，谁。眷，留恋。　[28] 余今斯化，可以无恨：意谓我如今去世，则可以无憾矣。化，指死。　[29] 寿涉百龄，身慕肥遁。从老得终，奚所复恋：《吕氏春秋·安死》："人之寿，久之不过百，中寿不过六十。"渊明《饮酒》其十五："宇宙一何悠，人生少至百。"《感士不遇赋》："寓形百年，而瞬息已尽。"寿涉百龄，泛指人之一生。身，自身，自己。肥遁，指隐遁。《易·遁卦》："上九，肥遁无不利。"　[30] 寒暑逾迈，亡既异存：意谓寒暑消逝，不复再来，死生既异，死后亦不能复生矣。　[31] 外姻：外亲。　[32] 奔：奔丧。　[33] 葬之中野：意谓将自己安葬于荒野之中。《易·系辞下》："古之葬者，厚衣之以薪，葬之中野，不封不树，丧期无数。"　[34] 窅窅我行：意谓我今行在隐晦之中。　[35] 萧萧：萧条寂静貌。　[36] 奢耻宋臣：意谓以宋臣之奢侈为耻。宋臣，指宋国桓魋（tuí）。《孔子家语》："孔子在宋，见桓魋自为石椁，三年而不成，工匠皆病，夫子愀然曰：'若是其靡也。'"　[37] 俭笑王孙：意谓以王孙之过于节俭为可笑。王孙，杨王孙。《汉书·杨王孙传》载：杨王孙死前叮嘱："死则为布囊盛尸，入地七尺，既下，从足引脱其囊，以身亲土。"　[38] 廓兮已灭，慨焉已遐：意谓死后一切变为空虚遐远。　[39] 不封不树：不堆土做坟，不在墓边栽树。语见《易·系辞下》，参注释[33]。 [40]前誉：生前之美誉。 [41]后歌：死后之歌颂。

[点评]

临终留有遗言者，检《左传》已可见。惟死前自作祭文，设想自己已死而祭吊之者，实始自渊明也。文中语气沉痛，感情惘然，乃逝世前不久自忖将永归于后土时所作，与中年所作《拟挽歌辞》之诙谐不同。

渊明一向达观，似已觑破生死，但自知将终，仍不免于惘然。“人生实难，死如之何？”生之难，实已饱经矣，死后犹复如是乎？面对过去之生可以无憾，面对将来之死却一无所知也。

主要参考文献

《陶渊明集》十卷　宋刻递修本　金俊明、孙延题签　汪骏昌跋　汲古阁藏本

《陶靖节先生集》十卷《年谱》一卷　（宋）吴仁杰撰年谱　宋刻递修本　存一至四卷

《东坡先生和陶渊明诗》四卷　宋黄州刻本

《陶渊明文集》十卷　清康熙三十三年（1694）汲古阁毛扆覆宋绍兴本　清光绪间胡伯蓟临汲古阁摹本，胡桐生、俞秀山刊行，陈澧题记

《陶渊明诗》一卷《杂文》一卷　宋绍熙三年（1192）曾集刻本

《陶靖节先生诗注》四卷《补注》一卷　（宋）汤汉注　宋淳祐元年（1241）汤汉序刻本　周春、顾自修、黄丕烈跋，孙延题签

《笺注陶渊明集》十卷　（元）李公焕辑笺注　元刻本

《陶靖节集》十卷　（明）何孟春注　明绵眇阁刻本

《陶靖节集》十卷《总论》一卷《年谱》一卷　（宋）吴仁杰撰　明嘉靖二十五年（1546）蒋孝刻本

《陶靖节集》十卷　明万历四年（1576）周敬松刻本　（清）吴骞批

《陶靖节集》八卷　《附录》一卷　《总论》一卷　（明）凌濛初辑评　明凌南荣刻朱墨套印本

《陶靖节集》八卷　《苏东坡和陶诗》二卷　《附录》一卷　明万历四十七年（1619）杨时伟刻合刻忠武靖节二编本

《陶元亮诗》四卷　（明）黄文焕析义　明末刻本

《陶渊明集》八卷　（明）张自烈评　《总论》一卷　《和陶》一卷　（宋）苏轼撰　《律陶》一卷　（明）王思任辑　《律陶纂》一卷　（明）黄槐开辑　明崇祯刻本

《陶靖节诗集》四卷　（清）蒋薰评　清康熙刻本

《陶诗汇注》四卷　（清）吴瞻泰辑　《论陶》一卷　（清）吴崧撰　清康熙四十四年（1705）程崟刻本

《陶诗本义》四卷　（清）马墣辑注　清乾隆三十五年（1770）吴肇元与善堂刻本

《东山草堂陶诗笺》（清）邱嘉穗笺　清乾隆邱步洲重校刻本

《陶诗汇评》四卷　（清）温汝能辑　清嘉庆十二年（1807）听松阁刊本

《靖节先生集》十卷　（清）陶澍注　清道光二十年（1840）惜阴书舍刊本

《陶渊明集》十卷　清咸丰间莫友芝跋翻缩刻宋本

《陶诗编年》一卷　（清）陈澧撰　清抄本

《陶诗真诠》（清）方宗诚注　《柏堂遗书》本

《陶渊明闲情赋注》（清）刘光蕡注　《烟霞草堂遗书》本

《陶渊明述酒诗解》（清）张谐之注　《为己精舍藏书》本

《陶集郑批录》（清）郑文焯批　[日]桥川时雄校补　丁卯文字同盟排印本

《栗里谱》（宋）王质撰 《十万卷楼丛书》本

《陶渊明年谱》（宋）王质等撰　许逸民校辑　中华书局 1986 年版

《陶靖节先生年谱》（宋）吴仁杰撰　明万历四十七年（1619）杨时伟刊本 《陶靖节集》附

《吴谱辨证》（宋）张缜撰　李公焕《笺注陶渊明集》引

《柳村陶谱》（清）顾易撰　清雍正七年（1729）顾易序刻本

《晋陶靖节年谱》（清）丁晏撰　清道光二十三年（1843）《颐志斋四谱》本

《靖节先生年谱考异》（清）陶澍撰　陶澍注《靖节先生集》附录

《晋陶征士年谱》（清）杨希闵撰　清光绪四年（1878）《豫章先贤九家年谱》本

《陶渊明》(内附《陶渊明年谱》)　梁启超撰　商务印书馆 1923 年版

《陶渊明诗笺》四卷　古直撰　聚珍仿宋印书局 1926 年《隅楼丛书》本

《陶靖节年谱》　古直撰　聚珍仿宋印书局 1926 年《隅楼丛书》本　1927 年订正再版

《陶渊明诗》(内附《陶渊明年谱》)　傅东华撰　商务印书馆 1927 年版

《陶渊明诗笺注》四卷　丁福保撰　上海医学书局 1929 年排印本

《陶渊明的生活》　胡怀琛撰　世界书局 1930 年版

《陶靖节诗笺定本》四卷　古直撰　中华书局 1935 年版《层冰堂五种》本

《陶渊明批评》　萧望卿撰　开明书店 1947 年版

《陶渊明传论》　张芝撰　棠棣出版社 1953 年版

《陶渊明集》　王瑶注　作家出版社 1957 年版

《陶渊明》　廖仲安撰　中华书局 1963 年版

《陶渊明集校笺》十卷　杨勇撰　香港吴兴记书局 1971 年版

《陶渊明诗笺证校注论评》 方祖燊撰　台湾台兰出版社 1971 年版　台湾书店 1988 年修订本

《陶渊明诗笺证稿》四卷　王叔岷撰　台北艺文印书馆 1975 年版

《陶渊明评论》 李辰冬撰　台湾东大图书公司 1975 年版

《陶渊明集》七卷（内附《陶渊明事迹诗文系年》） 逯钦立校注　中华书局 1979 年版

《陶渊明集笺注》 袁行霈笺注　中华书局 2003 年版

《陶集考辨》 郭绍虞撰 《燕京学报》第 20 期　1936 年

《陶渊明生平事迹及其岁数新考》 赖义辉撰 《岭南学报》第 6 卷第 1 期　1937 年

《陶渊明述酒诗补注》 储皖峰撰　辅仁学志第 8 卷第 1 期　1939 年

《陶渊明之思想与清谈之关系》 陈寅恪撰　燕京大学哈佛燕京学社 1945 年刊

《陶渊明年谱中的几个问题》 宋云彬撰 《新中华》复刊第 6 卷第 3 期　1946 年

《陶渊明年谱稿》 逯钦立撰 《历史语言研究所集刊》第 20 本　1948 年

《陶渊明年谱中之问题》 朱自清撰　载《朱自清文集》第 3 册《文史论著》 开明书店　1953 年

《陶渊明行年杂考》 劳榦撰 《自由学人》第 2 卷第 3 期　1956 年

《陶渊明年岁析疑》 潘重规撰 《新亚生活双周刊》第 5 卷第 10 期　1962 年

《陶渊明年岁应为六十三岁考》 杨勇撰 《新亚书院学术月刊》第 5 期　1963 年

《论古直陶渊明享年五十二岁说》 齐益寿撰 《幼狮》月刊第 34 卷第 2 期　1971 年

《陶集札迻》 郭在贻撰 《中华文史论丛》1981 年第 2 辑

《说“来”与“归去来”》 周策纵撰　见《王力先生纪念论文集》 三联书店香港分店 1987 年

《陶渊明集举正》 徐复撰 《南京师大学报》1991 年第 1 期

《陶集版本源流考》［日］桥川时雄著　日本文字同盟社 1931 年版

《陶渊明研究》［日］大矢根文次郎著　早稻田大学出版部昭和四十一年（1966）版

《陶渊明：世俗和超俗》［日］冈村繁著　日本放送出版协会昭和四十九年（1974）版

《陶渊明》［日］松枝茂夫、和田武司著 《中国之诗人》二　集英社昭和五十八年 (1983) 版

《陶渊明诗文综合索引》［日］堀江忠道编　日本京都汇文堂书店 1976 年版

《陶渊明とその时代》［日］石川忠久撰　研文出版 1994 年版

《陶渊明的精神生活》［日］长谷川滋成著　汲古书院平成七年（1996 年）版

《韩译陶渊明全集》［韩］车柱环著　汉城大学校出版部 2001 年版

#《中华传统文化百部经典》已出版图书

书　　名	解读人	出版时间
周易	余敦康	2017 年 9 月
尚书	钱宗武	2017 年 9 月
诗经（节选）	李　山	2017 年 9 月
论语	钱　逊	2017 年 9 月
孟子	梁　涛	2017 年 9 月
老子	王中江	2017 年 9 月
庄子	陈鼓应	2017 年 9 月
管子（节选）	孙中原	2017 年 9 月
孙子兵法	黄朴民	2017 年 9 月
史记（节选）	张大可	2017 年 9 月
传习录	吴　震	2018 年 11 月
墨子（节选）	姜宝昌	2018 年 12 月
韩非子（节选）	张　觉	2018 年 12 月
左传（节选）	郭　丹	2018 年 12 月
吕氏春秋（节选）	张双棣	2018 年 12 月
荀子（节选）	廖名春	2019 年 6 月
楚辞	赵逵夫	2019 年 6 月
论衡（节选）	邵毅平	2019 年 6 月
史通（节选）	王嘉川	2019 年 6 月
贞观政要	谢保成	2019 年 6 月
战国策（节选）	何　晋	2019 年 12 月
黄帝内经（节选）	柳长华	2019 年 12 月
春秋繁露（节选）	周桂钿	2019 年 12 月
九章算术	郭书春	2019 年 12 月
齐民要术（节选）	惠富平	2019 年 12 月
杜甫集（节选）	张忠纲	2019 年 12 月
韩愈集（节选）	孙昌武	2019 年 12 月
王安石集（节选）	刘成国	2019 年 12 月
西厢记	张燕瑾	2019 年 12 月

书　名	解读人	出版时间
聊斋志异（节选）	马瑞芳	2019年12月
礼记（节选）	郭齐勇	2020年12月
国语（节选）	沈长云	2020年12月
抱朴子（节选）	张松辉	2020年12月
陶渊明集	袁行霈	2020年12月
坛经	洪修平	2020年12月
李白集（节选）	郁贤皓	2020年12月
柳宗元集（节选）	尹占华	2020年12月
辛弃疾集（节选）	王兆鹏	2020年12月
本草纲目（节选）	张瑞贤	2020年12月
曲律	叶长海	2020年12月
孝经	汪受宽	2021年6月
淮南子（节选）	陈　静	2021年6月
太平经（节选）	罗　炽	2021年6月
曹操集	刘运好	2021年6月
世说新语（节选）	王能宪	2021年6月
欧阳修集（节选）	洪本健	2021年6月
梦溪笔谈（节选）	张富祥	2021年6月
牡丹亭	周育德	2021年6月
日知录（节选）	黄　珅	2021年6月
儒林外史（节选）	李汉秋	2021年6月
商君书	蒋重跃	2022年6月
新书	方向东	2022年6月
伤寒论	刘力红	2022年6月
水经注（节选）	李晓杰	2022年6月
王维集（节选）	陈铁民	2022年6月
元好问集（节选）	狄宝心	2022年6月
赵氏孤儿	董上德	2022年6月
王祯农书（节选）	孙显斌	2022年6月
三国演义（节选）	关四平	2022年6月
文史通义（节选）	陈其泰	2022年6月

书　名	解读人	出版时间
汉书（节选）	许殿才	2022 年 12 月
周易略例	王锦民	2022 年 12 月
后汉书（节选）	王承略	2022 年 12 月
通典（节选）	杜文玉	2022 年 12 月
资治通鉴（节选）	张国刚	2022 年 12 月
张载集（节选）	林乐昌	2022 年 12 月
苏轼集（节选）	周裕锴	2022 年 12 月
陆游集（节选）	欧明俊	2022 年 12 月
徐霞客游记（节选）	赵伯陶	2022 年 12 月
桃花扇	谢雍君	2022 年 12 月
法言	韩敬、梁涛	2023 年 12 月
颜氏家训	杨世文	2023 年 12 月
大唐西域记（节选）	王邦维	2023 年 12 月
法书要录（节选）　历代名画记	祝　帅	2023 年 12 月
耶律楚材集（节选）	刘　晓	2023 年 12 月
水浒传（节选）	黄　霖	2023 年 12 月
西游记（节选）	刘勇强	2023 年 12 月
乐律全书（节选）	李　玫	2023 年 12 月
读通鉴论（节选）	向燕南	2023 年 12 月
孟子字义疏证	徐道彬	2023 年 12 月